算计

米泽穗信精选集

〔日〕米泽穗信 著

朱一飞 译

人民文学出版社
PEOPLE'S LITERATURE PUBLISHING HOUSE

著作权合同登记:图字 01-2019-1720 号

INSHITEMIRU by YONEZAWA Honobu
Copyright © 2007 YONEZAWA Honobu
All rights reserved.
Original Japanese edition published by Bungeishunju Ltd. in 2007.
Chinese (in simplified character only) translation rights in PRC reserved by Shanghai 99 Readers' Culture Co., Ltd. under the license granted by YONEZAWA Honobu, Japan arranged with Bungeishunju Ltd., Japan through The English Agency (Japan) Ltd.

图书在版编目(CIP)数据

算计/(日)米泽穗信著;朱一飞译. —北京:人民文学出版社,2020(2021.7 重印)
(米泽穗信精选集)
ISBN 978-7-02-015326-8

Ⅰ.①算⋯ Ⅱ.①米⋯ ②朱⋯ Ⅲ.①长篇小说-日本-现代 Ⅳ.①I313.45

中国版本图书馆 CIP 数据核字(2019)第 115578 号

责任编辑　朱卫净　王皎娇　何王慧
装帧设计　钱　珺

出版发行　人民文学出版社
社　　址　北京市朝内大街 166 号
邮政编码　100705

印　　制　山东临沂新华印刷物流集团有限责任公司
经　　销　全国新华书店等

字　　数　264 千字
开　　本　850×1168 毫米　1/32
印　　张　15.625
版　　次　2020 年 2 月北京第 1 版
印　　次　2021 年 7 月第 3 次印刷

书　　号　978-7-02-015326-8
定　　价　68.00 元

如有印装质量问题,请与本社图书销售中心调换。电话:010-65233595

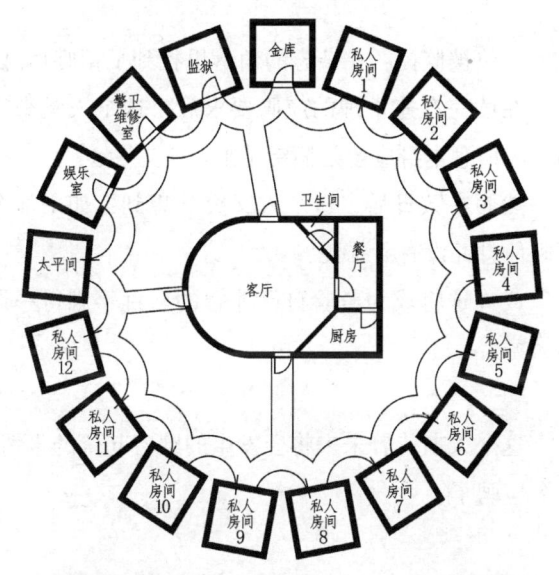

〈暗鬼馆〉
示意图

警告：
接下来可能会发生不妥当、非伦理的事情。基于此，如果你仍然能够接受，那么就请继续进行下去。

"实验"前三十日

　　一位被监控者在杂志的角落里找到了招聘信息。
　　在读完有违常理的应聘要求后,这个人觉得这则招聘信息本身应该是搞错了吧。
　　然而在数日后,这个人又突然想到:如果那个招聘信息并没有弄错呢?
　　或许这将成为考验自己才智的、百年难得一遇的大舞台。

　　这个人期待着未来将会发生的跌宕起伏的事情,报名应聘了。

"实验"前二十九日

　　一位被监控者在网络上找到了招聘信息。
　　这个人没有注意到具体细节。
　　对于招聘要求中的异常内容,这个人完全没有看到。
　　虽然之后他觉得有点奇怪,但是心中的疑问在日复一日的生活中被逐渐抹杀了。

　　这个人抱着赚点零花钱的心态,报名应聘了。

"实验"前二十八日

　　一位被监控者从朋友那里听说"有一个很奇怪的招聘信息"。

　　那位朋友本来是想给这个人看看世界上居然有这种有趣的印刷错误,而把招聘杂志拿来的。

　　然而这个人却心想,世界上说不定就真有这样的事情。

　　这个人为了确认信息是否属实而报名应聘了。

"实验"前二十七日

　　一位被监控者在努力寻找条件优良的短期工作时，留意到这则招聘信息。
　　这个人从一开始就没有觉得条件中奇怪的地方有什么问题。
　　他觉得肯定是发布这则招聘广告的人或者印刷厂不小心印错了而已，这一点是毫无疑问的。
　　他连招聘信息上写着的文字都没有仔细阅读，只是依据自己的固有想法，觉得应该是这样的吧。

　　这个人，去应聘其他的短期工作的同时，也报名应聘了这项工作。

"实验"前二十六日

　　一位被监控者间接得知了这则招聘信息。
　　这个人反复思虑，烦恼并痛苦着。
　　虽说这个人注意到了其中的异常，但是他却想着：也许实际参加之后，说不定并没有想象中那么奇怪吧。
　　真是不知道该怎么办。
　　就这样混混沌沌，这个人喝着便宜的酒，一直喝个不停。

　　这个人在黎明时分，报名应聘了。

"实验"前二十五日

一位被监控者看到招聘信息中的"错误"后忍不住大笑起来。

上面居然写着这么可笑的东西。这个人把这则招聘信息当成饭后的谈资,逢人便讲。

就在捧腹大笑,嘲笑它错得离谱的过程中,他却不知不觉地决定去报名应聘。

反正在找打工的机会,而且他觉得这则招聘信息也没有什么特别大的问题。

这个人抱着开玩笑的心态,报名应聘了。

"实验"前二十四日

　　一位被监控者被别人告知有这么一个看上去很危险的工作。

　　这个人听后，暂时没有理会，所以被当作是对这份工作并不感兴趣。

　　然而有一天，这个人仿佛一时心血来潮似的，询问起了招聘条件。

　　考虑再三后，这个人觉得金钱对自己来说是最重要的，却并没有仔细考虑这份工作的危险性。

　　这个人无视警告，报名应聘了。

"实验"前二十三日

　　一位被监控者是在看免费的招聘杂志时,注意到这则招聘信息的。
　　这个人心想,先姑且不论招聘条件中的印刷错误,这项工作肯定有鬼。
　　会去应聘这种诡异工作的人肯定都是笨蛋。
　　要是自己去参加这项只有笨蛋才会报名的招聘,应该能从中获利吧。

　　这个人,想着要在一群笨蛋中拔得头筹,报名应聘了。

"实验"前二十二日

　　一位被监控者收到了一通电话邀请。
　　这个人当时正好急需用钱。
　　关于细节性的条件等,别说思考、探讨了,这个人甚至连听都没有听。
　　这个人在意的只有何时开始、何时结束、何时能拿到钱而已。

　　这个人抱着自己什么都愿意干的心态,报名应聘了。

"实验"前二十一日

一位被监控者想要买辆车。

如果没有车的话,就泡不到妞。如果泡不到妞的话,学生生活也会稍稍有些寂寞。这样想着,结城理久彦决定要买辆车。因为决定了要买车,钱也就成为了必需品。

然而他只是区区一介学生,虽然派不上用处的癖好和兴趣有不少,但是能赚钱的才艺却一个都没有。当然,如果能迅速赚到钱的话,那就再好不过了,可因为想不出办法来,他决定还是踏踏实实地开始打工。

大学正值暑假,才刚过了一半,距离夏天结束还很久。有一天,因为距离社团聚会还有段时间,结城溜出校园,走进了便利店。他要找的是刊登有打工信息的杂志。结城很快就找到了,于是抽出一本开始哗啦哗啦地迅速翻阅起来。他没有特别想干的工作,只要时薪高、工作轻松点就可以了,能想到的也就这么点条件。

招聘的工作被大致区分成短期打工和长期打工。到底该选哪一种呢?正这么想着的时候,身旁突然传来一个声音。

"不好意思，请问您熟悉这类杂志吗？"

不知从何时起，他的身边站着一位女子。

他不由得转过身子，向后退了一步。他倒并不是因为看到有位女子而感到惊讶，之前就感觉到身旁有人，也曾设想过那人可能会向自己搭话。但是，回头看到的那位女子，很明显……

结城在寻找合适的词语。"这位女子很明显是"这话后面应该接一个怎么样的词语比较好呢？他能想到的词句是这样的。这位女子，很明显是和自己生活在不同世界里的人。

这个露出温柔微笑的女子身着一件有着奇特质感的连衣裙，明明没有风，但看上去裙摆摇曳。一头垂下的黑发在日光灯的照射下闪闪发光，仿佛笼罩着一层光圈，头发上到底涂着什么呢，结城打心底觉得不可思议。

不仅仅是头发，她本人也很美。与其这么说，倒不如说之所以会首先看到她的头发，是因为不敢直视她而不由得将视线转移到了其他地方。她的美并非是"让人忍不住想要紧紧抱住她"或者是"被勾引诱惑"之类的美，而是那种让人难以接近、不愿玷污的、在校园里相当少见的那种美。也难怪只是一介学生的结城不敢直视她了。她明明只是站在那里搭了一句话，却给了结城不可思议的压迫感。结城明白了：原来如此，这就是所谓的气质吧，还是说应该称为格调呢?她只是亭亭地站着,就像一幅画一样。只可惜地点是在便利店,搭话的对象是自己,结果就只能沦为一格漫画了。

那位女子好像觉得结城的沉默有点不可思议,于是又重新问了一遍:

"如果您熟悉这类杂志的话,我想向您请教一件事情。"

结城虽然对于这种打工信息的杂志并不精通,但是他觉得在这种情况下,不管是什么问题都不能回答"不行"。结城知道自己只能采取一种行动,那就是轻轻点头。

"太好了。"

那位女子笑着说道,如同鲜花绽放。

结城这才猛地觉察到,那位女子也和自己一样,手上拿着本打工信息的杂志。要形容这个组合有多不搭调的话,真是看也看不下去。结城心想,她拿着那种东西就好比是在米洛斯的维纳斯雕像上接上肯德基老爷爷的手臂,大概就是这种感觉吧。

女子伸出纤细白皙的手臂,将打工信息的杂志递了过来。

"因为这上面的字非常小,我不知道该怎么看才好。它有没有类似索引之类的东西呀?"

结城恭敬地接过杂志,看了看它的封面。上面陡然写着"夏日蓝领打工信息综合特辑"这样的字样。

"索……"刚开口,结城就注意到自己的嗓音沙哑,他慌忙清了清嗓子后说道,"这本书可能没有索引呢……您要找什么东西的话,我来帮忙吧。"

"啊。"那位女子瞪圆了眼睛,大大的水灵灵的眼睛有着如同婴儿一般清澈的瞳孔。其实结城也没有见过婴儿的瞳孔究竟是什么样子,但是他情不自禁那样想。那位女子微微向他欠了欠身子。

"谢谢您的热心肠。"

只要她愿意,即便是让结城将丢出去的木棍给捡回来,他也会听命顺从吧。倒并不是因为出于迷恋或是思慕之类的缘由,而是不由自主的反应。面对这样的结城,那位女子让人不胜惶恐地自己主动报出了姓名。

"我叫须和名祥子。"

"啊,好的,你好。"

结城也急忙低下头行了个礼,而须和名则像是在期待着什么似的,一直盯着结城看。自己莫非做了什么不好的事情?一瞬间,结城差点陷入了恐慌,幸好,他很快意识到,原来是自己还没有报上姓名。

"我是结城理久彦。"

"结城先生吗?请多多关照。"

她以无懈可击、彬彬有礼的态度说道。

这句话反而让结城高昂亢奋的情绪冷却了下来。

与如此优雅的女性近距离相处，他却高兴不起来。须和名应该是在感谢自己，但是直觉告诉结城，这就像是在夸赞便利的汽车和美味的牛肉一样，她并没有将夸赞对象当作和她身份、地位对等的那样来对待和表示感谢。

但是结城倒也并没有因此而不高兴，因为两人地位不同这点他自己本来也知道。于是，他也彬彬有礼地询问道：

"那么，您想要找什么呢？"

须和名微笑着回答道：

"是某个打工的招聘条件。"

当然了，说到要在打工信息的杂志里找，要找的只可能是这种事情吧。可是——

"是您要找打工？"

"是的。"

有种决定性的违和感，就像是巴西的F1车神埃尔顿·塞纳来到驾校，说要请人教他开车一样。须和名的脖子上戴着一条闪闪发光的宝石项链。结城不由得想：如果把它卖掉，就能拿到比打零工多不知道多少倍数额的钱吧。

"为什么？"结城不由自主地小声嘀咕道。

须和名满脸通红，说道："跟您说这个真是有点不好意思……因为我稍微有点负债。"

"负债？"

"是的。"

须和名一边说着,一边举起一根手指。她的意思大概是说自己欠着一份钱吧。

"我在找一份重要的工作。"

是正在找工作吗?那就让我来帮你找吧。不过,话说回来,一根手指究竟代表着多少负债呢?结城还没有搞明白,就开始翻阅起了打工信息的杂志。

因为这是"夏日蓝领打工信息综合特辑",所以首先映入眼帘的尽是些道路工程、水管工程、交通指挥等方面的招聘启事。时薪确实不低,如果是自己的话做这种工作可能也不错,可是对须和名小姐来说会如何呢。他继续翻阅着杂志。

"如果您着急找工作的话……这附近有短期零工的招工。"

他边说边翻到那页递给了须和名。突然探过头来的须和名身上飘来淡淡的芳香。虽然心里明知道这应该是植物类的香水,但结城还是被囚禁在这是须和名体内散发出的芳香的这种错觉中。

"开店的工作人员……这是什么意思呢?"

"店铺新开张的时候会比较忙,所以就会特地多招点人手。如果处理事务能力不强的话会很辛苦的。"

"那么电话推销员是什么意思呢?"

"就是打电话给别人,然后问对方要不要买东西，这样去推销。由于会被电话那头很冷漠地对待，而会积累不少压力。"

"那么，"须和名伸手指出的是招工时薪那一栏，问道，"这里写着八八零，是指多少钱呢？"

她竟然问那是多少钱，这下就连结城也实在不知道该说什么了。

"应该就是八百八十日元的意思吧……难道您觉得不是这个意思吗？"

"不，我的意思是说那是一天的工资吗？"

"怎么可能。"

结城脸上夹杂着奉承、怜悯、羞涩的表情，露出一张扭曲的笑脸。

"这是时薪，也就是一个小时的工资。如果一天工作八小时的话，那就能赚到八百八十日元的八倍薪水。"

"那也就是说……"

结城沉默了，他不擅长心算。不过幸好，须和名似乎也不太擅长心算。沉默的空气中只剩下店内有线广播里传来的欢快爽朗的声音。最后，结城才小声嘀咕道："那也就是说，大约可以赚到不到一万日元吧。"

"啊哈？"须和名一脸茫然。

"一万日元，是吗？"她脑袋微倾，说道，"那样的话，好像有一点不够呢。"

"你到底欠了多少钱呀?"

须和名又像做错了事一般腼腆地低下头,伸出一根手指。所以说,这到底算是多少钱呢?结城抱着有点想问又有点不太敢问的复杂心情,虽然明知是自己多管闲事,却还是脱口而出。

"嗯,不过打工的时薪到哪里都是一样的。如果想要一下子赚很多钱的话,就不应该去打工,炒股或者赌博不是钱来得更快嘛。"说完,结城若无其事地继续翻页往后看。

炒股和赌博,须和名鹦鹉学舌般地小声重复着,身体似乎突然僵硬起来,以意想不到的尖细声音叫道:"结城先生!"

"嗯?"

"之前的那一页,可以给我看一下吗?"

结城按照她的指示,翻回到那一页,她脸上的表情突然明亮起来,视线紧紧锁定在信息杂志的某一处。

"啊,这个条件看上去似乎很不错呢。"

因为杂志递在须和名面前,从结城的角度来看,他看不太清楚上面写着什么。他伸手把杂志拿近一些,看向须和名手指着的那一栏,上面写着"招聘被监控者"的字样。

这是在招聘什么?结城粗略地浏览了一下。

不限年龄性别,一星期内的短期打工,招聘

某人文科学实验的被实验者。每天会被限制拘留二十四小时。在考虑到人权的基础之上，将实行二十四小时不间断观察。时间期限为七天。饮食方面提供一日三餐。有单人的包间提供。但是，为了保证实验的纯粹性，实验期间与外界隔离。在被限制拘留的时间内全部按照时薪支付。

这也就是说，连睡觉的时候也可以拿到薪水。

从不限年龄性别这一点来看，应该不是什么奇怪的事情吧。不过工作内容上仅仅写着"被实验者"，由于不太了解细节，说完全不担心那一定是骗人的。整整一个星期与外界隔离，总让人多多少少感觉有些害怕，但是听说在诸如山间小屋之类的度假村里打工，也经常会有手机无法使用的情况。招聘单位也只是自称是"SHM俱乐部"，根本瞧不出具体是什么名堂。话说回来，这则招聘启事的上下左右都是名为"ABC开发""BCG专业公司"之类的招聘方，因此在不知道招聘公司真面目的这一点上，大家其实也都差不多。

比起这些，更重要的是时薪究竟能拿到多少呢？招聘启事上用黑色粗体字标识着：一一二〇。根据实际工作内容的不同，还会有额外的奖金。

"一千一百二十日元。如果真的可以二十四个小时全额支付的话，确实不错啊……"

结城不知不觉就假设到自己身上了。岂止是不错啊，应该说是条件极其优厚。简直就是太好了，好过头了。就在他为此思考烦恼时，须和名用手捂住嘴，噗哧一声笑了出来：

"结城先生，不对哦。这样的话，不就和刚才看到的那些薪水条件差不多嘛……"

刚才看到的那些？她指的是时薪八百八十日元的那些工作吗？和一千一百二十日元相比的话还是有很大差别的。结城心里如此想着，又重新仔细看了一遍：工作内容、人文科学实验的被实验者、时薪、一一二〇。

"哪里？"

结城的那句"哪里不一样呢"还没说完，他就注意到究竟是哪里不一样了。有两个字虽然一开始就印在上面，但是结城当时却忽略了。这就好比有家店自己一直看成是"意大利面（pasta）店"，但仔细看后却发现其实应该是"西班牙小吃（tapas）店"的感觉，真是让人跌破眼镜。不，简直是连下巴也要掉下来了。

时薪，一一二〇百日元。

结城不仅仅是心算不好，所有和数字有关的内容他都不擅长。他扳着手指头数道：个、十、百、千。一一二〇百日元。

时薪是十一万二千日元。

须和名说："虽然金额还是有点少……但是不管

怎么说，总比没有好。"

"不对，这应该是印错了吧。"

结城觉得把这种错误说出来都像是傻瓜一样，于是合上了信息杂志。

"印错，就是弄错了的意思吗？"

"应该就是这样吧。可能是出于某种情况，不小心把'百'这个字给混进去了。"

"不会吧，"须和名露出了慈母般的微笑，说道，"这本杂志是为找工作的人们努力做出来的。照理说，不应该会出现这种把字印错的低级错误吧。"

结城仿佛感到一阵眩晕，他揉着自己的太阳穴，晃了晃脑袋，说道："唉，如果真是这样就好了……"

"当然应该是真的吧。"

"你是说真的吗？"

"我要把信息抄下来。接下来，我还要和家人商量一下。"

须和名祥子是真的相信这世上会有时薪一一二〇百日元兼职的存在。不过，结城本来也只是个在店里被询问事情的男子而已。一走出店门，自己的名字就会完全从她的记忆中消失吧。

但是，如果那个工作时薪真的有十一万二千日元呢？

结城原本是打算买一辆款式时髦但价格适中的二手紧凑型小汽车的，但是这样一来，弄不好可以买一辆豪华的新车了。

结城轻轻地叹了口气,又告诉须和名一个社会常识道:"好吧。不过,如果你要抄联络方式的话,应该把这本杂志买下来才对。"

"啊呀"一声,须和名用手捂住了嘴。

结城理久彦,因为想买车,所以报名参加了应聘。

"实验"前七日

将个人简历随同申请书以挂号信形式邮寄。个人信息会受到保护。

经过书面资料的审核和选拔后，只通知合格的人。

想到自己反正也不急着找工作，原本就不抱任何希望的结城也报名应征了"招募被监控者"的工作。通过七天的与世隔绝，每天二十四小时，如果真能拿到超过一千日元的时薪的话，简直太棒了，应该也能买得起车了吧。

与须和名在那里分别后，就再也没有见过面。未来也应该再也没有机会和那样的人说话了吧，对此，结城并没有感到有什么恋恋不舍。这就和在街角被美国老牌影星查尔斯·布朗森问路并被道谢，在与影星分别之后，自己不会有"会不会再见面呀"这种念头是一样的。

把简历照着杂志上刊登的联系地址给邮寄过去后，过了五天。就在结城快要忘记这件事情的时候，手机铃声突然响了。

"很抱歉突然给您打电话，您是结城理久彦先生吧？"电话那头传来感觉是上了年纪、稳重而低沉的声音。

"是的。"

"这里是SHM俱乐部,十分感谢您本次来信应聘被监控者的工作。经过评选,您被录用了,特此来电通知您。"

接电话时,结城正躺在自家公寓房的一间屋子里,读着从旧书店里买来的破旧文库本。听明白来电的意图后,结城一个鲤鱼打挺,猛地坐了起来:"那……那个……"

"您说。"

"时薪是按照招聘要求里写的那样吧?"

"是的,正是如此。"

结城咽了一口唾沫,问道:"不知道你们是否注意到,时薪写的可是十一万二千日元哦。"

虽然结城认为那一定是印刷错误,但是既然真的有电话打过来,他还是先询问了有关薪酬的问题。

然而,电话那头的人丝毫也没有慌乱的感觉。"那只不过是最低薪酬而已。根据被监控者的实际业绩,我们还准备了各种奖金。"

原来不是印刷错误呀!结城一时语塞。对方并没有理会他的反应,事务性地继续往下说:"不好意思,我们只是以电话的形式来征询您,请容许我向您确认您的最终意愿,结城先生。您是否愿意花七天的时间来参加这次由我们举办的'实验'呢?"

结城的脑中闪烁起红色的警报灯。这简直是太奇怪了!

他咽了一口口水,说道:"那个……在那之前,我想了解一下那个'实验'的内容……"

但是,电话那头十分冷淡地答道:"十分抱歉,为了保持实验的纯粹性,请原谅我们无法预先告诉您具体内容。请您在理解这样的状况之后,决定是否要参加。"

"无论如何都不能告诉我吗?"

"我们也是被交代说,只能透露这是一项人文科学方面的实验。"

既然说是人文科学,能够想到的大概也只有行动心理学了吧。结城主修的虽然不是心理学,但是在选修课程里也参加过心理学实验。某次的实验内容是,面对坐在椅子上的学生,告诉受测者"可以用这个开关来调整电椅的电压",并把开关递给受测者。让他印象深刻的是,如果告诉受测者"这是实验,把电压再调高一点",无论看上去多么老实的受测者都一定会把电压调高,即便坐在椅子上的学生浮现出痛苦的、像热锅上的蚂蚁那样挣扎的表情。但其实,那张椅子并没有通电。这是测试人类对于命令抵抗程度的心理学实验。

原来如此,如果这次的实验也是一样,那么事前就不能过问太多。反正只要能拿到报酬就好了。

但即便如此,真的会有那么高的时薪吗?该不会是哪个机构预算实在太充裕,如果不拼命撒钱就花不完吧?

那一天,就结城的思考能力和谨慎程度而言,也只能想到这么多了。当被电话那头催促道:"您意下如何呀,结城先生?"他做出了一个绝对不算妥当的回应。总之,在还没有搞清楚状况的情况下,他就答应道:"嗯,呃……好……"

"太好了!那么,我就帮您登记为参加了。日后,我们会把火车票给您寄送过去。您在指定的车站下车后,会有人来迎接您的。"

可以说是无微不至的款待了。

内心翻涌的不安如积雨云般涌现。全额支付交通费本身已经十分罕见了,更不用说还把车票寄过来和到车站迎接了。初中时期,阿藤老师曾经说过:"太幸运的事情背后必定另含隐情。"在了解隐情之前,不应该接受。现在拒绝应该还来得及吧?

但是高中时期,伊藤老师也曾经说过:"不入虎穴焉得虎子,车到山前必有路,船到桥头自然直。人生就是要事必躬亲。"相比阿藤老师,结城更喜欢伊藤老师。不过,他最喜欢的还是宇藤老师,只是宇藤老师什么也没说过。

通话的最后,结城嘴里嘟哝着,含糊不清地说道:"嗯,呃,那个……请……请多多关照。"

"实验"前一日

用送来的车票乘上列车,结城又再次感到了不安。

傍晚时分,特快列车驶离车站,结城立马就注意到了奇怪的地方。他背着七天的行李,按照车票上指定的座位进入车厢后,发现里面并没有其他乘客。

前后左右,一个人都没有,就连自认为是乐天派的结城也感到如坐针毡,觉得无法继续再坐下去了。他去其他车厢看了一下,无论是指定席车厢还是自由席车厢,虽然没有到爆满的程度,但是乘客还是挺多的,这就更令结城感到诡异与不安了。

空无一人的车厢载着结城离开了市区。穿过工厂地带,经过田地,不知不觉列车驶入了翠绿的群山之中。一个小时、两个小时,黄昏过了,夜越来越深。虽然事先就知道路途遥远,但因为迟迟未抵达,结城不由得越来越焦急。这时,车内传来了广播通知,还有五分钟到达下一站。下一站就是目的地了。

特快列车竟然也会停靠在这么寂静的车站,真是让人感到吃惊。结城把车票递给车站工作人员后,走出了铁皮屋顶搭盖的车站。空气中还残留着炎炎夏日的余热，夜晚仍旧热得令人不舒服。在和城市感觉完全不同的星空下，结城茫然地站着。一位打着领带的男子走近过来，向他鞠躬致意道："您是结城理久彦先生吧？"

是电话里听到过的声音。循声看去，只见一个男子全身包裹着看上去就很闷热的黑色西装，站在那里。

这位男子虽然头发里夹杂着白发，脸上有皱纹，个子不高，但是举手投足却十分利落，礼节和说话方式也都很简洁。他与结城也完全不属于同一个世界，但是从某种意义上来说，这个不同的世界又和须和名的不同。

已经来不及了，既然已经站在这样一个干脆利落、不容小觑的男人面前，就已经无法逃离了，结城这样想着，但事实上，他根本没有打算逃走。反正原本也没觉得这会是什么正经的工作，结城是有所觉悟而来的。而且他觉得船到桥头自然直，世上大部分事情总归是会有办法解决的。到目前为止，结城也都是以这种轻松悠闲的心情搞定大多数事情的。

话虽如此，可是在说出"是的，我是结城，请多指教"这话时，他还是稍稍有点破音。小个子男子殷勤地把结城带到汽车的后排座位上。虽然不知道车型，但他知道那是辆引擎声音很小的豪华轿车。

从车站开出大约过了三十分钟，在车头灯的照射下，汽车在蜿蜒狭窄的山路上前行。车子几乎没有震动和噪声，一坐就知道性能很好。不仅如此，道路也很平稳。在这么偏僻的山中，这种看起来没有人会经过的山路上竟然都铺着全新的柏油路面。

离开家已经好几个小时了。不久，车子开到了一座小山丘上。

月亮悠闲地悬在空中，在月光下，渐渐能看到建筑物了。这是一栋极为扁平的圆形建筑。外部仅仅涂着水泥，毫无亲切感可言。建筑物虽然不小，但也不算大，乍一看就像是某种防空洞的入口。

车子停下后，小个子男子为结城打开了车门。

"您请，结城先生。"

接着，结城被领进的是一个像是会议室一样的房间。那里地板上铺着地毯，里面有长条的桌子、白得刺眼的天花板、白色墙壁，房间正面还有一个巨大的投影屏幕。在这个能够容纳一百人甚至两百人的巨大会场里，现在却只有十几个人。结城在其中找到了美国老牌影星查尔斯·布朗逊。

坐在屏幕正对面、从前面数过来第二排桌子边的女子朝着走进来的结城微微一笑。是须和名祥子，结城这样想着。上次她站着，看起来像一朵芍药，现在她坐着，看起来就像一朵牡丹。须和名只是微笑，看上去似乎并不打算和结城搭话。

结城在自己和须和名之间，找了一个自认为妥当的距离，在椅子上坐了下来。两人相隔两张长条桌子，距离大概是六米左右。

因为介意有须和名在，所以结城不得不坐在了很前面的位置。其他的应聘者全都坐在结城后面的座位上。虽然结城很想看看那些会来参加这项诡异招聘的人究竟长成什么模样，但是特意回头确认总感觉很奇怪，而且他也没有勇气去看须和名的侧脸，所以双眼只能一直盯着什么都没有的屏幕。

接着走进来的是一个与前去迎接结城的小个子男子一样穿着打扮的、穿着黑西装打着黑领带的男子，只可惜他没有再戴一副墨镜。他走上讲台，朝大家行了个礼。

"久等了。感谢各位前来报名参加实验监测。"

看来结城是最后一个到达的。

这个男子的声音低沉而又清晰，一听就知道是那种习惯在众人面前说话的声音。他毫无停顿地开始说明道："我们根据各位寄来的文件资料，完成了审查。由于事先都确认过各位参加的意愿，所以我们已经做好了十二人份的准备。但是，如果对于接下来说明的各项条件有所不满的话，就此打道回府也无妨，我们会用车把想回去的人送到车站。"

说到这里，男子停顿下来，环视会场。包括结城在内的参加者都鸦雀无声。

他缓缓地继续说道:"那么接下来,我就要给大家说明要求了。首先是第一点,我想大家应该都已经在招聘启事上看到过,这个'实验'为期七天,每天进行二十四个小时,并没有特别设定监测时间,大家只需要在我们设定的条件下度过七天就可以了。反过来说,在这七天内,我们会一分一秒毫不遗漏地监测,也就是进行所谓的'观察实验',因此时薪是二十四小时全额支付的。"

"请问",后面传来一个男子的声音,但是立刻被讲台上的男子给严厉地制止了。

"如果有什么问题,麻烦请留到最后再问。接下来,是第二点。在这七天之内,大家不能中途退出。各位必须参加到'实验'的最后一刻。这个条件还包括急病等情况。我们招来的都是非常健康的人。但是万一得了什么急病或是受了什么伤,也无法让各位中途回家。必须让各位在设施内接受医生诊治。"

原来是这样,结城搞明白了。虽然不知道招聘方到底要"观察"什么,但是既然盖了专用设施,禁止与外界接触,那么自然不希望发生什么干扰。结城虽然是文科生,但是好歹也知道实验中途无法随便改变条件。

男子停顿了一下,补充说道:"不过,在某种特定条件下,打工期间可能会比七天短。这种状况并不是由我方决定的，而是要看各位是否积极地想要缩短时间。在这种情况下，我们会让大家不到七天就提前回家。"

来这里的人应该都知道本次打工为期七天。结城当然也知道，所以已经做好了准备，连原本订着的报纸都停掉了。现在再讲这些，也没有意义。

"接下来，是第三点。"

不知道是不是错觉，男子的声音变低了一些。

"在'实验'进行中，本俱乐部会对各位担负起全部责任，饮食等日常起居方面自然不用说了，我们会做好万全的准备来照顾各位的。生病或是受伤等治疗均为免费。参与实验监测的各位如果做出任何违法行为的话，我们也会负全责。"

不明白这话是什么意思。不，倒也不是完全不明白，而是实在想不出这具体是指什么情况。结城才刚皱起眉头，讲台上的男子就开始举例说明了。

"譬如说，被实验监测对象 A 先生不小心误伤了 B 先生，导致 B 先生受了重伤。原本应该是由 A 先生来承担责任，但是如果此事是在本次'实验'中发生的话，就等于是我们俱乐部伤害了 B 先生。'实验'结束后，我们也仍然会继续补偿的。

"也就是说，对于在'实验'中发生的事，各位对其他成员不必承担任何法律责任。"

"不会吧！"结城不由自主地想呻吟出来。

这样的话，假如结城刚一进入这个不知名的设施，就开始大吵大闹，破坏设备，那也不必负损坏物品罪，而是由雇主负责。如果结城被须和名的微笑而射中心脏死掉的话，那么须和名也不用承担杀人的罪名，而是由俱乐部来承担。不管怎么想，这都是对被实验监测对象有利的规定。

但是仔细想想，在这个密闭空间里，俱乐部会不会把这里发生的事情公开这一点还并不知道。难道是打算全部都在内部解决吗？

"接下来，请大家提问吧。"

好像马上就有人举手了。讲台上的男子微微点了点头，刚才那个话讲到一半的声音继续问道："你们一直在说实验什么的，那么浴室、厕所又是怎么安排的呢？"

结城情不自禁地拍了下自己的膝盖。原来如此！这可是个急迫的大问题啊！虽然不会有什么人会为了偷看我洗澡而感到兴奋，但若是仙女入浴的话，情况就不一样了。那个仙女距离结城大约六米，好像在听又好像是没有，她一直面朝前方，纹丝不动。厕所应该和仙女无关吧。仙女是不会上厕所的。

男人似乎并不认为这是个大问题：

"基本上，各位被实验监测对象的隐私都受到限制。针对您提到的浴室和厕所，我们也会进行实验监测。不过，我们不会随便留下'观察'不需要的画面，监测的结果也绝对不会对外泄露，请各位放心。"

"就是说，你们还是会拍下来的吧。"

"我们提供的时薪也包含考虑到了这一点。"

"摄影师会一直跟着我们吗？"

听到这个问题，男人稍微撇了下嘴角，说道："不会。"

"那么，你们怎样进行监测呢？"

"我们会在设施内做说明。"

结城不祥的预感又增加了五成。

"还有其他问题吗？"

一个声调很高的女声问道："话说，差不多应该该告诉我们了吧，这到底是什么实验呀？"

"这一点，也会在设施内做说明。"

"应该不用做什么测定吧？还有，我们怎么样才能拿到奖金？"

"这一点，也会在设施内做说明。"

"晚上会有夜间补贴吗？"

听到这个问题，一直表情冷淡、回答如流的男人也第一次卡壳，一时说不出话来。

仔细想想，确实如此。对呀对呀，夜间补贴会怎么样呀？休假日补贴能不能拿到呀？结城在心中默默地问道。男子虽然迅速恢复了冷静的表情，但是说话的声音中仍然让人能感觉到一丝慌乱。

"我们提供的时薪也已经包含了这一点。"

"那笔钱……"又换了一个男子开口询问道,"你们怎么保证确实会付给我们呢?那么大一笔钱,你们真的准备好了吗?"

"您的担心确实很有道理。"

像是早就预料到会有人问这个问题似的,他话一说完,就操作了手边的某样装置。会场的出入口立即开启,又出现了两个穿着西装的男子,他们双手提着平时不太有机会看到的、闪着银光的手提箱。结城猜想,这应该就是铝制手提箱吧。

讲台上的男子接过箱子,轻松地将它们逐一打开,把里面如同积木般的一沓沓钞票,像红砖一样堆起来。

讲台上很快就堆出了一座小山。

"这里的每个手提箱都装有五百万日元,四个就是两千万日元……这样可以消除各位对支付的担忧了吧?"

杀一个人是杀人犯,但是杀一万个人的话就是英雄了。这话是谁讲的?

一张钞票是一万日元,两千张钞票就是两千万日元了吧。

结城惊得张大了嘴,心里想着诸如此类的事情。直到刚才为止,会场还都很安静,但是现在却喧哗起来,不断地传来"好厉害啊"、"这钱是真钞吗"

之类的声音。讲台上的男子像是为压制住现场的喧哗声般,提高了声音。

"如果各位希望我们能够先支付一部分钱的话,我们也无所谓。不过,设施内不能携带除了衣服以外的私人物品,因此还是必须请各位把钱先留在这里。"

虽然对方已经事先通知结城不能带书和杂志,但他还是带了手机。如果说不能携带私人物品进入的话,这里可以寄存吗?希望里面不会太无聊。

另一方面,有人听了这话,立马便举起了手。是须和名。

"不好意思……我有个问题想请教一下。"

"请问。"

须和名的声音和神色中带着些许不安,甚至有些胆怯。须和名小姐是在害怕!结城不由得想要站起来对她说:"没关系的,祥子小姐,只要有我在。"然而他也只是心里想想。

须和名踌躇着说道:"不好意思,刚才您已经说了不能携带私人物品,但我还是想冒昧地问一下……可以的话,能否请您通融一下?"

"您指的是什么呢?"

"我平时用的化妆品,可以带进去吗?"

喧哗声停了下来。

男子也沉默了。

讲台上的两千万也因此而黯然失色。

"这个嘛，应该可以吧。"

"谢谢。"

须和名看上去显然松了一口气。

从刚才的问答中，结城得到一项重要的信息。这个兼职也就是"实验"的目的……

应该至少不是化妆品研发。

男子像是想要找回会场空气中某种被严重破坏的氛围似的，更大声地咳了一声，严肃地说道："还有什么其他的问题吗？"

确实还有很多想问的问题，但是即便问了，应该也得不到什么像样的回答吧。结城保持着沉默。

"好像没有问题了。"

男子以这句话做再次确认后，低声说道："那么，最后要警告各位。

"接下来可能会发生不妥当、非伦理的事情。基于此，如果你仍然能够接受，那么就请继续进行下去。如果无法接受的话，建议您立即离开。"

接着，男子又补充了一句，说道："不过，我们已经为各位准备好应对这些危险的东西了。"

谁都没有要从座位上站起身的意思。在场的所有人想必全都感觉到了异常。然而大家也应该都是和结城一样，有所觉悟才过来的吧。恐怕连须和名也是如此。

又或许是，只有不会退缩、放弃的人才能通过审查来到这里吧。

"很好。"

男人点点头，举起了一只手。

"那么，接下来由我为各位带路，进入这次'实验'用的设施。欢迎来到名叫'暗鬼馆'的地方。"

"实验"第一日

1

还记得以前有一部漫画，里面出现过一种很方便的道具。

只要把面包压在书上，文字就会印在书上。只要把面包吃掉，就可以记住书上的内容。在考试前使用，是相当方便的东西。

这个道具的名字叫做"记忆面包"。

这里则是叫做"暗鬼馆"。①

结城虽然自认为是个乐天派，但也绝对不是个爱讲同音异义冷笑话的人。之所以会想到这个，是因为想要设法转移自己太过紧张的情绪。

现在他正处于一个圆形的房间，房间正中央摆放着一张深褐色的透明圆桌，桌子四周环绕着十二把椅子。心里默默一数，结城发现进入"暗鬼馆"的也正好是十二个人。

房间里充斥着浓厚的洋房氛围。和桌子一样，房间也是圆的。墙纸使用的是一种让人感到平静的

---

① "记忆面包"，是哆啦A梦的道具，又称"背书面包"，日语发音是ankipan，与"暗鬼馆"的日语发音ankikan相近。

茶绿色。仔细一看，可以发现上面遍布着细致的常春藤花纹。虽然整片天花板上透出淡淡的微光作为照明，但是墙上也装配有烛台，也许是用来装饰的吧。

房间的四个方位都有门，全部都是令人感觉厚重的木门。不过，四扇门之中，有三扇呈透明的浅褐色，另外一扇则是涂成接近于白木门的感觉。比较奇特的是只有房间是圆形的而已，除此之外，这里看起来像是个无可挑剔的客厅。挂钟滴答滴答地走着，沿着房间的圆形摆放着装饰架子，架子上摆放的几乎都是西洋陶器。乳白色的陶器毫无杂质，图案的颜色也很鲜艳。即使这里进来了十二个人，房间仍然足够宽敞。

但是，这里仍然有一种危险的感觉。结城抬头看着天花板。

微微透着光亮的天花板……他们十二个人，就是从那里进来的。

说明会结束之后，他们首先被检查了私人物品。正如结城所想的那样，书和杂志之类的东西全部被没收了。不仅如此，大部分衣服确实可以带进来，但他带来的唯一一件夏日连帽外套却没有被允许携带进入。鞋子也是从原来穿来的运动鞋被迫换成凉鞋，虽然很合脚，但似乎并不是每个人都必须更换鞋子。

检查完之后，他们被带到了防空洞的深处。那里有一扇厚重的铁门，门的另一侧是一个下坡通道，看起来像是以螺旋状的方式不断朝地底延伸。不知道往下走了多远，通道的前面出现了一个下水道盖似的盖子。带路的人旋转把手、打开盖子后，可以看到里面有个向下延伸的梯子。

"'实验'的地点，就在下面。"

结城那不祥的预感在这个时候到达了顶点。他感觉自己像是要被遗留在地底深处了。大家没有互看彼此的表情，但是可以明显感觉到，其中有几个人和结城一样，身上散发出不安与犹豫的气息。

然而，除了带路者之外，还有五个结实的大汉跟在后面。这些人虽然一言不发，但他们的职责却显而易见。就是不让我们这十二个人逃走。之前有好几次可以反悔的机会，可是都没有把握住。现在既然来到这里，就已经无法回头了。

大家一个接一个地顺着梯子下去，踏在铁制梯子上发出的"锵、锵"回响的金属声给人一种不祥的感觉。

等到每个人都爬下梯子，抵达客厅之后，梯子便马上被收了上去。盖子也被盖了起来，与天花板完美契合得甚至看不出接缝。

他们十二个人，就这样被邀请进了"暗鬼馆"。

结城之所以内心紧张，不仅仅是因为"暗鬼馆"的入口已经被关闭。透明深褐色的圆桌上，还摆放着围成一圈的人偶。人偶的脸蛋红扑扑的，戴着羽饰。这些是印第安人偶。结城明明心里想着不要去数，可还是忍不住用目光扫了一遍。一数，果然是十二个。

（真是恶趣味啊！）

结城心中早就失望透顶了。和结城一样同样也看着人偶的还有一个人，那人双手抱胸喃喃自语道："这什么呀，真让人恶心……"

是刚才问询夜间补贴的那个女子的声音。

有个男子把手放在这个女子肩上，说道："确实，有点令人害怕。"

接着，他又把脸稍稍靠近人偶，说道："它们好像拿着什么东西。"

十二个人偶各自双手抱着一张银色的卡片，大小差不多正好能拿在手里。男子毫不犹豫地把卡片拿了起来。

"是信用卡……不对，是卡片钥匙吧？"

接着伸手去拿的，不是别人，正是须和名。她拿起卡片，对着天花板的光线边看边说道："是钥匙。啊，这种东西我以前看到过。"

结城一边想着如果是卡片钥匙这种东西的话，大家多少都见过吧，一边随便挑了一个人偶，从它手中拿过卡片。

受到他们的影响，其他九个人也纷纷拿了卡片。这到底是用在哪里的卡片钥匙呢？或者说，它其实是别的东西？卡片表面印着数字"6"，这是指房间号码吗？还是指什么？

就在最后一个人拿起卡片的瞬间，只听"嘭嚓"一声，传来什么声响。结城记得自己听到过这种声音，那是播报什么事情之前打开麦克风的声音。

"我来给各位做指示。"传来一个干脆利落的声音。这是刚才在讲台上做说明的那个男子的声音。

"请各位务必在午夜十二点之前，按照手中卡片钥匙上的号码进入房间。到第二天清晨六点为止，严禁从房间里出来。我再重复一次，清晨六点之前，禁止从各自的房间出来。早餐会于上午七点在厨房供应。指示完毕。"

刚才他明明说过会在设施里就细节作详细说明的，现在却只有这么点指示就结束了。

本来以为会有人抱怨，但是有人却像是为了抢占先机一般，大大地打了个呵欠说道："真是太感谢了，我刚好很困，想睡觉了。现在已经十二点了。"

看了看挂钟，确实已经快十一点五十分了。结城虽然在心中感叹时间真是在不知不觉中过得这么快，但是一想到自己抵达车站时，太阳就已经下山了，所以这么算来应该确实过了很久了吧。

不过，还是有个问题。

"各自的房间在哪里呢?"不知道是谁喃喃自语地问道。

也不知道是谁马上就回答了："墙上有示意图。"

那个人指向沿着圆形墙壁粘贴着的、微微有些弯曲的白色金属板。

结城的目光一开始就被"暗鬼馆"奇异的形状给吸引，所以没有注意到这块金属板，恐怕这里的大多数人都是如此吧。无论是刚才经别人指出才注意到示意图的人，还是之前就注意到示意图的人，大家好像都一齐开始凝视它。

不知道把这里称为"建筑物"是否合适。名为"暗鬼馆"的这个地下空间大致上呈同心圆状。

现在他们所在的客厅，位于中央的圆形区块。确切地说，是"Lounge（客厅）"、"Dining Room（餐厅）"、"Rest Room（卫生间）"、"Kitchen（厨房）"这四个生活区域共同汇整在一个圆形之中。

这块圆形的生活区块外侧，看起来像是被一条弯曲成奇妙形状的回廊围住。想要从生活区块进入回廊，只能从客厅里出去。

这条回廊外侧是一个个房间。结城数了数，共有十七个房间。分别写着"Private Room 1（私人房间1）"、"Private Room 2（私人房间2）"等的这些房间，应该就是广播中所说的"各自的房间"吧。

剩下的五个房间，分别写着"Vault"、"Prison"、"Guard Maintenance Room"、"Recreation Room"、"Mortuary"。

结城虽然是个大学生，但是他对自己的英语能力没什么信心。"Guard Maintenance Room"大概可以翻译成"警卫维修室"吧。"Prison"这个词太简单了，他知道是"监狱"的意思。还有"娱乐室"（Recreation Room），这真是让人欣慰。但是剩下的两个单词他就不认识了。

回廊看起来是为了围住生活区域，才被设计成圆形的吧。这个猜测实际上并不完全正确。围住房间的回廊并非只是圆形，而是被弯成了奇妙的波浪形，这些波浪形又将生活区域围住。乍看之下，很难理解这一道道波浪的用意何在。

突然间，传来"咚"的一声沉重的声音。结城一惊，吓得心脏猛地跳了一下。定睛一看，原来是挂钟发出的声响。挂钟只响了一下，是在十一点五十五分时敲响的。已经接近十二点了，得赶快进房间。结城有种被催促的感觉。

无论情况多么可疑，结城他们毕竟是来打工的，并不想在第一天就违反规定。

十二个人面面相觑。第一个拿起卡片钥匙的魁梧男子简短地说："那么，走吧！"

大家就在还没有自我介绍，也没有好好看清楚彼此长相的情况下，打开厚重的门，三五成群地离开了客厅。

2

客厅里有四扇门，其中有一扇通往餐厅，其他三扇应该都是通向外围的回廊。

然而，十二个人一个接一个地，都从同一扇门前往回廊，结城也毫不犹豫地跟着照做。并不是因为已经发生了什么事，而是结城微微感到的那丝诡异气氛阻止了他独自一人走向不同的门，即使那扇门更靠近自己的房间。

须和名也觉得这个地方很可疑吗？就在结城打算转头偷偷瞄她的时候，她先转过头来，问道："结城先生，你住几号房间呢？"

"呃，啊……"

这种亲密的询问方式引来好几个人同时看向结城。为了避开他们的视线，结城故意夸张地看着自己的卡片，说道："嗯，我在六号房间。"

"那我住在你隔壁。"

须和名这句话中完全听不出任何"那就放心了"或是"这样很不安"之类的语气，她似乎只是在确认事实而已。有人听到两人交谈，插嘴说道："我也住在你隔壁，我是五号房间。"

应该是刚才一到客厅就说"好困好想睡觉"的那个男子吧。结城虽然觉得就是他,但是现在仍然有些不能确定。他不擅长记住别人的长相和名字,而且这条回廊里的光线很昏暗,装在墙壁上的烛台成了唯一的光源。当然在这里,烛台上摆放的并不会是真正的蜡烛,但是在玻璃中闪耀着的、呈火焰状的灯泡同样亮度不足。

"我的房间到了。"

才刚听到有人喃喃自语,可回头一看,人影就已经消失在门后了。虽然结城并没有仔细去数,但似乎已经有几个人找到自己的房间,进去了。

弯成奇妙形状的回廊,让走路的人有一种酩酊大醉般的恍惚感。结城他们一行人顺时针走在回廊里,这样便使得回廊看起来始终呈现为略微向左弯的曲线。结城猛地回头,刚才有人走进去的房间,理应就在后面,但是由于房门藏在回廊的弧线里,已经看不到了。

每弯过一个转角,就会出现一道门,然后就有人从那里进入房间。不久,那个说"好困好想睡觉"的男子,也喃喃说着"我的房间应该就是这间",伸手去握门把手。正当结城想继续往前走时,那个男子不知为何拉住了结城的衣袖。

突然被人拉住,结城既感到惊吓又有点生气。

"干吗呀。"

"这份工作似乎很危险啊。"

这一点，结城自己也充分感受到了。

"嗯，也许是吧。"

但是在微弱的光线中，那个男子诡异地露出开心的笑容。

"大概比你想象的还要危险哦。进房间之后，仔细看看卡片吧。"

然后他放开了结城的衣袖。

（干吗啊，这家伙！）

须和名走在前面，已经消失在转角了。结城加快了步伐，紧随其后。

结城在写着"Private Room 6（私人房间6）"的房门前脱离了大部队。说是大部队，其实队伍中所剩的人数也已经不多。原本有十二位参加者，现在包括结城在内只剩七个人了。

"那么，祝你晚安。"

结城一边沉浸在须和名向他鞠躬说出这句话的余韵中，一边把手伸向门把手。那扇门似乎是横拉式的。

这么说来，刚才还拿了张卡片。结城心想：那难道不是张卡片钥匙吗，但似乎没有必要去找读卡的机器。门没有上锁。这里又不会有小偷，确实没必要上锁。这么想来，结城也能接受。

但是他立马皱起了眉头。

哪里都没有看到读卡器。从房门内侧看过去，门上也只有一个把手而已。

（并不是没上锁。）

这道门，根本没有锁。

所有的房间都是这样的吗？还是只有这间六号房间，在施工的时候出现了失误呢？虽然他想找个人问问，却发现没有可以问的人。虽然他想去隔壁房间问问："你的房间也没有锁吗？"可是刚才被招聘方要求，超过零点就不能从房间里出去。如果第一天就违反规定，导致高得超出常理的工钱被扣的话，可就不好玩了。反正明天早上应该就能知道了，这么一想，他改变了主意，重新观察起了房间。

房间里没有窗户。因为"暗鬼馆"处于地下室，没有窗户是理所当然的。但是既没有窗户也没有窗帘的墙壁让结城感觉到一种压迫感。

适应了有点不舒服的感觉之后，这个房间好像还是蛮舒服的。就连谈不上有什么品位的结城也能看得出客厅里的那些摆设价值不菲。但是这个单间里的地毯、书桌和壁纸，几乎都是毫不浮华的朴素物品，另外还有一面全身镜。

门一打开就是起居室，壁纸和地毯都是灰白色的，看上去是个简单清爽的房间。屋子里面还有一扇门，打开之后，照明变得柔和了。这是卧室，以酒红色为基调，墙边摆着一张床。

房里有个壁橱,里面放着浴袍、睡衣睡裤、睡袍、睡帽以及毛巾。这些东西里面,结城唯一看到过的只有毛巾而已。

卧室里除了入口以外,还有两扇门,一扇通往厕所,另一扇通往盥洗室。盥洗室里有洗手台和洗衣烘干机。结城身上穿的衬衫之类的衣服,只要随便洗洗再扔进烘干机后,应该就没有什么问题了。但是须和名穿着的高级服饰该怎么办呢?可以用洗衣机机洗吗?这样的事让结城很在意。

固定在墙上的架子上有几支牙刷和牙膏,还有电动刮胡须刀。结城平常用的是安全剃须刀,他试着找了找,却没有找到这种东西。

从盥洗室可以通往按摩浴缸,地方相当宽敞,到浴缸的那段路感觉比公共澡堂的还宽敞。

但是……

(很热?)

与其说是热,倒不如说有股热风吹来。明明是按摩浴缸而不是桑拿浴室,却热得离谱。浴缸里已经放了热水,是这个原因吗?结城不想马上就泡澡,打算晚一点再冲掉一整天流的汗。他今天搭乘长途列车,确实有点累了。

仔细一看,奶油色的墙面上嵌着白色瓷砖,上面写着如同公共澡堂般的注意事项。

●十点到十一点间自动清扫装置运作,不能

入浴!

这真是令人感激。宽敞的浴缸固然舒适,但是如果要自己打扫的话,那可就辛苦了。

正要走回房间时,结城发现一件事:这个房间的门本身没有锁,他记得盥洗室的门也没有锁。但是通往按摩浴缸的门却有锁,还是极为常见的半月锁。

由于觉得厕所门有锁是理所当然的,所以没有特别去注意,那么厕所门到底怎么样呢。结城走过去确认了一下,结果发现厕所的门竟然没有锁。这样设计有什么特别的用意吗?还是设计上的失误呢?

结城边想着随便他吧,边回到卧室,在床上躺了下来,软绵绵的,感觉身体像是沉了下去。结城不由得叫出声:"这……这是……"

是慢回弹材质的记忆床垫,枕头也是那种质地的。

似乎可以好好睡上一觉了。

3

在床上的枕头边发现一个箱子。

箱子虽然很朴素,但是看上去却又不像是个便宜货,和其他的家具放在一起总有些不相称。那是一个老旧的镀了锡的铁箱。铁箱牢牢地盖着盖子，上面写着"TOY BOX（玩具箱）"的字样，感觉像是用油漆胡乱硬写上去的。

但是，这并不是一个普通的箱子。在"玩具箱"的字样下方，附着一个很小的液晶监视器，上面显示着以下内容：

　　结城　理久彦
　　在开启箱子的时候，请注意不要被别人偷看到

这个房间会被结城选中，只是个偶然。是结城从十二个人偶的手中，随便拿起一张卡片的结果。然而现在，自己的名字会在这里出现，又是怎么一回事呢？结城第一次意识到了自己正在被监视的现实。

结城试着把手放在箱子的边缘，却似乎打不开箱子。仔细一看，发现箱子侧面有一个读卡器。那里正亮着红灯。

"难道是用来打开这个的吗？"结城喃喃自语道。

他从口袋里掏出了银色的卡片钥匙，将卡在读卡器上一刷，灯就从红色变成绿色，同时箱子发出"嘎吱"一声。结城再次试着触碰了盖子，这次好像

很容易就能打开了。

这是个有着两手合抱大小的镀锡铁箱。打开它的盖子后,结城探头朝里一看,不禁嘟囔起来。

"棒子?"

箱子里放着一根棒子。

这是一根毫无光泽的黑色棒子,也没有什么特别的装饰。棒子的一端弯曲成环形,另一端则是平平扁扁,弯成一个直角形状。锯齿相互契合,不留丝毫空隙,形状就像一只长长的熊掌一样。结城觉得,要是用来捡掉落到床下的东西的话,这根棒子应该再合适不过了。

结城试着轻轻握起它……好重,但也不至于重到一只手拿不起来的程度。长度大概是结城的肘关节到手指尖的距离。

"这是什么啊?"

答案就在这个"玩具箱"里。

在箱子底部,有一张被折成三折、写着"备忘录"字样的纸。纸上有一个小丑的帽子模样的水印。这是在英国所使用的大开面纸。上面打印着的文字可以看出稍微有些歪斜。不知道是打印机有点问题,还是说用打字机打出了这般有些歪斜的字呢?

给打开这个箱子的人的信息,是这样的:

"殴打杀人"

要追溯人类开始使用暴力时,最初的武器应该是四肢吧。

接下来会使用的,毫无疑问就是棒子。

这是极为原始、一点也不优雅的原始武器。正因如此,因一时冲动而引发杀人的时候,棒子就屡屡登场了。

其中给人印象最为深刻的,毫无疑问就是"拨火棒"了。在许多,或者说是在所有的西洋住宅里,都会配备壁炉作为房间背景,那里往往都有一根拨火棒,被凶手拿在手里,从而夺走了许多人的生命。

而且,在推理小说史上最为有名的"拨火棒",恐怕要数在《斑纹的绳子》里登场的那一根了吧。

那么,拿到了这根棒子的你,还能够把它折弯并恢复成原来的样子吗?

做不到的话也没关系。因为无论它是弯是直,只要持拨火棒用力一击,就一定会造成殴打杀人。

"这是什么啊!"

结城不知不觉地把自己刚刚嘟囔的自言自语又重复了一遍。

"这是什么啊?"

他重复感叹了三次。这根黑色的棒子似乎是拨火棒。拨火棒这个名字之前看到过好几次,但是拿到实物倒是第一次。这是用来调整壁炉火候的东西,但在"备忘录"中,却没有提到"可以使用它来把壁炉弄得暖和一点哦"这类的话。

上面写着的是可以用它来殴打杀人。

结城突然想起之前那个说自己"好困好想睡觉"的男子说过要他仔细看看卡片。结城将拨火棒放回"玩具箱","哐当"发出铿锵一声,声音大得出乎意料,吓了他一大跳。盖子一合上,读卡器的灯又变回了红色。

结城把卡片钥匙对着光源,微微斜对着,发现上面有字。卡片上写有文字,字很小,很难看清,但还不至于完全无法看清内容。写在卡片钥匙背面的文字是这样的,开头处标着"十诫"。

"十诫"

一、犯人必须是在"实验"开始时就已经置身于建筑物内部的人物;

二、各位参加者不可以使用超自然手法;

三、不可以使用两个以上的秘密房间或通道;

四、不可以使用未知的毒物或者需要冗长解说的装置杀人;

五、各位参加者不可以是中国人；

六、担任侦探者不可以将出于偶然或者不可思议的直觉，当成指认犯人的根据；

七、成为侦探者不可以杀人；

八、对于主人，不可以藏匿线索；

九、扮演华生角色者的智力，最好略低于主人；

十、各位参加者不可以是双胞胎或长相与犯人神似。

结城的耳边又响起刚才那个男子的声音：这份工作似乎很危险呢，或许比你预想的还要危险。

结城不知不觉地皱起眉头。

"真是低级趣味啊。"

接着，他又重复了这句话四五次。

结城有种不祥的预感，或者说是危险与不安感，现在已经转变成为所谓的"危机感"了。而且，就算现在已经拿到发给自己的凶器，也还是不清楚这股危机感背后的真相是什么。结城在慢回弹材质的记忆床垫坐下来，陷入苦思。

他拿起沉重的拨火棒，像是行举枪礼那般，高举在自己眼前，烦恼着拿到这个东西，到底该怎么处理才好。

让人无法不尊敬的江藤老师曾经说过："无法掌握全貌的事物最可怕。在你们的人生中，经常会有真相不明的危机挡住去路，你们需要小心警戒。有些事情一步一步积累起来很困难，但摧毁只需一秒钟的工夫。"

最重要的是，尾藤老师曾经说过："让人摸不着头绪的事情在没有搞清楚之前，即使先丢在一旁也没有什么关系。你们的人生可没有长到可以一直被这些没有附加说明书的东西给捆绑住。"

加藤老师曾经说过："学校提供的营养午餐不能吃剩，要全部吃干净。"

当晚，曾经接受过许多教诲而成为大学生的结城，遵从了尾藤老师的话。

于是，他将拨火棒重新放回"玩具箱"，睡了个无梦的好觉，任由自己随心所欲的鼾声响遍整个"Private Room 6"房间。

4

第二天早晨，毫无戒备的结城受到一个意外的打击。

首先，尿意使他从睡梦中醒了过来。接着，他不知何时无意间踢开棉被，把睡裤往上撩，露出自己在高中时期练习跑步而锻炼出来的大腿。然后，他抓了抓屁股。

最后,他看到须和名祥子站在自己的床边。

在结城理久彦二十年的人生里,还从未有过一醒来就猛然起身、在床上坐直的经历。

须和名的视线微妙地从结城身上移开,说道:"早安。您的胡子长长了哦。"

这句话让结城注意到了自己的丑态。虽然他不是那种胡须浓密的人,但摸摸下巴就知道,现在的模样确实不适合堂而皇之地出现在别人面前。不过,他有自己的一套说辞:

"你不知道吧,男人的胡须往往都是在早上变长的哦。"

"不知道。我家的仆人都不会这样。"

"那是因为他们都是刮完胡子才出现的吧。"

不知道须和名是如何理解结城的话,她的表情突然阴沉下来。是不是自己说了什么不该说的话,结城内心的不安像乌云般涌现。

须和名以有如蚊鸣般的声音小声说道:"不好意思,我在您还睡眼惺忪、没有整理好服装仪容的一大早,就不请自来地跑到您的卧室,请原谅我的失礼。如果您容许我找借口的话,这是因为没有人可以帮我先通报一下,我实在不知道该如何拜访您才好。如果不是因为这个情况的话……"

无论是什么情况,确实没有人可以帮忙通报结城有客人来访。勉强要说有的话，大概就只有回老家的时候，母亲可以帮忙告诉自己有谁来了吧。她会大喊："理久彦！你对这位大小姐做了什么好事！"

"因为我有一件事，一定要在与其他人碰面之前找您商量。"

结城顿时睡意全无，脑中拍打着感动的浪花。一想到自己被须和名依靠着，结城毫不犹豫地给了一个很有男子汉气概的回答："一定随时奉陪！"

须和名的脸上露出了会心的笑容。一大早就能够看见她如同仙女般的笑脸，光是这样，结城就确定自己前来应聘这份兼职真是个正确明智的决定。

须和名突然回过头，目光投向紧闭的房门。

"我想要找您商量两件事情，不过其中一件应该已经大致搞明白了。其实，分配给我的那个房间没有上锁，我想知道究竟是搞错了，还是其他房间也是一样的情况……"

这也是结城心中的疑问。果然，每个房间都没有上锁。

对结城而言倒是还好，但须和名这样一个妙龄美女，置身于一群陌生人之中，还得睡在无法上锁的房间，内心一定相当不安吧。他能够体会须和名的苦衷，于是安慰她道："你昨天一晚上没睡好吧？好可怜。"

"没有，托您的福，我睡得很熟。"

那就好。

"那另外一件事情是什么呢？"

结城一边问，一边把目光投向墙上的时钟。时间刚过七点。或许已经有人开始吃早餐了。

须和名缓缓地张开一直紧握着的手。

"就是这个。"

她手中有个绿色的胶囊，一个祖母绿且颜色鲜艳的小胶囊。结城正想着这个是不是什么药物时，突然又想到一件事。

须和名接下来说的话，证实了他的担忧。

"这个房间里也有'玩具箱'吧。我的房间里也有，里面装的是一个小瓶子，瓶子里装着的，就是这种胶囊。与之一同放在一起的便条纸上写着胶囊里有毒。然后说允许我用来毒杀。"

"有毒吗？"

"是的。我记得是叫硝什么的……"她歪了歪脖子，继续说道，"对不起，我忘记正确的名字了。"

原本端坐在床上的结城，身体不由自主地往后缩了一下。如果是硝化甘油的话，那可不是什么毒药，而是爆炸物。这可不是开玩笑的。

但是结城好歹也是考上过大学的人，他的理科知识提醒自己不能胡乱臆测。以"硝"开头的字，不是只有"硝化甘油"而已。结城高考考的是文科，他那文科脑袋虽然不明白"硝"字的正确意义，但他的确是在哪里看到过以"硝"字开头的毒物。

他大致搞清楚须和名为什么会过来找他商量了。毕竟自己突然拿到拨火棒时,也很困惑。如果是拿到毒物的话,在感到困惑之前,应该会先觉得不舒服吧。

"毒物吗?真是让人感到很不舒服的东西呢。"

须和名蹙起了柳眉。

"嗯,"她看着自己的手,说道,"光是这样拿在手里,就不由得觉得好可怕。虽然那封信上写着,胶囊本身是不可溶的……"

"我懂的。"

"说来实在是惭愧,我对于社会世事不是特别了解。就这一点而言,我觉得结城先生似乎比较在行。"

如果只是帮忙翻阅打工情报的杂志,就被视为博学多闻的话,结城真是觉得无地自容。能够被人依赖,固然很开心,但是同时,也让他感到困扰。一种微妙的男性心理开始在结城心中作祟。

"因此,我想向您请教一件事。"

须和名将放着绿色胶囊的手伸向结城。由于内心深处想到,莫非这就是硝化甘油,结城情不自禁地缩起了身体,然而须和名仍然将那只美丽的手靠近结城。

"想问我什么事情呀?"

结城以颤抖的声音问道。

"就是关于这个胶囊的事情。"

"你是说有毒的这个?"

"是的,想请教您关于它的事。"

须和名一个劲地把手伸过来。结城究竟是该在她的面前夹着尾巴逃跑,还是该接过这个硝什么的玩意儿呢?

结城选择了后者。这并非是深思熟虑后所做的决定,而是不由自主的反应。须和名把胶囊放到结城的手里,接着说道:"我打不开。"

"嗯?"

他把目光投向手中的胶囊,这看起来只是个普通的胶囊,可是……

"我试图用力拉,但是没能打开。如果有什么特别的方式可以打开它,请您告诉我。"

此时,结城的脑海中闪过各种念头。但是,他把玩着手中的胶囊,觉得有件事非得先问清楚不可。

"你打开它想要干吗呀?"

"你这么问是什么意思?"

"你想对谁下毒吗?"

须和名把手放在脸颊上,歪了歪脖子,叫道:"哎呀呀。"

现在可不是说什么"哎呀呀"的时候啊!结城硬生生地将这句心中的呐喊从喉咙口吞咽下去。

此时,原本封着的胶囊缓缓地打开了,透明的液体滴在结城的床上。进入"暗鬼馆"的参加者总共有十二个人,最先发出惨叫声的是结城理久彦。

在与须和名互动的过程中,有件事情让结城非常烦恼。

须和名不但告诉了他,自己"玩具箱"里装的是"有毒的绿色胶囊",甚至还拿给他看。那么结城是不是也应该告诉须和名,自己拿到的是拨火棒呢?是不是应该让她看看"备忘录"上写了"可以用来殴打杀人"呢?

于情于理,不是都应该这么做吗?虽然须和名并没有这样要求。

最后,结城选择三缄其口,不告诉须和名自己得到的杀人凶器是什么。这次并非一时忘记或者心不在焉,而是慎重考虑之后所做出的决定。

5

结城以用不惯的电动刮胡刀剃了胡子洗完脸后,脱掉睡袍,换上自己带来的衬衫,走向客厅。"暗鬼馆"内暗不见天日。时钟虽然显示现在已经是早上七点半了,但是回廊还是像昨晚一样幽暗,并且和昨天一样,依然呈现微妙的弯曲。

客厅里有个男子,无所事事地面对着圆桌。他身上那件镶了好几个铆钉的衣服应该是皮制的吧,在天花板灯光的照射下，散发出些许光泽。这个染了一头金发的男子，照理说应该注意到结城的到来，可是他却头也不回地凝视着眼前的人偶。

"早上好。"

结城试着向他打招呼，他却毫无反应。

他会在意那些印第安人偶，可以理解。但是在意到不搭理别人，就实在给人感觉实在很差。结城一边这样想，一边打开白色木门进入餐厅。

餐厅里有一张感觉上和拨火棒一样只会出现在小说里的长桌子。须和名已经先到了，坐在椅背斜度似乎很平缓的椅子上。结城数了一下，餐厅里有八个人。正在用餐的是须和名与两男两女，其他三人在喝着什么饮料。昨晚那个"好困好想睡觉"的男子不知道有什么开心事，一边愉悦地东张西望，一边喝着小咖啡杯里的饮料。

但是，只有那个男子和须和名没有显得神经兮兮，其他六个人则毫不避讳地看着晚来的结城。就在结城觉得浑身不自在时，须和名以柔和的声音向他问候。

"早上好。"

"早上好。"

通过相互问候，结城自然而然地就选择在须和名的旁边坐了下来，这让他很开心。一方面是因为可以就近欣赏须和名的侧脸，另一方面是可以借此忽略那股略显紧张的气氛。

桌子上放着三个烛台与两个大盘子。烛台闪耀着金黄色的光泽，应该是用黄铜做的吧？抑或是镀上去的呢？与回廊一样，烛台上亮着的不是火焰，而是火焰状的灯泡。大盘子是银色的，盘缘似乎有细致的花纹，但是由于光线太暗，看不清楚。盘子里装满了三明治，原本结城以为是其中某个人做的，但他马上发现事实不是这样的。因为盘子里的三明治显然不是出自门外汉之手。

这不是那种把火腿夹在面包里的三明治，而是在表面裂痕烤得恰到好处的酥脆面包上切出一个开口，再夹上各种食材的三明治。红色的番茄、绿色的生菜、白色的大葱，就连结城也看得出来三明治里夹着的东西也非常讲究。里面夹着的那片肉，大概是鸭肉吧。

直觉告诉结城，这些三明治应该很贵吧。

那个"好困好想睡"的男子仿佛同意结城的想法，以轻佻的口吻说道："你吃吃看吧。吃起来感觉像是瞧不起一般老百姓一样。"

"是什么样的味道啊？"

"就是那种'这是在愚弄我吗？'的味道。"

这个男子真是比想象中还爱开玩笑，看来和这个男子是很难讲上什么正经话了。

结城拿了一个小盘子，首先挑了一个当中夹着蛋的三明治。就在准备开动时,有人递过来一个上面放着个小咖啡杯的盘子。

"喝咖啡可以吗?"

一转头,发现是个女子站在那儿。

结城虽然还没有仔细端详所有成员,但是参加者的年龄似乎多半在二十岁左右。今年二十岁的结城,可以说刚好是平均年龄。

不过,其中有两个人看起来三十多岁,搞不好已经四十多岁了。递咖啡过来的就是其中之一,是个脸颊略微圆润的女子。

"谢谢。"

"咖啡机很难用,我稍微多倒了一些咖啡。"

那个女子笑着走进隔壁房间,也就是厨房里。自从上大学以来,结城都是一个人住,已经很久没有感受到这种不求回报的亲切态度了。

"那么,我要开动了。"

就在结城张大嘴巴的同时,手却停住了,脑海里浮现某种景象。

绿色的胶囊。硝之类的东西……毒。

拨火棒、"足以殴杀别人"、有个叫"监狱"的房间。高得离谱的时薪。危险而不安的预感。

这份早餐没有问题吗?

脑海里的这些画面,才一眨眼的工夫就膨胀起来,束缚着他的身体。三明治在嘴前几厘米处停住。

结城很快地做出判断——如果将已经拿在手上的东西放回去，看到的人会这么想吧："这个男子，因为某种原因不吃了。"或许别人会想得更深入也说不定："他觉得三明治可能有毒。"

让别人感到自己的不安，没关系吗？

是多心了吗？餐厅里每个人的视线，似乎都偷偷地看向自己的手。

不知道是过了一秒，还是十秒钟，结城张大嘴，狠狠地咬了一口三明治。

有三个理由支持他做出这种决定：一、其他成员已经在吃了；二、他肚子很饿，三、结城理久彦是个乐天派。

面包还是温的，生菜很新鲜，鹅肝酱与奶油芝士以及其他结城连名字都叫不出的食材，味道都很浓郁。然而，结城无法分辨出那个"好困好想睡"的男子所强调的质量差异。结城自我安慰道：我只是个学生而已，分辨不出来也无可厚非吧。

如果是在比较平和的气氛下享用，或许应该会更好吃吧。可惜笼罩着"暗鬼馆"餐厅的氛围，与"平和"相差了十万八千里。有几个人显然在窥伺其他人的举动——以阴沉的表情与近乎怨恨的眼神朝结城看的，是个看起来最年长、肩膀下垂的男子。以严峻的视线左顾右盼，只差没有把在场的所有人当成自己杀父弑母仇人的，是个还应该可以被称为少年的男生。还有一个家伙不紧不慢地观察着每个人，但无法判断其性别。

对于这些人的视线，结城感到浑身不自在，无法克制地也看向其他人。餐厅里包括结城在内共有九人，从头到尾最自然的只有须和名。

最后一个人用完早餐后，餐厅陷入一片寂静。

虽然没有任何人开口说话，但是现场的沉默已经可以明确说明他们的状况了。这十二个人，应该大部分都从"玩具箱"里拿到凶器了，也应该读了卡片钥匙上的"十诫"。不，恐怕所有人都是如此。而且他们应该都已经察觉到，这个内容不明的"实验"不会是什么正经事。

有人"啧"了一声。

最魁梧的男子从座位上站起来。在这十二人之中，他的存在格外引人注目。他的身材高大结实，给人一种强健的感觉。坐在他旁边的女子抬头看着他，拉了拉他的衣袖，说道：

"你要做什么，雄？"

这个被称为"雄"的男子看了她一眼，喃喃嘀咕道："这样下去也不是个办法吧。"

接着，他环视了一下餐厅里的所有人，说道：

"各位，既然我们接下来要相处一个星期，大家至少应该彼此自我介绍一下吧。"

没有人提出异议。又或者说，大家就像是一直在等待有人提出这个建议似的，好几个人马上点头表示赞同。

"到客厅去吧。恋花，你帮忙找渊小姐过来。"

他身旁的那个女子点点头，往厨房跑去。这样一来，就知道那个身旁的女子和那个帮忙泡咖啡的女子叫什么名字了。

6

圆桌旁坐着十二个人，没有人露出笑容。

这般鸦雀无声的景象，会让人误以为接下来要进行某种严肃的仪式。

如果昨晚一进入客厅，大家就立刻互报姓名呢？结城试着想象了一下。一定是说声"那么，今后请多多指教"就随便打发了吧。但是经过了一晚，这个早晨，某种难以言喻的不安氛围已经笼罩在十二个人之间了。

对于难以言喻的事物，是不是应该把宇藤老师的训诫告诉大家呢？结城心里虽然这么想，但他立刻发现这么做是错的。

要说的话，也应该是讲伊藤老师的训诫才对。

身材特别魁梧的名叫"雄"的男子微微一笑。

"如果事先做了名牌的话，就不必这么麻烦了。这里明明一切都很豪华，却少了最重要的东西。"接着，他将拳头握在自己的胸前说道："我叫大迫雄大，是大三的学生。虽然觉得这个工作有点不寻常，但不管如何，请各位多多指教。"

虽然说话不算面面俱到，但是他粗重的声音有种能够让人减轻不安的感觉，或者是说有种"值得依靠"的感觉吧。

团体之中，一定会出现一位以上的领导者。结城看着大迫的言谈与举动，觉得领导者应该就是他了。

倒不是因为他有结实的身体，而是因为他有某种或许出于自信而展现出的大方态度。接下来就看有没有足以抗衡的人出现了。如果有人出来对抗，就会形成派系。

坐在大迫身边的是叫做"恋花"的女子，她的五官轮廓分明。不，应该说是她通过化妆让自己的五官显得轮廓分明。她的双眼涂了睫毛膏，脸上的粉底有某种闪闪发亮的成分。即使处于这个地下空间，她的妆容还是化得很精致。如果将"美丽"当作标准的话，她远远不及须和名，但是结城觉得恋花也有属于自己的年轻正茂的魅力。

她瞥了大迫一眼，马上点了点头，说道："我叫若菜恋花。"

她应该之前就认识大迫吧。就结城看来，若菜有点稚嫩，与大迫并不相配。在昨晚的说明会上，就是她出声询问会不会有夜间津贴。她看起来极度依赖大迫，但或许只是看起来而已。

若菜身边坐着一个向前靠在圆桌上的微胖男子。结城看得很清楚，当大家就座时，他一直在旁边徘徊，想方设法想坐到大迫附近。明明不热，他却擦着额头，眼睛像是受到惊吓一样张得很大，而且左右两边的眼珠大小还不一样。他的身体向圆桌更加靠近了一些，小声地报出了自己的名字道："我叫釜濑丈。"

接着是看起来比其他人年长许多、肩膀下垂的男子，不过他应该还不到五十岁吧。或许是那种像是经过风吹雨打、日晒雨淋、操劳过度的感觉，才让他看起来比实际年龄老。他的头发短而整齐，两颊留有刚刮完胡子、青色的痕迹。他看上去气色不是很好。男子熟练地展现标准礼节，鞠躬报上姓名。

"我叫西野岳。请多指教。"

刚才在餐厅里，以阴沉的眼神凝视着大家的人就是西野。不过此时此刻，结城并未在他身上感受到先前的那种阴郁。是不是因为餐厅灯光太暗，再加上自己不安的感觉作祟，才会感觉到根本不存在于那人身上的阴沉吧。

西野旁边的男子是在大家从餐厅过来之前就一

直坐在那里的。就是那个穿着皮衣、头发染成金色、对结城的打招呼视而不见的人。他的眼睛闪闪发亮，视线到处游移，很不平静。他的样子明显不太对劲，甚至让人怀疑他是不是正在戒除某种药物。结城很担心，希望这个人不要突然抓狂暴躁起来。因为重点是，坐在那个男子左侧的就是须和名。结城甚至有点后悔，如果早知道，不让须和名坐在那里就好了。

男子一直东张西望，结城趁机毫不顾忌地直愣愣地盯着他的侧脸。对方可能察觉到有人在看他，突然把头转过来，狠狠地瞪向结城，吓得结城缩起身子，决定以后暂且先不要靠近这个男子。男子"啧"了一声，随口丢下一句："我叫岩井。这样行了吧。"

既然他觉得这样就可以了，那就换下一位吧。

须和名以柔和的声音说道："我叫须和名祥子。请各位多多指教。"

她报出姓名，并向大家鞠躬。

在场的人不分男女，几乎都凝视着她。看来大家都一定非常疑惑，觉得为什么会有这样的女生来到这里呢。她甚至让原本像是被雾气笼罩，气氛凝重的客厅，瞬间闪现出一丝光芒。

托她的福，结城自我介绍时就完全没有引起注意。

"我叫结城理久彦。"因为觉得没人在听,他不由自主地又补了一句:"我是学生。"

果然,大家似乎都没有在听。是不是应该把自己的兴趣和所属社团都报出来比较好呢。

接下来是那个在餐厅里分不出是男是女的人。由于那人就坐在自己身旁,结城可以就近观察。但是结城无论如何靠近观察这个鼻梁很挺的美形人士,仍然分辨不出其性别。这个不知是"他"还是"她"的人,把手放在自己胸前,用似男又似女的声音平稳地说道:"我叫箱岛雪人,是个学生。请多指教。"

从名字来判断,应该是个男的。

接着是一个相当漂亮的男生。如果说箱岛是个感觉有点像女性的美形男子,那么这一位的美,明显看得出来是一种男性的美。他的轮廓分明,下巴细尖,也给人一种习惯受到注目的感觉。虽然不属于领导者类型,但是应该会成为群体的中心人物。

但是,一直到此时此地,结城才是第一次发现有这个人。他的容貌让人印象非常深刻,绝对不亚于须和名。因此,并不是自己不记得看见过他,而应该是从来还没有见到过他。他没有出现在客厅和餐厅里,恐怕也没有去过厨房。他是不是喜欢独自一人呢。

他的声音带有一种极度漠不关心的感觉,但是还不至于让人不舒服。

"我姓真木,叫真木峰夫。"

以类型来看,他和岩井有点像,但是如果单单以长相而论的话,那真木就取得压倒性胜利了。即便两人都流露出厌恶的神情,岩井看起来是"摆明了不爽",真木则给人一种超脱感。

真木的身旁是一位摆臭脸程度不输于岩井或真木的年轻人,眼神带刺,态度充满着火药味。其染成栗色的头发下是一对像是会咬人似的眼睛。在餐厅看到西野时虽然觉得他眼神阴郁,但是到了客厅,这种感觉就消失了;然而这位少年无论是在餐厅还是客厅,严峻的眼神丝毫没有改变。

"我叫关水美夜。"

原来不是少年,而是一位少女。结城不由自主地将目光投向箱岛。那边是看上去像女生一样的男生,而这边则是看上去像男生一样的女生,一定要好好分辨清楚。

下一位是昨晚教唆结城去看卡片钥匙上"十诫"的那个"好困好想睡觉"的男子。原本以为他身材瘦小,但是现在再仔细一瞧,与其说是身材瘦小,倒不如说是一种身材瘦长、弱不禁风的感觉。

"我叫安东吉也。安东的东是东西南北的东,请多多指教。"

看起来并不像是头脑少根筋的那种人，但是在这样的氛围中，他倒是挺自在的。又或许，他的自在其实是装出来的？

结城无法判断。这么说来，刚才在餐厅里安东还很悠闲地续了一杯咖啡。在十二个人里，只有他是戴眼镜的。眼镜的造型很有趣，只有镜片的下半部分是有框的。

第十二个人和西野一样，看起来比其他人年龄要大，是个女的。就是在餐厅里帮大家倒咖啡的渊小姐。

她虽然不如釜濑那么胖，但是身材还是有些丰满。

"我姓渊，叫渊佐和子。请多多指教。"

她的声音有一种让听的人感到安心的柔和感。

或许是因为年纪比较大，渊和西野从样貌上就给人与众不同的感觉。结城虽然不擅长将别人的长相和名字一一对上号，但是总觉得自己可以立刻记住这两个人。

"不过，想要一次就立刻记住应该很困难吧。大家慢慢来吧。"

最后，大迫说了这句话。十二个人像是在确认刚才听到的姓名那般，彼此面面相觑。

结城很快就搞不清楚谁是谁了。那个身体向前靠向圆桌的有点驼背的男子叫什么来着啊？

7

气氛自然称不上是安逸闲适,但是也并没有出现什么具体的危机。目前确定的只有拨火棒与绿色胶囊。结城虽然知道自己正身处于异常的状况之中,但还不至于到恐惧的程度。

自我介绍结束后,结城每隔十分钟就在餐厅与客厅之间来回徘徊,最后,他终于受不了无事可做,把手伸向通往回廊的门。此时,背后有人出声。

"你要去哪里?"

那粗重的声音一听就是大迫。结城转过头,回答道:"我去散步。"

"还是不要去比较好吧。"

大迫深深地坐进椅子里,双手盘在胸前。身边的若菜看着大迫的侧脸。

"因为不知道会发生什么事。"

"你这么说,也是没错啦……"结城挠了挠脑袋,说道,"可是,我是来打工的,没有工作可以做,觉得很无聊。"

"我也一样无聊啊。如果可以做些什么事打发时间就好了。"

"可就是没有活干,这也没办法啊。所以,我要出去散个步。"

原本闭着眼睛,身体一动也不动,像是睡着了的箱岛此时缓缓地睁开双眼。他说话的声音虽然不大,却相当清楚:"如果要去散步的话,有人一起去比较有意思吧。"

结城心想,确实如此。有道理。

箱岛想说的意思是,如果要出去走走的话,千万不要一个人去。他已经毫不掩饰自己的警戒心了。

但事实上,自我介绍完毕之后就有人立刻离开了客厅。是真木。箱岛是不是没有发现真木独自一个人离开呀?

不,不是这样。

在明确知道只有一个人离开客厅的状况下,应该没什么问题。但是如果有两人以上离开这里,就不建议一个人闲晃了。虽然有一定道理,但是……

结城耸耸肩回答道:"如果像这样什么事都在意的话,精神会出问题的。"

"确实会变得很焦虑呢。"

赞成结城说法的是那个"好困好想睡觉"的安东。他大大地打了个呵欠,用大拇指揉了揉眼镜下方的眼角,站起身,说道:"走吧!"

结城很感激安东的提议,但是……

"我也要一起去。"

连须和名都出声了,真是出乎意料。须和名走了几步,步姿看起来像是一朵百合。

基本在场所有的男性都有些心动。结城当然很开心……但是同时也感到困扰。

这里一共有十二位参加者，正处于大迫所谓的"不知道会发生什么事"的状况下，结城希望尽量保持低调。毕竟光是将素昧平生的十二个人关进地底下，就已经够让人不安的了。即便雇主不再给予任何指示，迟早还是会有人和另一个人发生磨擦吧。结城不希望自己成为目标。

而且，接下来会发生什么事，结城已经略有察觉。

结城目前可以明确辨认出来的有三人，包括看似值得依靠的大迫、亲切地为大家分菜的渕，以及有如仙女般的须和名。以长相而言，虽然真木也很难让人忘记，但是由于他与其他成员保持着距离，应该当不了派系的领袖吧。

大家恐怕已经觉察到结城与须和名原本就互相认识，如果两人太过亲密地一起行动的话，大家会认为结城是"须和名的跟班"。

但是，如果让她别一起跟过来，又显得太不自然了。

算了，反正也没什么大不了。结城这么想着，随即以笑容回应须和名，三人站到了门前。

转头一看，若菜似乎在眉头紧锁的大迫耳边说着些什么悄悄话。

原本以为餐厅的光线已经很昏暗了，但那只

是和客厅相比而已,如果和回廊相比的话,那就算是明亮的了。走在回廊上,结城再次感受到那里的阴暗。

结城与安东并肩而行,须和名跟在后面。每次经过回廊的小转弯处,就会看到个人房间。目前还搞不清楚谁住在几号房,只知道须和名是七号房、结城是六号房、安东是五号房而已。

"回廊这样弯来弯去,很讨厌呢。"

须和名直率地说出自己的想法。

安东眯起眼镜底下的眼睛。

"与其说是讨厌……不如说是让人不爽。"

此时安东的声音与刚才在客厅里的自我介绍相比起来,压低了许多。结城很了解那种心情。这条回廊充斥着让人想要压低声音的氛围。

为什么觉得讨厌,为什么觉得不爽,理由很明显。

由于这种设计,站在回廊上完全看不到前方的事物……也就是说,即使有人出现在自己正前方或正后方,也看不到对方。

"再这么走下去,应该会在某处碰到那个视觉系的人吧。那该如何是好?"安东忿忿地抱怨道。

"视觉系?"

听到结城的反问,安东稍稍皱起了眉头。

"那个人叫什么名字来着?就是嘴巴垂成'八'

字形的那个家伙。有视觉系的感觉，而且有种自己觉得自己很了不起的那个人。"

结城当然记得他："是叫真木吧。"

这么说来，是视觉系但是没有表现出自我感觉良好的那个人，是叫岩井吧。看来安东对他们的印象，似乎也和自己一样。在昏暗的光线中，结城为此窃笑了一下。

"对对对，叫做真木。那你叫什么名字？"

"我叫结城理久彦。你又是谁？"

"我叫安东吉也。"

两人身后传来一个有礼貌的声音："小女子是须和名祥子。"

"只有须和名小姐是一次就记住的哦。"

结城心想：须和名小姐的外貌任谁都过目不忘吧。

在弯曲的回廊前方，又出现一道门，上面写着：Private Room 1。也就是说，私人房间到这里就结束了。

"接下来是什么地方呢？"

听到结城这么问，安东歪了歪脖子。

"不知道。不记得是什么了。"

他们继续往前走，鞋底踏着长毛地毯，走起路来有种难以言喻的舒服感。

弯曲的回廊前方出现了一扇门，与私人房间的门不太一样。那是一道灰色的、颇具重量感的门。

没有门把手,却有一台读卡器,上面的红灯向回廊投射出光线。

"这是……?不知道是不是上了锁呢?"

就在结城说出自己疑问的同时,安东已经开始动手了。他将手放在光滑的门面上,试图推动它,随即又立刻转头看向结城,问道:"这个房间是?"

门上贴着一张写着"Vault"的金属板。"沃……沃尔特?"

暂且先照着罗马拼音读读看吧。结城除了不擅长数字,英文也不好。

还在想安东会怎么回应,结果须和名先给了答案。

"这里是'金库'吧。"

"啊,原来如此。"

"如果拿着卡片钥匙去刷读卡器的话,说不定可以打开。"

也就是说,要去试着刷刷看咯。结城从口袋里掏出卡片,率先去刷了试试看。门上虽然轻轻发出"嘭"的一声,但是灯光还是红色,没有任何变化。

"打不开啊。"

"不是。"安东一边说着,一边猛地靠近读卡器,说道,"上面显示着'十二分之一'。"

他也拿出卡片钥匙刷了下读卡器,再次定神细看道:"变成十二分之二了。我们如果把十二个人都找来的话，应该就能打开金库大门了吧。"

金库里面是什么呢？虽然非常好奇，但是还不至于到立刻把所有人召集过来的地步。暂且先继续往下走吧。

个人房间的门是木制的，与西洋宅邸的结构风格很相配。然而这间名叫"Prison"的门，却是毫无装饰的纯白色。结城伸手去摸了一下，冰冰凉凉的，感觉很坚硬。

"这是铁做的吧。不，也有可能不是铁，总之是某种金属。"

"原来如此，这里是'监狱'啊。"

安东把双手盘在胸前，点了点头……结城不至于不知道"Prison"是什么意思吧。

须和名悄悄地伸出手，穿过结城与安东之间。她那只白得不得了的手腕浮现在微弱的照明之中。须和名摸了摸门，问道："里面会不会有人呢？"

结城心里一惊。她说得对，既然是监狱，有人关在里面也不足为奇。也就是说，可能有十二人以外的人在里面。

"监狱"的门，似乎也是横拉式的滑门，与"金库"一样没有门把，也没有凹槽。唯一与"金库"不同的是，门上多了一个磨砂玻璃做成的小窗。即便如此，由于"监狱"里面一片漆黑，隔着小窗什么也看不见。虽然也想试着打开门看看，但果然，这扇门也被锁得紧紧的。

安东突然压低声音说道："如果'监狱'里面没有关人的话，那它是用来干吗的呢？"

这个问题很简单，结城回答道："接下来就会关人进去了。"

"监狱"的隔壁是"Guard Maintenance Room"。

"'监狱'里面似乎暂时没有人，"安东点头同意结城的说法，又接着说道，"这个维修室里，你觉得也没有人吗？"

没有人能够回答这个问题。

"警卫维修室"的门和"金库"或是"监狱"的门一样，都是金属制的。不过，它们上面涂层的颜色不同。虽然光线很暗，但是仍然能够看出"金库"的门是灰色，"监狱"的门是白色，"警卫维修室"的门则是深褐色。

安东摸了摸门……不像是打得开的样子。

"对了，"安东的手依然放在门上，转过头问道，"你们房间的门有锁吗？"

结城与须和名不由自主地面面相觑，接着两人一齐摇头。安东露齿而笑，说道："这样啊。"

看他的表情，似乎是误解了。

结城心想：算了，也没有必要多加辩解。过不了多久，他应该就会明白，像须和名这样的人，只要能够看着她，就很幸福了。如果还能被她依赖的话，心情就会像是飞上天一样。自己可不敢和她平起平坐。

先不管这些，结城觉得"警卫维修室"这个名字实在很有趣。这里有"警卫"或许并不奇怪，应该也有供他们使用的休息室，但"维修"又是什么呢？

只要门不打开，就无法知道答案。安东和须和名又继续向前走了，结城连忙追上去。

下一个房间是"Recreation Room"，娱乐室。

对于带来的书被没收、闲得发慌的结城来说，内心对这个房间抱有很大的期待。就算再怎么觉得不安、处于再大的危机之中，无所事事都是可怕的敌人。只要有一副扑克牌在手，对大家而言，就不知道是多大的救赎了。

然而，这个期待却遭到了无情的打击。

"娱乐室"的厚重木门上装有黄铜做的门把手，虽然看起来打得开，结果却是纹丝不动。

生物会因为巨大的声响而受到惊吓，这是自然的反应。人类的惨叫尤其让人胆战心惊。

突如其来的惨叫，使得结城全身震颤、麻痹，让他的喉咙深处也有股连锁反应，想大吼的冲动，但是他在最后一刻努力压抑下来。身旁的安东紧咬着牙关像在忍耐着什么，回头一看，须和名两手捂住嘴，双眼瞪得很大。

发出惨叫声的人是在回廊别曲的那一头，露出半截身体。那个人影像是冻僵了似的，一动也不动地待在暗影处，三个人都看不出来那是谁。结城一行三人，再加上惨叫者，四人之中最先出声的是结城。

"是真木吗？"

他这一喊，让对方原本僵住的身影一下子放松了。出现在微弱的烛台光线底下的，并不是真木。

"你是……"结城把原本要讲的名字吞了回去，迅速后退了半步。

安东替他接下去，问道："你是岩井，对吗？"

皮衣上的铆钉模糊地浮现在回廊中。被安东叫出名字的岩井，不高兴地"哼"了一声……或许是在摆架子吧，但是如果光是看到结城等人就惨叫，再怎样也不会在这个时候摆架子。刚才被他吓到的安东，现在反倒对着他笑嘻嘻的。

"我们又不会做什么，不要那么害怕嘛！"

岩井的脸上随即露出愤怒的神色，即使在这么昏暗的光线下，都可以看出他满脸通红。结城不由得摆出防御姿势，担心岩井可能会一边大叫"我哪有害怕！"，一边动粗抓狂起来。

然而岩井却默默地怒视着安东，目光朝地上投去。

085

"你说我怕？难道你们就不怕吗？"

这次换安东哑口无言了。在这里吵起来，也没什么意义。结城心想，必须设法让双方都保留面子。于是他在安东身后出了声。

"我很不安，也很害怕，但是不至于一看到别人就大叫。"

也不知道是不是因为发胶用得不够，岩井的头发原本应该是直挺挺的，但是现在发梢却没精打采地垂了下来。他粗鲁地抓住下垂的头发，来回摩擦，把发型都抓走样了，整个人看起来相当烦躁。安东不知是要缓和他的情绪还是想挖苦他，以一副无忧无虑的口吻说道："你在焦躁什么呀，又没发生什么事。放轻松点吧！"

没想到，这句话却造成了反面效果。岩井严肃地盯着安东的脸，嘴里冒出一句几乎听不懂的绕口令。

"没发生什么事？已经发生了什么，你难道不知道吗？"

"我是不知道。"

"那么你自己来看！"

岩井的手猛然举起，一掌用力拍在门上。不知不觉中，结城这一行人已经来到了最后一个房间"Mortuary"的门前。

房门涂成全黑。岩井一掌打过去，"砰"的一声，发出重金属材质的声音。

"看来你是不明白这个房间是用来干吗的吧！"岩井手抓门把，一口气将门拉开。"你们自己看！"

门打开的另一头，光线耀眼夺目。结城等人的眼睛习惯了昏暗的回廊，一时间无法直视。

突然传来一个像是抑制呼吸的短促声音，那是须和名看到炫目的光线后，情不自禁发出来的吗？

结城、安东以及须和名本能地闭上眼睛，再慢慢地微微张开一些，去看房间的内部。里头从地板到天花板都被涂成白色，空无一物。或许有十米见方那么大吧。天花板很高，是个完全没有任何摆设、空荡荡的房间。

不对。

在眼睛适应之后，就看得见房间里的东西了。白色的房间里，并排放着许多相同的白色箱子。这些箱子颇为狭长，但高度却不怎么高。又白又细又长的箱子，加上来自天花板的照明，甚至给人一种光芒绽放的感觉。箱子每排五个，排成两排，整整齐齐地陈列着。

三人还来不及思考"那是什么"，岩井就抢先以忍无可忍般的声音大声喊道："是棺材！十口棺材！"

结城觉得背脊发凉。那东西看起来确实像棺材。他的喉咙深处发出"额"的一声怪声。

安东比结城冷静多了。

"那是箱子吧。"

这句话不是对岩井说,而是对结城说的。

"这只是普通的箱子。上面有写它是棺材吗?"

"嗯,也对。"

箱子,就只是箱子而已。虽然装尸体的话就会变成棺材,但是只要装橘子的话就是橘子箱了,然而……

刚才吓得差点逃跑,依然让结城觉得难为情。对呀,就只是箱子而已。打定主意这么想之后,结城回头看向须和名。

"上面写着噢。"须和名凝视着两排箱子。

她以极为冷冽的眼神看着这个白色房间。由于须和名先前的神情一直都很平静,使得此刻她的模样让人有点不寒而栗。

三人的视线集中在须和名身上。她又重复了一次:"上面写着噢。"

"上面有写这是棺材?"

不过,对于这个问题,须和名却摇摇头。

岩井笑出了声,是一种僵硬、令人讨厌的笑。

"没错,确实有写。"

他一边说着,一边关上了门。光线消失了,这次眼睛变得无法适应昏暗,黑暗降临在结城等人眼前。

岩井把手按在黑色的门上。

"昨晚被带到这里时,我就注意到了,那些人偶以及它们的意义。对了,你们两个英文不好吧?"

结城什么都没说,因为确实不好。

是因为刚才情绪太过紧张了吧。岩井以一种与之前的绕口令相比、略显诡异的冷静口吻说:"门牌上是这么写的:Mortuary……停尸间。"

空无一人的"监狱",存在的意义是什么?

以后就会关人进去了。

结城很后悔自己当时给了这样的回答。

8

然而,"暗鬼馆"依然风平浪静。

就连早餐过后显得极为慎重的大迫,似乎也无法再继续待在什么都没有的房间里,度过什么也没有发生的时光。结城一行人才刚"散步"回来,大迫、若菜、釜濑三个人就走出了客厅。到了最后,所有人就三三两两分散在自己想待的地方了。

至少"娱乐室"的门如果可以打开的话,也许可以打发点时间。结城突然感到疑惑,这个地下空间据说是为了观察我们这群人而设置的,但应该不是为了记录大家一边感受到不明确的危机一边又觉得相当无聊这种"命题相互矛盾"的状况吧?这样其实一点都不有趣。

那么，为什么要锁着"娱乐室"，让我连桌球都不能打，而只能在床上躺着呢？

结城在自己的房间里不断地思考着这个问题。他在慢回弹的床垫上躺成"大"字型，设想了十种、二十种非得将"娱乐室"锁住的理由。并不是因为有什么探究的必要，毕竟既没有素材可以供他思考，也无法验证他的想象，这只是他打发时间的方式而已。至少，比起去想十二尊人偶的事，他比较愿意去思考这个问题。

即使想腻了，打算找个玩伴，但安东这个人总觉得不可大意，岩井是根本不必考虑，至于须和名，则是遥不可及。而且，一旦去想"娱乐室"之外的事，只会让他心情低落。

空虚的时间就这样一小时、一小时地流逝，结城就又多了十一万两千日元。

午餐结束后，迟滞的时间开始动了起来。

彼此之间毫不信任的十二人之所以会一起进入餐厅，是因为渕佐和子说的那句话："如果大家不一起吃的话，收拾起来很麻烦。"

午餐的菜单是鳗鱼。鳗鱼饭配上鳗肝清汤，还附上腌渍的小菜。鳗鱼的油脂肥厚，烤得也无可挑剔，热气腾腾到几乎会烫伤舌头。不过，结城有一件事情怎么想也想不通。恐怕大家都有同样的疑惑，混合在空气里，非得有人把它说出来不可。到底谁会说呢？结城紧绷着神经，期待着那个时刻的到来。

结果，率先开口的是箱岛。他那张如女性般的脸庞上眉头紧皱，看着自己正准备插进筷子的鳗鱼，喃喃自语道："这餐厅明明是西式风格，为什么会吃鳗鱼呢？"

还是西式风格，他们的午餐也同样还是鳗鱼，这一点是不会改变的。

结城很快就吃饱了。

只要能够坐在舒服的椅子上，他就满足了。渊帮忙收拾餐盘，不是只有结城的而已，所有人的餐盘她都帮忙收拾。而且餐后甚至为了和鳗鱼餐相配，还帮忙泡了绿茶，真是亲切得令人感激。不过，结城不禁想象，渊是不是想要攻占"暗鬼馆"的厨房来当作自己的城堡呢？拥有属于自己的地盘，是很不错的。渊坐在他正对面，以相当放松的表情吹凉自己泡的茶。两人的眼神一交会，她立刻露出仿佛什么都可以包容般的温暖微笑。

结城对自己的胡思乱想感到可耻。再说，就算渊真如自己所想的那样，也没什么不好。他因为觉得这个想法太过可耻，所以很想逃离餐厅。

不过，基于某种理由，结城无法逃离餐厅，回到自己的房间继续思考"为什么不能在'娱乐室'里玩乐"的问题。因为"暗鬼馆"中不存在的东西，突然出现了。

就在饭后每个人都拿到一杯绿茶、餐厅的氛围舒缓下来的时候,似乎始终在等待这一刻似的,那个东西登场了。一阵奇怪的沙沙声突然响遍整个餐厅。

在场的人应该都知道这声音是从哪里来的。那是打开扩音器开关时通常会有的噪声。

接着,传来了低沉而稳重的声音。之前竟然没有注意到,在壁炉上方的扩音器是以唱片播放器的形状陈列摆放在那里的。

"欢迎来到'暗鬼馆'。接下来,要为各位详细说明一下'实验'的目的,以及一些关于奖金发放的规定。"

结城心想,总算要开始讲了呀。

他一直深信,主办单位早晚都会以这种方式和大家接触。花了那么多钱,到底想要大家做什么呢。"玩具箱"里的东西,又希望大家拿它来做什么呢。结城觉得,一定会有事情要交代。

不是先前在地面上说明规则的那个男子的声音。是个女生,而且是一种不光光是因为隔着麦克风与扩音器的关系而导致的、完全不带任何情感的声音。

"各位来到这里已经十二个小时以上了,很抱歉让各位无聊地度过这段时间。我们只是希望先让各位习惯'暗鬼馆'的生活。不知道各位是否大致了解了这里的结构了呢？这里由于是地下设施，多少有一些不够周到之处，但是对于呈现出来的精良设计，我们还是很有自信的。"

一阵短暂的沉默之后，那个声音没有改变口吻，继续说下去。

"那么，由我来向各位说明'实验'的目的。这次'实验'是由我们通过某种关系接受的委托，由我们SHM俱乐部进行设计安排。关于本次实验的目的，我们想请'主人'直接与各位沟通。那么，请各位仔细聆听。"

"嘶啦"一声，广播突然变得嘈杂。不一会儿，便传来了男子平静而严肃的声音。

"感谢各位参加。这次的'实验'是由我企划的。

"我和几个朋友毕生致力于研究人类的行为，想要从中汲取精华。

"人类的行为有好有坏，并没有固定的模式。某人昨天还很纯洁高尚，今天可能就变成卑劣无比的家伙；爱情也可能在一瞬间转变为仇恨。对别人的信任，有时可以赢得回报，有时却换来背叛，并无明确的对应关系。

"虽然我们对人类的行为深感兴趣，但是研究对象如果太过杂乱，实在无法好好观察。所有的真理都必须经过整理、加上批注之后，才得以发挥价值。

"过去有不少人分析过人类的行为，试着归类，成果也还不错。但是,矿物学者看着矿物标本,难道就觉得自己的研究已经成功了吗?同理,我们也希望取得属于我们自己的第一手资料。

"进行本次'实验',是以收集资料为目的。人在某些状况下,会完全融入某种行为之中。各位想必都曾经经历过浑身上下、由内到外,完全受到'怒气'支配的经验吧。我们需要的就是那种状态。

"因此,我们暂时会将身为社会化生物的各位与外界隔离开来,并且通过制定几项简单的规则,来观察各位在单纯环境下的行为。我们预期,应该可以从中看到'自保'与'不信任'等负面行为模式。

"可以的话,希望各位能够展现更加美妙的行为模式。拜托各位了。"

只能听出是位男性的声音,除此之外就无从判断了。那是一种诡异的声音,有点像是天真无邪的孩童,但是如果想要说它是老谋深算的老人的话,那也说得过去。那个声音带有一种抛弃世界、属于独立者的戏谑口吻,却又似乎充满着自信。结城心想,管他呢。

不论如何,反正就是个狂人。虽然讲了一些好听的场面话,但是还是听得出是别有用心的。

声音再次换成了女生的声音。

"在这七天里,我们会一分一秒地详细记录各位的一举一动。或许有人想询问我们的记录方法,但是事实上,从一开始,'暗黑馆'就设置了无数的记录装置。"

餐厅里涌出一丝不安的气氛。

也就是说,对方似乎早就通过隐藏式摄影机之类的装置,在记录大家的行动了。结城原本就料到或许会有这种状况,昨晚还保持着警戒,花了不少工夫检查自己的房间,却没有发现任何类似的东西。

一分一秒、丝毫不漏地记录下来,着实让人很不舒服。不过,既然是时薪十一万两千日元的"实验"与"观察",也就只好接受了。虽然也就只能接受了……

结城偷偷地瞥了一眼须和名的表情,她似乎没有什么特别的反应。

女生的声音继续说下去。

"现在为大家介绍各位可以拥有的三项权利。

"各位在'暗黑馆'里可以食、衣、住无忧。如果有任何要求,请举手发言。只要不对'实验'造成任何负面影响,我们会尽可能地满足您的要求。

"各位可以呼叫'警卫'。'警卫'有三项任务:镇压混乱、带走伤病者以及埋葬死者。一旦出现这三种状况,任何人只要举手呼叫,我们就会派遣'警卫'前往。'警卫'的最快时速可达每小时二十公里,虽然装设了防撞装置,还是请各位多加注意。

"根据'实验'的主题,做出最符合'主人'意向的具体行为，还可以获得奖金。"

这次的主题，也就是说，应该可以视为"暗鬼馆"的"整体概念"吧。结城已经深切地理解那是什么了，也明白"主人"所期望的行动是什么。

那个声音太过清晰，不可能听错。

"具体为各位说明一下。

"杀害别人。

"遭遇别人杀害。

"指出谁是杀人者。

"协助指出谁是杀人者。

"遇到以上四种状况，各位可以获得更多的报酬。

"不过，如果被人指控为杀人者，而且经由多数人表决获胜的方式判定属实的话，就会被送入'监狱'。这样的话，虽然人身安全可以获得保障，但是报酬却会大幅降低，请各位注意。"

餐厅里的十二个人都在想些什么呢？大家连一个打岔的咳嗽声都没有。广播里的声音仿佛没有察觉到餐厅已经瞬间陷入一种异样的氛围，仍然顺畅地继续说下去。

"各位必须遵守的义务只有一项：自晚上十点到第二天早上六点为止，必须待在各自分配到的个人房间里。仅此而已。

"以防万一，还有另一个实施中的注意事项也必须告诉各位。为了进行监察，我们小心翼翼地装设了各种侦测器和摄影摄像设备,请各位绝对不要破坏。如果经认定为故意破坏,会从您的报酬中进行扣除,照价赔偿。"

杀人的话,会有奖金;破坏设备的话,必须赔偿。这个声音在说这两句话时,听不出任何差异。

"最后要告诉各位,'实验'会在三种条件下结束。

"第一个条件:经过七天,直到第八天的凌晨零点,'实验'就会全部结束。

"第二个条件:这栋'暗鬼馆'的入口,正如各位所知,位于客厅的天花板。这个入口直到第八天凌晨零点为止,绝对是不会开启的。此外,它也被设计成不可能被'暗鬼馆'里的任何东西所破坏。不过,这栋'暗鬼馆'存在着唯一一条秘道,可以通往外部。只要有任何人找到这条秘道走出馆外,'实验'就当场结束。

"最后一个条件:生存者减至两人以下时,'实验'当场结束。'主人'认为,一旦减至两人以下,就无法产生符合这次概念的行为了。"

真是不可思议,结城情不自禁地这么想。听到刚才那番话时,他脑海里浮现出的第一个念头竟然是:"啊,所以才会有十口棺材呀。"只要剩下两个人,这项兼职任务就结束了。因此,不需要十口以上的棺材。比起原本应该有的人情味,结城因为自己居然有这种冷血的想法而感到不可思议。

"以上便是我的说明。

"此外,我们已将'规则手册'送至各位房间的'玩具箱'里了。上面记录了刚才告诉各位的规则,以及其他各项细则,请各位务必仔细阅读。现在我们将开放'娱乐室',请各位自由使用。

"最后,请容许我来介绍一下协助各位的'警卫'。"

这句话刚说完,位于餐厅与客厅之间的白色木门无声地打开了。是因为门的铰链特别滑顺吗,开门竟然完全没有发出任何声音。

接着,门口出现了一个奇妙的物体。

结城对它的印象是个"白色的盆子"。那是个低矮圆筒,估摸着是双手环抱的大小,高度只到人的膝盖左右吧。让它能够左右顺畅旋转的是……

"哇,是机器人!"

发出不合时宜的愉快声音的人是箱岛,他趣味实足地、热切地看着机器人。

它似乎是借助轮胎在移动。侧面装着几个像是侦测器的摄像机。上方是平的,如果有意愿的话,坐在上面似乎也可以。它看起来功能强大,但也感觉很滑稽。如果是在其他场合,例如在办公大楼看到的话,或许甚至会觉得它很可爱。但如果是在"暗鬼馆"的话,只会觉得这是很难笑的冷笑话,或是纯粹的恶搞而已。

"'警卫'可以协助各位。除了规则中明确规定的状况之外,'警卫'不会主动做任何事情。它是半自动控制的,多数状况都能够通过设定的程序解决,如果解决不了的话,'俱乐部'也可以进行远程操作。"

"好了,感谢各位仔细聆听。"

广播一下子切断了,"警卫"也只留下细微的马达声,离开了客厅。门又自动地关上。

餐厅里,只剩下十二个人以及渕帮大家冲泡的茶。

9

"搞什么啊,刚才讲的?"若菜喃喃自语,神情相当紧绷。"开什么玩笑!果然是这个用意。拿那个东西,用那个东西……"她越说越大声,"是叫我用那东西杀人就对了!"

从她僵硬的神情中所挤出来的话,让结城突然吓了一跳。是在叫我们杀人就对了。在过去二十年的人生里,这是不太可能听到的话,听了之后则让人觉得头晕。激动的心情,如同细波般在十二人之中扩散。

在这个过程里,结城意外地发现了另一个自己。

当然,他并不是完全不慌张不狼狈。原本心想

"不会吧",结果却是真的,因此确实有一种"难以置信"的感受。不过,另一方面,他却意识到自己仍然相当冷静,并且看得出哪个人已经开始焦躁,哪个人依然保持冷静。若菜、釜濑、岩井、关水、渊以及西野的脸上带有不安与混乱的神色,另一头,大迫与箱岛则相互交换眼神。虽然无法得知真木与安东的内心是怎么想的,但是从他们脸色来看,只有"真是头疼"的困扰感觉。须和名相当的平静,平静得甚至让人怀疑她刚才到底有没有在听。她早上在"停尸间"前的神情,似乎更能展露出她的内心情绪。

结城在观察时,注意到了釜濑的举动。原本他的背驼得快要遮住桌面了,此时他的背却挺得直直的,即使在微弱的光线下也看得出来,他露出铁青的神情。原本以为他要大叫了,却是另一个男的开始有所行动。是大迫,他将手放在若菜的肩膀上。

"不要,不要碰我。"

像是狠狠的一挥,他一巴掌打在若菜的脸颊上。

在清脆的巴掌声之后,大迫凝视着若菜,小声恳切地对她说:"不对,他们并没有说那样的话。"

"啊?"

"他们并没有命令我们去杀别人。"

大迫看向位于桌子另一头的箱岛。箱岛努了努嘴,朝大迫微微点了点头。

他们完全没有焦躁的样子，仿佛一切都在按照计划进行中。大迫以和他魁梧身躯不相称的口吻流利地说道："你们应该都在自己的房间发现了'玩具箱'吧。我和箱岛已经就它里面所传达的信息，以及写在卡片钥匙上的玩笑话，讨论过主办单位到底想要我们干吗了。

"我们的判断是，他们多半是要我们杀人，或是做出类似的行为。有可能是把遭受攻击的人判定为'死亡'而失去打工资格的模拟游戏，再不然，就是要我们真的杀人。我们原本对这一点并不确定，但是根据刚才的广播，听上去似乎是真的要我们杀人。"

确实如此。至少，结城的那根拨火棒不是玩具，是真的。

"如果是这样，主办单位怎么才让我们去杀人呢？至少对我和若菜还有箱岛而言，没有理由杀害一起关在这里的陌生人。如果主办单位还是想这么做，那么不是安排诱饵使人上钩，就是得采取威胁的方式了。我们原本担心，如果主办单位威胁你，说'如果你不杀人，就杀了你！'的话，该怎么办。不过现在可以确定他们采取的应该是安排诱饵引人上钩的方式，我们真是幸运。如果问题在于金钱的话，请各位听我说。"

大迫讲到这里，以敦促的眼神看着箱岛。箱岛点点头，把话头接了过去，说道：

"应该很多人都已经计算过了吧，这份兼职的时薪是十一万两千日元。如果以每天二十四个小时、为期七天来计算的话，总额就要超过一千八百万日元了。"

虽然只是个简单的乘法，但是结城竟然迷糊到没有计算出这个数字。因为，他不擅长计算。

有一千八百万日元！结城开心到下巴都快要掉了。对比他想买车的目标，这笔钱已经足够多了。竟然有这么多钱，自己还真是吓了一跳。不过，结城想起昨天进入"暗鬼馆"之前看到的那堆钞票。原本只是想买辆还算拉风的轻便型汽车，现在已经可以买部诸如丰田世纪（丰田旗下最顶级的产品）之类的最高级别的车子了，顺便预租未来十年的停车位都绰绰有余。只不过，如果买丰田世纪的话，恐怕和自己太不相称了。可是自己又不想买跑车。那么该买什么车才好呢？就在结城盘算着如何运用这笔钱时，身边的须和名像是受到什么惊吓似的，捂住了自己的嘴。

箱岛以非常平稳的语调继续说："只要睡几天觉，就能够赚到那么多钱，实在没必要冒什么风险。如果有人出手，破坏彼此之间的自我约束，最后真的演变成相互厮杀的话，说真的，一千万或一亿日元对我来说都不够。因为，我来这里可不是赌命的。

大家都不是这样吗？"

箱岛环视大家，轻柔地笑了。

箱岛的容貌原本就很女性化，现在还露出这样的笑容，甚至有种诱人的感觉。但是结城却感觉很不舒服。

"刚才的广播里提到，杀人会有奖金。如果因为贪图奖金而做出不必要的行为，演变为不是杀人就是被杀的状况，这位'犯人'本身也会大幅增加自己的生命危险程度。而且，刚才不是说了嘛，别人举报你杀人的话，除了可以获得奖金之外，杀人者的报酬还会'大幅降低'。

"还有一点，如果在这里犯了杀人罪，凭什么可以担保离开之后，自己不会被警方逮捕呢？对于这一点，广播里有提到什么吗？

"光是用听的就知道，从规则上来看，最先出手杀人的家伙，就是最笨的家伙。我很想将此称为'囚犯的困境'，但是这根本无法构成困境。因为，只要大家都不出手，全员就能共同获得最大的利益。只要还有一点头脑的人，就不会多做这种无谓的事，对吧！"

结城心想，原来如此！他真聪明。

一千八百万日元，如果再加上奖金的话，的确很吸引人。但是如果只因为这样就去杀人，接下来就不得不担心别人是不是也会来杀自己了。结城来这里打工前，就有某种程度的心理准备，但是这心理准备中绝对不包括与人相互厮杀。当然也没有遭人杀害的心理准备。他不可能有心理准备要拿着拨火棒痛击帮自己泡茶的渕、那个岩井、个性独特的安东，更不用说是须和名了。

箱岛率先以"你们应该都没有这种打算吧"的方式来约束其他参加者，确实是值得信赖的做法。而且，既然他已经断言"出手的就是笨蛋"，彼此之间也就不容易再出现摩擦。

可是，结城有一个想法。若菜如果再这么黏着大迫不放，虽然不至于想拿拨火棒去往她脑门打，但至少也想让她尝尝脑门被折扇打中的滋味。

结城迅速扫视了一眼"暗鬼馆"里的十二个人，瞟了一眼其他参加者的眼神。

刚才有几个人在若菜叫喊后差点也跟着叫，现在都凝视着箱岛，露出沉思的表情。他们应该或多或少也觉得箱岛的说法相当合情合理吧。

一开始就没那么慌乱的那几个人，安东露出了苦涩的神情，那或许是出于对大迫与箱岛的长篇大论而感到不满吧。真木还是一如往常，只是略微皱起眉头。至于须和名嘛……她应该不会是真的完全没听见刚才那番话吧？神情还是完全没有改变。

再度打破餐厅沉默氛围的人又是若菜。

"我知道。虽然我知道，可我还是好害怕……"

大迫再度把手搭在她的肩上，说道：

"别担心，什么也不会发生。"

"雄……对不起。"

"什么都别说了。"

两人相互凝望。

结城心想，果然还是该拿折扇揍她。

10

当天晚上。

照着吩咐回到个人房间后，结城拿出自己的卡片钥匙，打开了"玩具箱"。

"玩具箱"里放着和昨天一样的拨火棒，以及似乎是用打字机打出来的"备忘录"。此外，也正如广播里所说，多了一本如同餐厅菜单般的棕皮手册。

结城决定在睡前读一读这本册子。

这真所谓是本"规则手册"，里面包括了午餐后的广播内容，同时也针对几项细则做了更进一步的说明。

关于"夜晚"的规定

（1）各位参加者从晚上十点至第二天早上六点为止，必须待在分配给自己的个人房间内。这段时间，就称为"夜晚"。

（1-1）不过，如果有人做出"解决"（请见后述）的宣言，那么在该"解决"完成前的时间的，可解除上述之义务。

（1-2）在"夜晚"期间，"警卫"会根据固定路径巡逻除了个人房间之外的各个房间。不过，如果个人房间里出现该房间使用者以外的人，"警卫"也会巡逻那个房间。

（1-3）在"夜晚"期间，被"警卫"发现离开个人房间者，会收到警告。

（1-4）"警卫"警告累积到三次时，如果又被"警卫"发现在"夜晚"期间离开个人房间，就会被"警卫"杀害。

结城一直以"这样呀"的心态阅读到中途，但是看到最后一项时，整个人还是清醒过来。被"警卫"杀害，谁受得了啊。

但是再仔细一读，会遭遇杀害的情况是在规定不得外出的时间内，一而再、再而三地跑出去。

"那不就是一纸空文嘛。"

结城喃喃自语道。或者也可以解读为，在"夜晚"期间可以外出三次吧。规定里除了提到会加以警告之外，并没有特别说明会有什么责罚。

接着是关于满足衣、食、住需求的相关规定。只要把待洗衣物丢进盥洗室的箱子里，貌似就会有人在白天帮你洗好、晾干、叠好，归还给你。那个箱子看上去就是洗衣机，但是似乎只是设计上相似而已。如果洗衣服务完善的话，须和名的高级服饰再怎么精致，应该也没有问题吧。

这个部分就随便跳着读过，接着继续往下看。

关于奖金的规定

（1）杀害除了自己以外的人，可获得"犯人奖金"，每杀一人，总报酬金额乘以两倍。本项奖金可累计。

（2）遭遇其他参加者杀害的人，可获得"被害人奖金"，总报酬金额乘以一点二倍。本项奖金不累计。

（3）针对任意一件杀害案，在"解决"（详见后述）的场合中指对犯人者，可获得"侦探奖金"，总报酬金额乘以三倍。本项奖金可累计。

（4）试图指出犯人者，可在"解决"（详见后述）的场合中，在本人同意的条件下，指定一名协助调查者。被指名的人可获得"助手奖金"，总报酬金额乘以一点五倍。本项奖金不累计。

（5）试图指出犯人时，提供证词者，每发言一次可获得"证人奖金"十万日元。

我有疑问！结城正坐在床上这么想着。

这些规定固然有让他思考或是生气的地方，但是最让他无法忍受的是第二项所代表的意义。

即便遭人杀害还是会有奖金，但是这钱要给谁啊？更重要的是，"不累计"这三个字不是废话吗！遭人杀害后，如果可以再次遭人杀害的话，固然可以累计，但是问题在于必须先复活才行。结城实在没有自信觉得自己能复活。

至于"钱要给谁"这一点，在"规则手册"最后的细则部分有说明。参加者死亡时，报酬会自动送给血缘关系上最亲近的人。读到这个规定时，结城不由得出声喃喃自语。

"如果我死了的话，老爸不费吹灰之力拿到一笔钱就对了……"

关于"警卫"的规定

（1）各位参加者可以在规定的状况下，举手叫"警卫"，就能召唤"警卫"前来。

（1-1）参加者之间发生暴力冲突时，被召唤而来的"警卫"会以暴力镇压。使用的武器仅限于发射型电击器。

（1-2）参加者受伤或是得了急病时，被召唤而来的"警卫"会把对象带到警卫维修室，进行紧急处置。伤病者在处理过后必须立即回到"实验",但这一点要由"俱乐部"来判断。

（1-3）参加者死亡时,被召唤而来的"警卫"会将尸体搬到"停尸间",予以入殓,并在必要时清理死亡现场。

（2）"警卫"会在"夜晚"进行巡逻。

（3）此外,已经被决定要关进"监狱"的人如果出于某种原因而抗拒入监的话,"警卫"会使用暴力强制收监。

（4）参加者如果攻击"警卫","警卫"可以反击。使用的武器仅限于发射型电击器。

（5）参加者如果因为"警卫"的镇压或反击而死亡,"俱乐部"会发给死亡慰问金三亿日元。

死亡慰问金有三亿日元……

结城终于注意到一个事实——虽然大家都说"人的生命是金钱不可以取代的",但是如果真的要取代,那也只能用金钱而已。如果人的生命受到损害,一般的赔偿行情也没有这么低。虽然说因为"警卫"的过失而导致意外死亡会赔偿三亿日元,但是感觉上也没什么。即便是交通事故,赔偿金也经常超过一亿日元。

这么说来,如果平安无事度过七天,就领到

一千八百万日元，那么即使手中染血，也只能赚到双倍酬劳的三千六百万日元，这简直是廉价到瞧不起人了。当然，如果是视别人的性命为草芥、视自己的性命为宝贝的那种人，或许不会这么想。但是结城不认为十二个人之中有这种生来就是彻头彻尾的杀人者。

对了，这三亿日元，有没有可能设法通过其他方式赚到呢？

结城绞尽脑汁地想，关键就在于如果想要得到这笔钱的话就必须去死，所以直到最后，他还是想不出什么好方法来。

关于"解决"的规定

（1）各位参加者如果觉得自己有能力可以指出犯下杀人行为的犯人，任何时候都可以紧急召集其他参加者。

（2）紧急召集参加者时，各位参加者必须努力前往召集者所在的地点。

（3）如果在经过一段时间后，仍然有人未能前去集合，进行紧急召集的人必须经由其他参加者的同意，在未等到全员到齐的情况下指出犯人。

（4）关于指出犯人，如果紧急召集的参加者半数以上认同，被指认为犯人者就必须关入

"监狱"。不过，指认别人为犯人者、被指为犯人者，以及被指名为助手者，不得参加投票。

关于"处罚"的规定

（1）被关入"监狱"者，从被关入"监狱"的那一刻起，时薪即刻被减至每小时七百八十日元。

（2）指称未犯下杀人罪行者为犯人的人，侦探奖金全额取消，总报酬金额变成原本的一半。本项处罚可累计。不过，于"实验"结束前重新指出真正犯人的人，不在此限。

（3）在想杀害别人时，被第三者制止仍不听从者，会遭到"警卫"镇压，除了被没收所有报酬之外，还必须被关入"监狱"。

先前提到过，杀人者被别人揭穿时，时薪会减少，才只有七百八十日元……箱岛虽然提出过，出手杀人很不划算，但是规定似乎比想象的还严苛。

除此之外，还有关于"实验"结束后的守秘义务以及付款方式等的规定。

另外还有一条款项特别引人注意。

关于"踌躇之房"的记述
在"暗鬼馆"中，存在唯一一条的秘道。

这条秘道会通往"踌躇之房",从"踌躇之房"可前往"暗鬼馆"外部。

所有参加者或者部分参加者身处"踌躇之房"时,"暗鬼馆"的电源供给会全部停止。

刚才广播里曾经提到,"规则手册"也有注明,只要有任何人成功逃离"暗鬼馆","实验"就会结束。

那条可以通向逃离的秘道,最后会经过"踌躇之屋"。

结城心想,这真是个不安好心的名字啊。到了那里就表示发现秘道了,出口就在眼前了,还会有什么事必须在那里"重新思考"的呢?会不会是因为如果"在'暗鬼馆'多待一会儿的话,或许能再多赚一点钱"呢?

还有,未能一起逃离而留在"暗鬼馆"的人,待在电源停止供给的"暗鬼馆"里,又会是怎么想的呢?这里是地下空间,切断电源供给,就表示所有照明都没有了,连换气系统也停止了。

逃离的人可能想要回来,留下的人可能想要离开。与其说是踌躇,倒不如说是可能演变成争执吧。结城皱起了眉头。

(真的是很恶搞呢!)

过了片刻,他把"规则手册"丢到枕边,钻进了被窝。在睡意来袭之前,他就忘记了规则的事,忘记了凶器的事,忘记了十二尊印第安人偶的事。

他一边笨拙地在心里计算,一边等待着睡意来袭。二十四个小时。十一万两千日元。

大概两百六十万日元左右。等到离开这里,自己就是富翁了。

"实验"第二日

1

大家应该都被大迫和箱岛的伶牙俐齿所打动了吧，如果没有人出来讲任何话，大家怎么可能这么快恢复冷静？第二天一早，一切变得相当平静。用餐的气氛缓和，大家彼此间谈笑风生。

"总觉得昨天神经比较紧张，让人感到身心疲惫呢。"

结城一边说，一边把扳机扣到底。标靶的局部闪着亮光，显示获得六分。

安东在结城身旁排队等着，双手盘在胸前，顺口接了一句："那肯定是这样的咯。"

"为什么？"

结城一边问，一边再次扣动扳机。这次获得了四分。

在开放的"娱乐室"里，有各种各样的娱乐设施。本来觉得桌球应该会有，但是实际却是连乒乓球桌、围棋、象棋、扑克牌、国际象棋也一应俱全。还有弹珠台，结城一开始跑去那里玩了一下，不过音量比想象的还大，吓了他一跳。顾及到还有其他成员,他就收手不再玩了。令人感激的是这里还有书架,上面摆满了日文书与外文书,须和名与西野立刻各自抽出一本来读。房间的角落里还放着一台老旧的打字机和一叠高级纸张,但似乎没人对它们有兴趣。

结城与安东两人注意到放在宽广的"娱乐室"角落里的光线枪射击游戏。他们一开始很认真,每射一枪就屏住一次呼吸,连旁观者都不敢随便出声,但是十枪之后他们就腻了,开始一边闲聊一边随便乱射。

时右时左,忽上忽下,结城一直打不中红心。安东眼睛半睁,轻蔑地看着结城。

"昨天上午那种情形,只要是稍微有点头脑的家伙,应该都会觉得很可疑吧。而且那时还没有任何说明,那种不上不下的感觉,当然是最累人的。"

这次是三分,似乎越射分数越低了。结城放下光线枪。两人约定,每射三发就换人。安东将上半身靠在射击台上,摆好射击的姿势,喃喃自语般地继续说下去。

"不过后来听到了说明,也发了'规则手册'。"

他说到这里停了下来。标靶靠近中心的部分亮了,八分。

"如果明白了事情很可笑,不要附和就可以了。"

"嗯,确实是。"

没隔多久,第二枪。九分。

"你很厉害嘛!"

虽然两人同样都是在一边聊天一边射击,但是安东很少拿到八分以下的分数。安东发射第三枪,获得九分后,站起身,以感到无聊的口吻对结城说道:"那当然啦,我以前是光线枪社团的。"

"原来如此。"

"不过几乎算是从不出席的幽灵社员啦。"

"我甚至都不知道还有这种运动。"

安东放下枪,换人。他似乎相当没劲,然而接下来说的话,却让结城很吃惊。

"可能因为我是光线枪社的,所以才刻意准备了这玩意儿吧。"

结城的射击结果大幅偏离中心。两分。他情不自禁地抬起头来。

"不会吧。"

"有什么不会的?"

"你是说,他们连我们参加过什么社团也调查了?"

安东摇了摇头,一副对结城不抱希望的样子。

"你果真如我所料,是那种神经大条的家伙。还不只是社团而已哦,'俱乐部'是彻底调查过我们之后,才把我们找过来的。"

结城的第二枪。一分。安东看了看他的分数,继续说道:"你有没有注意到,在这个地下空间,少了一种平常理应存在的东西？对于某些人群而言，还是绝对不可或缺的东西。"

结城稍微思考了一下，回答安东道："你说的是窗户吗？"

"哪有人是没有窗户不行的啊？又不是窗户妖怪男……是烟灰缸！到处都没看到这东西。原本以为'娱乐室'里会有，但是却并没有。你自己看。"

说完，安东看向房间的角落。原本凝视着准星的结城，这时将视线稍稍移开，看到那儿有张桌子。在昏暗的"娱乐室"里，那里竟然是唯一有光线的地方。须和名与西野正在那儿看书。

"西野大叔他们怎么看都像是平时抽烟的吧？但是他却没有抽。"

"确实。"

"'俱乐部'很清楚，这十二个人里，没有人是有抽烟习惯的。既然连这一点都查得清清楚楚，那么从户籍地到信用卡号码，应该也全都知道吧。"

第三枪。出了十分。有时即使乱射，也可能正中靶心。结城放下枪，站起身。

"原来如此。那就意味着是严禁用火。"

"原来是这个用意呀？"

看着面露惊讶神色的安东，结城也没精打采地回应他道："应该是这个用意吧。如果有人有抽烟的习惯的话，势必就会带着火柴或者打火机进来吧。

如果先引发众人惊慌，再放火的话……"

"原来如此，"安东的嘴角露出了微笑，说道，"那么，'重要的记录'也会因此无法取得吧。"

"如果这样说的话，厨房里应该也没有火吧。只有渊小姐和那个长得像男生的家伙进过厨房，所以我也不确定。"

从今天早上开始，餐点就不是由渊一个人分配了，另外有人积极主动地去协助她。就是那个眼神凶狠的女生，但是结城不记得她的名字了。

"那人好像叫关水吧。嗯，或许真的如你所说。"

说完，安东直勾勾地盯着结城看。结城不由得别开视线，说道："你干吗啊？"

"没什么，我只是觉得，你的脑子倒也不是那么不聪明嘛。"

真是没礼貌的家伙。

因为两人并无心思真的去瞄准靶心认真射击，所以有点玩腻了。在他们正打算改玩别的游戏时，"娱乐室"那扇左右对开的门被打开了，走进来一群人。一看到这些人，安东马上亲昵地叫道："喂，你们找到了吗？"

对于他的问题，那群人之中传来了一个音调很高非常刺耳而且很不友善的声音："那你也过来帮忙找啊！"

安东只是边笑边耸耸肩,并没有作答。

进来的是大迫一行人,包括大迫、箱岛、若菜、釜濑。叫安东也来帮忙的是釜濑。一坐上椅子就驼背的他此刻倒是一脸傲慢地抬首挺胸。

箱岛用平静的口吻代替满脸通红的釜濑说道:"无论我怎么想,总觉得这个房间很可疑。"

他们四人在寻找秘道。早餐一吃完,大迫就这么提议。据说和昨天一样,是他与箱岛商量后决定的。至少他是这么说的。

"我们觉得,虽然这里不至于立马就发生什么事,但是最好的做法还是先找到秘道,这样万一出了什么事的时候,就可以马上离开这里。"

若菜本来就对雄大的话言听计从,釜濑也马上表示赞成。他那种完全赞同大迫的模样,不禁让结城联想到摇着尾巴的小狗。

不管怎样,结城对此并无异议,岩井似乎也是一副即便目前没有发生什么事情,也希望能够尽早离开"暗鬼馆"的模样。安东、关水以及西野虽然有所迟疑,但原因主要是在于"秘道应该不会在那种说找就能找到的地点吧"。安东表示他觉得去找秘道无所谓,以此为前提,他又接着说道:"如果昨天我们就找到秘道的话,'主人'的如意算盘就打不成了。因此,我并不觉得秘道是随随便便就能找到的。"

对此，箱岛持反对意见。

"昨天上午，仍然还有房间无法进入对吧，那里应该还没有人去调查过。"

因此，十二人就分成四人一组，分头去寻找秘道。结城这组包括结城、安东、须和名和岩井。结城虽然想尽可能地避开岩井，但是由于岩井对此似乎并不在意，因此结城也决定不去在意。

关于秘道，大迫说的确实有道理。基于这种想法，结城相当认真地去寻找，"暗鬼馆"的面积虽然很大，但是里面的摆设却不多，因此一下子就全找遍了，再也没有地方可以找了。结城一行人很早就放弃了，渕、关水、真木、西野那组在午餐过后，似乎也没有了再继续寻找下去的意愿。

此后，结城一行人就分散了，不是跑到"娱乐室"去，就是回到各自的房间。似乎只剩下大迫那组在继续寻找。

反正大家也无事可做嘛，结城觉得，与其玩那连瞄都不瞄一眼就开始乱射的光线枪，还不如去找秘道显得比较有建设性。

釜濑仍然怒气冲冲，指着安东说道："那家伙只会抱怨，什么也不做。"

这是在向大迫告状。

十二人之中，有好几个人其实居心叵测。比如说，像安东这种人，总觉得不能对他放松警惕。但釜濑则相对看上去容易猜测其心思。昨天在听完广播之后，大迫就向大伙演说。演说过后，釜濑就一直跟在大迫或者箱岛的屁股后面，形影不离。没想到在这样的地下空间，在这么小的一个群体里，都会出现领导人以及对领导人阿谀谄媚的人。对于这一点，结城还真的有些感动。

大迫没有搭理釜濑，而是说道："不好意思，我把场子搞得有点混乱。"

结城放下手中的光线枪，回答道："碰巧我们也刚好玩腻了，正准备去客厅呢。"

结城这么一说，原本在看书的须和名也从座位上站了起来。

"那么，我也失陪了。"

像是受到她的影响似的，西野也说："我也是，去喝杯茶怎么样。"

结果，就演变成了四个人进来、四个人离开的局面。

"娱乐室"的照明固然不能算是明亮，但是比起回廊的昏暗光线却亮很多。尤其是在灯光下看书的两人，不知道是不是因为无法适应回廊里的暗度，脚步有点不稳。

走到中途，西野一直回头看身后的"娱乐室"。

"我刚才看书正好看完一个段落，所以才离开的，这样应该不会让大迫他们不高兴吧？"

"谁知道呢？"

安东一副毫不在意的样子。须和名怀里抱着读到一半的书，一副心不在焉的样子。结城试着问她道："须和名小姐，你很喜欢看书吗？"

"你说我吗？"她天真无邪地歪了歪脖子说道，"应该算是吧。虽然我平常没看那么多书，但是这本书很有趣。"

说着，她把那本书拿给结城看。在烛台微弱灯光的照射下，可以看到那本书的书名是"Tremendous Trifles"（庞然琐事）。

"我看完之后，要不要给你也看看？"

结城不得不摇头推辞了。

昨天在"停尸间"的时候，她应该已经知道结城不擅长英语吧。须和名似乎完全忘记了此事。

安东和须和名说想回自己的房间，结城和西野与他们分道扬镳后，回到了客厅。

客厅里，岩井坐在其中一张圆桌旁，看着那些印第安人偶，一副魂不守舍的样子。他虽然看到结城和西野走进来，却也只是瞥了一眼，没做任何反应。

这种状况，总让人觉得很不舒服。结城与西野打开了通往餐厅的门。

在餐厅的桌子旁有三个人，手里各自拿着西式茶杯。仔细一看，一个外形富态，一个眼神凶狠，另一个很帅气。是渊、关水，以及真木。结城一开始觉得这样的组合很奇怪，但是立刻就改变了想法。早上分头寻找秘道时，这三个人就是和西野一组的。

"哇，好香喔。"西野和善地说道。

渊露出了微笑，说道："这里上等的茶和咖啡应有尽有噢。西野先生也来一杯怎么样？"

"好啊。我喉咙正好有点干。"

渊正要起身时，结城制止了她。

"每次都是你照顾大家，很不好意思。请你坐着就好。"

"是吗？我其实一点都不介意的啦……"

"而且我也还没看过厨房的样子。"

"那好吧。"才刚起身的渊见状就又坐了回去。

结城一进厨房，就立刻觉得头晕眼花。

整个"暗鬼馆"大致上都很昏暗，或许是为了营造气氛吧，但是暗到那种程度，实在让人感到心塞。个人的房间里还算明亮，让人有种解脱的感觉。但是真要说到觉得"明亮"的地方，目前为止也只有一个房间而已，而且还是一个叫做"停尸间"的地方，真是够恶搞的。

不过，厨房却非常明亮，几乎闪耀得刺眼。彻头彻尾擦拭干净的不锈钢厨具反射着天花板的照明。厨房里有发亮的餐桌以及发亮的超大冰箱。奶油色的壁纸看来也相当鲜明。还有几个固定在墙上的橱柜，里面排列着一些咖啡杯、西式茶杯以及日式茶杯。和那些放在客厅架子上的东西一样，这些东西看起来都很高级。

接着，结城马上就发现，自己刚才的猜想并没有错。

厨房里完全没有火源。没有瓦斯炉，没有电磁炉，也没有抽风机。此外，甚至连水槽都没有。虽然有热水壶可以烧热水，但是对于厨房里的作业完全没有帮助。

那么，今天早上的早餐是怎么做出来的呢？还有昨天的鳗鱼饭是怎么弄出来的呢？

结城歪着脑袋，正要靠近冰箱时，身后突然有人开口说话：

"不许动。手摊开给我看看。"

是个自鸣得意的、听起来像是男生发育变声之前的声音。结城身子往右一转，乖乖地把手张开，摊在他的脸颊两侧。

后面站着的是关水。她摆出一副受不了的样子，叹了口气，说道：

"我不是说了不许动吗，你怎么还回过头来？"

"我是要摊开手心让你看啊，这没什么关系吧。"

"为什么你听别人的话只听一半啊？"

结城晃了晃高举在她脸两侧的手，关水怒目而视道：

"你这是在戏弄我吗？"

"我在把手掌摊开给你看啊。"

"够了，放下来吧。"

结城乖乖地把手放下，问道："找我有事吗？对了，你的名字叫什么来着？"

"关水美夜。来这里找你，是为了要监视你有没有下毒。"

"你是说真的吗？"

面对始终严肃地瞪着自己的关水，这次换成结城露出受不了的表情了。神经质也要有个限度吧！而且，有毒药的人是须和名，又不是结城……当然，关水并不知道这一点。

结城摇了摇头，差点就要说出"太可笑了"。

"我是为了泡红茶才到厨房来的，而且泡好也是由我拿出去。如果那个大叔喝了红茶后而死，谁碰见都会说犯人是我。这样我还会下毒吗？傻瓜！"

"少骂人傻瓜，你这个白痴！这一点我知道啊，我是开玩笑的啦。我是来教你怎么使用器具的。"

这里是能开玩笑的地方吗？就连结城这样的人也不会认为，会有人一边死命怒视着别人、一边在开玩笑。还是说，她根本没有在瞪向自己？关水美夜露出那种像是要诅咒全世界的眼神，用手指向一个固定在墙上的橱柜。

"茶叶在那个茶壶里，上面写着什么锡兰、大吉岭的，看得懂的话就自己选吧。咖啡豆在那边，咖啡机在这里。"

她虽然解释得很清楚，但是由于语速过快，根本就没有办法全部记住。或许她根本就无意教会自己。如果这么说来，那么很有可能真的是来监视结城的。

结城帮西野泡了杯红茶，再帮自己泡了杯咖啡。在确认了咖啡液体开始从虹吸式咖啡壶滴下来之后，结城向仍然站在那里的关水询问道：

"喂。"

"怎么了？"

"那个大到不行的冰箱里装的是什么？"

"你自己打开看看呗。"

结城得到这个可以接受的答案之后，靠近冰箱并打开它。冰凉的冷空气扑面而来，结城这才意识到，整个"暗鬼馆"的温度调整得相当舒适。虽然处于地下，但是整个空间都有空调，这可不容易。

在高到必须抬头看的冰箱里，分成好几层，里面塞满了瓶子，而且都是酒瓶。一层放啤酒，一层放红酒，一层放日本酒。

"哇。"

结城情不自禁地发出赞叹之声，关水忍不住喃喃问道："你爱喝酒吗？"

"还不至于到嗜酒的地步。"

冰箱之所以会分成好几层,应该是为了多种不同类型的酒保存在各自适当的温度下吧。啤酒最好足够冰,但是红酒如果那么冰就不好了吧。结城虽然喝酒,但是喝的都是发泡酒。穷学生不可能喝得出酒的好坏,只要知道是酒就足够了。冰箱里的酒瓶不知道为什么都是较小的半瓶装[1],他实在不觉得"俱乐部"会在这上面这么小气。

而且还有更奇怪的事情。

"等等,这里面没有食材啊。"

冰箱里装满了各种各样的酒,角落里放着酱料、蛋黄酱、泰国鱼露等调味料,但就是没有食材。

结城回头看向关水,她用眼神示意结城去看厨房用桌的旁边,那里有个闪亮的不锈钢大箱子。箱子,这东西似乎也只能称为大箱子。

仔细一看,箱子的一角写着"Lunch box"。继"玩具箱"之后,这应该叫"便当箱"吧。这个箱子与"玩具箱"不同,上面并没有类似卡片阅读机的装置。总之,它真的很大,结城竭尽全力张开双臂,才能够勉强环抱,其高度也高达腰部附近。结城心想,这盖子恐怕很沉吧,他伸手去抬起盖子,却出乎意料地轻松将箱子打开。往里一看,箱子的内侧

---

[1] 三百七十五毫升。

有个油压千斤顶。

箱子的里面是空的。

这个大箱子大到可以装进一个大人,结城睁大了眼睛往里面看。关水站在原来的位置一动也不动,对结城说道:"时间一到,饭菜就会装在箱子里送过来。待洗的东西只要放进去,餐具类就会被原封不动地收走,杯子类会洗好再送回来。如果你人钻进箱子里,说不定可以和餐点一起离开这里呢。"

结城不认为这个方法可行,不过他终于明白,所谓的"衣食住不会有所不便"是什么含义了。要说需要参加者在这个厨房里做的,就只是把餐点从"便当箱"里拿出来,吃完后再把餐具放回去,或者是自己泡咖啡、红茶等饮料,以及把酒拿出来喝而已。"俱乐部"准备的餐点在昨天和今天均已经被充分证明了其美味与质量,显然都是花工夫、花大价钱准备的美味料理。

结城心想,真是方便啊。但是他同时也在如此周到的安排中,感受到"俱乐部"的偏执,让他有一种不安痛苦的感觉,挥之不去。

2

从这个便利的"便当箱"里拿出来的晚餐,是石锅饭。那香味仿佛在哪里闻到过。讲出其正确名称的人是须和名。

"这香味闻起来,应该是菌菇焖饭吧。"

但说起来,从昨天开始就都是日式和食。如果要让大家吃和食,实在没必要把餐厅弄成西式的。结城虽然有这样的疑问,不过拿着木匙舀起鸡蛋豆腐羹时却突然想到,三餐都吃和食,该不会是有什么重大的秘密吧!

但他的疑问却因为另一个更重大的问题而消失了:焖饭里放的银杏,要怎么处理呢?结城最头疼的就是心算、英文以及吃银杏了。

饭后,大迫丢下一句"我想再去找找看"就离开了餐厅,若菜与釜濑也跟着他离开,箱岛却留了下来。

结城与渊为留在餐厅里的人泡了茶。这次关水倒没有再跟过来。

结城放下日式茶杯时,西野笑着对他说:"谢谢。"

西野再怎么年长,离"老年"应该还差很远,不过结城注意到他眼角已经有皱纹了。

是因为舌头怕烫吗?安东轻啜了一口茶之后,深深叹了口气,然后开始喃喃自语道:

"大迫他还想找秘道啊……"

这句话听上去像是自言自语,却有人回应了。那是箱岛。

"这是他的提议,所以至少今天一整天应该都不会停止。"

"这样啊。我原本还以为是你让大迫讲的呢。"

"怎么可能,"箱岛稍稍耸了耸肩,说道,"没那回事。大迫和我只是对于'反正没事做,不如把时间拿来找秘道'这观点持相同意见而已。"

"也对,"安东又轻啜了一口茶,一边看向茶杯里面,一边说道,"你不跟着去找没关系吗?"

"我已经累了。"

"我想也是。"

箱岛似乎不怕很烫的茶,大口大口地喝着。

结城一边看着大迫他们从那扇通往客厅的门那边离开,一边无意地小声说道:"若菜也就算了,那个叫釜濑的家伙,没想到挺有毅力的呀。从一早开始就找到现在吧?"

话一说完,安东与箱岛就同时笑了。安东意有所指地窃笑着,箱岛则是一副苦笑的表情。箱岛说:"他并不是出于热心,想把秘道找出来。"

安东继续说道:"釜濑应该只是想待在大迫身边而已吧。"

听到安东这么说,从接过茶杯后就一直在把茶吹凉的关水抬头说道:"咦?所以他是若菜的情敌咯?"

大家哄堂大笑。关水自己先笑了,然后须和名也笑了,明明一副连哪里好笑都搞不清楚的模样,却笑得花枝乱颤的。

在略显和乐的气氛中，西野出其不意地说："先不管这些，大迫蛮努力的。他应该很有责任感，不过那股精力可真叫人羡慕。"

渕露出柔和的笑容问道："西野先生怎么讲得好像自己很老似的，您今年几岁了呢？"

"我吗，我今年三十八了。"

结城心想，他竟然这么年轻。从西野一副落魄干枯的样子来看，本来还以为他至少四十以上。

西野又补上一句更叫人意外的话。

"我和岩井先生差三岁。"

大家的视线一下子都集中到了岩井身上，岩井差点就想立刻踢飞椅子，朝着西野大声叫道："西野先生！我不是叫你不要说嘛……"

"啊，对哦，好像是有这么回事。"

西野笑了笑，并没有难为情的样子。

岩井三十五岁。或者，弄不好就有四十一岁。结城一直以为他和二十岁的自己差不了几岁，因此大感意外。安东之前形容岩井"感觉想走视觉系，却上不了台面"，之所以会这样，或许是因为岩井想刻意装年轻吧。

西野很快粗略地环视了大家一圈，原本柔和的表情暗淡了下来。最后，他把视线停留在结城身上。

"结城，你还是个学生对吧？"

"啊，是的。"

"除了你之外，似乎还有好几个人也是学生……可是呢，像这次这么好赚的工作，却让有着美好前途的学生急着上钩，实在是不太好啊。"

确实，关于这一点，结城必须好好反省一下。毫无警戒地接下这么容易赚钱的工作，而且明明有机会可以脱身的，却因为自己的好奇心就随波逐流地来到这个危险的地方。他还是有这样的觉悟的。结城坦率地点了头，西野不知道为何，有些挖苦地笑着说道：

"就算如此，倒也不是说稳扎稳打就一定安全，如何拿捏，把握尺度其实最困难了。结城，你说过厨房里有酒的吧。"

结城点了点头，西野就站起身来。

"我想喝一点。你带我去吧。"

"啊，我去拿来就好了。"

结城连忙站起身，这时，通往客厅的门被打开了，大迫他们一行人回来了。大迫似乎没有想到几乎所有人都还留在餐厅里，脸上露出了即使在昏暗灯光中也看得出来的困惑表情。西野看见大迫这样，于是豪爽地说：

"啊，大迫，你来得正好。我正想稍微喝几杯。你也累了吧？今天就先告一段落，一起喝如何？"

大迫似乎没有想到西野会找自己喝酒，略显犹豫，但最终还是点了点头。

"那我就不客气了。"

大迫与若菜坐到靠手边的椅子上，跟在后面的釜濑微妙地露出了不满的神情，也坐了下来。今晚，似乎会有一场小型宴会。

先拿五六瓶啤酒过来，然后就看每个人自己要喝多少了。只有小瓶装的酒这点确实有些麻烦，但是数量倒是有足够多。结城一边这么想，一边走进了厨房。他正要打开冰箱时，感觉后面有人。

一回头，就看到关水站在那儿。她像之前那样又瞪着自己，于是结城问道："你是来监视我有没有下毒吗？"

关水毫不犹豫地回答道："是啊。"

"那你来帮我一起拿杯子吧。"

"为什么要我帮忙啊？！"

"实验"第三日

1

第二天早晨的早餐是纯日式的,有香烤竹荚鱼、煎蛋卷、白米饭以及味噌汤。但是这次结城已经没有心思再去想什么和食与西式餐厅搭不搭配的问题了。

"昨晚,你们最后是喝到几点?"以颤抖的声音询问大家的人是岩井。结城只是奉陪了一下,没多久就离开了,因此无法回答。据结城所知,安东、箱岛以及须和名都是中途就离场了。

只有真木回答得出来。

"最后就只剩下西野先生和我两个人。壁炉上方的时钟在九点四十五分响起时,我们就结束了。"

"那西野还在睡觉吗?"

这回,真木也答不上来了。

"暗鬼馆"第三天的早餐,出现在餐厅里的只有十一个人。

西野岳没有出现。

最快做出判断的是箱岛。

"我去他房间看看吧。他是住几号房间来着?"

被箱岛这么一问,结城才想起,自己只知道五号、六号与七号房是谁而已。幸好,真木知道西野的房间号。

他说道:"昨晚我们是一起回去的。西野先生是十号房。"

"这样啊。那你能不能和我一起去看看?"

"嗯,好的。"

结城很在意大迫对此会采取什么行动。虽然大迫一度准备起身,但是在和箱岛互换眼神之后,又坐了回去,然后就稳稳地坐在椅子上不动了。

"我也去。"

开口的是安东。他放下筷子站起身,很快地走向通往客厅的门。箱岛似乎犹豫了一下,但还是说道:"好的,那我们走吧。"

于是三人就离开餐厅了。

"西野先生,是那个年纪稍大的人吧?"

坐在旁边的须和名,小声地向结城询问道。他轻轻点了点头后,须和名像是在问"今天天气好吗?"一样,以闲聊般的口吻问道:"他应该没事吧?"

结城虽然认为西野一定是宿醉而爬不起来,却无法如此回答须和名。因为他也无法确定,自己到底是"真的认为"西野因为宿醉而爬不起来呢,还是只是"希望如此"而已。看到结城保持沉默,须和名歪着脑袋说道:"我们自己先吃起来的话,是不是就显得不太有礼貌呀……"

岩井、釜濑、若菜以及渕,都显得有点焦躁。大迫眉头紧锁,坐着一动也不动。须和名的视线转来转去,和之前的表现相比略显烦躁,但是她应该不会是因为感到不安才这样,应该是在烦恼如何处理眼前的早餐吧。

就在结城不停地偷窥别人的表情时,突然与其对上视线的人是关水。她似乎也在解读其他七个人的表情。结城感到浑身不自在,自己先移开了视线。

不久,就在味噌汤也快要凉掉的时候,那三个人回来了。虽然表面装得非常平静,但是箱岛脸上的紧张任何人都看得出来。

他的汇报很简短:"西野他不在房间。"

大迫马上站了起来。是不是在等待三人回来的时候,他其实已经思考过这个情形了呢。他以粗犷的声音放声说道:

"我们按照昨天的分组去找吧。等会儿再吃饭。"

没有人提出反对。

那是一种直觉吗?

渕那一组少了西野之后,变成只有三个人了,也就是说是渕、关水与真木三人。他们决定先去查看厨房，结城等人则前往回廊。安东正在喃喃自语"该从哪里开始找起好"时，马上就有人回答了："先去'停尸间'看看吧！"

那个人是须和名。

虽然这个提议非常不吉利，但是如果先去每个人的房间寻找的话，最后"娱乐室"或者是"停尸间"迟早都总是要去的。岩井露出一副畏畏缩缩的样子，但是当结城与安东带头走之后，他也就跟在须和名身后来了。

须和名果真料中了。一打开"停尸间"的门，就看到西野真的在那儿。

而且，正如结城先前所微微预感到的一样，西野已经变成了与"停尸间"相称的模样。

岩井发出呻吟声，跪倒在地。安东不知道是不是也看晕了，整个人无力地靠在"停尸间"冰冷的黑门上。在这个充满白色亮光、天花板很高、排着十个白色箱子的房间正中央，有一摊映照着白色光线的血在地上横流。

即使站得远远的也能看出来，脸部向上倒在那儿的男子就是西野，不可能是其他人。

结城觉得自己血液冲向脑门，头脑一片混乱……但是另一方面，他也感受到，自己体内仍有某个冷静沉着的部分。他心想，该不该踏进这个房间呢？西野虽然已经倒在了血泊之中，但是那未必真的是血,他也未必已经死了。但是如果西野真的是死了的话,那就不应该随便靠近,而是应该直接报警才对吧。

结城的呼吸变得急促起来,两次,三次,结城大口地喘着粗气。于是他明白,自己其实并不冷静。

在这个地下空间里,并不会有什么警察。

他踏进了"停尸间"。

跨出第一步之后,接下来就很快了。

他跑向了西野,安东不知是否已经重新振作了起来,也紧跟在后面。安东一边跑过去,一边对着站在入口处的两个人喊道:"快去叫其他人过来!"

如果西野还活着的话,规则中应该是有什么可以"进行紧急处置"的方式。好像是要先做个什么动作,然后应该会有个人会想办法帮忙把西野救回来。结城一边竭力回想着详细内容,一边站到西野身旁,但是他慢慢发现,似乎没有必要这么心急了。

西野的眼睛睁得很大,无论结城呆若木鸡地在他身边站了多久,他的眼睛还是一样一眨也不眨。等到结城把视线从西野脸上移开,才发现他身上开了好几个大洞。

根据之后安东所做的总结,状况大致是这样的:西野是遭枪杀身亡的。两人都近距离地看到了尸体的惨状。安东率先比结城冷静下来,鼓起勇气上前数了数尸体上洞的个数。总共有八个。右肩两个,腹部五个，胸部正中央也有一个。

"虽然我对人体不是很熟悉……"安东将手按在自己的胸前，是下巴下方、比脊椎略微偏左的地方，说道，"这应该是打到心脏了吧。"

是岩井去叫其他参加者过来的。但是事实上，似乎不能算是去"叫人来"。

去找大迫他们组的岩井非常慌张，惊吓到连一句话也说不出来。如果不是箱岛从他不同寻常的模样中察觉到大概出了什么事的话，恐怕到现在还完全没有传达任何讯息吧。安东露出苦涩的表情，说道："岩井这家伙，明明没看到尸体还怕成这样。"不过结城却有不同的想法。

再怎么说回廊都很昏暗，而且知道可能有人已经死了，再加上又知道那个杀人者就在这个地下空间，却又必须独自一人去叫别人过来。光是做到这一点，不就已经很有勇气了吗？

另一头，须和名一直站在"停尸间"的入口处。就连看上去仿佛是住在另一个世界的她也显露出震惊的表情。她一直僵硬地杵在那儿，十指双扣在胸前，像是在祈祷一般……但她似乎看上去又没有特别的害怕，至少在结城眼里是这么觉得。

大迫那组人赶到了，过了一会儿，渊那组人也赶来了。大家在看过之后，都确认西野已经死亡。不过，若菜、釜濑和岩井拒绝去看尸体。特别是若菜，她甚至拒绝去看"停尸间"的内部，死命地闭着眼睛。

不知道时间究竟过了多久，最后箱岛提出了一个现实问题："尸体该怎么办"。他想起尸体的入殓以及把死亡现场清洁干净，可以交给"警卫"处理。

"任他就这样躺在这儿啊，这实在是太可怜了。"箱岛喃喃自语。

脸色苍白的安东勉强以微弱的声音说道："我们等一下再过来看看，现在就先暂时保持这样吧。"

于是，尸体的事情就暂且搁置不谈。

2

十一个人在客厅集合，十一张椅子上都坐了人，只有一张多了出来……尽管如此，红脸的人偶还是维持着十二尊。

有几个人的脸上已经失去了血色，脸色煞白，结城也觉得自己像在做梦一样，整个人恍恍惚惚的。他的行动看似冷静，但是事实上思考已经完全停止。眼角虽然瞥见大迫与箱岛似乎在商量什么，但是他也无意去理会这些事，只是一直盯着眼前的人偶。

长到这么大，他还从来没看见过死人。他的亲戚都很健康，他甚至连葬礼都没有参加过，现在却突然看到被谋杀的尸体，受到了很大的打击。

但是，他听到大迫坚定的声音时，也吓了一跳。大迫在其他十人面前，以一种不知事前排练过多少次的流利的口吻说道："从现在起，大家如果要离开客厅的话，请三人一组。"

　　有几个人还没有从惊吓中缓过神来，目瞪口呆，抬头看着大迫。仔细一看，客厅里只有他一人是站着的。

　　大迫为了多加叮嘱，又重申了一次道："记得要三人一组行动。幸好客厅可以直通到洗手间，不过如果要去其他地方的话，请先找两个以上的同伴，然后再一起行动。"

　　这番十分冷静的发言，被某个带有怒气的声音盖了过去。

　　"与其现在讲这种事，倒不如先找出那个射杀西野的家伙吧！"

　　说话的人是安东。他在圆桌上用力紧握了拳头。

　　然而大迫只看了安东一眼，就冷静威严地缓缓说道："不对。应该先确保今后不会再发生任何事情。"

　　安东气得差点就要咬牙切齿了。他怒目圆睁，瞪着大迫，但是也没有再多说什么。

　　显然，大迫的观点才是对的。安东没有移开视线，仿佛使出了吃奶的力气似的，从嘴里好不容易才挤出声音，说道："嗯，你说得对，是我不好。"

　　大迫轻轻地点了点头。

坐在结城身旁的须和名稍稍举起了手。

"那么，我有个问题想向你请教。"

"请说，是什么事呢？"

"为什么是三人一组，不是两个人呢？"

结城的脑袋虽然还没恢复正常，但他也确实觉得"三个人"有点奇怪。

"只有两个人的话，会感到很不安吧。"

这段简短的说明，让结城茅塞顿开，领悟到了背后的真正用意。

假设结城与须和名两个人在回廊里走……如果须和名是杀害西野的凶手，而且她连结城也想杀害的话，结城未必能够保证自身的安全吧。但是，如果这时，安东也在一起的话，就可以阻碍须和名随便下手了。

三个人，是保障人身安全的最低人数。

结城心想，确实如此。虽然他明白须和名是不会杀人的。

对于大迫刚才的说明，须和名应该可以同意接受吧。随即，她又问了第二个问题。

"那么，在'夜晚'期间，你认为应该怎么办呢？我们不是必须待在自己的房间吗？"

大迫的语气这才第一次开始变得不坚定起来。

"这个嘛……"大迫言辞含糊。

"是的。"

"那也只能请大家自己多加小心了。"

须和名点了点头,说道:

"我知道了。那就这样吧。"

客厅里,没有任何人再开口说话。

打破这持续已久的寂静的是渕的一句话。

"早餐如果不收掉的话……"

确实,早餐一直摆在餐厅的桌上。现在几点了呢?一回过神来,突然觉得肚子很饿。这是当然的,活着就必须吃东西。

渕猛地站起身,伸手去开通往餐厅的门,但是大迫却阻止她道:"请你等一下。"

"嗯?"

渕的身子微微一颤,僵在那里。大迫伸出三根手指,说道:"要三个人。"

"啊,没错……"

渕缩着身子,觉得很不好意思。箱岛仿佛要给渕打气似的向她露出笑容。可是,原本如此具有中性美的箱岛现在的表情也有些僵硬。

"想去餐厅的话,只能从这里走过去,事实上就和在客厅里是一样的情况吧。不过,就当成是养成习惯好了,我也一起去吧。"

渕点头同意后,关水说:"我也去。"然后从座位上站了起来。

借着这个机会，原本陷入沉默的安东开口了："结城，陪我走一趟。"

"要去哪儿？"

"我们再一起去调查一下刚才那个。"

"刚才那个"是指什么，不用想也知道。虽然有些害怕，但是结城还是马上回答道："走吧。"

他的心情已经相当平静了。

"要三个人是吧。那就再……"

他环视圆桌，釜濑与岩井猛然把头低了下去。

到目前为止，安东大多是在和结城讲话。结城经常交谈的是安东与须和名，再接下来就是岩井。但是岩井看起来好像帮不上什么忙，如果要找须和名，又觉得有点犹豫。若菜、釜濑就更不在考虑范围了。正想着"还是找大迫最好"的时候，真木缓缓地站了起来。

"我去吧。"

结城与真木几乎不曾接触。他感到非常意外，一时之间不知道该说什么才好。虽然不知道安东觉得如何，但他还是马上点了点头表示同意："麻烦你了。"

3

结城、安东与真木再次来到"停尸间"，站在西野面前。

地上流淌着的鲜血浓烈地散发着一股股铁臭腥味。刚才结城没有注意到这股令人作呕的气味，不知道是不是因为当时惊吓过度，还是因为随着时间的流逝，气味变重了。他无法判断。

真木先前并没有仔细看过西野的尸体。他在血滩旁跪了下来，对着西野合掌行礼后，把手伸向尸体。本来还以为他要干吗，原来是去抚摸西野的脸，帮他把死不瞑目的眼睛合上。

"你很了不起嘛。"

安东虽然话含讥讽，但是从真木的行为来看并不觉得他只是做做样子而已。他再次合掌，凝视着西野的遗容，以几乎不带情感的平静声音说道："已经很久没有能像昨天那样喝得那么开心了。我觉得西野先生实在是太可怜了。"

真木闭上眼睛，继续说道："他应该不是招人怨恨的那种人才对。我要设法为他报仇。"

结城情不自禁地脱口而出道：

"赞成。我也来帮忙吧。"

真木抬头看着结城，抿嘴微微点头。

"你说要帮他报仇，是不是注意到什么事情了？"

安东用带有怀疑的口吻问道。

"倒不是因为我注意到什么。"

真木缓缓地站起身来。他站着的时候，比结城和安东高了半个头左右。

"首先,不是你。"他指向安东,无视于对方的疑惑,继续说道:"然后,应该也不是箱岛吧。"

"那我呢?"

结城忍不住问真木。真木眯起眼睛看着结城,不久缓缓地摇了摇头。

"也没有什么理由怀疑其他人。就这样。"

"那你为什么觉得不是我?"安东加强语气问道。然后又像是想到什么重要的事情似的,补充了一句道:"虽然你说对了,因为我是清白的。"

"没有什么特别的理由,"真木手插口袋,低头说道,"你和箱岛可以说是彼此都在竞争谁的头脑比较好。而且,也都知道先对别人下手的人很蠢。对你们而言,最不能忍受的就是被别人看成笨蛋。"

真木讲到这儿就停了。安东好像想说些什么,但又像是被真木说中了心思,结果就什么都没能说出口。

"而且,你和箱岛才不会笨到会为了炫耀自己的聪明才智而杀人。所以,不是你们两个。"

"也就是说,因为你觉得不是我们,所以就说不是我们呀。那这根本称不上是理由吧。"

安东带着讽刺的口气说道。但是真木似乎无意争辩。

"所以我刚才说没有什么特别的理由。虽然没有必要来说服你，但是总之我不怀疑就是了。"

"更重要的是，"真木再次把视线投向西野，并且喃喃说道，"我想到一件事。西野先生是中枪倒地的吗？"

结城不明白真木想说什么。西野是遭射杀的，这一点毋庸置疑。不知道是否是因为察觉到结城的疑惑，真木继续补充说明道：

"不知道他是中枪后倒地，还是倒地后才中枪的。向站立着的西野先生连开八枪固然很残忍，但是对着倒地的西野先生再开八枪的话，那就是恶魔了。"

原来如此。

"那么应该如何调查呢？"

真木把手捂住嘴。

"在移开西野先生的遗体后，身体下方的地板如果有弹孔，那就说明他是倒地后中枪的。在房间里搜寻一下，如果能够找到射杀西野先生的子弹，那就说明是站着中枪的。反正迟早都要将西野先生入殓的，到时候就知道了。"

"我知道了……不过……"结城忍不住说道，"真木先生，你好冷静啊。我连尸体都不敢正眼去看。"

真木把头扭向别处，避开结城的视线。就在结城意识到自己是不是讲了什么惹他生气的话而感到不安时，真木说道："我不是第一次看到遭遇杀害的尸体。"

真木的脸上几乎没有表情,但是,此刻可以明显看出他的内心对此感到十分厌倦。

"那么,你又是来调查什么的呢?"

真木出其不意地问安东。

"你是说我吗?"

"你不是因为有事想要调查,才来到这里的吗?"

安东小声地"嗯"了一声。

"说的也是。"

安东给出一个心不在焉的回答后,一边凝视着"停尸间"里的白色地板,一边走了几步。

然后,他说道:"啊,找到了。"

他小跑步上前,弯腰捡起某个东西。

"就是这个。刚才我也看到这个东西……但是那时候还没有心情好好审视。"

那是个金属制的小圆筒,是个弹壳。结城只看出来那是个弹壳,安东却说道:"原来是九毫米的子弹。"

他说得倒是若无其事,却把结城吓了一跳。

"九毫米?你是怎么知道的呀?"

然而,安东似乎一时之间不明白结城为什么会这么吃惊,只是睁大眼睛看着他。不久他苦笑着向结城招了招手,说道:"因为上面写着啊。"

安东把弹壳递过来,上面确实刻着"9mm"的字样。真木也靠了过来，因此结城又把东西拿给了真木看。真木仔细端详一番之后，说道："原来如此。"他只是低声讲了这么一句。

"这种证物为什么会直接留在这里呢？"结城提出疑问。安东稍作思考后，说道："你不知道这背后有多少故事吧。"

真木也说："如果无法确保把它完全处理掉，还是留在现场比较安全。"

说完便把弹壳还给安东，安东又轻轻地把它放回原来的位置。

"九毫米的半自动手枪是吧。还差得真多呀。"

安东并不是要讲给任何人听，而是低声自语，但却被结城听到了。结城察觉到，安东恐怕是在和自己拿到的"凶器"相比吧。确实，结城自己的"凶器"也只是区区的一根金属棒，和手枪还差真多。

然后，结城也意识到，自己竟然不知不觉开始去想应该怎么有效使用凶器了。他无法不去思考"假设别人持手枪向我袭击，光靠那根棒子是否能够抵挡得住"或者是"果然还是从别人背后出其不意地痛殴才更有效"之类的问题。

结城不得不承认，大迫先前提出的"三人一组制"这个方案确实是真知灼见。对于西野的死，自己受到的冲击相对而言应该还算轻微的，但是心里想到的却净是一些"如果一不小心,这里变成了相互厮杀的场所,自己该怎么办"等杀戮的事情。如果没有安东与真木在身旁,自己说不定会朝着奇怪的方向想去。

安东与真木继续讨论道:"还有什么要查的吗?"

"我想数数有几个弹壳,但是稍后再数也可以。我们先去和客厅里的那些人商量,帮西野先生入殓吧。"

"说得也是,任由他躺在这里实在太残忍了。"

接着,两个人放低了声音。

"真木,你跟我实话实说,你觉得到今天晚上之前,能够查出这是谁干的吗?"

真木摇了摇头,说道:"我不知道。"

"这样呀……如果就这样进入夜晚的话……"

安东的声响很轻,轻到快要听不见了。平时看起来很有自信的安东,此刻的神情却显得非常不安。结城不由得问道:"到了夜晚,会怎么样呢。今天如果查不出来,明天再查也可以吧。"

听他这么说,安东与真木一齐转过头来看结城。真木面无表情,安东眉头紧锁,以极其惊讶的口气说道:"那么请问,你到今天为止,都睡得很香吗?"

"我还可以。"

"这样啊。"安东点了点头,丢下一句话道:"那么,你从今天晚上开始,就应该会睡不香了吧。"

后来，在客厅里，大迫举起一只手呼叫道："'警卫'！"

就像先前说明的那样，"警卫"现身了。低吟的马达声与白色的身体从呼叫到抵达现场，不到两分钟时间。箱岛告诉现身的"警卫"，去把"停尸间"里西野的尸体放进棺材，并且洗掉地上血迹。

一小时过后，结城混在人群中，前往"停尸间"查看状况。到达"停尸间"后，看到西野的尸体确实已经被收拾干净了。"警卫"的效率之高，在此得到了证明。

结城面对拥有如此高效率的警卫，脑中突然浮现出一个不好的念头。

"各位，那个'警卫'真的没有问题吗？虽然不太可能，但是会不会是它突然失灵，才导致……"

在场的有大迫、箱岛、安东、釜濑。安东听到结城的话之后，扑哧一笑，说道："你说失灵是吧。你以为'警卫维修室'是为什么而存在的呀？"

"所以我才想，或许是'警卫'在接受维修之后，才又恢复正常的。"

但是大迫紧锁着眉头，说道："如果你要这么想的话，当然是最轻松的。我也希望是你所想的这样。但是在发生了这种事情后，把过错全都推到非人的'怪物'身上，这只是在逃避罢了。"

接着，箱岛也面带微笑地说道："失灵的可能性很低吧。不过，或许'警卫'原本就是为了用来杀我们而设计出来的，这栋'暗鬼馆'或许就是我们与强大机器人之间的竞技场呢。"他站在西野先前尸体所在的地方，泰然自若地说道。

一瞬间，结城突然觉得箱岛很可怕。箱岛耸了耸肩，继续说下去道："好了，我是开玩笑的。第一，如果真是这样，那本'规则手册'以及昨天的广播，这一切的一切就会都变成掩饰'竞技场'用意的烟幕弹了。所以，看上去不可能会有这样的事。

"第二，如果真是如此，就不知道西野先生为什么非得死在这个'停尸间'了。西野先生显然是在这里遭遇杀害的，从血迹来看，这里确实是杀人现场。他应该是有事才会来到这里吧。如果不是这样，那就应该是有人把他带到这里的。如果他是为了和那个可爱的机器人搏命的话，应该没有必要跑到这个房间来。

"第三，如果'规则手册'里的文字说明值得相信的话，那么根据'规则手册'里所说，'警卫'身上装设的不过是发射型电击器而已。"

最后，釜濑又补充一句道："你是白痴吗？"

釜濑的话就算了，但是箱岛的说法确实合情合理。结城闭口不语。

尸体虽然被移开了，但是血迹与气味仍然有明显的残留。并不是因为"警卫"打扫得不够周到，而是因为大家其实都明白，无论是谁来做，都不可能完全清除血迹与气味。

4

"夜晚"降临到了"暗鬼馆"。

白天的时候，安东曾在"停尸间"说过："从今天晚上开始，你应该就睡不好了吧"。

结城并不是傻瓜，在"夜晚"来临前的十个多小时里，他就完全明白了那句话的意思。

无论是安东、箱岛、真木还是大迫，都没能在"夜晚"来临前找出射杀西野的犯人。

死亡带来的冲击虽然看上去已经过去了，但却仍然不断地束缚着他们的思考。比如说，尸体入殓之后，通过对地板进行调查，结果可以确定西野是站着遭到射杀的。搜寻了"停尸间"的地板后，发现有九个弹壳——贯穿人体的八颗子弹，以及打到墙壁碎掉的另一颗子弹。由此可以知道，射杀西野的人总共开了九枪，其中有一枪没打中……尽管如此，关于"究竟是谁射杀了西野"这个最基本的疑问，还是毫无进展。

十一个人只能无所事事，无聊地等待着"夜晚"的到来。

挂钟显示九点四十五分,"当"地响了一声。

从每个人走向自己房间时那种垂着肩膀、拖着步伐的模样可以看出,在每个人身上都存在着某种悲痛的而且令人无法直视的东西。

从这个"夜晚"开始,"暗鬼馆"彻底露出了它的真面目。

结城穿过昏暗的回廊,进入六号房间。关上门之后,结城就无意识地把弄着门的内侧,但是门上只有门把手而已。结城的指尖所触摸到的只有平滑的触感,没有任何收获。

"暗鬼馆"的个人房间没有门锁。明明已经知道这个事实,可结城还是试图在门把上寻找门锁。

这是已经开关过好几次的房门了。即便如此,结城还是再次打开横拉式的滑门,然后又关上。从个人房间里流泻而出的一道光线落在昏暗的回廊上。

由于滑门的滑槽相当滑顺,因此移门不会发出任何声音。结城闭上眼睛,将神经集中在听觉上,试图再次打开房门。

在耳朵深处,留下了些许硬物相互摩擦的声音,那是一种只有在十分安静的"暗鬼馆"才能听得见的澄澈声音。

(这样果然不行……)

结城抓住房门,咬紧牙关。

如果自己在舒服的慢反弹床垫上躺成个大字形

的时候，有人穿过昏暗的回廊，悄悄地拉开六号房间的门把的话……

房门上没有锁，甚至不会发出任何声音。

接着，他试图缓缓地在房里走动。

房间的地板上铺着长毛地毯，比起壁纸的奶油色更接近于白色，没有花样。每跨出一步，脚底就会传来舒服的触感。真的是很棒的地毯。可那只是到昨晚为止。

那种想法真是太天真了。

无论结城如何在长毛地毯上走来走去，脚步声都会被纤维所吸收，降低至十分微弱的声音。

结城猛然感到非常焦躁，跳了起来，奋力踩在地毯上。这么一来，总算可以听见称得上是脚步声的声音了。

这是"暗鬼馆"的个人房间。设计成任何人都能轻易进入，不发出任何声音就可以走到你枕边站着的房间。

卫生间，也不能锁。

盥洗室，也不能锁。

房间里只有一处能上锁的地方，实际上也是"暗鬼馆"唯一可以任意上锁的地方。

那就是按摩浴缸。那是一个十分宽阔，有种开放感的浴室，有一个十二个人一齐伸展四肢，一起浸泡都显得宽裕的大浴缸。还有可以上锁的玻璃门。

但是,"暗鬼馆"并不为参加者提供方便好用的避难场所。

按摩浴缸这里的玻璃门只是一片薄薄的磨砂玻璃,看起来徒手就能轻易敲破,门锁也只是寻常的半月锁。和"暗鬼馆"的其他高档摆设相比,甚至会让人觉得是不是故意选用这种脆弱的门锁。

还有,最重要的是,那里有着桑拿浴般的热度。

结城之前也曾怀疑过,按摩浴缸为什么会这么热,也曾经想过,这种热到让人不舒服的温度,是不是因为什么机械故障而造成的。

但是,在出现杀人者的第三天夜里,结城终于知道了它的真正用意。

那就是为了防止你在那里睡觉,才提升了按摩浴缸的温度。

无论怎么咬着牙忍耐,都撑不到三十分钟。如果真的把自己关在按摩浴缸里度过一晚,恐怕会有生命危险——虽然原因跟待在"暗鬼馆"的其他地方并不相同。

结城拿着原本以为不会再使用的卡片钥匙去刷读卡器,"玩具箱"的红灯变成绿灯,锁就解开了。

里面放着拨火棒。不知道是不是自己多心了,一抓住它的中段处,拨火棒那冰冷、坚硬的感觉以及其重量，就让人感到安心。

完全没有睡意。虽然感到很疲倦，但是由于午餐与晚餐都只吃了一点点东西，这时甚至开始感觉有点饿了。

拨火棒该如何处理呢？是拿在手上随时可以用比较好呢，还是藏在床单下比较好？

结城坐在床上，猛然一抬头，发现房门似乎被稍稍打开了。从打开几厘米的缝隙中，能够看到昏暗的回廊。

这缝隙是怎么回事？

难道有人在偷窥自己的房间吗？

又或者是……

有人走进了这个房间吗？

比如说是刚刚，就是刚才确认按摩浴缸的那段时间进来的？

结城缓缓地取出刚才包在床单里的拨火棒，紧紧地握着，悄悄地从床上站了起来。

对了，不会有脚步声，因此没必要在意这个细节，大胆迈开步伐也没关系……但是，这不就表示对方如果绕到自己身后，也同样不会发出任何声音吗？

结城惊吓之余转过头一看，背后只有奶白色的壁纸而已。

他这才稍稍喘了口气。自己原本是这么胆小的人吗？

站在卫生间的门前，结城拿起拨火棒摆好架势，深吸一口气后，猛地将门打开。

里面没有任何人。

如果是在自己跑去看按摩浴缸时入侵的话，从理论上来说，待在盥洗室与按摩浴缸那里的机率很低……但也只是"很低"而已。由于握得太紧，右手似乎粘在拨火棒上了，汗水好像让拨火棒变滑了，结城想要重新握好，但是手指却动弹不了，手掌也张不开，所以只好通过能够自由活动的左手，将右手手指一根一根从铁棒上掰开。将僵掉的手指用力拍打在大腿上，"啪"的一声清脆响亮的声音，音调比想象中还高。

进入盥洗室。

一个人影闪过眼前，结城迅速后退，拿着拨火棒摆好架势。

结城心里是清楚的。应该一开始就了解的，那里有面镜子。他大口喘着粗气，再次走向盥洗室。

看着映在镜中的自己的模样，充满血丝的眼睛两眼放光，蜷缩着的身体给人一种卑屈感。结城不由得移开视线，看向按摩浴缸。

雾蒙蒙的蒸汽往上直冒，只能看见冲身体用的小水盆、形状像岩石的瓷砖以及莲蓬头，但是热水里有什么就看不清楚了。

结城得出一个结论：太热了，不可能有人潜伏在那里。

回到卧室，他又大大地吐了口气。正想要重新坐到回床上时，耳边回响起从前听到过的故事。

有个拿着斧头的男子躲在床底下……等你睡着以后，再爬出来……

（有人！）

不知道是谁躲藏在床底下。结城相当确信，显然有人就在那里，接着就是要看自己如何去揭穿那个人，以及如何处置对方。

呼吸加速。在悄然寂静"暗鬼馆"里，心跳声甚至都会让人觉得是噪声。床底下的那个人应该只看得见自己的脚而已。只要不停地走来走去，应该就可以假装没事。

结城一边装成漫无目的地来回徘徊，一边慢慢地靠近床铺。没问题，对方如果只是趴在地面上，就可以先发制人。等到那个人在浑然不知的状况下爬出来的时候，在他起身之前挥舞拨火棒打下去，就可以收拾他了。

但是如果对方手上有枪呢。

或者，潜入这里的不是杀害西野的凶手，而是另一个人呢？这样的话，那个人手上拿的又会是什么呢？那个人又会是谁？

而且，当那个人露脸出现时，自己真的就能够毫不犹豫地拿着铁棒往对方的脑门上打下去吗？

对方知道自己拿到的是拨火棒吗？

那个人原本就知道六号房间的主人是谁吗？

知道自己住在这里的，应该只有两个人。如果先不考虑其中一人的话，那么床底下的人该不会是……？

各种疑惑在心里形成一股风暴。他缓缓地弯下身体，以半蹲的姿势，猛地看向床底。

那里只有一整片白色的地毯而已。

没有人在那里。没有什么人偷偷地进入六号房间，应该只是自己回房之后，在确认门的开关时，没有把门好好关紧而已。是自己想多了。是自己的失误。

结城坐到床上，抬头看着天花板，又猛然低头往下看。

开了几厘米的房门缝隙，能够看见昏暗的回廊。

"暗鬼馆"的"夜晚"才刚刚开始而已。

"实验"第四日

1

看看时钟,已经凌晨四点了。距离"夜晚"结束还有两个小时。

结城抱着拨火棒,完全无法入睡。疲惫感与饥饿感已经达到上限,一直绷紧着的神经就像是立马要断掉一样。睡意侵袭了全身,在床上坐着坐着就会摔落,已经不止一两次了。为了能够让自己保持清醒,每次一这样,他就会拼命拧自己的手臂与大腿。

结城一直憎恨地瞪着那扇关上的门。

(那扇门,只要能够上锁的话……)

但是,"暗鬼馆"的个人房间里,没有任何可以用来锁门的东西。凌晨两点到两点半,结城一直拼命想把唯一的棒状物——拨火棒当成门闩使用。但是,拨火棒不管如何摆放,都没有办法把门关死。

他还想到是不是可以把床搬过去抵住门,当成路障使用……但是这个想法只是让他再次感受到"暗鬼馆"设计得十分周密而已。在横拉式的滑门前,使用障碍物这个做法完全没有意义。当然,之所以会采用与西洋宅邸格格不入的滑门,也应该是出于这个原因吧。

而且……

(这扇门,大概也是有隔音效果的。)

虽然发现得有点晚,但是结城终于注意到了这件事。

第一天早晨,结城一醒来,就看到须和名站在旁边。

从这件事就可以证明,只要在房里睡着了,甚至连有人靠近自己也不会注意到。结城回想起后来发生的事情——须和名把装有毒药的胶囊交给自己,自己打开了那个胶囊,看到毒液滴在床上,不由自主地发出惨叫。

他的嘴边浮现了一丝笑意。那还只是三天前的事情。三天前的自己,竟然是那么的天真!

可是,在惨叫之后,他就和须和名到客厅去了。他不记得当时有谁在那里,但不管如何那里是有人在的,却没有人问起结城关于惨叫的事情。因为惨叫声根本没有传到那里去。

恐怕……不管在这个房间里发生什么事情,外面都是听不到的吧。

五点四十八分。

再过不久,"夜晚"就能结束了。

此时,结城昏昏沉沉的脑海中,突然冒出了一个当然可以更早就想到的念头。

（搞什么嘛，我为什么就这么老实，一直把自己关在房间里呢？）

是因为在"规则手册"里写过这样的答案吧。

既然如此，当然就会造成他这么想。

（但那是不得不遵守的规则吗？）

即使离开房间，应该也没有关系吧？

对呀，没有必要把自己关在房间里，应该走出去。离开房间就好。为什么自己到目前为止都没有想到这么简单的处理方式呢？为什么要把自己一直关在房间里，等待根本不知道何时会前来的袭击者呢？事到如今，就不要去管什么规则或者打工的事了。

离开这里，找个信得过的人会合。不要一个人，三个人的话会比较安心。或者索性把剩下的十一个人都集合到其中一个人的房间就好了。

如果没有人可以相信，至少得随便找个遮蔽物躲在后面吧。偌大的"停尸间"就不考虑了，但"娱乐室"里有许多藏身的死角。

想到这里，结城无法再思考下去了。他一口气飞身跳到门边，猛地打开房门，迎面就是回廊。

但就此为止，他停下了脚步。

回廊很暗，一离开明亮的房间，几乎就像是在黑暗中行走一样。

当然，这只是理由之一。如果只是那样，结城或许还是可以鼓起勇气冲到回廊上的。

"暗鬼馆"的回廊并不只是昏暗而已，还呈现出微微的弯曲。

结城从个人房间的门口探出头，左右窥视……只能看见区区几米的前方，回廊就消失在弯曲处的另一边。再往前，就看不到了。

那件事是不是也是第一天发生的呢。和安东、须和名一起绕一圈观看各个房间的时候，岩井突然出现在弯曲回廊的另一头，大家都吓了个半死。

如果只是受到惊吓，那倒也没关系。现在结城却不由自主地觉得弯曲处的那一头，也许会有人屏住呼吸躲在那里。

不能出去，还是待在房间里比较好。回廊与房间都铺满毛毯，不会发出脚步声。盯着房门的话，至少不会有人从后面袭击。就这一点而言，还是待在房间里比较安心……

结城一想到这里，立刻就把脖子缩了回来，但是，眼前突然闪过一道光线。

他顿时慌乱了一下。不过，和声音以及黑暗相比，光线比较不会让人害怕。等到心跳平静下来后，他发现那是手电筒的光线。有人拿着手电筒在昏暗的回廊照着。

结城倏地缩起身体，关上门。

关门的时候，结城在慌乱中不小心把拿在手上的拨火棒撞到了门，发出"哐"的一声，声音大得让人吓得要跳起来。就算房门隔音再怎么好，没有关上的话就毫无意义了。结城觉得，那个声音仿佛响彻了"暗鬼馆"的每个角落。

有人在"夜晚"期间拿着手电筒走在回廊上。这个人违反了规则，不怕昏暗，也不怕看不见前方的弯曲处。

刚才，结城让对方知道了自己的存在。那个家伙会怎么对付自己呢？结城发现，自己正在使劲全力抵住关上的房门。

由于被自己刚才发出的声音吓到，拨火棒在地毯上滚到了两米远的地方。如果那个拿着手电筒的人要闯进来的话……对方会让自己有时间扑向拨火棒、再重新摆好架势吗？

结城就这样全身用力抵在门上，任由时间流逝。

过了十秒。

过了二十秒。

不，他并不知道到底过了多久。虽然自己感觉已经过了很长时间了，但是真的有那么久吗？

不过，尽管如此，恐惧渐渐散去，取而代之的是脑海里另一个念头。

（刚才的那个人到底是谁？）

结城不禁觉得不可思议。

一直到现在为止,自己都还因为死亡的恐怖而感到害怕。西野倒在血泊中的模样在脑海中闪现,让结城完全无法入睡。度过那样的夜晚之后,现在他又拼命在抵住门,为了不让违反规则的、在回廊上走动的人闯进来。然而,一旦觉得对方应该不会来袭了,却又压抑不住马上转去思考"对方到底是谁"的心情。结城很想马上打开门去看看回廊。不过,面对这股无法抗拒的欲望,结城冷静以对。如果就这样打开门的话,光线会透到回廊上,对方应该会察觉吧。

他希望可以在不被对方察觉的状况下,看到对方是谁。好不容易才把双手从门把上松开,结城又下定决心,迅速采取行动。他先冲过去拿起拨火棒,然后关上房里的灯。黑暗的六号房间里就只剩下显示开关在哪儿的小光亮,以及"玩具箱"的红灯。

接着,结城为了尽早习惯黑暗,紧紧地闭上眼睛。他感觉既兴奋又冷静,虽然很想马上打开门去看回廊,但是脑中的理智告诉他,现在还太早。数到三十吧……不,数到十。

(应该已经可以了吧。)

他睁开眼睛。接着,把门打开。

回廊很昏暗,但是由于六号房间一片黑暗,所以门一打开,虽然灯光微弱,但是光线确确实实照进了六号房间。

去，还是不去？

结城没有花费太多时间就做出了最后判断。他已经决定了，一定要看看对方的真面目。

结城并不知道该如何说明这个冲动，只是纯粹出于好奇而已吗？又或者……是因为相信只要知道那个可疑人物的真实身份，多多少少也可以慰藉一下可怜的西野岳？

结城探出头，在回廊上左右张望，手电筒的光线正要消失在左方转弯处的那一头。

没什么好怕的，只要不被对方发现就可以了！

结城冲了出去，一手握着拨火棒，蹑手蹑脚地快速追上手持光线的主人。他以回廊的弯曲处为掩护，悄悄地追上对方。然后，他看到了。

那光线不是手电筒，而是安装在机体上、有如车头灯的东西。通过他自身照向前方的光线，映射出一个白色的影子。

那是"警卫"。

原来它是在"夜晚"期间，四处巡逻，查看有没有人违反规则，离开个人房间。

真是神奇，明明只匆匆阅读过一次，此时结城的脑子里，却清晰地回想起"规则手册"里的一段话。

（在"夜晚"期间，"警卫"会根据固定的路径巡逻除了个人房间之外的各个房间。不过，如果个人房间里出现该房间使用者以外的人，"警卫"也会巡逻那个房间。）

那不是敌人，也不会进入到房间来……但是，谁也不准离开房间，大家也不准集合到任意一个人的房间里。

"警卫"会监视这些人，让他们绝对无法"安心"。

而且，"警卫"明明在巡逻，却没有出手救西野。

一想到这里，怒气瞬间涌上心头。"警卫"不是人类，理应可以让人类发泄心中愤恨，结城心里产生一股"我要把你打烂"的冲动。

不过，他还没有到失去理智当场冲上去、真的拿拨火棒打下去的地步。他踮起脚尖，悄悄地回到自己房间，打开灯，坐到床上后，就一动也不动地聚精会神地一直盯着房门看。

2

书桌上的电子时钟指向了六点。"夜晚"过去了。

结城失魂落魄似的长叹了一口气。真是漫长的一晚。对于度过同样漫长的时间，自己先前竟然两晚都可以安心地呼呼大睡，他感到难以置信。结果，结城这晚完全没有睡着。或许意识神经中断过几十秒或几分钟,但他完全感受不到睡眠应该带来的那种"我休息过了"的感觉。

一个死者、一个杀人者,完全改变了"暗鬼馆"的"夜晚"。但是"夜晚"已经结束了。

离开房间吧,到客厅去。两人待在一起或许会比独处更让人感到不安,但如果是三个人的话,确实可以稍稍放心。如果有更多人的话,心情应该会更加轻松。

结城甚至觉得,原本紧绷的神经好像在发出某种声音,然后慢慢松弛下来一样。疲惫、饥饿与睡意交错在一起,让他很不想从床上站起来。但是,他并不想就这样睡着。他已经受够了这个房间。

再过十六个小时,"夜晚"就会再度降临。在那之前,能够找出杀害西野的凶手吗?如果还是找不出来的话,那就又要面临相同的"夜晚"了。

开什么玩笑!就算必须杀掉对方,结城也要阻止杀人者。如果能在客厅碰到安东的话,就找他稍作商量试试。如果束手无策的话,找岩井帮忙也行。结城一边这样想着,一边从床上站起来。

此时,结城发现自己右手还拿着拨火棒。他一整晚竟然都紧握着它。

结城觉得很困惑——毫无疑问,房间外有杀人犯。这一点无论是"夜晚"还是在其他时间段,都不会改变。如果这样的话,是不是带着防身武器出去比较好？

结城的目光停留在手中的拨火棒上。

但没过多久，他就苦笑起来，摇了摇头。

（不行，那太蠢了）

手里拿着凶器出现在客厅的话，就和宣告"我准备要闹事了"没什么分别，也就意味着打算与其他十个人为敌，还是把它留在这里吧。他把拨火棒丢到床上，但又立刻改变了心意。虽然不能把它带出门，但它却是撑过"夜晚"的支柱，应该好好珍惜。结城拿出卡片钥匙，把拨火棒收到"玩具箱"里。

然后，他总算意识到早上该做的事了。

胡子还没有刮，脸也还没有洗。他缓缓地朝盥洗室走去，镜中的自己两眼凹陷、嘴角浮现出轻蔑的笑容，就像个幽灵一样。

不过，脸才洗到一半，他就被迫中断了。

"暗鬼馆"的个人房间里准备的是电动剃须刀，对平常使用安全剃刀的结城来说，这东西实在用不习惯。昨天也是，前天也是，他一直觉得下巴的有些地方没有剃刮干净，搞得浑身不自在。打开开关后，在电动剃须刀的马达声中，传来了银铃般的声音。

"结城先生，你起床了吗？"

是须和名。

听到她声音的瞬间，结城觉得自己的心安稳下来，但与此同时，心里也觉得"真糟糕"。"暗鬼馆"

的"夜晚"是令人害怕的时间段。自己拿的拨火棒是相比之下较为适合与对手正面对峙的武器，然而身为男人的自己却只能胆怯地度过这段时间。至于须和名，她的武器只是装了毒的胶囊而已！

之前应该多关心她才对。为什么只想到保护自己呢？这样的话，根本当不了骑士嘛。他一边深切悔恨着，一边在意着脸上胡子还没剃好，一边从盥洗室探出头来。这种感觉实在很奇妙，一直到刚才为止，自己都还在因袭击者的影子而绷紧神经，现在却一点都不担心须和名就是来杀害自己的人。

须和名背对着昏暗的回廊，打开门站在那里。原本她的脸上总是少不了高雅的微笑，但此刻却紧闭双唇，脸颊略微泛红。看到结城的样子，她说道："啊，你在呀。昨晚睡得好吗？"

根本不必问这种问题。和杀人者同在一个屋檐下，而且房门还不能上锁，有谁能够好好睡得着呢？

结城摇了摇头，须和名的眉间浮现出担心的神色。

"那真是可怜。等会儿如果能够睡个午觉或许还不错。"

结城看着须和名。

雪白的肌肤晶莹剔透，细长的眼里完全没有充血的痕迹。她的站姿除了美丽与气质出众外，似乎还绽放着活力。结城问她道："须和名小姐，你昨天睡得好吗？"

"嗯，托您的福。"

"你能睡得那么香。"

结城心想，她该不会是深信这个世界上没有人会来害自己吧。

"真是太好了。"

结城叹了口气，才刚说完这句话，就有事发生了。

从打开的房门外，传来了一声尖锐的惨叫。似乎是从很远的地方传来的尖叫声，但毫无疑问是惨叫。

结城浑身僵硬起来。

"刚才的惨叫声是？"

原本已经解除的警戒心以及放松的神经立刻又恢复到原来紧绷的状态。那是女生的惨叫声。比起退缩，结城反倒想要赶过去看看。因为在须和名面前，他想要表现得像个男人。但精疲力竭的身体却没有随结城的意志而移动，卧室里的长毛地毯绊住了他的脚，结城大大地踉跄了一下。

须和名仿佛要安抚结城似的，以冷静的声音说道："不用这么急。"

"可是……"

须和名露出一副从容不迫的模样，稍稍回头看着回廊说道："刚才的叫声应该是若菜小姐吧。我大概猜想得到，她应该是看到了什么惨状，才会心烦意乱吧。不必担心。"

"惨状？"

"嗯。安东先生就是为了那件事，才请我过来叫结城先生的。他要我确认你在不在房间里，他说，如果你在的话，希望你马上过去。"

听到这里，结城大致察觉到是怎么回事了。他感到难以置信，语调不由自主地变得激动起来。

"又有人被杀害了吗？"

听到结城突然这么问，须和名皱起眉头，然后轻描淡写地回答道：

"是的，没错。"

"是谁？不，我是说，是谁被杀了？"

"那人的名字嘛，呃……"

须和名摸了摸脸颊，歪了歪脖子。这个看起来很无辜而又不经意的动作看起来和迎接第四天到来的"暗鬼馆"很不搭调。

不久，须和名大概是因为想出了名字而感到满意吧，嘴角略微上扬，说道：

"啊，我想到了。是真木先生。是真木峰夫先生。"

3

回廊的弯曲处遮住了视线，在他们狂奔于回廊时，这一点是很大的障碍。"暗鬼馆"虽然面积一点也不小，但是也不能算是宽广。听到真木死了，结城真希望能够一口气就赶到现场,但是因为受到弯曲的回廊干扰,就算是自己想跑得再快一点也无济于事,实在让人焦急万分。

耳边从刚才开始就一直传来大哭大叫的声音。正如须和名所说,听上去好像是若菜的声音。结城就如同是被若菜的悲伤吸引过去一般,在回廊上不停地向前跑。

不一会儿,结城的面前就出现了很多人影。烛台型的灯光映照出许多影子,在灯光附近,有个瘫坐在回廊上的人影紧紧抓住另一个高大身影的脚。

"我就说嘛,我就说我是受够了!这种事,我再也受不了了!我想赶快出去!赶快离开这里,你说好不好啊,雄。"不断叫喊着的是若菜,被她紧抓着苦苦哀求的人自然就是大迫了。大迫没有对若菜讲什么安慰的话,也没有冷酷以对,只是把手放在她头上,任由她想叫就叫个够。在两人身旁绕来绕去的微胖身影是釜濑,他反而比若菜还要惊慌,只是敷衍地反复咕哝着诸如"放心啦"、"不用担心"之类毫无意义的话。

他的对面是渊。渊无力地把身体靠在墙上,就好像丢了魂一般,连叹息的力气与震惊的力气都没有了。从她的样子看来,像是站在这里或是待在这里都意兴阑珊。

站在渊身旁的人是关水,关水倒是与渊形成了强烈的对比。她的眼睛往上吊，紧握的拳头在颤动，她威武地伫立在那里，向下看着倒映在回廊上的影子。她那灼热的视线像是要把这个场景永远烙印在视网膜上一样。

在地上的那个影子旁边是蹲着的箱岛与安东。不知道是注意到脚步声，还是察觉到凌乱的呼吸，安东回头认出结城后，缓缓地站了起来，无言地指向地上的身影。

那人身穿黑色衣服，趴在那里，看不见脸的长相。唯一可以辨识出的是他脖子上刺着一根细细长长的东西。虽然看不出是不是真木，但是从倒在回廊上的长长身躯看来，似乎确实就是他。况且其他成员都已经确认过了，那么这应该就是真木的尸体了，不会错的吧。

由于光线昏暗，真木的正前方又站着魁梧的大迫，使他看来更像是倒卧在黑暗中。是和地上红黑色的毛毯混在一起的原因吗，还是由于光线的亮度的原因，又或许是原本就没流那么多血的原因，现场看不到血迹。就连昨天去了"停尸间"后，一直残留在鼻子深处血腥味，也几乎感觉不到。

安东拉着结城的衣服，带着他走到离尸体略远的地方。若菜尖锐的叫声持续不断，没有要停歇的意思。

为了避免叫声的干扰，安东附在结城耳边说道：

"你有什么看法?"

安东应该也和自己一样,度过了心惊肉跳的"夜晚",但是他的声音中却丝毫没显示出疲惫,而只是和昨天一样的紧张。结城一边对此表示佩服,一边回答道:"若菜真吵。"

安东"噗嗤"一声笑了出来,呼出来的气息略微钻进结城的耳朵。他身体向后缩了一下,伸手轻轻地向结城摆了摆,示意"不好意思"。

"嗯,这我也有同感。还有呢?"

结城看向倒在地上的身影。

"我不知道这件事该不该讲,我感到很困惑。"

"嗯。"

"真的感到很无助呢。"

安东通过自己默不作声来催促他继续说下去。

结城将视线看向黑暗的另一头——昨天西野陈尸的地方。

"西野先生死得好惨。看到他浑身是血,让我觉得,人非得流血流成这样才会死吗?真木先生却不一样。他是真的死了吗?"

事实上,结城觉得自己非常不可思议。昨天看到西野时,受到的视觉冲击几乎让自己都快站不住了,根本无法静下心来思考,甚至连饭也没有办法好好吃。现在却完全不同,没有对真木的死感到哀悼,也没有对犯人感到憎恨,反倒是"好困好想睡觉"、"觉得肚子好饿"、"感觉好吵"等生理上的不满一股脑儿地强烈涌上身来，占去了大脑的大部分空间。"他是真的死了吗？"这只不过是那些不满情绪的一项而已。结城虽然察觉到自己的冷血，但是也无法为了使自己感到悲伤而刻意振作起精神。

安东感到非常震惊，说道："真有你的，结城。真有你的。都到了这般田地，你还如此满不在乎。"

安东的声音里甚至带有笑意。但是，他接下来却放低了语气，透露出极其沉重的氛围，说道："确实是这样。和西野先生比起来，真木的死相干净多了。但是毫无疑问，他已经死了。铁箭从他身后刺进脖子里，虽然并没有穿透过去。"

他转头看着尸体。

"虽然不清楚这箭是在多远的距离射中他的，但是射箭技术之棒显而易见，正中脖子与脑袋的交界处。我印象中记得，只要伤到那里，应该会当场死亡吧。技术真的很棒啊。"

"那种事可讲不清楚哦。"

突然有人从旁插嘴说话，吓得结城和安东缩起了身子。

不知道什么时候，须和名站到了两人的正后方，完全没有听到脚步声。虽然原本就知道"暗鬼馆"的回廊不会发出脚步声，但是连她靠得都这么近了，两人竟然都完全没发现。

须和名看上去丝毫不介意两人的反应,说道:"好的或许不是技术,而是运气。能让人当场死亡的地方可不是只有脑干而已,刻意瞄准脖子这么细的部位,着实非常奇怪。或许是犯人并没有刻意瞄准,而是碰巧射对了地方。"

"嗯。"

安东像是泄了气的皮球似的喃喃自语。结城则是非常佩服,心想:"原来如此,也有道理。"如果事情正如须和名所说,对犯人而言就是不怕一万只怕万一,但对真木而言,就是太不幸了。

"昨天那个大叔也死得很凄惨吧?我可不想死啊。我想回家。我们退出吧。雄,雄……"

烛台下,若菜的哀求声不绝于耳。对于她"不想死、想回家、想退出"的哭诉,结城想举双手赞成,但是不管怎么说,听她哭了这么久,已经感到很厌烦了。结城很希望她能到别的地方去,但是显然有人比结城更早地达到了忍耐的极限。

回廊上响起一声叱喝,盖过了若菜的声音。

"吵死了!要哭到房间去哭!"

大家吓了一跳,看向发出声音的人。

那人是关水。虽然周围非常昏暗,但是她的双眼却给结城一种闪闪发光的错觉。她大喝一声之后,努了努嘴,指向回廊深处。

原本没有说话的大迫趁着若菜的哀求出现一丝

空隙的时候，温柔地说道："你回房间吧。如果不想回房间，那么就去客厅。"

"不要！"若菜歇斯底里地用力摇着头，说道，"你要跟我一起行动，不然我绝对不去！"

"我马上就去。"

"为什么？为什么不和我一起去？"

关水的声音再次传来，不过这次比较低沉和冷淡。

"那么你就待在这儿，给我闭嘴。"

若菜猛地抬起头，怒目瞪着关水，说道：

"为什么我非得被你这样命令不可！开什么玩笑！这可是我的自由……"

"你给我闭嘴。"关水的视线从若菜身上移向脚边的真木，似乎在看真木脖子上的铁箭。然后她凝视着若菜的眼睛，用不带任何感情色彩的声音说道："再吵我就杀了你。"

若菜安静了下来。

就在现场安静下来、大家终于可以冷静地说话之时，安东又靠到结城的耳边，悄声说道："刚才，我问你有什么看法。"

"嗯。是啊。"

"真木是被箭射死的。"

"应该是吧。"

正在讲话的安东，身子似乎微微颤抖了一下。

"死亡人数升至二人,真的好可怜。你听我说,结城,恐怕杀人者也变成两个人了哦……我也开始要受不了了。"

托若菜闭嘴的福,说话变得容易起来的人不只是安东而已。若菜虽然还是紧紧地抓住大迫的脚不放,但是大迫似乎终于有余力可以环顾四周了。他转过头,环顾四周,然后以粗重的声音,喃喃地问出一个早就该提出来的疑问。

"岩井在哪里?"

4

"该不会,那个人也被……"

渕掩住自己的嘴,尖声叫道。

但是,此时结城的感觉并非"岩井该不会也被",而是"岩井竟然会被"。但不管怎么说,正如大迫所说的那样,岩井并不在这里。

"刚才都没有注意到,我们赶快去找他吧。"

提出这个建议的是目前为止都像在用舌头舔着尸体那般仔细观察着尸体的箱岛。大迫点了点头,环视所有人,问道:"岩井是住几号房间,有人知道吗?"

没有人回答。参加者一共有十二个人,现在只剩下十人了,大家都还没有告诉过别人自己的房间号码。

"这样的话,大家把……"

箱岛说到一半,又把后面的话给吞了回去。

结城觉得,自己似乎知道箱岛接下来会说什么。只要是在"暗鬼馆"有度过"夜晚"体验的人都很容易理解箱岛的犹豫。

在漫长的"夜晚"里,每个人的心灵支柱就是自己拿到的凶器。不是只有这样而已。大家几乎都不知道十二间个人的房间里分别住着谁,这一点或多或少可以让人安心。

现在,如果要找出岩井住在几号房间,在场的九个人分别报出自己的房间号应该是最快的解决方式。但是,如果可以的话,没有人想把自己的房间号讲出来,因为大家都不愿意让杀人者知道自己具体住在哪儿。

毫无疑问,对箱岛而言也是如此,因此他才会话说到一半就此打住。

如果没有别的方式,那也就没办法了……自己知道关于岩井的什么事吗?在这样的扪心自问下,结城意外地发觉,他似乎知道岩井住几号房间。

"他大概是住十二号房间吧。"

"为什么呢?"

箱岛立刻尖锐地回问道。由于结城并不是百分之百的确定,因此对于要不要讲下去,多少有点犹豫。但是他又想,那就暂且先讲讲看好了。

"之前,我们在'停尸间'前面碰到岩井先生。从那时起,他就胆怯得有点诡异。我判断他似乎没办法在这昏暗的回廊上一个人走那么远。'停尸间'的隔壁就是十二号房间,到反向另一头的房间还隔着五个房间。十号房间是西野先生,十一号房间的话……"结城低头把视线看向真木。他心想,真可怜。"大概是真木先生吧。"

尸体的上方"Private Room11"的牌子向墙面闪着暗淡的光芒。

"从九号房间到'停尸间',隔着三个房间。所以岩井先生大概是住十二号房间。"

听他这么说,大迫的迅速做出判断,问道:

"这里面,有人是住十二号房间吗?"

大家一片沉默。

"那好,走吧。我和箱岛去看看。"

"我也去。"

安东自告奋勇地说道。结城虽然没有去刻意应声,但是他也打算跟过去。

不知从何时开始,若菜的手已放开了大迫。

十二号房间就在隔壁。

打算去十二号房间的有大迫、箱岛、安东和结城。然后,釜濑稍作迟疑后,也说道:"我……我也要去。"结城一边想"果然又黏上来了",一边转头看向釜濑的身后，连关水也来了。

结城心想，如果这样的话，那么待在真木尸体旁边的就是须和名、渕与若菜三人了。

假设，是岩井杀了真木的话……

假如他不在十二号房间的话。

比如说，他就躲在十一号房间，静静地等待围在尸体旁的人数减少的话。

（只有那三人的话，那就很危险了！）

结城在铺着毛毯的回廊上绷直脚背，紧急刹车。

但是彻夜未眠的身体并没有按照结城的想法而随之行动。伸直的那只脚的膝盖处突然弯了下去，刹那间有种很不舒服的轻飘飘的感觉，他先是"哇！"的一声，又是"啊！"的一声，笨拙地跌倒在回廊上。紧追在他后面的釜濑也来不及闪躲，撞上了他。结城与釜濑意外地变成互相拥抱在一起的姿势，在回廊上翻滚。

"你在干吗啊，你这个蠢货！"

釜濑的破口大骂让结城心中歉意全消，他现在一心只想赶快回到须和名他们那里。结城正要起身时，突然听到一声"躺着！"，说话的是关水。只见关水摆出左脚伸直、右脚弯曲的姿势，跳过他们两人的脑袋。

大迫与箱岛已经站在十二号房间的门前了。事实上，房间与房间之间的回廊虽然弯曲，但是充其量也就只有十几米而已。这个距离是根本不需要奔跑的。

箱岛以尖锐的声音阻止了把手伸向门把的大迫,说道:"不行,他手上有弩枪。"

箱岛直接用力把大迫拉回来,站到门前。他躲到横拉式滑门的地方,握住门把,猛地将房门拉开一半,同时大声喊道:"岩井!你在吗?"

回答与来自房间里的光线同时飞射了出来。还倒在地上的结城只看到某样东西在昏暗的回廊中一闪而过。直到看清楚刺进回廊墙壁的东西,他这才总算明白飞出来的是什么。

那是支箭。

"那家伙射了箭。"

有人愕然说道。

躲过了射出的箭,箱岛从房门的空隙间滑了进去。接着,大迫把开到一半的门完全打开,冲进房间里。事已至此,再回去也没有意义。结城好不容易才站起身来,跟在安东、关水后面,也进入到十二号房间。

映入结城眼帘的是正要压制住岩井的大迫,以及把掉在地上的弩枪踢飞到房间深处的箱岛。岩井已经被大迫抓住了领口,但还是在挣扎想逃脱,他把睡衣脱掉,只穿着内裤就跌滚进盥洗室。

一直紧紧抓住岩井睡衣的大迫由于突然手上被

松了力气，一个踉跄猛然跌倒在白色的地毯上。安东在沉默中从他身旁冲向盥洗室，结城也追在后面，但是两人都迟了一步。

"可恶，他把锁给……"

岩井逃进了按摩浴缸，把门锁给锁上了。

"不要做无谓的事，岩井！"

安东大声呼喊后，里面传来岩井大叫的声音。

"你们这些家伙，是想杀了我吗？！"

"你白痴啊？！你自己待在那里才会死掉吧！"

这次他没有回答。

看到安东"哐当哐当"地摇着玻璃门，设法要去打开它，结城说道："那个玻璃门，如果想要打破的话，还是有办法的吧。"

安东放开手，仔细观察着玻璃门。

"嗯，看起来是普通玻璃。不过，谁知道呢？这里的东西可都不便宜，这看上去虽然是普通玻璃，搞不好是非比寻常的玻璃也有可能。"

"你是说，如果我们要打破它，它会反击吗？"

"你太天真了。"

总之，如果真的要打破这块玻璃的话，还是得要想点办法，直接用手肯定是打不破的，大家只好暂时先回到卧室。

卧室里面，大迫拿着睡衣，箱岛拿着弩枪，釜濑与关水在房间里环顾四周。安东简短地向大家报告了状况。

"他逃进了按摩浴缸,锁上了门。"

"按摩浴缸?"关水讶异地喃声说道,"跑到那里,不就等于没有其他地方可逃了嘛。"

"但是他也只能逃进那里啊,"箱岛一边把玩着弩枪,一边说道,"他应该是失去理智了吧。我们接下来该怎么办呢?"

那把弩枪应该有一米之长,是个像模像样的武器。闪着灰暗光泽的金属弓安装在木制的本体上,构成一个十字形。弓弦似乎也不是普通的弦。扳机旁有个金属的机栝,箱岛没有把箭搭在弦上,而是开始转动那个机栝。是齿轮的作用吗?机栝每转一圈,弦就越拉越紧,只要把铁箭搭上去,再射出去,应该可以轻易贯穿人体吧。

结城本来将视线停留在箱岛摆弄弩枪的手上,但是在他无意间抬头时,察觉到了关水的视线。她的目光原本就不温柔,现在更是如同利箭一般,紧盯着弩枪。

"岩井那边确实必须设法处理,不过……我可以问一件事吗?"

箱岛并没有抬起视线。还在想他是不是把弦拉到最紧的时候,只见他慢慢把手指扣在扳机上。

"我问你,一开始岩井射了箭之后,你就马上冲进来了对吧?"

"算是吧。"

"那为什么你觉得他不会立马再射出第二支箭呢？"

"搞什么啊，原来你是要问那个！"箱岛的目光还是停留在手上的弩枪上，笑着回答道，"弩枪是无法连续发射的。如果要再射第二发，至少得花上十秒钟，搞不好还得花上三十秒才行。因此，我才冲进来。不过倒也不是没有连射式的弩枪。但是我心想，应该不会是那种少见的类型吧。这样回答可以了吧？"

"不可以。这更让我觉得不可思议了，"关水伸出食指，指向弩枪，说道，"你为什么一开始在进入房间之前就知道这是弩枪呢？明明也有可能是普通的弓啊。"

确实。

结城、安东、釜濑的视线都齐刷刷地集中到箱岛身上。不管如何，刚才现场的场面十分混乱，因此大家没有办法记得那么清楚，但是在箱岛打开房门之前，确实有他曾警告过"有弩枪"这事的印象。

结城看到的是房门被打开后，箭飞出来的瞬间，以及箱岛踢飞弩枪的瞬间。"那把弩枪是岩井的东西"……也就是说"杀害真木的是岩井"，他并没有看到决定性的那一刻。

亢奋过去之后，就只剩下"自己的行动究竟正确吗"这样的疑问。仔细想想,岩井是不是只是不想从房里出来而已呢?如果是这样的话,为什么自己在行动时,会直接认为是岩井杀害了真木呢?

大迫与箱岛的行动是不是太过顺畅了呢?

结城脑子里是清楚明白的,发生的事情十有八九其实是很单纯的。岩井杀害了真木之后,因为感到害怕而窝在房间里,房门一打开他就射了箭,然后又逃到按摩浴缸那里,这样的过程大致上没有问题。既然如此,为何非得持续怀疑下去不可呢?

众所瞩目的箱岛咯咯笑了,同时举起弩枪,朝着墙壁扣下扳机。紧拉到极限的弦获得释放,发出一种类似弦乐器般的音色,响彻整个十二号房间。

"你在想什么呢,亲爱的美夜?"

结城心想,他在跟谁说话呀,这里看起来可能叫"美夜"的,就只有关水而已。釜濑的名字如果叫美夜的话,真是让人作呕到不行。

被叫到名字的关水,脸一下子红了。

"我可不记得允许你这么叫我哦!"

"你冷静点吧,"箱岛轻轻地叹了口气说道,"我明白你的心情。我也同样没想到,'夜晚'竟然会变成如此可怕,让人精神疲惫,变得疑心病很重。"

箱岛把弩枪丢在地上。就连这么重的东西丢到长毛地毯上,声音也几乎被吸收掉了。

"当你们还在震惊的时候，我已经调查过真木先生的尸体了。刺进真木先生脖子的箭是铁制的短箭，并没有箭羽。这么短的箭是无法搭在弓上的。而且我对那种东西比较熟悉，那支箭是放在弩枪上用的，又被称为是'方镞箭'。"

"你光是看到箭，就能知道是弩枪吗？"

"很神奇吧。我是说那边的安东先生。"

箱岛的视线瞥向安东，无畏地笑了笑。

"在西野先生丧命的地方，他不是也只看到伤口，就能指出所使用的枪支种类吗？"

在昨天的交谈中，安东确实提到过射杀西野的似乎是九毫米口径的手枪。不过，信息传来传去后变得模棱两可。安东看的不是伤口，而是根据看到的弹壳讲出来的。

听完箱岛自信满满的解释后，关水沉默下来。

"你似乎接受我的解释了吧。"

箱岛又微微一笑。关水用不带任何感情色彩的低沉声音说道："你懂的事情很多嘛。"

这是她竭尽全力挤出来的回答。

"没用的话讲完了吗？"

开口的是刚才在调查睡衣口袋的大迫。不知何时，他手里握着一张卡片钥匙。

"总而言之，我们得让岩井从按摩浴缸那里离开，得向他问个明白，岩井应该也会有自己的解释吧。还有,待在真木旁边的那三个人应该会觉得很不安吧,我觉得去把她们也叫来比较好。"

"说的也是。"

"啊,我去叫她们。"

釜濑不给别人说话的机会,自己说完就立刻转过身,在走出十二号房间时,瞪了结城一眼才离开。结城心想,那家伙干吗呀,然后他才想起,自己刚才跌倒时,牵连到了釜濑。

5

九个人在十二号房间的卧室里集合起来。

结城、安东与须和名。

大迫、箱岛、若菜与釜濑。

渕与关水。

大致是按照这样的组合聚在一起。

大迫向还不知道状况的三个人做了简短说明。

"在我们要进入这间房间时,岩井向我们射了箭,然后就逃进按摩浴缸那里,并上了锁。"

"那家伙……那家伙是杀人犯……"

若菜低声喃喃地说道。她的声音里夹杂着令人不寒而栗的恨意。

大迫像是要安抚若菜一般,静静地说道:"虽然事情大致就是那样,但是我们还是得听听岩井的说法，或许有什么原因也说不定。"

"什么原因！不管有什么原因，怎么可以做那种事？"

"恋花。"

大迫一声令下，若菜就立刻闭上了嘴。

"既然弩枪在这里，我想岩井大概是空着手的……"箱岛看着掉在地毯上的弩枪说道。

"但是事情总有万一的呀。"

"你说的万一，是指什么呢？"

釜濑靠近身子问道。箱岛露骨地皱起眉头，才讲了一句"所谓万一"，安东就抢过话头先讲了。

"那家伙所用的弩枪的箭是用铁做的，很尖。即便没有弩枪，箭也可以当做武器，我们大意不得。"

这次釜濑改瞪安东了，摆出一副想要说"我又不是在问你"的神情。

真叫人烦闷呀，结城心想。确实，剩下的这九个人自然而然就分成了大迫组与安东组。不属于任何一边的也就只有渕了吧。只要多于两个人，会变成目前这种状况或许从某种程度而言也是无可奈何吧。不过，在这个没有出口的地下空间里，而且还死了两个人，为什么这个男子还要在争夺势力范围上花精力呢？说不定这个男的才是对整个情况最不在乎的人。

"我们等到他出来不就好了吗？他应该很快就

会全身虚脱，到时候我们再制伏他，然后大家看要问他什么到时候再问就行了。"丢出这句话的是关水。

结城认为这个提议极为合理，是个相对不危险的对策。然而，大迫却毫不犹豫地摇了摇头，说道："不行。"

"为什么？"

"根据安东的说法，岩井似乎已经处于恐慌状态了，没错吧？"

听到大迫把话题丢过来，安东微微点了点头。

"他当时说我们是不是想杀他。可是刚才我去和他讲话时，他并没有反应。不知道为什么，那个家伙从一开始精神状态就极为惊恐不安，可能现在已经超过了他的忍耐极限。"

"这也难怪，我昨晚也完全无法入睡。总而言之，岩井如果处于那种精神状态，即使他忍耐不下去，或许也还是会继续把自己关在那里的吧。如果我们不设法把他拖出来的话，他的生命也就危险啰。"

"这有什么关系，是他自己要进去，咎由自取。"

大迫生气地瞪向吐出这句话的若菜，道：

"不要讲这种蠢话！"

他这么一吼，让人觉得十二号房间甚至都在微微颤抖。

"都已经有两个人死了，我们没有必要再讲这种玩笑话，让自己碰到更危险的事。你和我还有岩井都一样。"

若菜挨了骂后，吓得缩起了身子，眼角泛着晶莹的泪光。

"对……对不起，雄……"

"是啊。已经够了。"发出这个沉稳的声音是渕。"岩井先生现在应该是情绪很激动吧。如果我去的话，他或许会听我的话。"

为人温和的渕也许真的适合担任说服人的角色。但是……

"盥洗室面积很小，万一岩井先生拿着箭冲出来的话，没有人能够救你。而且，我们也不知道陷入恐慌的人会不会听从别人的劝解。"结城说道。

"正如结城所说，我们不能让渕小姐冒这种险。"

虽然得到了大迫的赞同，但是渕却缓缓地摇了摇头，说道：

"不。我这么说可能也不太好，如果岩井先生已经很害怕的话，那么能和他说得上话的似乎就只有我和须和名小姐了，其他人只会让他更害怕吧。"

一字一顿说着话的渕甚至让人觉得她拥有某种宗教觉悟。成功说服的可能性很低，也不能说完全没有危险，但是无论任何人怎么劝阻，这个人应该还是会去的吧。看着渕的侧脸，结城心里这么想。

"大家最初都是觉得这份工作很不错才来的，这是我们不对。岩井先生也很可怜，他或许也只是想赚钱而已……没关系，如果岩井先生激动到难以处理的话，我就马上回来。"

说完，渕就快步向盥洗室走去。

每个人都表现出一副想要阻止她的模样，却又不知道该说些什么来阻止她。

让她去是对的吗？岩井或许会自己出来，或许不会。"暗鬼馆"的按摩浴缸那里，温度高得明显充满着恶意。在精神和体力都不济的状态下待久了，确实会很危险。

另一方面，岩井还有可能持有凶器，也有可能因为还未从恐慌中回过神来而去袭击渕。不过不管如何，岩井恐怕已经杀死了一个人。

不管怎样，不能让任何一个人再陷入危险之中。恐怕从西野死去的那一刻开始，"暗鬼馆"就已经成为"即便在不危及生命的情况下也无法自由行动"的地方了。

那就只能让渕孤身一人前去吗？结城扪心自问，至少，他自己无意代替渕前去……

就在这个时候，须和名稍稍举起了手。

"那个……"

大家把目光投向她，有的眼神里充满着疑惑，有的看上去非常困扰。须和名毫不在意地看着每个人，说道："那个不应该是'警卫'的工作吗？"

大家陷入一片沉默。

等了很久都没有人开口说话。无可奈何之下，结城只好回答道："言之有理。"

"警卫"至少具备了压制参加者的功能。若非如此，就不会交付它镇压的任务。

"警卫"的功能恐怕就足以让关在按摩浴缸那里的岩井无力反抗吧。结城对此抱有充分的期待，其他人似乎也一样。

然而，箱岛提出了一个疑问：

"确实，叫'警卫'过来或许是最安全的对策……但是它真的会来吗？"

"会来的吧。如果不来的话，那么要'警卫'干吗呀？"

虽然安东是这么说，但是箱岛似乎在思考着什么，他微微点了点头，停顿了一会儿才说道：

"我也是这么想的，但是'规则手册'上写得很明确。'警卫'会来的状况是只有镇压暴力混乱、治疗伤病者、收容死者这三种。现在只是岩井把自己关在里面不出来而已。"

"这样啊。"本以为讲到这里就结束了，渊又猛然朝着箱岛情绪激动地质问道："现在人命关天，不存在什么规则不规则的吧！"

箱岛却露出一副事不关己的样子。

"照你这么说,让我也很头疼。'警卫'应该是严格依照规则才会行动的吧,也许规则对他们而言比我们参加者的生命还重要。如果你要抗议的话,请直接去找'俱乐部'嘛。"

"你怎么这么说……你这个人,完全没有人性嘛。"

"我是有人性的,但是'警卫'不可能有。你干吗要责备我呀?"

从结城的角度来看,两边说的都有道理。

西野与真木已经死了,"暗鬼馆"显然已经成为一个轻视人命的地方。恐怕正如箱岛所言,这里的规则比人命更优先吧。

不过,渊的感性说法也很合情合理。渊很担心岩井的生命危险,即使想说服她"这是只有在'暗鬼馆'才适用的正确论点",她也不可能会认同。

也许是因为看到两人争论不休,大迫硬是从中插话道:

"箱岛,如果是这样的话,那有没有方法可以叫'警卫'过来呢?"

"有办法的。"

箱岛脸上浮现出微笑。结城觉得,那是无畏的笑容。与此同时,结城也更加理解,渊之所以受不了箱岛的理由。虽然只有三天的相处,但是在认识的人被杀之后,箱岛马上就因为"自己掌握了规则"

这种理由而笑得出来,他的思路果然还是有点稀奇古怪。

不过结城心想,自己应该也做不出批评箱岛的事。

不知道是不是自己多心了,箱岛似乎挺起了胸膛,说道:"在'规则手册'中,除了三种可以呼叫'警卫'的情况外,也写明了'警卫'的工作。只要进行'解决',在多数人赞成认为某人杀了人的情况下,他就会被关进'监狱'。在这种状况下,'警卫'就会出来帮忙。如果想借由'警卫'把岩井给拖出来的话,只要我们进行'解决'、通过多数人获胜的判定来决定岩井是犯人就可以了。依照规则,如果我理解正确的话,'警卫'就会过来。"

"你竟然那么仔细地阅读了那种东西啊?"

关水对着箱岛发出既像是揶揄嘲讽又像是受不了他的声音。箱岛似乎故意对她耸了耸肩,说道:"只要有文字,我天生就是会拿起来读的。"

大迫把视线投向摆设在卧室里的书桌上,看着桌上的电子时钟。

"如果这样的话,那就赶快进行吧。"

他似乎很在意岩井把自己关在按摩浴缸那里的时间。在那之后过了多久呢。确实,要想在还没发生什么危险状况之前拯救出岩井的话,就不能浪费时间。

大迫把视线扫向大家，目光中毫不犹豫，坚定无比。

"杀死真木的人是岩井。赞成的人……"

但是他还没把这句话讲完，就听到"噗丝"的一声。大家正觉得听起来像麦克风打开的声音时，一个女子的冷淡的声音响遍了"暗鬼馆"。

"针对杀害真木峰夫一事，大迫雄大提出了'解决'。请各位参加者集合至大迫雄大那里。还有，如果有必要的话，请大迫雄大指定一名助手。"

那是来自"俱乐部"的广播。"被害者"出现，"侦探"指定"犯人"的时刻到了。

被叫到名字的人是大迫，他睁大眼睛，愤怒地扫视着十二号房间的每一个角落。他应该是在寻找隐藏式摄影机吧，但是那种东西可不是粗粗看一眼就能够找到的。大迫仰起头，使出浑身的力气大吼道：

"你这家伙！等我离开这里之后，我要杀了你们！一定要！"

大迫那让人吓破胆的叫声使得结城与其他参加者都大为震慑。

大迫的体格原本就比其他人健壮。这样的他一旦毫不掩饰地把感情释放出来，就会散发出一种无人可挡的压迫感。一直以来，大迫的行为相对而言还是比较冷静的，这一点使得结城一直觉得大迫有点可怕。

若菜紧紧抓住他的手,说道:"雄!"

"原本好好活着的两个人,你们竟然见死不救,你们到底把人当成是什么了……"

"雄,够了,已经够了!"

"你们在听对吧?混账东西,我怎么可以让你们这些家伙称心如意!"

大迫把无处发泄的怒气出在广播、出在"俱乐部"头上。他会这么生气也是理所当然的。无论是西野的死、真木的死,还是那让人胆战心惊的漫长"夜晚",全都是被"俱乐部"与"主人"所害的。

不过,结城突然察觉到一件事。

那么,自己到底有没有生气呢?

自己是不是也感受到了就像大迫在叫喊的那样,"想要杀了你们"那种程度的恨意呢。

不,自己并没有。结城对"俱乐部"、对"主人"所抱有的不是怒气,而是轻蔑。结城察觉到,自己对"暗鬼馆"、对这为期七天的"实验"所感受到的是无穷无尽的轻蔑。

也不知道是因为听到若菜所说的话,还是因为听到箱岛不知所措的喃喃话语"大迫,现在是要……"没过多久,大迫又重新冷静下来。他的视线从天花板落到地毯上,然后不断地进行着仿佛来自腹部深处的深呼吸,随后,抛下短短一句"可恶",就微微地点了点头,说道:"刚才不好意思。"

"没关系。大家的心情其实都一样。"

虽然渕是这么说,但是结城在不知不觉中感到自己涨红了脸。

大迫已经恢复了原本的冷静。

"没时间了,我们赶快表决吧。岩井杀了真木。大家没有异议吧?"

显然,他期待着大家用沉默来表示赞同,但是事情并未如此发展,须和名悄悄地举起了手。她没有针锋相对的意思,只是淡淡地说道:"可能也称不上是异议啦。"

"你想说什么?"

大迫对自己的不耐烦毫不掩饰,但是须和名毫无怯意,说道:

"刚才你们是说岩井射了那支箭,不过……"

她指着插在外面回廊墙壁上的那支铁箭。在黑暗之中,铁箭几乎无法辨识。

"当时,我们并不在现场。所以,如果不是每个人都明确指出是岩井先生射的,那么……"

她略微停顿了一下,然后露出有气质的笑容,这与告发杀人者的场合完全不相称。

"如果要判定岩井就是杀人者的话,证据似乎有点不足呢。"

接着,须和名看了渕一眼。受到她的影响,大家的视线也都有意无意地集中到了渕身上。渕似乎很认真地在回味分析须和名的话。没多久,她说道:"对哦……正如须和名小姐所讲的。"

于是,她转向向大迫确认道:"可是,你是亲眼看到的吧?"

大迫与箱岛面面相觑。结城也与安东视线交会。

回答的人是釜濑。"我也没有看到,都是这家伙碍手碍脚。"

他指着结城。结城心里虽然冒起一股"少得意忘形"的怒气,但最终没有说出口。

确实,由于自己跌倒,结城与釜濑并没有直接看到岩井放箭的那一幕。但即便如此,事实还是很清楚的:箭深深地嵌入墙壁。在"暗鬼馆"里能够释放出这么大的张力的也就只有弩枪了。而且刚才箱岛已经把它丢到地上。那把弩枪就在这十二号房间里,结城也清楚看到了,这里又是岩井的房间……

其实,没有必要做这么啰唆的说明。箱岛开口说道:

"那个,大迫,因为助手以外的人不能帮忙提出意见,你是不是能够指定我为助手呢?我想到一些事。"

"嗯?噢。"大迫似乎不是很懂他的意思,模棱两可地点了点头，说："可以啊。"

箱岛一脸满足地笑了。

"刚才你有没有从岩井的睡衣里找到卡片钥匙？"

结城刚才也清楚地看到过那张卡片。卡片的确是大迫从在岩井身上扯下来的睡衣中取出来的。

现在，卡片也在大迫手里。

"是这个吗？"

"嗯，就是那个。大家都看到它是从岩井的口袋里取出来的吧？"

说完，箱岛依次看向釜濑、安东与结城，三人都毫不犹豫地点了点头。接着，箱岛扫视了一圈，把视线落在床上的枕头边，他所要看的是"玩具箱"。

"只要使用那张卡片，我们不就能够确定弩枪的主人是不是岩井了吗？"

结城察觉到箱岛想说什么了。在他点头认同的同时，大迫已经迅速采取了行动。他走过去，一边说着"原来如此，就拿这个……"一边举起卡片，站到"玩具箱"面前。任谁都可以清楚地看到显示箱子正锁着的红灯现在是亮着的。

"我要打开喽。"

大迫不假思索地刷了下卡片钥匙，红灯马上变成绿色。当大迫正要触碰箱盖之时，箱岛阻止了他。

"等一下。我想请须和名小姐来看，这样大家更能信服。"

"那倒也是。"

大迫点了点头,向后退下一步,让出位子给须和名。须和名慢慢地走到"玩具箱"前,然后以一种有如在问"咖啡要加糖吗"般的若无其事的态度,对着渕说:"渕小姐要一起去看吗?"

在须和名发问的间隙,结城突然觉得,一直顺利进行到这里的那些对话背后带有一种冷漠的感觉。恐怕岩井就是杀人者吧。那个"玩具箱"也只属于他才能开启的空间。

大家并不知道,那里面装的是什么。

渕拼命地摇了摇头。结城差点就要说出"这样不会很危险吧",但是须和名却相当干脆。

"这样啊。那我就打开了。"

她把岩井的"玩具箱"盖子打开,看到箱子的内部后,须和名无声地把手伸了进去。至少,里面没有装着什么危险的陷阱,或者是只看一眼就能让人发出惨叫的东西。结城因为自己刚才胡乱猜测而感到羞愧。她从箱中拿出来的是闪着黑光的铁箭。

"有三支箭。"

现场渐渐形成一种"那就确定了"的氛围。

大迫毫不拖泥带水地说道:

"这样就能搞清楚了吧,持有弩枪的人是岩井。"

须和名抓住箭,微微一笑,点了点头。

"真是劳烦您了。"

"请你把箭放回去。那种东西,光是拿在手里就感觉非常危险。"

大迫也对箱岛说:"把那东西也收好吧。"

大迫所说的"那东西"是指掉在地毯上的弩枪。箱岛一时露出了不赞同的神色,但是他最后并没有提出反驳。

他把弩枪与箭收回箱子中,并合上盖子。看着灯又重新变红后,大迫正色说道:"杀害真木的是岩井。赞成的人,请举手。"

釜濑第一个举手,接着是若菜,然后是须和名、关水、渕。安东虽然露出有些无聊的神情,但是最终还是举起手。

只剩下结城还没举手。

毫无疑问,所有人都对这个结果感到非常意外。结城知道,其他参加者对于自己的认识至多也就停留在"是和安东在一起的那个家伙",或者是"和须和名用亲密口吻交谈的那家伙"而已。这样的自己却是唯一没有举手的人,就连他自己都感到意外。

不过,让他感到意外的并不是只有自己没举手,而是周围其他人全都举了手。他感到非常疑惑的是为什么大家都会举手呢,真是太不可思议了。

大迫用颇为焦躁的声音说道："你为什么不举手，你是叫什么来着……"

"我叫结城，"自报姓名的结城给了一个含混不清的答案，"这个嘛……"但是在此刻的氛围下，毕竟还是难以蒙混过关，于是结城心不甘情不愿地开口说道：

"不是的，我也觉得应该就是岩井先生了……不过，我也想到，好像可以有办法将别人犯下的罪行诬陷给岩井先生。"

"好像可以有？"

大迫的目光非常具有威慑力，箱岛似乎惊讶到说不出话来，就连安东也摇着头，摆出一副就要说出"你这家伙在说什么呢"的表情。结城虽然不知道自己哪里说错了，但是也觉察到事情可能不太妙。不过，为时已晚，话既然已经说出口，就覆水难收了。

"我说，结城啊，你知道我们现在在做什么吗？"

大迫像是在忍耐着什么似的，挤出了以上的话语。

结城当然知道大家正在做什么。大家为了锁定杀害真木的凶手是谁，正在尝试进行"解决"。不过由于大迫给人一种压迫感，这些话他说不出口。

大迫并没有用像刚才对着广播那样使用的粗暴言语，只是平静地说了一番。但是他的一番话，具有决定性作用。他是这么说的:"为了救出岩井,我们打算叫'警卫'来。如果想要把岩井安全地带出来,就需要现在这种迂回的做法,因此我们也很无奈。请你理解。"

他停顿了一秒,继续说下去。

"即使岩井并非杀人者,那也无所谓。"

"……"

大迫又看了看时钟。

"我们光这样交谈,就已经用掉了十分钟,都快要出事了。看你是要姑且先赞成呢,还是要告诉我别的方法呢?"

原来如此。结城重新意识到自我感觉与现场状况之间的落差。大迫终究只是将"不希望再有谁受到伤害"列为第一优先,至于杀人者是谁则是其次。

针对这一点,结城再无任何反驳的余地,这是现实的判断。结城不由自主地觉得是自己太奇怪了,大迫说的才是对的,现在不是谈论薄得像纸一样的"低概率事件"的时候。不管怎么说,按摩浴缸那里的热度是会致命的。必须先赶快拯救岩井不可。

不等已经哑口无言的结城回答,箱岛说道:"'规则手册'上写着,大多数人同意就可以了。因此,我们决定犯人就是岩井。"

大迫说了一声"好",用力地点了点头。他仰头看向天花板，对着连装在哪里都不知道的摄影机与麦克风大吼道："胡闹够了吧！把'警卫'叫上来！"

没有人回答他。

不过，"警卫"只花了不到一分钟的时间就出现了。

6

不以解决案情为目的的"解决"，就连检讨，也没有什么必要。

这真的是"主人"所想要见到的吗？

结城突然想到这些事，同时也马上察觉到，自己没有义务去遵照"主人"的想法做。

被召唤而来的白色机器人不知道是自动操作还是被远程操作的，一进到个人房间的起居室，就九十度转弯，朝着卧室而去。果然就如原本所想的那样，"警卫"碰到的门全部都会自动开启。"暗鬼馆"的设计可以说是完全没有疏漏之处。

而且，明明未做任何说明，"警卫"的行动看起来却像是早已训练有素，完全掌握了任务的内容。也就是说，正如"俱乐部"最初所说，他们能正确监控到这里的所有状况。似乎其他几位参加者也有同样的想法，大家全都带有一种异样的眼光看着

"警卫"。

只有须和名理所应当地看着"警卫"工作。

不久,便传来了玻璃被打破的声音。那不是尖锐的声音,而是低闷的声音。这是因为"警卫"虽然被授权了,但是按摩浴缸的那种门锁并不会自动打开吗?还是岩井在奋力抵抗的时候,无意间打破了玻璃呢?

他看到若菜又紧紧地抓住大迫。

不一会儿,岩井出来了。

"唔……"

有人呻吟了一下。

岩井只穿了一件男士用的运动短裤,整个人被紧紧地套在网格里。"警卫"的平坦顶部张开很大,网格应该就是从那里发射出来的吧。岩井动弹不得,只得任由"警卫"拖住。模样实在太难看了。

全身虚脱无力的他似乎连抬头的力气都没有。这是身体脱水造成的吧。结城心想,应该不是这样。虽然不像箱岛读得那么仔细,但是结城也读过"规则手册"。"警卫"在压制参加者时,会使用发射型电击器。岩井是受到那个东西的攻击了吗?

虽然他模样很可怜,但是不得不承认,呼叫"警卫"这个做法是正确的判断。正如不知是哪位说的那样,在岩井那软弱无力的手中仍然紧紧握着铁箭。明明意识都模糊了,却唯独不肯放开手中的凶器。

原本用些许塑发胶勉强弄起来的发型现在塌得扁扁的。不长不短的头发，纠缠贴合在脖子与脸颊上，刘海也垂到几乎盖住了眼睛。

这样的岩井慢慢地抬起头来。他眯起双眼，环视正低头看着自己的九个人。

接着，他突然大叫道："你们给我听好了，是真木！干掉西野的绝对是真木！我可是为了保护你们！"

九个人立刻都听见了他的这番话。原本认为即使不正确也无妨的"解决"，到头来却是正确的。也就是说，结城原本怀疑是有人嫁祸给岩井，结果却只是自己想太多而已。

"是本大爷，是本大爷，本大爷保护了你们！"

岩井的嘶喊很快消失在回廊的那一头。

"岩井先生会变成什么样呀？"渊不安地喃喃说道。

箱岛回答："'规则手册'里写着，会被关进'监狱'。"

"然后会怎么样呢？"

"上面只写到这样而已。"

结城再次有了这样的想法：岩井杀了真木，而且直言不讳。不假思索的冲动性杀人。这真的是"主人"想看到的吗？

7

九个人。

结城、安东、须和名、大迫、箱岛、若菜、釜濑、关水、渕。

他们回到了客厅，虽然每个人程度各不相同，但他们都显露出疲惫的神色。度过了漫长寂静的"夜晚"，随即就发现真木丧生，然后完成"解决"。箱岛就像拉紧的线断掉了一般，浑身乏力地深深坐进椅子里。

"啊，我已经到达极限了。完全没有力气。"

结城模仿箱岛的姿势，坐进椅子里，一声不吭地盯着天花板。客厅的天花板。大家就是从那里下来的。这是多久之前的事情呀？他在心中数了数，很惊讶地发现，那只不过是四天前发生的事情。现在是第四天了，还剩下三天。

靠自己的精神与体力能支撑得下去吗？

结城心想，这个嘛，精神的部分应该没有什么问题。虽然"夜晚"让人感到承受不住，但是自己的神经还是比想象中要来得大条，目前来说，应该还算可以撑下去。但是体力方面就说不清楚了。

"一早就发生了这么多事情。"

须和名说道。仔细看看，她还是那么美丽。总共有四个女生，好像只有须和名是光彩动人的。

但是那似乎并非是容貌如何的问题。关水突然看向须和名的脸,大声狂叫道:"须和名小姐,你妆化好了吗?"

须和名眨了眨眼,微笑着说道:"嗯。虽然只是简单化了一下。"

"啊,你好狡猾哦,我根本连脸都还没洗呢。"

若菜赶紧别过脸去,不看大迫。

"没错,我也是。"

这么说来,结城也是连胡子都还没刮。仔细一看,和自己一样没刮胡子的还有大迫与釜濑。

不久之前,大家都还在谈论杀人的话题,现在这九个人却自然而然地聊起洗漱的话题。

结城微微笑着,也察觉到了这件事情背后的意义。就连他这么迟钝的人都心里很清楚——此刻如果一旦陷入沉默,杀人的话题就一定会挥之不去。

"我去化个妆再回来!"

若菜转身道。但是她才转到一半,就传来一个尖锐的声音。

"不行!"是大迫说话。

"咦,为什么?这有什么关系!"

这是若菜的声音,听起来既清朗又有些撒娇的味道。在"暗鬼馆"中,很难想象可以看到这种画面。看着若菜当众在对男友耍脾气,真是越看越有意思。

但是大迫并不让步。

"要三个人。"

"嗯?"

"我说过要三个人以上一起行动。"

没错,这是大迫与箱岛之前建议的,也是为了确保安全的对策。

令人感到意外的是,渕露出厌恶的神情。她皱起眉头,神情诡异,连音调也变低了。

渕说道:"那个……我想要一个人独处一下。旁边如果有别人的话,总觉得心情无法轻松。"

"就是因为这样,所以我才说要三个人啊。"说话的人是箱岛。

"就是为了让你能够放松。现在,就算渕小姐你一个人独处,也绝对无法轻松的呀。"

"这,可是……"

"而且不只是那样,我们一旦看不到渕小姐的人影,剩下的八个人也会感到无法轻松。就算再怎么不情愿,无论要做什么事情,都一定要二人以上一起行动才好。"他的表情温柔,说话的语气却很严肃。

箱岛说得对。这九人之中,只要有一人不见了,不仅出现新死者的可能性会变高,而且出现新的杀人犯的可能性也会变高。

渕没有再说什么。

"那这样吧，"仿佛要当和事佬一般，关水插入两人之间，说道，"我们四个女生轮流回自己的房间，分别梳妆打扮一下再回来，可以吗？我也想要化个妆。"

结城果然累了。他没有意识到，自己的疲惫程度严重超出了自己的想象。他控制不了自己的发言。

"关水，原来你平时化妆的啊？"

"你说什么！"

结城被她恶狠狠地瞪了一眼，不由得缩起了脖子。

安东极其冷静地指出道："这话是结城不对。"

最终，根据关水的建议，四个女生组团出发，洗脸化妆去了。

她们离开后，结城喃喃自语道："我也想要刮胡子。"

"那刚才你和恋花她们一起去不就好了吗？"

大迫这句话让结城可以感受到他的体贴程度。他对若菜就没有任何不满吗？

"也就是说，只要把电动剃须刀拿过来就行了吧。我陪你去。"

安东开口帮了腔，但即便这样也只有两个人。结城本来想说，反正只是拿一下就马上回来的，但是他也觉得三人一起行动的做法有道理。就在他正想问"还有没有人可以跟我一起去"的时候，注意到一件事。

"不过,两个人也可以吧?"

他试探性地询问道。但果不其然,大迫摇了摇头。

"那就大家都陪我去吧,去一下就好,不好意思。"

由于四个女生都走掉了,结城如果要三个人一起行动的话,客厅就只剩下两个人了。釜濑似乎没有意识到这个问题,嘴里抱怨着"为什么连我也要去"。但是看到大迫站了起来,他就乖乖地跟了过来。

不知道是不是因为哪个房门打开着的缘故,走在回廊上,还能够听得到女生们的声音。安东竖耳倾听,然后耸了耸肩,说道:

"她们似乎是在笑呢。"

箱岛随即接过话,说道:"应该是在逞强吧。"

结城心想,我们这些人也一样是在逞强吧。

结城在自己的房间用电动剃须刀刮胡子。他知道,进入六号房间的大迫、箱岛以及安东,全都在用奇特的目光目不转睛地审视着房间的内部。这些人应该不至于觉得,结城的房间里还会有其他什么东西吧。他们只不过是想趁现在能看,干脆就一次性看个够。

自己应该没有放什么奇奇怪怪的东西,反正自己本来就没做什么奇怪的事……拨火棒，应该已经收在"玩具箱"里了。

结城能够理解他们在房间里到处察看的心态。结城洗完脸后，釜濑、大迫也依此次序回到各自的房间洗了脸。

结果结城也一样，在他们的房间里目不转睛地看来看去。釜濑住在四号房间，大迫住在八号房间。各自房间内部的装潢没有什么差别，如果非要讲一点差别的话，那就只有床单而已。釜濑的床上凌乱不堪，反而让人觉得是不是有什么缘由才搞得这么乱。

三个人都洗完脸后，五个男人开始讨论起来。釜濑想要马上回到客厅，箱岛与安东两人却说还有其他想做的事情。

"反正，大家应该都无心吃早餐了吧。"

最先抛出这句话的是安东。

"确实没有什么食欲。那你想做什么呢？"

箱岛说话的语气里带有试探的意味。但是安东并不在意，说道："我想去看岩井的房间。"

"啊，那样的话，我也想要去。"

于是，五个人走到回廊上。

为了前往十二号房间，他们都小心谨慎地确认着方向。无论是顺时针走还是逆时针走，都能到达要去的房间。但是，大家都不想经过"监狱"与"停尸间"。目前，结城还不愿去思考已经去世的真木、被关入"监狱"的岩井，以及西野和杀死西野的人。

不知道从何时开始，女生的声音已经听不到了。是因为须和名她们安静下来了，还是因为她们关上了门呢，一切都不知道。一片寂静的回廊上响起非常轻微的脚步声。

"等一下，"大迫小声说道，"我们要不要先去看看岩井的状况呀？"

"说得有道理。大家应该都很在意，他是不是真的被关在'监狱'里吧。"

"不是你想的那样。"

"我知道你想说什么。但是说真的，还是稍后再去比较好。"

讲着讲着，五人经过了十号房间、十一号房间。结城不知道其他四个人有没有注意到，十号房间是西野的，十一号间房恐怕是真木的。

十二号房间也失去了房间的主人，一片可怕的寂静让人渐渐觉得刚才的"解决"就像一场噩梦。

大家各自在想些什么呢？五个男人进入十二号房间后，一时之间不知道要做什么。

"这样下去也不是个办法啊，"安东仿佛下定决心般，开口说话道，"能不能过来帮我一下？有个东西，我想找找看这里到底有还是没有。"

"是有，还是没有？"

面对结城的问题，安东回以僵硬的笑容，说道："就是想要确认那一点……我是指箭。我想知道，除了'玩具箱'里的之外，是不是已经没有箭了。"

箱岛插嘴问道："你调查这个，想要干什么？"

"嗯，这个嘛……"安东挠了挠头皮，模棱两可地说道，"我是有点不太了解，但也许只是自己多心了。而且，不管怎么样，明明知道可能会有凶器之类的东西，如果还置之不理的话，就会很不舒服吧。"

"确实如此。"

大迫虽然对他的解释并不完全满意，但是似乎也觉得安东的主张有一定的道理，便说："我们应该要明确找出危险的东西放在哪里比较好，那就开始动手吧。"

箱岛虽然没有反驳，但是看上去也无意帮忙。他用大家都听得见的音量喃喃地说道："那我也想要调查自己觉得在意的事情。"

不过，和安东的搜查比起来，箱岛的调查很快就能完成。他从胸前的口袋里掏出一张卡片钥匙，站到"玩具箱"前。对于"玩具箱"，结城也很关心。就在安东与大迫开始搜查床、书桌、卫生间，釜濑也唯唯诺诺地跟着调查时，结城观察起箱岛的行动。

首先，他去触碰"玩具箱"的盖子，虽然相当用力，但是似乎打不开。"玩具箱"的灯还是红色的。

接着，他拿出自己的卡片钥匙去刷读卡器。

于是，结城意识到箱岛想要去确认什么了。姑且先不去想岩井被"警卫"带走时的态度，"岩井杀了真木"的观点其实是来自于"弩枪是岩井所持有"，而其前提在于，大家对"十二号房间的'玩具箱'里装着弩枪，且只有岩井一人能够打开箱盒"一事的认知……在"解决"时，结城感到不对劲的就是这一点。

先前，结城无法清楚地用言语来描述自己到底觉得哪里奇怪。但是现在看到箱岛的行动，他就明白了。自己在意的就是其他人是否也同样开启得了"玩具箱"。

大家对于卡片钥匙的认识在于"十二号房间的'玩具箱'只有用十二号房间主人的卡片钥匙才能开启"，但是没有人可以保证此事的真实性。

疑问有两点。其一，"玩具箱"呈红灯状态时，是否无法以蛮力打得开。其二，"玩具箱"是否只能通过对应的卡片钥匙来开启。

实验的结果显示，这两个疑问的答案都是否定的。箱岛的卡片钥匙无法开启十二号房间的"玩具箱"。

在确认结果之后，箱岛转头看向结城，笑着说道："打不开呢。"

箱岛的笑容让结城产生一种"自己的心被别人

看透"般的难以言喻的心情。同时，他也知道自己和箱岛一样，心里都有一种在发生杀人事件后，冷静验证事情正确与否的应变机制。

结城想要逃离箱岛的笑容，没有回应，追在朝盥洗室走过去的安东身后。

安东来到盥洗室前的脱衣处，蹲在地上，发现结城过来后，朝他招招手。

"你过来看一下这个。"

"是找到什么了吗？"

"不是找到与否的问题，而是一目了然。"

安东正在观察一直散落到按摩浴缸旁的磨砂玻璃碎片，那是"警卫"为了闯入时所打破的，玻璃碎成了小小的块状。

"这是强化玻璃。"

"看上去应该是吧。"

"强化玻璃应该很硬。"

"嗯。"

"所以能够打破它，也是很厉害。"

"或许吧。"

"不过，它也有一个特性，就是只要用尖锐的物品撞击它，玻璃就会破掉。"

"我听说过。"

此时，安东稍微停顿了一下。

"那么，'警卫'是用尖锐的东西打破玻璃的吗？它的身上难道连这种装备都有吗？"

这是结城第一次不知道该如何回答。如此推论下去确实会变成这样。但就算如此，又怎么样呢。

安东似乎也无法完全掌握自己这番话所代表的意义，歪了一下脖子，继续说道："如果不是这样……就会变成，这块玻璃虽然是用强化玻璃做的，但是被设计成了比较容易打破的类型。如果做得薄一点的话，应该也不至于打不破吧。"

随后，他把块状玻璃碎片放在手上，几乎像是自言自语般，又继续补充道："我越来越搞不懂了……刚才我一直在想凶器的事，但是我真的不明白'暗鬼馆'的用意。这样的话，简直就像……"

接下去的话，安东如果想继续讲下去，似乎能够把它讲完。但是他目前似乎无意多说。

大迫出现在脱衣处，说道："没有找到其他的箭呢。"

安东保持沉默，点了点头。

8

他们还有一件非做不可的事。

必须把岩井拿到手的、用来杀害真木的那把弩枪，还有它的箭收拾掉不可。它们不但让人感到不安，而且还因为其持有者不在了，反而变得更加有害。假设这些东西都由大迫保管的话,今后每次一旦有人死亡,就会变成只有大迫独自一人享有这丰富的"资源手段"了吧。也就是说,这样会成为麻烦的根源。

"要不要把它们损毁?"这是安东说的。

但是箱岛歪了歪脑袋,对此表示质疑:"损毁?你要怎么损毁?弦或许可以抽掉,但是前部尖尖的铁箭呢?我想要折断它是很困难的吧。"

"那我们该怎么办?"大迫低声问道。箱岛刚才并非是不假思索就去否定,他轻点了点头,说道:"我想,可以放到'金库'里。只要收集满十二张卡片钥匙,应该就能把它打开。或者换句话说,'金库'恐怕就是为此而设置的。"

结城心想:原来如此。可以的话,这么做当然是最好的。

可是,箱岛话才讲到一半,安东就举起手制止他,道:"等一下。"

"你不同意吗?"

安东的脸上并没有流露出不满的神色,但是他摇了摇头,说道:"不是。我赞成把它放到'金库'里,但是如果真要这么做的话,就不应该只有岩井的弩枪吧。"

他该不会是想要我交出拨火棒吧?结城一时之间有些退缩。但是,箱岛很快就明白了安东的用意。

"嗯。你是指还有真木的吧。"

"还有，西野先生的也是。"

和弩枪失去了持有者一样，分配给真木与西野的凶器也同样没了主人。留在外面只会让人感到心烦意乱，无心再做其他事情。

于是，大迫做出了决断："好的，我们五个人去真木与西野的房间收回凶器。然后，将这三样东西一齐放进去。"

但是，这个计划进行得并不顺利。

首先，要去收回真木的卡片钥匙就很花工夫。大家在他的房间里没有找到卡片钥匙，如此一来就只有一种可能——真木把卡片带在了自己身上……那就不得不去搜尸体身上的衣服口袋了。

棺材也是性能良好的，不知道是不是为了防止腐烂，棺材里面有冷藏装置。一打开装有真木尸首的棺材，一股冷气就扑面而来。他穿着带有黑色光泽的皮衣，面如蜡色。不知为何，这个模样比他刚死亡时更让人觉得毛骨悚然。

大迫接下了这个非得在根本不想去看的尸体口袋里搜找的"光荣"任务。就连大迫这么刚毅的人也皱起了眉头，脸上流露出拼命在忍耐着什么似的表情。

大家带着拿到手的卡片钥匙回到十一号房间，打开了"玩具箱"，里面装着的是一把手斧以及"备忘录"。在真木房间里找到的是手斧，这就表示他拿到的不是手枪。结城正确地诠释了此事的意义：杀害西野的不是真木。如果岩井真的是因为把真木当成是凶手，才拿出弩枪射击他的话，那么他就是杀错人了。而真正杀害西野的人还不知道是谁……

不过，结城没有把这件事给讲出来。因为即使不说出来，这五个人也应该在一瞬间都理解了。任何事情只要大家都心照不宣，最好还是不要说出来为好。如果是坏事的话，那就更是如此了。

大迫手拿手斧，箱岛在翻阅"备忘录"。

"原来如此，这是《犬神家一族》呢。"①

听到他喃喃自语，结城感到很意外。没想到他也会用到日本作家啊。

身材结实魁梧的大迫手中拿着凶恶的手斧。虽然不是信不过大迫，但是也没有理由去完全相信他。在剑拔弩张的紧张气氛中，结城跟着其他四个人进入了西野的房间。

然而，他们在此遭遇了挫败。安东迅速地刷了一下卡片钥匙，打开"玩具箱"后，转过头来，脸上露出严肃的表情。

"里面是空的。"

在空空如也的箱子里，没有任何值得花工夫的

---

① 由日本推理作家横沟正史所写的小说。

搜寻之处。一目了然，箱子是空荡荡的。

大迫、箱岛、釜濑、安东、结城五个人面面相觑。

里面没有凶器。

（也就是说，杀害西野先生的凶手把凶器带走了。）

这个结论显而易见，但却没有人说出口。

怀疑的视线激烈地交错飞舞着。

不过，几秒钟过后，那种沉默就转变为大家的心照不宣了。五个人不约而同地点了点头。率先开口说话的是大迫。

"我们要对其他人保密这件事情。"

结城能够理解。谁都应该不会希望在束手无策的状况下，又播撒下新的不信任的种子。

不一会儿，九个人就聚集在"金库"前面，在读卡器前刷了十二张卡片钥匙。

红灯变绿，窄小而黑漆漆的房间打开了。结城内心对这个不集满十二张卡片就无法开启的房间感到非常好奇。不过，里面也没什么值得看的东西。它就像是在兴建"暗鬼绾"的间隙，趁着空档而造出来的空间，是个连空调设备也没有、只有素面水泥墙的潮湿空间。

手斧与弩枪都丢了进去。

幸运的是，没有人开口提问："咦，不是应该还有一件凶器吗？"

关上门,灯光又变成红色。在确认过无法推开、也无法拉开之后,九个人就回到了客厅。

9

箱岛说:"太过硬撑了。"

确实,九个人一直都在硬撑。在"解决"之后,曾经一度觉得自己还有余力可以装作很有精神的人也开始渐渐变得不再开口说话了。这固然是因为受到杀人这种行为的冲击,但不仅仅是因为这个,他们的疲惫程度已经快要到达临界点了。

尽管精神仍然非常紧张,身体还是可以活动的。然而一旦睡着后,应该就会像陷入泥潭一样,一睡不起吧。结城不知道自己会睡得多死,也不知道自己会睡多久。

当然,不只是他很害怕自己会睡着,其他人恐怕也是如此。他们一边小心翼翼地避开目前剩下的仍未解决的根本问题,一边拼命不让自己陷入不设防的状态。

客厅的挂钟指向十二点、一点。就在快要到两点的时候,有人高声说话了。

"再这样下去,身体会撑不住的!各位,我们多少得吃一点东西吧!"

说这话的是渊。虽然她的眼睛周围出现了黑眼圈,但她还是在劝大家用餐。

"无论什么时候,唯有吃东西不能忘记。绝对不行。"

"说得好啊。嗯,不吃东西的话,或许会死掉呢。"

关水喃喃地说道。她从椅子上站了起来,然后缓缓地走入餐厅。受到她的带动,其他人也逐一开始往餐厅移动。

"从很多方面来看,我觉得'暗鬼馆'待起来很不舒服,"在昏暗的餐厅里,须和名一边在椅子上坐下,一边说道,"不过餐点似乎每次都很棒。"

只要是须和名的意见,结城都想表现出自己打从心底里的赞同。他虽然在心里告诫自己应该说声"没错,每次都很棒",现在却连那样的力气也没有了。此外,他心里很清楚,无论送来的餐点再怎么好吃,今天的午餐都会变得索然无味吧。

配膳工作是由渕、关水、结城三人负责的,今天的菜单是荞麦面,再配上星鳗与秋季蔬菜所炸的天妇罗。这是新荞麦的好季节。它是带有白色的更科荞麦①,调味料只有芥末而已。这顿午餐虽然是由渕突然提议才开始的,但天妇罗却是刚刚炸好的。

---

① 以精制度高的上等荞麦粉打出来的荞麦麦面,带白色。"更科"是昔日荞麦主产地信州的两户人家"更级"、"保科"之合称,后成为高级荞麦的代称。

单凭味道来讲的话，或许正如须和名所言，确实是很棒的餐点。不过，果不其然，整个餐厅都笼罩在沉重的、沉默的气氛之中。

这顿轻食帮了大忙。同样是天妇罗，如果吃的是天丼①的话，应该连一半都吃不完吧。"滋溜"、"滋溜"，有人发出了吸面的声音。结城埋头苦吃。

光从"好好把午餐吃下去"这点来看，结城还算是好的。釜濑一把食物送进胃里，就作呕想吐，冲进了客厅；在昏暗的灯光下都能看得出，若菜脸色惨白，勉强在将荞麦面一根一根地往下咽；催促大家用餐的渕在掰开筷子后，也只是凝视着蒸笼荞麦面②，并没有动筷子；大迫也露出吞咽诸如苦涩东西般的表情；安东看起来虽然是在若无其事地吃东西，但其实完全没有去碰天妇罗。

等到第七天，大家会不会连这样的事情都习惯了？

用餐相对比较冷静的是箱岛、须和名与结城三个人。结城察觉到，在吸食荞麦面的声音中，混杂着某种奇怪的声音，他于是猛然抬头。

关水在桌子的那一边呻吟着，喉咙深处发出低沉的"咕、咕"声。

昏暗之中，结城一开始以为关水觉得很痛苦，

---

① 于盖饭上放上天妇罗，再淋上浓郁酱汁的餐点。
② 盛于蒸笼上沾酱食用的荞麦面，有别于盛于竹筛中食用的"笊荞麦"。

瞬间觉得"不会吧"而感到背脊发凉，但是他很快就改变了想法，认为她应该不会有事。这次的餐点都是她自己端的。之前关水曾经说过"我就是要监视你有没有下毒"的话，事到如今，这句话变得一点都不像是在开玩笑。对于送进自己嘴巴里的东西，她神经的警惕程度超出了必要的范围。

她并不是感到痛苦，偷看她的表情后，结城总算明白关水在干吗了。

她垂着头、压低声音……关水是在哭。

大家一个个地都注意到她在啜泣，纷纷停下了手中的筷子。结城看到若菜眼中也含着晶莹的泪珠。箱岛那层"硬撑"的外壳也正在被一层一层地逐渐褪去。结城也好想哭。真的已经受够了。有人死了也就算了，他好想看到太阳。听得出来，关水实在是按捺控制不住情感了，她哭花了脸，还在低声告诉自己道："我绝对不能死。绝对不要……"

这段话反复嘀咕了两三次后，她硬是把荞麦面给吞了下去。

杀害真木的岩井已经被带走了，虽然如此，但是为什么吃个饭还如此苦不堪言呢。恐怕大家心里都很清楚，这是因为大家对于岩井是否真的已经被关起来而感到不安，对于接下来谁还会下手杀人而感到疑惑。

但是，另外还有一个最为根本的原因。

有几个人没把荞麦面吃完,至于天妇罗,也有人完全没有动。餐点收掉后,在所有人都感到虚脱之前,安东高声说道:"大家听我说。我们无法永远这样回避下去吧。"

不知是否是因为受到了睡魔侵袭的缘故,箱岛以迷茫的眼神问道:"你又打算做什么?"

"嗯。"

"我觉得我们还是别做多余的事为好。"

原本以为安东会因此而动怒,没想到他这次却格外冷静,讳莫如深地点了点头,说道:"你说的也许是对的。不过再这样下去,大家的身体就会撑不住的。既然总归最后要做个了断,我想尽快去完成。你应该也这么认为吧!"

"我倒也不是没有这样的想法,"箱岛大大地打了个呵欠,说道,"可是现在没有任何线索啊。"

须和名从旁插嘴说道:"你说的回避下去,是指回避什么呢?"

安东话到嘴边又猛然咽下去。既然须和名如此直截了当地发问了,那么回答可就必须直指核心。但是结城心里也明白,那件事一旦说出口,就没有退路了。

虽然停顿了片刻,安东还是将萦绕在各位参加者心头的根本性问题给说了出来。

"就是,到底是谁杀了西野?"

餐厅里隐约涌现出一股骚动。

结城还记得今天早上安东说过的话。杀害西野的与杀害真木的不是同一个人。也就是说，除了岩井之外，还有另一个人杀害了西野。而那人并不是真木，因为真木的凶器是手斧。

截止至目前为止，之所以没人提出这件事，是因为大家都处于一种恐怖平衡的状态。其实说到底，就是不希望九个人之间的合作关系因此而崩解。安东说出"谁杀了西野"这句话后，就像是故意捅破马蜂窝一样。结城凝视着眼睛下方出现黑眼圈的安东，内心也只能祈求他有胜算。

"为什么呢？"须和名保持着微笑，稍稍歪了歪脖子，问道，"与其认为十二人之中有两位杀人者，倒不如就认为两个人都是岩井杀的，不就好了吗？"

虽然须和名很快说完了这几句话，但是结城并没有漏听她直呼"岩井"名字，而没有加上"先生"。这是因为对于须和名而言，岩井已经是不配加上尊称的男子了吗？

另一方面，结城不知道须和名说这话究竟有多少成分是认真这么想的。难道她是真的认为西野也是被岩井杀害的吗，还是在做某种牵制性的动作呢？这种拐弯抹角的牵制方式实在不太像她的风格。不过，结城也没有理由相信，这只是因为须和名既天真又单纯。

既然开启了话题，安东似乎已经做好了回应的准备，说道：

"这很简单……因为凶器不同。"安东吐了吐舌头，湿润一下嘴唇，继续说道："每个人房间里的床头边都有个'玩具箱'吧。这里所有的参加者应该都已经拿到了凶器，而且有百分之九十九的可能性是每人一件。然而，杀害西野的凶器是手枪，杀害真木的则是弩枪，因此我认为还有其他杀人犯。"说罢，他以锐利的目光环视所有人。

"事到如今，应该没有人会说，自己不知道有这么回事了吧。都已经第四天了，却完全没有人聊天提到过那张卡片钥匙是用来做什么的。我可以理解在这个地下空间里拿到杀人器具时，那种想要隐瞒下来的心情，就拿我自己来说吧，我也没有和任何人提及过。"

正如安东所说，凶器从未成为过大家聊天的话题，结城也没有提及过自己拿到了拨火棒一事。更何况身处于这个不知道会发生什么事情的"暗鬼馆"中，实在是很难对其他人说出"我手中有凶器"之类的话。先前如果有人提出"大家还是开诚布公吧"之类建议的话，自己也许并不会刻意隐瞒。心里庆幸着没有人来提这件事，就这样一直熬到了第四天。

现在想想，须和名先前的做法或许是正确的。须和名在最快时间里就把凶器拿给结城看了，这么做等于是在向结城一人证明,她与后来发生的凶杀案无关。她的凶器是"毒药",那颗绿色的胶囊。

意识到这点后,结城就明白安东到底想要做什么了。他深深地觉得,自己怎么笨到没有早点这么做。似乎不止结城一个人这么想。

"啊,原来是这样!"箱岛用颇为痛恨的口气丢下这句话。

"没错,当然应该这样,早就该这么做了。只要对所有人的凶器进行调查,不就可以知道到底是谁拿到手枪了吗?"

"调、调查,你们说要如何调查呢?!"

釜濑惶恐地问道,但是箱岛很快就打发了他的问题,回答道:"这还用问吗?我们共同前往剩下所有人的一个个房间,在大家面前打开'玩具箱'。只要谁的箱子里装的是手枪,那么那个人就是杀人犯!啊,为什么我会以为只有通过推理才能解决问题呢?!"

箱岛抱住自己的头。

结城觉得自己可以理解箱岛的心情。

箱岛原本应该是想在西野被杀的现场找出证据吧。但是那里只留下尸体、弹壳以及子弹而已,箱岛无法进行科学搜查,于是只能靠思考推理来判断。不,应该是他擅自认为,只能够通过思考和推理解决吧。

这一定是"暗鬼馆"捣的鬼。

刻在卡片钥匙上的"十诫",以及"规则手册"中有关"侦探"的说明都在暗示大家不要通过行动,而是要通过思考来推理出谁才是杀人者。大家身处于"务必要求推理"的大环境下,箱岛应该也是不由自主地受到了诱导。仔细想想,今天早上在"解决"时,结城也对于"没有必要思考"一事而感到气馁,自己也在不知不觉间认为"要用思考来进行推理"。

大迫也后悔地发出嘀咕声:"原来是这样啊。可恶,之前我只是一直在想,希望不要再有下一个死者了⋯⋯"

"所以咯。"

是结城多心了吗?他怎么觉得安东是用非常轻描淡写的口吻在说话:"到每个人房间绕一圈,怎么样?"

但是安东这项提案已经太迟了,如果这个建议是昨天提出来的,结城应该会立马赞成吧。应该说任何人都不会有异议才对。

但是今天就不行了。已经太迟了。

"我才不要呢!"若菜歇斯底里地吼叫道。结城被她又尖又高的声音吓了一跳。不过如果可以的话,自己也想像她那样大吼发泄。

若菜站起身来,指着安东,说道:"你说这种话，还不只是因为你想知道大家有什么凶器吗？我才不要呢，谁要给你这种人看！"

"恋花，你听我说。"

"绝对不要！就算是雄，我也决不让步！现在都不知道大家心里在想些什么，为什么就要看我的……"

若菜连珠炮似地讲到这里，又把话吞了回去。

结城知道，她原本接着想说什么。自己也无意把唯一的防身器具拿出来给大家看。

如果是昨天的话，倒还行得通……但是今天这九个人已经经历过"夜晚"的恐怖了。只是没有人敢说出口，大家都闭口不提罢了。不过，他们垂着眼帘，偷偷窥探的视线中还是透露出内心的想法——不知道谁会把自己当作目标。下一个目标，或许就是自己——这样的想法先前之所以没有冒出来，是因为大家面前有岩井这个共同的敌人而已。

如果是须和名的话，给她看看自己的武器倒是无妨。或者应该说，在须和名把绿色胶囊拿给自己看的那天早上，结城就应该先拿出来给她看。不过，结城并不想拿给所有人看，尤其是那个不知道在不爽什么、到现在都还瞪着自己的釜濑，还有那个在死者面前可以冷静露出笑容、但是在想法被人抢先一步说出时就感到痛苦的箱岛。结城不想给这两个人看。可以的话，他还不想给不知道是否会因为情绪激动而做出什么出格之事的若菜，以及看起来很泼辣、却时时显露出脆弱一面的关水看。

关水断然地说："我也是，我不要。"

"那个……我个人其实并不在意。"

这是须和名的声音，但却被釜濑的叫声给淹没了。釜濑指着安东与结城，大叫道："我也不要！这两个家伙，我绝对不给他们看！"

结城叹了口气，轻轻地摇了摇头。他已经受够了。

"那你就别给我看啊。"结城本来只是在自言自语，没想到这句话却意外地让餐厅从吵闹回归到了安静。

"咦？"结城正想问为什么突然变得如此安静。他慌张地左右张望。大迫、箱岛与安东也都看着他。

安东问他道："那么，你说该怎么办呢？"

"唔……"

结城随便支吾了一下，打算争取点时间来开动他那颗变得迟钝的脑袋。他不想给自己不信任的人看，但如果是须和名的话，倒是什么都愿意给她看……

此时，结城心想"什么嘛，事情很简单啊"，他猛地拍了一下自己的膝盖，说道："如果是大迫的话，釜濑先生与若菜小姐应该会愿意给他看吧？"

被点到名字的若菜不知所措地抬头看着大迫。大迫回过头，看了她一眼，简短地问道："你觉得怎么样？"

"嗯，如果只是给雄看的话。"

真是天真。

釜濑如果也冒出什么"如果只是给雄看"的台词，结城真的会当场抓狂。幸好，釜濑只是微微点了点头。

结城继续说道："总之，只要请别人确认'自己拿到的不是手枪'就行了吧。如果不想让所有人看，只要给自己或多或少觉得可以信任的人看就行了。你嘛，"他用下巴指着釜濑，说道，"如果你不想给我看的话，只要给大迫看过，之后再由大迫告知'犯人不是釜濑'就可以了。"

"嗯，这个主意不错呢。"

安东马上表示赞成。当然不仅仅是这样，结城还是相当谨慎地说道："不过，你们不可以只给一个人看，因为很可能会出现两人共同犯罪。至少得让两个人看过后，证明凶器不是手枪的话，就可以证明不是他干的。"

虽然没有其他人出声表示赞同，但是结城切切实实地感受到现场的氛围变了，大家心里都开始认为"其实这样的话也无妨，而且务必这么做"。如果这样都还有人提出不公平等的反对意见的话，结果应该会变成"不想给人看到这种地步,实在是太可疑了"吧。

只有一人从头至尾都一脸不满,那就是若菜。大迫对她说了"没关系,我知道不是你"之后,她红着脸,也不再说什么了。

10

九个人除以三以上的分母。如果就三个人一组的话,事情就很简单了。但是相互猜忌的纠结情绪导致这么简单的除法并不适用。

"如果是这个人的话,公开也没关系"以及"如果是这个人的话,就不想让他知道"的想法混杂在一起。虽然大家都没有明确表现在言辞或态度上,但是渕似乎对安东抱有些警戒感。箱岛希望给大迫看。若菜与釜濑自然也会选择大迫为对象吧。这么一来,大迫那组就变成有四个人了,这样除法就会变得相当困难,似乎会花费很多时间,因此结城早早就放弃了。

"我们两个人自己先来决定对象吧。"

在决议要把凶器拿给别人看时,结城什么都还没说,须和名就自己过来找他了。她已经拿给结城看过,所以当然就来选择他吧。安东也选定结城作为确认对象。

"拜托你了。"

安东虽然这么说,但是不知不觉间,结城心中埋伏了些许疑惑。虽然是微不足道、有如突发念头般的疑惑,但是却挥之不去。自己了解这个男的什么呢?最多只是知道他是光线枪社的幽灵社员而已,不是吗?

但是如果和釜濑那种人相比,他倒并不觉得自己无法信任安东。虽然光靠"感觉"就把底牌揭给别人看其实很可怕,但是总是犹豫不决的话,事情就无法有后续进展。结城默默地点了点头。

安东、结城、须和名,应该是妥当的组合吧。

"距离这里最近的,应该是我的房间吧。"须和名说着,先站了起来。

七号房间一下子就到了。须和名去握门把,看到两人便露出微笑,说道:"真没想到会在这种状况下邀请男生到房间来。"

对呀,这下可是要进入须和名的房间哦!虽然是在这种非寻常的状况下,但是结城还是感到有点紧张。自己做好心理准备了吗?正这么想着,须和名毫不扭捏地打开了房门。

不用说,房间的内部装潢自然与其他房间没什么不同,唯一不同的就是床单。结城并没有想要先去看别人床单的意图,但是铺得很拙劣的床单以及上面的折痕还是非常让人在意。铺床需要相当的经验与技巧以及细腻的神经，但是这些须和名恐怕都没有吧。

"那么，我就拿给大家看看。"

她毫不矫揉造作地走近位于枕边的"玩具箱"。为什么在九个人之中，她是唯一完全不介意把凶器拿给别人看的人呢？须和名的动作极其自然。

就在她拿出卡片钥匙，在读卡器刷过时，突然有人在结城背后叫了声："可以让我也加入你们这一组吗？"

结城与安东吓了一跳，转头过去。

打开房门站在那里的是不像男生也不像女生的关水。

"我吓到你们了吧？真抱歉。这房门真的是一点声响都没有，真是恶趣味呢。"

她靠在打开的门上，努力表现出随和的样子。但是显而易见，她只是装出来的。安东问道："你为什么要来我们这边？"

"嗯？什么为什么？"

"那边有六个人吧。你找箱岛她们看啊。"

"这不就是不想去那里，才来这边的啊。"她踩在地毯上，走进房间两三步，反手关上门，说道，"大迫确实有可以信赖的感觉，但是那个畏畏缩缩的男的以及若菜，都会缠着大迫吧。这样的话，我就变成要拿给箱岛与渊小姐看了。"

结城试着思考刚才关水所说的话。大迫、若菜、釜濑。安东、结城、须和名。然后剩下三个人，箱岛、关水、渕。原来如此，这样分组听上去确实最自然。不过……

"箱岛是吗？"虽然是安东在喃喃自语，但是关水却轻轻点头附和。

听到这样的对话，结城认为没有必要再多做说明了。因为他自己也这么想，把凶器拿给釜濑看，总觉得很不情愿；然而，不想给箱岛看却并非因为如此，而是箱岛虽然处于现在这种状况下，但却给人一种甚至乐在其中的感觉。如果把底牌亮给这种男人看，总觉得很危险。

结城能够理解，因此什么都没说，但是关水似乎对结城的沉默有点误解。她的强势态度即刻瓦解，低头把目光落在脚上，说道："虽然我也知道不能总是怀疑别人，但是……既然有别的选择，那也就……"

"但是如果这样的话，他们那边会变成五个人。"安东这么说着，皱起了眉头。须和名感到疑惑，问道："那有什么问题吗？"

"大家的决议是把自己的凶器拿给'两人以上'看，这样的话，无论是分成四人还是五人，都可以的吧。"确实如她所说。

虽然结城并不欢迎关水，但倒也不至于到"无论如何都很讨厌"的地步。安东说:"说的也是。那好,就这样吧。"

对于关水的加入,他没有什么异议。

"那么,我重新来过。"

须和名刷了卡片钥匙。

11

"毒杀"

一旦知道这个世上的毒多到何种地步,大家都一定都会如此感叹吧——我居然还能活到现在!

人类被无数种的毒药所包围,自然也就会用毒药来杀害同类。即使不在杀人现场,也还是可以悄无声息地任由死亡靠近对方。由于这种特性,毒杀散发出一种特别的魅力。与毒杀相关的想象很多,比如会上毒瘾,比如比较像是女性使用的手法。那么,拿到这种凶器的您,是女性吗?

推理史上最有名的"毒",恐怕就是涂在针尖上的尼古丁了吧。但我这次要推荐的是《绿色胶囊之谜》,里面装着的是硝基苯,只要使用一颗,对方就没命了,使用两颗的话对方必死无疑。

但是请注意：这种胶囊不溶于胃。

小小的瓶子"咕噜"一声被放到书桌上，里面装着的是结城先前看过的绿色胶囊。

"是毒药吗？"安东一边叹气一边说道。他用陶醉的目光注视着翠绿色的胶囊。

另一头，关水的反应略有不同，说道："果然也有人是拿到毒药的。"

她流露出像是能够理解，又像是感到生气的复杂表情。结城觉得自己可以理解她的心情。关水从第一天开始，就对毒药有所警戒。但是，如果持毒者是须和名的话，又会给人一种"真是白担心了"的感觉吧。

"拧开胶囊之后，里面的东西会流出来，气味还蛮浓的，是一种甜甜的感觉，虽然不是什么好气味，但也不是那么难闻的气味。"

"有气味是吗……"不知道安东是否想到了什么，他若有所思地喃喃说道，然后突然转过头看着结城，道，"喂，你知道硝基苯吗？"

结城略微迟疑了一下，答道："名字我倒是听说过。"

"这样呀。"

"它好像带有桃子般的气味。"须和名歪了歪脖子，说道。

"对，我觉得也很像，不过它还有一种清凉的感觉，而桃子并没有。"

另一头，关水以狐疑的表情问道："你为什么知道那种事？"

结城闭口不言。幸好，关水似乎也无意继续深究。

安东缓缓把手伸向药瓶。他抓起药瓶，轻轻地摇了摇，说道："没有装多少呢。"

瓶子里的胶囊轻轻地发出"喀啦喀啦"的声音。确实，在这手心大小的小瓶子中，胶囊只装了三分之一，大概也就十颗、二十颗左右。从瓶子外表看，很难估摸出其真正的数量。

"一开始我也觉得这样的数量不太够。"须和名干脆利落地说道。安东停手不再去摇动瓶子，关水扭头看着她，结城也不由自主地凝视着须和名的脸。

在他们关注的视线下，须和名露出微笑，说道："如果你们不嫌弃的话，我可以送你们一两颗。"

安东把瓶子放回书桌上，说道："不需要。"

"殴杀"

人类开始使用暴力时，最初的武器应该是四肢吧。

接着使用的，毫无疑问是棒子。

棒子是极其原始的、一点也不优雅的原始

武器。正因为如此,由于情绪激动而犯下的杀人行为,所用的工具往往都是棒子。

其中让人印象最为深刻的,无论如何都非"拨火棒"莫属。西洋住宅的大多数房间,或者说是所有房间都设有壁炉架。以西洋住宅为背景的案件里,往往都有拨火棒。杀人者拿着它,夺走了不少性命。

推理史上最有名的"拨火棒"恐怕是出现在福尔摩斯《斑纹的绳子》这个案件里吧。

对了,拿到这根棒子,你能不能把它折弯,然后再将它恢复成原来的样子呢?

做不到也没有关系。因为,无论它是弯的还是直的,只要持拨火棒用力一击,绝对足以殴杀别人。

六号房间。

结城把拨火棒丢到地毯上。读过关于殴杀的"备忘录"后,关水的鼻子里发出"哼"的一声。

"刚才在须和名小姐的房间里看到时我就在想,这些文字纯粹让人感到莫名的生气。"

"确实如此。"结城点点头。昨天的"夜晚"期间,他也几度对这张"备忘录"感到愤恨。他又补充了一句:"真想把它撕掉啊。"

安东从关水手里接过那张纸,歪着脑袋把它读完后，说道："我可以理解你们的心情。写这个东西的家伙原本应该是想要写一些幽默的内容吧。但是对于阅读者我们而言，根本不觉得是幽默啊。说起来，这上面的文字根本就是标新立异嘛。会生气也是有道理的。"

标新立异的不仅仅是"备忘录"而已，卡片背面的"十诫"、"规则手册"、客厅的十二尊人偶等恐怕都是因为太过于强调命运的原因，反而只会起到惹恼结城的作用。会因为看到这些东西而感到开心的……大概也只有岩井了吧。

"问题在于……"须和名略微歪了歪脖子，说道，"在'暗鬼馆'里，好像没有壁炉架。"

"不，餐厅里有。"

结城确信地点了点头。因为没有点火，所以印象不深，但有壁炉架这件事确凿无疑。

"不过，问题在于……"安东插嘴道，"这里根本就没有火种，没有火柴也没有打火机，壁炉架也只是纯粹的装饰而已。"

"你找过吗？"

"你回想一下，我们不是聊过我们这群人里面没有人抽烟的问题嘛，后来，我就稍微注意了一下。"

关水也加入了讨论。

"那个壁炉架是作装饰用的。大迫他们曾经调查过它是不是秘道，结果发现那里根本没有烟囱。"

接着她轻轻叹了口气。

"不过,我认为,这种事情根本不是问题。"

说得有道理。

安东捡起地毯上的拨火棒,举到眼睛的高度。在有人拿着凶器对着自己比画的情形下,关水略微往后退了一步,结城也无意识地开始使力。安东注意到这两个人的举动后,耸了耸肩,把手中的拨火棒放下。

"还蛮沉的呢。"

"没错吧。"

"相当可靠呢。"

结城默默地点了点头,然后慢慢补上一句道:"拿起它摆个架势的话,至少可以用来威吓一下吧。"

"对呀,果然很可怕。因为是男人拿着铁棒。"

虽然关水这么说,但是安东还是正确解读了结城想要表达的意思。他把拨火棒再度丢回地毯上。

"确实可以用来威吓……不过,用来袭击别人就不适合了。"

拨火棒太大了,没办法带在身上藏着。从后面袭击也就罢了,但没办法用来袭击别人。

结城又进一步补充道:"而且,柄端部分虽重,前端部分却很细,靠不住啊。"

四人低头看着白色地毯上的黑色棒子。

"而且……"

结城还想继续说下去，但安东打断他，苦笑道："我知道你想说什么了啦。你想说，拨火棒并没有那么危险，所以你也是个安全的男人，对吧？"

"……"

"但是很不凑巧，你再怎么自我宣传，铁棒一样还是铁棒，依然是危险物品。好好收到箱子里去吧。"

"不过，你确实长着一副不会害人的样子呢。"关水插嘴说道。

"绞杀"

人类经由气管吸入空气，进行肺部呼吸而得以生存。

呼吸可以持续几十年，但是倘若是呼吸中止几分钟，人就会马上死亡……也就是说"断了气"。人的生命真的是在每一刹那的连续作用下，才得以确保。

由于必须明快地进行，绞杀通常是徒手进行。只要把手放在对方的喉咙上，就算是手劲不够的人，也可以轻易解决动武用力的人。喉咙对于人类而言，不，对于通过肺部呼吸的生物而言，就是这么一个要命的地方。

不过，倘若是有计划尝试绞杀的话，毕竟还是会准备"细绳"吧。

要说到在推理史上占有特殊地位的"细绳"应该还是《角落里的老人》①里的那一条吧,此外,"细绳"除了用来杀人,用途还相当广泛。拿到这个东西的你,能够善用这个万能的道具吗?

如果只是把它看成凶器而已,那你就要小心了。在你能够把"细绳"套在对方喉咙上的距离之内,对方的手也够得到你的喉咙。

五号房间。

"备忘录"里虽然写着"细绳",但是实际看到后,结城觉得应该称为"绳索"才对。这根绳索长度约为五十厘米。安东用手指夹住绳子的正中央,两端下垂地在大家面前摇晃着。

"虽然上面写着要'善用'它,但是对于这种不长不短的长度,我能拿它来做什么呢?一开始还打了个很紧的很奇怪的绳结呢。"

原本以为须和名在静静地思考,但这时,她突然容光焕发起来。

"下次再抓到杀人犯时,可以把他的手绑起来。"

---

① *The Old Man In The Corner*,该书作者是奥希兹女男爵(Baroness Orczy),一九〇九年初版。书中有一位坐在咖啡店里,根据能够公开取得的资料,推理剖析案真相的神探。他的特色是不断把手中的细绳编成各种形状再解开。

"嗯，这是个很好的提议。"

安东眉头微皱，随便给了一个敷衍的回答。他提着绳索末端，开始拿着它打圈。

"可是，这下大家就知道啦，我倒霉啊，我拿到的是烂东西。结城拿到的是拨火棒，我拿细绳正面与他对峙的话，根本没办法比拼嘛。"

"你不要预设这种根本不可能的状况，让自己沮丧嘛。"

结城笑着对安东说道。可是安东还是摆着一样臭脸。

"不，须和名小姐的毒药以及你的拨火棒，都没办法用别的东西代替吧？可我拿到的是细绳，如果真的想把人勒死的话，还可以用衣服的袖子，还可以用手，什么都可以。这种东西……"

"我说呀，"关水皱着眉插话道，"你为什么要假设'真的要把人勒死'这种状况呢。你想这么做吗？如果你无意这么做，拿到一段细绳与拿到刀子有什么分别，不都一样吗？"

安东原本还想反驳，但把话到嘴边，他又把话给咽了下去，手上也不再拿绳子转圈了。过了一会儿，他说道："说的也是，我太轻率了。"

关水露出还想得寸进尺、紧追猛打的表情。结城正想打圆场时，她突然轻轻叹了口气，说道："算了，不过，这样也就稍微安心一点了。"

安东与结城不明白她说这话的意思,无从响应,此时,须和名却表示同意道:"对噢。"

须和名凝视着安东手中的细绳。

"这话什么意思?"

结城一问,须和名微笑着回答道:"这条绳子很容易藏在身上。也就是说,之前安东照理可以随时把它带在身边,可是安东先生却一直把它收在箱子里。所以,这就表示他并不打算使用它。"

"没错。不过,那是白天的时候啦。"

结城心想,原来如此。

与此同时,他认为同样的想法也适用于须和名。须和名虽然拿到可以藏在身上的凶器,却也一直把它收在"玩具箱"里……

不,不对。

结城马上察觉到自己的错误。他们只有看到须和名从"玩具箱"里拿出装有胶囊的小瓶子,但并没有确凿的证据来证明现在须和名身上没有携带其中的几颗胶囊。

即便如此,结城压根不相信须和名会真的随身带着胶囊。

反倒是安东手上握有绳子,比较让他没来由地感到害怕。他并不觉得这种长度可以藏在身上的绳子,会像安东说的那么派不上用处。如果因为相信这个男的说的话,而在背对着他时被他紧紧勒住的话，那可就没有胜算了……

"我说安东啊。"结城不由地开口叫住安东。

"嗯，怎么了？"

安东这么一问后，结城反而含糊其词，无法继续讲下去。

"没……没什么事。"

安东露出了讶异的表情。

"药杀"

毒与药到底区别在哪里呢？

答案恐怕是这样的——有用的是药，有害的是毒。

因此，使用化学物质杀死有害的动物时，称为药杀。

不过，如果要说不把杀死人类称为药杀的话，倒也并非如此。在杀害死刑犯时，就不是用毒杀，而是用药杀。

在药杀人类时，必须能够迅速见效、减少痛苦才行。尼古丁就能满足这种需求。

不用说，在推理小说中，"尼古丁"的地位是因为《X的悲剧》[①]而建立的。

不能把针提供给你。但若经由口腔摄取，

[①] 美国知名推理作家艾勒里·昆恩（Ellery Queen）的代表作之一，另有系列作《Y的悲剧》《Z的悲剧》等。

应该也能得到充分的发挥吧。

关水的房间是一号房间。大家从安东的五号房间走过去，必须在昏暗的回廊上走很长一段距离。

关水取出装有透明液体的小玻璃瓶，语调急促地说道："我的也不是手枪噢。"

结城目不转睛地凝视着小瓶子中的液体。这就是有名的尼古丁呀，真没想到有一天自己会亲眼见到。

尼古丁虽然是以与氰酸钾相匹敌的毒性而著称，但这依然不是手枪。最终结果是，这四个人之中，没有人拿到手枪。也就是说，这里没有杀害西野的犯人。虽然结城原本就不觉得关水是杀人犯，但他还是松了口气。

"这样就能知道很多事情了，"安东说道，"我们四个人之中，并没有杀害西野的家伙。还有，要小心须和名跟关水泡的茶。"

虽然不觉得这是什么大玩笑，但结城还是开朗地笑了，连自己都感到意外。应该是紧张的情绪得到舒缓了吧。

"你这什么意思？"

是因为结城看起来太过开心吗？关水原本想质问安东，但自己的表情也缓和了下来。在紧张感似乎消失了的氛围中，须和名笑着说道："噢！所以关水小姐才会说'果然'呀。"

"咦？我说过那样的话吗？"

"你讲过噢。在我房间的时候，你说，'果然也有人是拿到毒药的。'。"

结城也记得关水说过那句话。当时并不觉得有什么特别的含义，现在既然她自己被分到的武器也是毒药，语意就略有不同了。关水似乎想起来了，漠然地"噢"了一声，解释道："嗯，'药杀'一词如果用在人的身上，毕竟还是很奇怪。所以我那时觉得，应该会有人是'毒杀'吧。"

"有药杀还有毒杀，是吧。"

安东"哼"了一声，嘲讽地笑了。

"我虽然不如大迫那么生气，但是我也渐渐对这出闹剧感到生气。我是绞杀，结城是殴杀。西野是被射杀的吧。真木是……"

安东的话说到一半，突然停了下来，其他三人的视线集中到安东身上。他仿佛没有注意到大家的视线一般，盯着眼前空无一物的空间，然后喃喃地说道："真木，也是被射杀。"

确实，真木是被弩枪射杀的。前去调查岩井"玩具箱"的是须和名与箱岛。里面应该也放着"备忘录"，只要读过，应该就会看到在那些句子最开头的文字，上面写着"射杀"吧。

然后，西野是被九毫米口径的枪杀害的，这也算是射杀。

结城虽然担心会不会干扰到安东的思考，但他还是一吐为快道："'主人'看来很讨厌杀人方式重复。如果并非如此的话，须和名与关水两人的都叫'毒杀'应该也没关系。"

"这么说来……你想表达怎么呢？"

一号房间陷入了沉默。

到目前为止，结城都没有好好想过谁会是杀害西野的犯人。这是因为状况混乱，因为感到害怕，也是因为忙碌。但是除去这些理由之外，没有可供思考的要素也是原因之一。不过，他也希望能够尽快排除掉危险人物。以此矛盾为契机，不知道是否能够产生什么具有建设性的想法。

结城的眼角余光看到关水脸上露出苦涩的表情。须和名又怎么了呢？

"不好意思……我可以说句话吗？"她微微举手示意道。

"嗯？什么事情？"安东由于思路被打断，困惑地询问道。结城有种似曾相识的感觉。他记得，今天早上他也曾经有过这样的对话。

"既然真木先生是被'射杀'，西野先生是被'枪杀'，你们怎么看待这两件事呢？"

"噢！"安东发出另一种音调，抿着嘴角说道，"这个嘛，'枪杀'给人的印象比较像是'处刑方式'。"

"但是'药杀'也给人这种印象呢。"

安东和结城没有再说什么，只是点头表示"原来如此"。

12

"毒杀、殴杀、绞杀、药杀。射杀与枪杀，还有斩杀。"

四个人在回廊上朝客厅走去。昏暗中，安东说出了这样的话。

"除此之外，还有什么？"

事实上，从刚才开始，结城也在思考这个问题。因此，他顺畅地回答了出来："还有击杀。"

"和殴杀很相似呢。还有呢？"

"还有刺杀、缢杀。"

"还有呢？"

"还有，辗杀。"

"辗过去杀人呀，哈哈。"

虽然被当成玩笑，但是结城觉得这并非不可能。如果那看起来很重的"警卫"以时速一二十公里的速度撞上来的话，应该也会让人死亡的。

"要集满十二种杀人方式，或多或少感觉还是有点困难的。还有很多哦，例如张作霖①的死法。"

---

① 军阀张作霖于民国十七年被日本关东军所埋的炸药炸成重伤，送回沈阳后死去。

"噢，你说炸杀呀。"

"暗杀、诛杀、天中杀①，还有笑杀②与默杀③，等等。"

安东目不转睛地盯着结城的脸，赞叹道："你这家伙，日语水平很高嘛。"

"多谢夸奖。"对于自己的词汇量，结城还是很有自信的。他得意地继续说道："我还可以继续讲哦，还有秒杀、瞬杀、超必杀④。"

"喂，拜托！"两人背后传来了关水严肃的声音，"你们不要再讲了……算我求你们了。听你们说这些让人感觉心情很差。"

确实如此。结城和安东都闭上了嘴。

幸好，沉默并不让人觉得痛苦。在四个人互相之间展示了自己的凶器之后，让人感觉事情好像有了进展。无论如何，整个心情都轻松了起来。

不过，那也只是表面看起来有进展而已。

"没有？你说没有是什么意思？"

圆型的客厅里，没有人坐到圆桌旁，大家都站在那里。安东用狂暴的声音大声质问着，与刚才完

---

① 四柱（八字）推命中的一种推命技巧。
② 一笑置之，不把对方当回事。
③ 无视于对方存在，不予理会。
④ 电玩游戏中，比一般必杀技还能对敌人造成更大伤害的必杀技。

全判若两人。他的视线那头是摆着臭脸的大迫。

"没有就是没有。我们五个人之中，没有杀害西野的凶手。"

但是，他讲得非常含糊不清，模棱两可。不知道是不是自己多心了，大迫甚至让人觉得他的目光正瞥向别的地方。至少，他没有堂堂正正、抬头挺胸地说出来。这就难怪安东会怀疑他了，紧追不舍地追问道："我可是能够很明确地讲出来哦。我们这四个人之中，没有人持有手枪。"

"我也已经讲得很清楚了嘛！我们这边也没有杀害西野的人！"

安东闭口不言，盯着大迫看。然后，他把视线移到若菜、釜濑与渊身上。他们也都垂着眼帘，或是看向别处，不敢与安东视线相交。他们似乎都对安东胁迫的态度感到害怕……但是结城也对他们有没有隐瞒什么亏心事而表示怀疑，疑虑之心无法消除。亏心事？在这么小的空间内，到底有什么事情非隐瞒不可呢？

安东眯起眼睛，说道："总觉得你说的话很诡异呢。大迫，你能不能再讲一遍给我听。你听好，请你说，'在我们这五个人之中，没有人持有手枪'。"

"你好烦人啊。"

"你别管，照我说的说就对了。"

"在我们五个人之中，没有杀害西野的人。"

客厅里一片寂静。

结城很同情大迫，他这种不愿意说谎的个性真的会吃亏。安东用缓慢的语速给大迫来了致命的一击："也就是说，你们这组人里有人持有手枪咯。"

"……"

"我不会说是哪个人杀了西野。只是，既然我们这里四个人的凶器不是手枪，而你那边五个人中如果没有人拿到手枪的话，岂不是就不合逻辑了吗？我说的没错吧？"

"话都是你在讲呢。"插话的人是箱岛。对于大迫的尴尬处境，箱岛甚至让人觉得他乐在其中。箱岛那张连刮胡子的痕迹都没有的美丽脸庞上，露出了嘲笑的神情，他说道："但很可惜，你猜错了。我们这边的五个人中，也没有人持有手枪。"

他那笃定的口气甚至让人有些厌恶。

"开什么玩笑……"

"如果让我来说的话，既然我们五个人中没有人持有手枪，那么手枪自然就在你们那边的四个人之中了。你们现在并没有任何证据足以让我相信'噢，你们那边没有手枪'。"

安东使劲摆了摆手，说道："别跟我玩什么文字游戏了！我们不是已经以最低限度的互相信任为前提，决议要把凶器拿给两人以上看过吗？"

"三个人共同犯罪的情形也并不是没有。"

"我说箱岛,再讲下去你不觉得很蠢吗?更何况,我们这边是大家都互相确认过每个人的凶器了。你难道想说我们四个人互为共犯吗?如果这样,那么我也要问你,你是真的亲眼看到大迫、若菜、釜濑与渕的凶器了吗?"

"果然厉害,你问的问题很尖锐,"箱岛无畏地笑了笑,说道,"没有,我确实没有全部都看。因为我总觉得渕小姐有点不想让我看她的东西。"

听到自己的名字被突然供了出来,渕狼狈地出声道:"哪有,我并不是这么想的……"

"嗯?不对吗?真抱歉啊,那看来是我之前想多了。但是,就事实而言,我确实没有看到渕小姐的凶器。"面对箱岛带着笑容、像开机关枪似的发言,渕沉默了下来,只能瞪着他看。另一边,安东也没有再继续追问。箱岛说他没有看到渕的凶器,也就是在强烈暗示着他看了其他三个人的东西。

尽管如此,是否就可以信任他所说的话呢。如果没有信任的话,再多说也是徒然。事实上,不管箱岛说什么,结城已经开始相信,那五个人之中应该有人持有手枪,不然大迫的态度不会如此暧昧不清。除此以外,结城想不出什么其他理由。

但如果真是这样的话,箱岛为什么还要包庇隐瞒呢?难道比起找出杀人犯,隐藏有关手枪的信息更重要吗?还是说,另外还基于什么其他理由?

安东吐了口气,卸去全身的劲道,整个人一下子放松下来,使得现场的紧张感明显缓和。于是,他说道:"我们如果再这样彼此怀疑下去的话,讨论也就没什么意义了。"

箱岛耸了耸肩,说道:"从结论来看,'别做多余的事'才是正解呢。"

既然两个人经过讨论达成了共识,大迫也闭口不谈,那么凶器的话题就到此为止了。结果,一个小小的调查在只是撒下更多不信任种子的情况下告终了。结城心里充满了徒劳无功的感觉。

突然,视线变得扭曲起来。一回过神来,结城双膝一软,身体差点往下倒。明明只是站着而已,他却整个人大大地踉跄了一下。

"喂,你怎么了。"

听到安东慌张的询问声,结城摆了摆手回答道:"啊,抱歉,我没事。只是有点眩晕。"

"你说眩晕?拜托你振作点吧,今后时间还很长呢。"

结城把手放在膝盖上。确实,接下来时间还很长。既然刚才的调查完全没有找到任何嫌疑犯,那么今天的"夜晚"岂不是又要变得神经紧张了。结城在意识到这点后,决定要把自己偷偷下定的决心付诸于行动。

他抬起头,毅然决然地说道:"安东。"

"什么事？"

"我要睡觉了。"

八个人的视线集中在结城身上。在众目睽睽之下，他露出了暧昧的笑容，说道："由于一直都处在紧张的状态，我已经快撑不下去了，这已经是我的极限了。与其在'夜晚'睡觉，我倒宁愿现在睡。"

他看向时钟，现在已经将近四点了。

"到'夜晚'来临的十点之前，还有六个小时，我先睡一会儿。"结城坚持自己的主张道。昨晚他完全没有睡着，今天一早又发生这样的骚动，他无论如何也得要休息一下。

安东叹了口气，说道："你真没毅力啊。"

"就是为了在万一发生什么事情的时候展现毅力，所以我才睡的。"

"你真是个轻松自在的家伙。这种状况下你还睡得着吗？"

"我会拿出毅力睡着的。"

"原来如此，那我收回刚才说你没毅力的话。"

不过，安东在苦笑后喃喃地说道："可是，嗯……与其之后头昏目眩，倒不如像你这样比较好。你果然没有那么笨。"

"谢谢夸奖。"

"我知道了，那你就睡三小时左右吧。然后换我来睡。"

"等一下，"出声的是大迫，他说道，"不要单独行动……"

"我没有打算在自己的房间睡觉。"

才一决定要去睡觉，意识就开始模糊了，舌头也有些不听使唤。觉得甚至连讲话都很累人，结城指着地上，说道："我就在这里睡。"

接着，结城直接拉开椅子，趴到圆桌上。

"原来如此啊，大家如果能够相互监视的话，就未必一定要醒着了。只要至少有三个人醒着，之后再轮流接着睡就行了。"那个听上去瞧不起人的声音来自于箱岛。不过他也接着说道："那么我就来学学你吧。"

他拉开椅子，一屁股陷了进去。

借此机会，关水也接着说道："那我也要趁现在先休息一下。"

"雄……"

结城虽然已经闭上眼睛，但也听得出那撒娇般的声音是来自若菜的。大迫的回答相当温柔，他说道："那你也休息吧，我会醒着的。"

于是，结城、箱岛、关水、若菜就先睡了。说不定接下来又会有几人跟着睡着，然后又有几个人会提前醒来吧。

结城心想，虽然这是自己提出来的，但是大家的胆子也未免太大了，竟然都决定要在可能有杀人犯的房间里坐着睡觉。像若菜这种这么相信大迫的人应该可以真的睡个好觉吧。可是究竟有几个人能够好好入睡呢？结城一边心里打着坏主意，一边意识也开始变得模糊。就"随处都可以入睡"这点来说，他还是挺有自信的。

当然啦，他心想，把所有人都集中在一个房间，自然是预防"下一个"事件的最好方法了。在这些人里应该就有杀人者吧。所以，就应该在这里睡。

在暂时失去意识之前，结城不由得暗自祈祷，希望不要一觉醒来，才发现自己已经死了。

13

安东吉也这个人从来不会手下留情。

结城睡得像是失去了意识，安东用力拍打着结城的脑袋，想要把他打醒。他甚至还拎起了结城的衣领。虽然结城原本忘记了自己身处何地，但还是忍不住以为自己要被杀了。

"你给我起来，已经三个小时了。"这个低沉的声音一点都不亲切。

环视圆形房间，就像受到印第安人偶的守护一般，有几个人趴在圆桌上睡觉。由于结城是摆着不太舒服的姿势睡着的，脖子和手肘有点疼痛。这时他想起来了，对了，这里是"暗鬼馆"。

"你好粗暴喔。"结城甩开安东抓着他衣领的手,说道:"你用正常的方式叫醒我就好啊,我自己会起来的呀。"

"就是因为先前用正常的方式叫你叫不醒啊。你现在可醒了吧,那我可要睡觉咯。"

安东一直眨巴着眼睛,脸上露出疲态,甚至让人觉得在这三小时内是不是发生了什么事。他似乎也已经到达极限。

安东很快就拉开椅子。结城问他道:"在我睡觉的时候,发生什么事了吗?"

"噢,我们决定了一件事,你去问大迫吧。我要睡了。"

接着,安东精疲力竭地趴在圆桌上,不出一会儿就传来了他平稳的呼吸声。

结城这才回神发现大迫就在他旁边,微笑着说道:"那家伙在刚才最后的三十分钟里,一直都在说'这家伙起来的话,老子就可以睡觉了'呢。"

"我如果早点起来就好了。"

"晚饭来了,你要吃吗?"

结城把手放在自己的肚子上,已经搞不清楚自己到底有没有食欲和睡眠欲望了。虽然或许会吃不下去,但他还是点了点头。

"这样呀。餐厅里都已经准备好了。"

结城一看,在圆桌旁睡觉的有箱岛、釜濑、关水、若菜、渕以及安东。呼噜呼噜发出鼾声的是釜濑吗？结城看了一眼箱岛睡着时候的侧脸，脸上透着完全看不出像是男性的姿色。结城不由得转移了视线。时钟显示现在已经快要七点了。

不在客厅里的只有须和名，她独自一人在餐厅里喝着茶。一看到结城，她就露出了微笑，说道："早安。你睡得好吗？"

结城挠了挠鼻尖，回答说："我睡得熟到连自己到底有没有睡着都不知道。"

"也就是说？"

"我睡得很好。"

"那再好不过了。"

结城突然想到了什么，关心地问道："须和名小姐，你睡过了吗？"

"你问我吗？"她把西式茶杯放在盘子上，说道，"我呀，昨晚就睡得很好。而且……"

须和名露出了苦笑，继续说道："我不太想让别人看到我的睡相。"

确实，作为淑女，对于在别人面前展露睡相会感到很抗拒吧。结城对自己刚才竟然没注意到这一点而感到羞耻，自己真是太迟钝了。不过，若菜与关水、渕就大大方方地睡了。在这种状况下，行事还能够如此严谨的人或许算是异类吧。

这时，大迫拉开椅子。这样的话，也来问问他好了。

结城向大迫询问道:"你睡了吗?"

大迫一屁股坐了下来,一边扭着脖子,一边回答道:"熬个一两天夜,对我而言不算什么。"

"你还真是靠谱啊。"

"熬夜是学生的必修科目,对吧?"

结城耸了耸肩。如果在平常,熬夜熬个一晚确实算不了什么。现在会累到全身乏力,完全是因为待在"暗鬼馆"这个环境里,精神遭受严重损耗。大迫虽然和结城一样,度过了同样的"夜晚",却还能够关心别人、对若菜温柔以待、向"俱乐部"表达愤怒,而且此刻仍然神态自若。对于他这副坚忍不拔的模样,结城已经不只是尊敬了,而且还感到惊讶。

"便当箱"里放着今天的晚餐,漆器餐盒里满满地装着怀石料理,还附了个茶碗蒸,烫得让结城差点没拿住。一向谨慎的大迫这次倒是没有连拿个便当都要求"三个人一起"。不过,须和名与大迫都跟在结城后面进入厨房,因此结果还是一样。结城回头看着两人,说道:"不会吧,你们也还没有吃吗?"

"嗯。只有箱岛、釜濑与安东先吃了而已。"

结城心想:咦,安东和釜濑也就算了,箱岛和结城应该是同时入睡的。也就是说,他如果不是中途醒过来，那就是当时并没有睡吧。

三个人一同用餐。

结城拿起漆器筷子，想到先前有人曾经喃喃自语道："餐厅明明是西式风格，为什么给我们吃鳗鱼？"现在结城觉得，自己隐约知道其中的原因了。茶碗蒸也配了上漆的木匙。茶碗蒸的底部埋着银杏，结城把它剩下了。

在大家平静地动着筷子用餐时，出现了一些细微的变化。结城发现，今天的晚餐吃得比午餐来得轻松，都是一口接一口地吃下去。或许是因为已经明确知道获取毒药的是须和名与关水的缘故吧。知道了应该警戒的对象之后，会比连应该警戒谁都不知道的状况，让人觉得轻松许多。

此刻，"毒杀"的须和名坐在结城旁边的旁边，正在夹起高野豆腐；"药杀"的关水正在睡觉。因此就概率论而言，是没问题的。

收拾完漆器餐盒后的闲静时光里，放松下来的结城一边喝着自己泡的淡咖啡，一边抛砖引玉道："大迫，刚才听安东说，是不是有事情已经决定了？"

大迫在整个和式茶杯里倒满了玄米茶。不知道是不是在等它变凉，他并没有喝，而是转向结城说道："嗯，但还没有决定，等大家都醒来后，我会再好好说明的。"好冷淡的回答。

通往客厅的门敞开着,结城背对着门坐,所以他看不到什么,但是大迫应该看得到有六个人在睡觉的客厅。须和名在稍远的座位上读着一本皮封面装订、看起来很重的书。应该是放在"娱乐室"里的书吧。

这么说来,自第二天以后,结城就没有再到"娱乐室"去过。虽然也是因为无心前往……

大迫大声咳了一下,对着结城说道:"对了,我有一件事想问你,请你不要见怪。"

"什么事啊。没头没脑的。"

大迫又干咳了一声,把视线微妙地从结城身上移开,这话似乎非常难以启齿。"唔,就是……"他向须和名的方向看了一下,说道,"我是在想,你和须和名小姐是什么关系呢?"

结城心想,总算有人来问我这个问题了。当然,他同时也感到非常意外。虽然他早已经有了心理准备,迟早会有人问起他和须和名之间的事情,只是没想到询问这事的人会是大迫。结城原本以为会问这种问题的人不是箱岛就是渕,要不然就是关水。

当然,没有什么可以隐瞒的。早点有人来问的话,反而让他觉得比较轻松。于是,结城如实回答道:"没什么,只是在便利店看打工情报杂志时认识的。本来以为她不太可能来应征,因此看到她也来了的时候，我感到很惊讶。"

"仅此而已吗？"

结城点了点头。

结城不知道他到底相不相信自己说的。大迫又看了一眼须和名，但是她正在看书，似乎连刚才他们在讲什么都没有注意到。大迫稍稍松了口气。

接着，他又问了另一个问题道："那么你和西野先生呢？"

"西野？"

结城又跟着重复一遍。

西野就是那个中了枪、倒在地上浑身是血、已经去世的男人，他跟自己的关系是？

结城终于明白了大迫所说的那句"请你不要见怪"的真正用意。大迫真正想要知道的其实是这个问题。

结城摇了摇头，说道："我不认识他，在来到这里之前，我没有见过他。"

大迫的目光似乎射穿了结城……那是不可动摇的视线，与刚才问自己与须和名关系的时候完全不同。

"真的吗？"

"嗯，真的。"

"这样啊。"

大迫缓缓地伸手去拿和式茶杯，喝了一口茶。

他的说话语气非常笃定，完全没有结巴或者慌张，而是一字一句地慎重说道："就像你们看到的那样，我和若菜正在交往。除此之外，我不认识其他任何人。但是若菜好像不同，她还认识渊小姐。渊小姐听说是在大学附近开便当店的人。渊小姐被告诉之后，自己也想起来了。箱岛认识安东。据说安东是在光线枪的个人战中，晋级到很前面的选手。但是安东并不认识箱岛。箱岛虽然也玩光线枪，但没有安东那么厉害。不过安东认识釜濑，他们两人好像上了同一所高中。但是釜濑就不认识安东了。一开始，我以为来这里的十二个人都是被任意挑选出来的。然而，我错了。虽然很薄弱，我们之间似乎是有某种关联的。"

听到这——冒出来的关系，结城瞠目结舌。

在这十二个人之中，确实有自己认识的人。但是他完全没想到，其他人中也存在着这样的关联。或许早就应该怀疑了。除了自己以外，还有其他人也在隐藏着彼此的关系。结城挠了挠脑袋。如果是这样的话，那么大迫想说的应该就是……

"你是指，有人其实有杀害西野先生的理由？"

大迫重重地点头回应道："也只能这么想了。你记得我第一天讲过的话吗？只要默默地度过七天，就能赚到大钱。倘若是有人出手杀人，那么那个人自身也会身陷危险。事实上，岩井之所以会射杀真木，也是因为西野先生才变成那样的。可即便我都这么说了，西野先生还是惨遭迫害。所以，这不得不让我认为，我们这群人里会不会有人是本来就认识西野先生的，而不是来到这里才认识的。很早之前，那个人其实就锁定了西野先生。喂，结城，说说你的看法。面对初次见面的人，你会因为奖金在眼前晃来晃去的诱惑，就拿枪射杀别人吗？"

结城并不清楚。

到此刻为止，他甚至连奖金这事都忘记了。结城本来的目的是要买辆车，只要不奢望买太豪华的车，二十万日元就够了。

结城不知道自己是否会为了奖金去下手杀害初次见面的西野。

但是也不能总这样沉默下去。光线昏暗的另一头，大迫的双眼正紧盯着结城。

"我不知道，我只是想要买辆车而已。赚得多的话，就可以买辆好一点的车。但是如果只是度过七天就可以拿到两千万日元的话，我会觉得睡七天觉比较好。话说，你又是怎么想的呢？你为什么会来这里呢？"

"你是问我吗？"大迫交叉双手，放在胸前，真诚地回答了结城的问题，"大学毕业后，我就要和若菜结婚，所以需要钱。不过，那是两年以后的事情了，倒也不是急迫到现在就马上需要一大笔钱。你不也是这样吗？你刚才说是看到打工杂志才来的。我和若菜也是一样。不过，真正想要钱的人会相信那种像在开玩笑一样的征人广告吗？"

确实如此。真正需要钱的人，会相信"时薪一一二〇百日元"这种条件吗？就算相信，应该也是一边觉得应征者开这种玩笑还真是花了不少心思，一边也以随便玩玩的心态应征看看……就像自己这样。如果是以随便玩玩的心态前来应征的话，不可能下得了手杀害西野。

他的言外之意恐怕就是这样……或者应该说，是出于某种理由而怀有杀意的人被聚集到了这里。

可能是这样吧。在被带到"暗鬼馆"的时候，可以明确确定"对任何人都不抱有杀意"的人只有自己。然而就连这样的结城也对大迫隐瞒了些事情。他原本就认识的人不只是须和名而已。

"你们在聊什么呢？"后方突然传来声音，是个虽然平静但是却带有倦意的声音。结城一回头，看到渕正从客厅进来。关水跟在她身后。

大迫降低音量，说道："啊，不好意思。我把你们吵醒了吗？"

"请不要在意，是我自己不太睡得着。"渕露出亲切的笑容。

"晚餐好像已经准备好了，怎么样，要吃吗？"

"我啊……等会儿再吃吧。"

"这样啊，不勉强你，但是还是稍微吃点东西填点肚子比较好。"

关水斜眼看了一下大迫与渕，然后走进了厨房。她默默地把自己的餐盒与茶碗蒸拿了过来。拉开椅子后，她什么也没有说就开始用餐了。看她的模样，就像在履行义务一样。

渕在靠近大迫的位置坐下。

"你们是在聊为什么会来这里，对吗？"

"嗯，我是为了来赚结婚要用的钱，结城说是自己想买辆车。不过，我并没有把这工作当真。"

"是若菜小姐报名应征的吗？"

"嗯，这个嘛……是的。她很兴奋地说如果时薪真的是这样，那就太棒了。"大迫苦笑着说道。

渕轻轻地点了两三下头，说道："是啊，确实如此。这种事情确实很难让人信以为真。"

渕笑着说完后，把视线落到自己手上，继续说道："不过，就时薪很高这点来看，我或许还蛮当一回事的。"

原本只是默默地动着筷子的关水这时也把手停了下来。渕带着某种自嘲的意味继续说下去道："若菜小姐原本就认识我了，我在经营便当店。虽然店面不大，但是经常受到学生客们的惠顾，勉强还经营得下去。不过，最近我老公出了车祸，除了造成别人受伤外，自己也住院了……因此我就没办法再继续开店了,住院费又是很大一笔开销,月底还有其他钱要支付。我当时就想必须找一些按日计薪的工作赚钱才行,随便什么活都可以……虽然我不认为真的时薪会这么高,但是没想到还是被牵扯进来。人啊,只要一焦急,就什么事情都办不好。"

原来如此。结城并不是不同情她的遭遇,但是不知为何,更有一种失望感。

原本看到征人广告时就觉得不同寻常,然后又被带来"暗鬼馆"这种看上去并不靠谱的地方,结果竟然是因为生活所困而参加,这也太动机不纯了。如果打比方的话,就像是在童话世界的迪士尼乐园,每看到一件东西就去问它原价多少一样。与其说是因为焦急,不如说是想法太奇怪了。的确,渊看起来不怎么聪明……

大迫担忧地说道:"那很辛苦呢。到月底之前,你需要多少钱呢?"

"目前是二十万日元左右。"

以"暗鬼馆"的时薪来算,这笔钱只用两个小时不就可以赚到了吗?

虽然这么想,但是二十万日元就相当于结城大约半年的伙食费,只要有这么多钱,他就可以买辆车了。金钱的感觉似乎渐渐变得疯狂起来。结城不禁觉得自己真是变笨了,他敲了敲自己的脑袋。渊无视于此,继续说道:"确实就是如此奇怪的情况。

比如说须和名小姐吧,她举止优雅、气质出众,穿着也不便宜吧。她明明看起来就不像是缺钱的样子,为什么会来这种地方呢?"

她嘴上虽然说着须和名举止优雅,但是这话里恐怕带有讽刺的意味吧。不过,相较于仿佛处在遥远另一端的须和名的优雅气质而言,像结城这样的人还是比较习惯于渊那种讽刺的语言。须和名原本沉浸在书本里,好像没有在听大家说些什么,但是听到有人提及自己名字时,她抬起了头,问道:"嗯?有什么事情吗?"

"我是说,不知道为什么像须和名小姐这样的人会到这种地方来。"

须和名被这么一问,眨了下眼睛,然后莞尔一笑道:"谈论这种和家庭经济有关的话题,我觉得非常丢脸。"

她这么一说,渊显得很不开心,毕竟她刚刚才说了和家庭经济有关的事。两人看起来像是在彼此间调侃,但是须和名似乎没有注意到渊的神情,转而看向结城,说道:"不过……我之前都已经和结城先生讲过了,现在再让我说的话,着实让我感到难为情……"

她把那本皮封面的书本从右手中拿开,伸出白皙的食指,朝上指着。即便是在昏暗的光线中,也能看得出她脸红了。她用微弱的声音说道:"我就欠

275

了这么多钱。"

"什么?"渕冒出一个像是大感意外的反应,还带有叹息的感觉。大迫看向结城,但是不知详情的结城最多也只能耸耸肩表示不知道而已。那一根手指究竟代表着多少钱呢?他也不知道。

能够理解须和名说法的人是关水,她三下五除二就把做得软软的煎蛋卷放入口中,一口气咽了下去,然后用拿着筷子的手伸出一根食指,说道:"真巧啊,我也是就欠这么多。"

"这样啊?我们都很辛苦呢。"

"确实是呢。"

如此回答后,关水目不转睛地盯着自己伸出来的那根手指,问道:"一条,是吗?"

她喃喃地说着,然后伸出筷子插进茶碗蒸,把银杏挑了出来。这是结城第一次跟她有共鸣。

14

安东让结城睡了三个小时,自己却没能睡足三个小时,少了十五分钟左右。在接近"夜晚"的九点四十五分时,挂钟响了起来,还在睡觉的所有人都被叫醒了。

箱岛伸着懒腰说道:"虽然断断续续的,但还算休息了不少。大迫,只有我休息到,真不好意思啊。"

釜濑摸着自午餐的荞麦面之后什么也没吃过的肚子,一脸不满。现在再开始吃的话,就已经没有时间了。

在聚集了九个人的客厅里,大迫像是为了去确认大家都醒着那般,扫视了一下全场。然后,他缓缓地开口说道:"接下来就是'夜晚'了,我有一个提议……大家要不要轮班巡逻?"

这个提议固然算是极其自然的想法,客厅里却弥漫着一股疑惑的气氛。大家都表示疑惑,如果这件事能做到的话,早就没什么好紧张的了。怎么现在才提这个呢。

先让大迫来抛砖引玉,再接着具体说下去的人果然还是箱岛。他礼貌地起身说道:"要说到一开始为什么我们非得在'夜晚'期间待在房间里不可,其实并不是因为'规则手册'里写着不能外出。不对,虽然是有写着不能外出,但是问题在于,一旦让'警卫'发现你在'夜晚'期间外出,将会遭到警告。也就是说,如果反过来想的话,只要不被'警卫'发现,还是可以在夜晚外出的。'规则手册'是这样写的:在'夜晚'期间,'警卫'会根据固定的路径巡逻除了个人房间之外的各个房间。昨晚我空闲的时候,就打开门测算了'警卫'的巡逻间隔。从'警卫'经过我房门到下次再经过之间,间隔了十分钟。而且不愧是机器人,前后误差不到三十秒。"

结城对于箱岛敢于打开自己的房门不关而感到震惊。前一个"夜晚",西野惨死的状况不可能没有残留在脑海里,虽然房间门本来就不能上锁,但是没想到他竟然敢把门敞开不关。对于结城而言,有一丝一毫的缝隙就很介意了,甚至会心惊肉跳地觉得门把手好像在动。箱岛却胆敢那样做。

真是够大胆的,结城感到敬佩不已。

"这也就是说,"箱岛继续顺畅地说下去道,"只要我们移动时多加小心,就可以在不被'警卫'发现的情况下完成夜巡。只要配合'警卫'的巡逻间隔,就可以维持'警卫'经过某处的五分钟后,我们巡逻经过,然后再过五分钟,'警卫'又会经过的模式。每隔五分钟就有人巡逻的话,我想应该可以让大家安心很多。而且,我们和'警卫'不同,可以自由地调整巡逻间隔。回廊实际上就会变成随时都有人在监视的状态。"

接着,箱岛自信满满地环视了大家一圈。结城明白了,箱岛最后那句话,不是为了这个提案而讲的。他想说的应该是,只要大家可以接受这个巡逻的提案的话,即使其中有人想杀人,也会变得相当困难。也就是说,可以牵制也许存在着的杀意。

结城举双手赞成。"夜晚"期间,通过这种方式巡逻，白天大家就聚在客厅，然后一直等到为期七天的期限结束，如果什么事情都没发生的话，那就再好不过了。唯有这样做，才最能够让恶趣味的"俱乐部"与"主人"感到不爽吧。

其他人都没有提出反对意见。这样一来，只剩下实际执行的问题了。箱岛轻轻地点了点头，说道："'夜晚'一共八个小时。我觉得我们可以分成三人一组，每隔两小时四十分钟换班。"

这似乎是目前最妥当的方案了。不过，还有一个问题。今天下午，在大家同意互看凶器时，大家也觉得可以三人一组、分成三组的。但事实上，由于受到互相之间不信任感的干扰，最后分成了四人一组与五人一组。在场的九个人，能够以所有人都能接受的方式分成三组吗？"

接下来说话的是大迫。他用浑厚的声音说道："第一组是我、若菜、渕小姐。第二组是箱岛、釜濑、关水。第三组是安东、结城、须和名。这样分配如何？"

九个人的视线互相交错。

如果要分成三组的话，那么组长就是大迫、箱岛、安东三人。如果考虑到目前在"暗鬼馆"里握有主导权的人，就会觉得这样安排是很自然的结果。若菜应该是不想离开大迫的，如果渕真的对箱岛敬而远之的话，那么这两人还是不同组比较好。安东与结城经常一起行动也是事实,须和名与结城又彼此认识。

这样的话,大家应该会渐渐地觉得:原来如此,以这种方式分配确实是最好的。大迫之所以会如此顺畅地讲出来,应该是因为他在大家轮流睡觉的期间,根据各种考量所拟定出来的吧。

但是还有两个问题。

第一个问题是,釜濑应该也不想离开大迫。结城看了看釜濑,发现他露出快要哭出来似的表情。他流露出想要说些什么的眼神,让结城联想到路边的弃犬。和弃犬不同的是,釜濑会发出抗议:"我是……第二组?"

但是在大迫的一个点头下,他那微弱的质疑就马上沉默了下来。结城自然不喜欢一直找自己麻烦的釜濑,即便如此,他也觉得釜濑会感到害怕是理所当然的,自己也无意因为他胆小而看不起他。釜濑无法和自己所依赖的人分在同一组,应该感到很不安吧。对此,他深表同情。

不过,自己也没有义务去为他做点什么。釜濑低下头,没有再多说话。

第二个问题是,和渕一样,关水也对箱岛敬而远之。她拒绝让箱岛看凶器,甚至为此特地跑来结城这一组。她似乎原本就有着很强的警戒心,也许把关水编入第一组比较好。

想到这里，结城偷偷看了看关水的神情，她几乎面无表情，完全读不到其内心的任何想法。看上去，她虽然没有特别高兴，但是也没有特别讨厌……还是说，她只是因为疲倦，不想动脑筋了呢？

"那也就是说，我们需要在凌晨三点二十分起来，对吗？"提问的人是须和名，语气听上去像是为了确认事实，而不是因为不满。

须和名所属的第三组，负责的是凌晨三点二十分到六点为止的这段时间。换句话说，结城也一样。

自己应该睡不着吧。睡着了的话，别人会把我叫起来的吧。结城突然感到一阵不安。到时候，应该会有人硬把自己拍打起来的吧。

"如果有任何疑问，请现在就提出来。"大迫出声确认道。大家沉默以对。结城以为安东会说些什么，看了一眼他的表情，只见安东眼睛半睁半闭，身体纹丝不动。刚才结城在睡觉时，他应该把自己想讲的全都讲了吧。

"好。那么若菜与渊小姐请直接留下来。"大迫讲完这句话之后，箱岛开了个玩笑道："不好意思，大家可能觉得怎么又到夜晚期间了。如果我睡着了的话，记得要把我叫醒哦。"

"嗯，我知道啦。"

"请多加小心。"

"我知道。"

大迫与箱岛握拳互击。

15

"夜晚"。

如果把门打开的话,就可以知道"警卫"与大迫等人应该彼此间隔了一段时间在巡逻回廊吧。

结城独自一人在寂静的六号房间中,回想着这漫长的一天里发生了哪些事情。

一早就发现真木死了。这么说来,不知道岩井在那之后,情况如何。

巡逻的工作在平安地进行中吗?

杀害西野的人又会是谁呢?

于是,结城发现,自己说不定已经知道凶手是谁了。

"实验"第五日

1

夜晚虽然漫长而可怕,但是结城还是小睡了一会儿。

这是因为已经习惯了"暗鬼馆",还是因为知道有人夜间帮忙巡逻而感到安心呢?事实上,当有人敲那无锁的房门时,他确实是睡着的。尽管如此,对方才敲了一下门,他就醒了,随即便抓住了拨火棒,应该是因为神经并没有完全放松下来的缘故吧。

敲门声过后,门却没有开。结城咽了一口口水,低声应道:"我在,是谁呀?"

可是,门外没有人应答。结城重新握好拨火棒。

他过了一会儿才想起"暗鬼馆"的房门是采用隔音设计的。

他一边对于"即使有隔音设计,房间里还是会响起敲门声"而感到佩服,一边打开六号房间的房门。与白天相比,安东显得较没活力,睡眼惺忪地站在那里,简短地说道:"我们走吧。"

"嗯。"结城回答道。

他看着自己手里的东西,将拨火棒晃了一下给安东看,问道:"是不是带着它去比较好?"

安东歪了歪脖子。

其实,这很难判断,因为经常会听到那种空手时很英勇,有凶器在手反而难以施展的故事。如果希望一切顺利进行的话,还是别带这种东西比较好。

可是,在夜间巡逻途中,万一发现行动可疑的人的话,假设那人拿的是像"斩杀"用的斧头的话……安东即使带着凶器,也只不过是细绳而已,而须和名的则是毒。带根棒子在手上,不是比较安心吗?

可是,安东摇了摇头,说道:"不用,应该不需要吧。"

结城正想着为什么不需要带,可是一看到安东把半个身体都藏在半开的房门背后时,他大致就明白了。拿着拨火棒就能安心是结城自己的想法。但是从安东的角度来看,应该不希望在接下来的两个小时里,都要与带着凶器的结城一起行动吧。结城并没有发自内心地相信安东这个人,所以反过来安东也是一样吧。

于是两个人走入回廊。

"要注意声音。"安东说道。由于"警卫"会发出马达声,所以即便走廊上铺着毛毡,只要竖耳倾听,不至于听不到。

结城点了点头,补充说道:"而且还有灯光。"

"灯光?"

"'警卫'装了大灯。"

只要充分注意灯光与声音,应该就不会在这不断弯曲的回廊中,与"警卫"撞个正着了。

目标是隔壁七号房间。一站到门前,安东就懒洋洋地去敲门。可是没有回应。他回头看了一眼结城,无力地笑了笑,说道:"你和须和名小姐都一样,应个声总可以吧?"

"就算应声也听不到呀。你难道没有注意到吗?房门有隔音效果。"

"对噢。"

他们就这样等待着。

大约过了两分钟,安东开始焦躁起来,结城也开始在意起时间。如果正如箱岛所说的,"警卫"的巡逻间隔是十分钟的话,那么几乎没有什么等待时间了。安东又敲了一次门,这次敲得比较重。

于是,房门悄无声息地打开了,两人同时放下心来,吐了一口气。须和名一现身,看到两人的脸,便小声说道:"早安。"

三人之中,似乎就结城的神经最为紧绷了。

安东看起来特别没力气,动作迟缓。至于须和名,她走着走着,就露出一副快要睡着的样子。或许她想要直挺挺地站好,但是脑袋却前后左右地摇晃，脚步也不稳。自从与她在便利店的杂志区见面以来，结城就只看见过须和名一直完美地保持着气质的模样。一和她对视，她就会露出优雅的微笑。然而，现在她的身体似乎跟不上那些日常礼仪。

须和名突然踉跄了一下，手臂撞到了回廊的护墙板上。"哐当"一声，已经习惯寂静的耳朵不禁吓了一跳。结城不由自主地跑到她的身边。

"还……还好吧？"

须和名虽然眼神有些空洞，但还是能够对答如流。

"嗯。不好意思……我以为自己算是属于早起的那种人，但是像今天这样这么早起，倒还是第一次。"

她小声叹了一口气，说道："想要赚点钱，还真是辛苦呢。"

在"暗鬼馆"里，还是早起这件事让须和名第一次吃到苦头。

结城说道："要不要到厨房喝杯咖啡？或许大家都可以醒醒脑。"

"啊，我要红茶。"

安东无视于须和名的话。

"很困难啊，厨房只能从餐厅进入，餐厅又只能从客厅进入。如果'警卫'跑来的话，就没有地方可以逃咯。"

"我们有十分钟的时间吧。壶里有热水。"

"就算有时间泡，也没时间喝啊。"

确实如此。结城也只能放弃了。就算自己可以一手拿着咖啡杯边走边喝，须和名也不会答应吧。而且，还不至于让结城甘冒生命危险去喝凌晨四点的咖啡。

默默地走在弯曲的回廊的过程中，安东与须和名似乎渐渐清醒过来了。现在已经走完第三圈，进入第四圈了。他们开始逐渐对这单调无变化的巡逻路线感到厌倦。

到底过了多久？还没有到六点吗？结城正恍恍惚惚地想着，眼前突然闪过一道亮光。

"哇！"结城情不自禁地叫出声来。安东的脸抽搐了一下，飞快地退回来。须和名虽然没露出慌张的神色，但是也停下了脚步。

光线没有朝这边过来，竖耳倾听，可以听见微弱的马达声。不知道为什么，声音似乎没有靠近这边。结城与安东在那里僵化了数十秒。两人觉得应该安全无事之后，才长长地吁了口气。

结城小声地询问道："是追上它了吗？"

安东也小声回答道："应该是吧。"

"是我们走得太快了吗？"

"不是……不是速度的问题，"安东看向前方一片黑暗的回廊，说道，"我记得，接下来会经过……"

他迈开脚步,结城与须和名跟了上去。不一会儿,涂成全黑的门映入眼帘,上面写的是"Mortuary","停尸间"。

安东用食指指甲轻轻地叩了叩门。

"我们并没有进入每个房间巡逻,也没有去巡逻客厅。机器人则是所有能进入的房间,都会进去。现在,它应该在下一个房间'娱乐室'里。我们只是绕着回廊走,只要按照正常速度走路的话,就会追上它。"

"那么……"须和名歪着脑袋说道,"我们是不是也要进入房间看看?"

三个人的视线,落在了"Mortuary"这几个字上。

现在,门的那一面有两个人在里面。西野与真木。

不知道是不是自己多心,结城闻到了血腥的气味。

"走慢一点,应该就没问题了吧。"

安东得出的结论让结城在心里松了一口气。

"说到进入房间,"进入第五圈了,结城突然想到些什么,说道,"如果要做得万全一些,是不是也应该窥视一下个人房间比较好呀?看看大家是不是都待在自己的房间里,就当是点名。"

"嗯,这个嘛……"安东摸着下巴,说道,"如果可以做到那种程度的话，就太完美了。可是，前面两组人没有这样做哦。至少，我的房间应该没有人来看过。"

"就我们这组自己来做，怎么样？"

安东沉默下来。现在似乎已经和"警卫"之间拉开了距离，回廊上悄然无声。寂静延续数十秒，安静到耳朵都觉得痛。安东缓缓地摇了摇头。

"我有两个问题。第一，应该有人依然精神很紧张吧，随便跑去偷窥的话，很可能对我们自身不利。第二，即便是在门口偷窥，也只能看到起居室而已。如果没有看到人，是不是还要到卧室或者浴室去搜寻呢？"

"如果之前就决定好暗号就好了。夜间巡逻时，每次经过个人房间，就敲敲门，如果没事的话就敲门回来之类的。"

结城讲得很认真，安东却笑他道："我刚才说过了，那个人如果在卧室睡觉，或者是在浴室里，不也是一样白搭吗？"

"啊，也对噢。"

"不过……"安东歪着脑袋说道，"或许应该想一些办法来确认人在不在房间里比较好。等'夜晚'过去之后，再一起来讨论看看吧。"

这主意虽然是结城先想出来的，但他自己却怀疑其有效性。假设在夜间巡逻期间，发现有人不在房间里的话……

　　应该是有应对策略的吧？是去把所有人叫醒，然后一起去找那个人吗？如果去寻找的话，会有什么好处吗？

　　此刻，在这样的"夜晚"，如果有参加者不在自己的房间，又到底是怎么回事呢？是因为出去杀人了吗？还或者是被杀了吗？如果是这样的话，即便能够确认出人不在房间里，十之八九也已经太迟了吧。

　　他并没有说出口。夜间巡逻本来就够令人不安了，结城不想再提出这种扰乱人心，让人惊慌的事情了。

　　已经不知道经过这里几次了，每经过一次，结城就担心一次。不知道是不是自己多心，安东好像也放慢了脚步，只有须和名没有改变速度，不知不觉中变成独自一人走在了前面。

　　须和名回过头来，问道："怎么了呀？"

　　安东用大拇指指向正要经过的门，问道："须和名小姐，你不在意吗？"

　　看着"Prison"的门牌，须和名面不改色地说道："你是指岩井吗？我想那个人的事已经解决了吧……"

　　"你这么说也没错啦。"

　　安东瞥了结城一眼。结城觉得，安东眼神里所流露出的不安情绪恐怕与自己的不相上下。正如须和名所说，岩井的事已经结束了。岩井认定是真木杀了西野，于是用弩枪杀了真木，他把自己关在房里，被"警卫"拉出来后送到了"监狱"。岩井已经被排除在"暗鬼馆"之外了。

但是，结城却认为无法单纯地就做出这样的结论。

岩井在里面会受到怎样的对待呢？他只是被关在里面吗？还是会因为情节的严重程度而受到某种惩罚呢？

话说，他现在还活着吗？

也可以反过来思考这个问题。我们真的可以相信这个"监狱"的防护设施吗？会不会用的是很容易打开的门锁，只要身边带着什么小东西，就可以轻易开启呢？还是说，它根本就没有上锁呢。记得好像有这么一条规定，被揭发有杀人行为者会被关进"监狱"。但规定中并没有保证被关入"监狱"的人就出不来。

在这个"暗鬼馆"里，唯一一个被明确确认有杀人行为的男人就是岩井。会在意他的动向也是必然的吧。

就在两人犹豫不决之时，须和名把目光投向房门，说道："应该没问题吧？"

她的眼神让结城不寒而栗。她的站姿与往常一样，还是那么优美，但她看向"监狱"，或者说是看向里面岩井的眼神却是傲然而又冰冷。她只这么看了一眼，就马上把视线移开了。结城在那一瞬间突然感到自己似乎窥视到须和名"狗眼看人低"的另一面。

她把目光回到两人身上，微笑着说道："如果你们两位说什么都觉得在意的话……"

安东与结城异口同声地回答。

"不，还好。"

"不，没关系。"

三个人在昏暗的回廊中一直不停地绕圈，已经绕了两小时四十分钟了。过程或许可说是极其无聊，如果非要说有什么刺激的话，只有偶尔出现在前方或后方的"警卫"的光线而已。

不过，在这两个半小时多的时间里，确实神经非常放松。白天的时间又要开始了。到规定的七天期限结束之前，包括今天在内还有三天时间。或许今后的路还很漫长，但是只要像昨天下午那样，九个人一起待在客厅的话，应该就不会再发生什么事了吧。

手表显示快要六点了，"夜晚"马上就要过去了。

夜间巡逻平安地结束了，比起内心的恐惧感，这种放松下来的心情恐怕更多刺激了结城的好奇心吧。走在三人最后的结城突然无缘无故地想去打开某扇门。就是刚才没有打开过的房间，"停尸间"。

白色光线刺目而来。每次从昏暗得只能勉强看见东西的回廊这头一打开"停尸间"的门，溢出来的光线就会让眼睛强烈刺痛。

然而，结城除了过亮的光线之外，人体五感还受到了另一种刺激。

那就是臭味。

这臭味既像是金属散发出的，又像是血腥味。他的脑海中清楚地记得这个味道。

"你在干什么呀，结城？"安东注意到结城打开门，于是走了回来。从"停尸间"里射出来的刺眼光线，让他眯起了眼睛。他喃喃地说道："喂！"

结城整个人呆在那里，完全不知道该说些什么。

在并排着棺材的白色房间里，在"停尸间"的正中央，流淌着红黑色的血，到处都是。

有种似曾相识的感觉。不，这样的景象确实在西野被杀害时也看到过。在白色地板上流淌着红色的鲜血。

不过，倒卧在其中的当然不是西野。

"他死了吗？"

结城无法回答安东的问题。

不，答案一目了然，根本没有问的必要……他死了。

须和名问道："那个……看起来，像是两个人。"

确实如此。

两具有如淹死在血泊中的尸体是先前还活着的两个人。

2

"停尸间"里弥漫着胸口被撕裂般的悲伤。

不,在胸口被撕裂之前,结城觉得自己的鼓膜也可能已经裂掉了。

"啊——雄!雄!"

若菜紧紧抓住尸体不放,又是摇晃又是抚摸的,她的衣服也逐渐染红。像她这种情况,就算是交给"暗鬼馆"的洗衣服务进行处理,衣服也洗不掉血迹吧。此时还只是第五天,衣服就弄脏成那样,没关系吗?结城永远只关心这些小事。

死者是大迫雄大与箱岛雪人。

应该是吧。

由于头颅碎了一半,容貌都已经变样,光靠看脸的话很难确定。不过,从服装、体型等方面,以及最重要的是,那两人不在这里的情况来看,应该可以断定吧。

不在这里的,不仅仅只有大迫与箱岛而已。发现尸体后,结城一行马上将其他人全部叫醒。虽然除了两人之外再无其他死者,但是釜濑一看到现场后就马上昏倒了，因此不在这里。就这样，原本的十二人已经减少到只剩七个人了。

根据对尸体的粗略观察，除了头部的伤口之外，似乎并没有其他明显的伤痕。如果不是被人下毒的话，那么把头部的伤害视为死因应该也是合情合理的。

"毒杀"的须和名与"药杀"的关水都在这里，两人的脸上都露出相似的表情，眉头紧锁、嘴唇紧闭。但是这两人传达出来的感觉却完全不同，须和名看起来像是忧郁，关水看起来像是焦虑。结城心想，他们应该不是害怕或者难过吧，因为他自己也是如此。现在，结城的感觉是⋯⋯

"结城，"安东对他说话道，"你⋯⋯想？"

听不清楚安东在说些什么，虽然这跟安东本身说话的声音太轻有关，但是最主要的是若菜的叫声实在是太大了。

她瘦小的身躯不停地颤抖着，发出让人觉得是不是身上藏着扩音器般的高分贝音量。是因为叫着叫着，过于激动的缘故，所以停不下来吗？有时候会出现破音，变成让人不舒服的吱嘎声。她一直叫着"哇"或"啊"之类的，已经语无伦次了。

安东摇摇头，在结城的耳边说道："我是问你，你怎么想？"

结城当下回答："觉得她很吵。"

"你看她呀。"

结城与安东的视线都集中在若菜身上。她不停地摇晃着脑袋,那听上去都快要喊破喉咙的叫声完全没有停歇。真是吵死了。

安东叹了口气,说道:"我总觉得自己不配做人啊。面对认识的人去世,我们怎么会这么若无其事呢?"

结城默默地点了点头。

姑且不论自己是否感到难过,但是若菜的反应实在太大了,大到让人完全只能呆呆地看着。她一个人那么激动,被晾在一旁的其他人也只能漠然以对。就连渊看起来也是如此。她虽然双手抱在胸前,摆出一副怜悯的态势,但是目光中似乎还带有一丝"受够了"的感觉。不但没有人安慰若菜,大家反而保持着距离,只是在一边旁观。

"结城,你觉得凶器是什么呢?"

安东也不为所动,简直到了一种诡异的地步。真木死时,箱岛也是异常冷静,还同时流露出一丝得意洋洋的神情。现在安东的态度则不尽相同,他完全不带任何感情色彩,平淡呆板。关于这一点,结城也是如此,就是能够以纯粹而客观的角度来看待事情的那种心情。结城心里很清楚这种冷静到极点的感觉。这就像连续好几天准备考试,头脑疲倦不已。此时如果超脱了那种疲劳感,就会陷入一种奇妙的冷静之中。他看着被若菜抱在怀里摇来晃去的大迫，以及被放置在一旁的箱岛。看过之后，他开始思考，到底是通过什么方式的重击才能把人的面相都打烂呢？

"是诸如某种……很大的锤子之类的东西吗？"

结城没有自信。需要多大的力量才能把头盖骨给打得粉碎呢？

但是，安东随即断然地说道："是这样啊，你没发现吗？"

"发现什么？"

安东没有作答，而是伸出一根手指头。

结城正想着这一是什么意思呢。只见安东的视线略微向上移动，结城也跟着抬头往上看。

不禁不寒而栗。

白色的地板、白色的墙壁、白色的棺材，以及白色的天花板。但是在白色的天花板上，清清楚楚留有红色的印记。是血迹。天花板上有血迹。血迹没有渐开，呈现出两个红色的圆形，接连并排在一起。这真是一幅让人觉得像是在开什么恶趣味的低级玩笑的景象。

接连跌倒在地上的两人、碎裂的头颅，以及天花板的血迹。

为什么血迹会沾到天花板上呢？就在感到不可思议的那一瞬间，结城马上领悟到这件事情的意义了。

"是掉落下来的吗？"

"应该是吧。"

这是个陷阱。这个"停尸间"的天花板，是悬吊式的。大迫与箱岛是被掉落下来的天花板打破了头。

十二个人拿到的应该都是不同的凶器，结城是拨火棒，安东是细绳。其中，有人拿到的是陷阱，凶器就是"停尸间"的悬吊式天花板。因为它的缘故，两个人死了。

这意味着什么，结城花了十秒以上的时间才明白过来这其中代表的含义。一阵寒意从结城的脚边冒了上来，令人麻痹的紧张感从体内游走到了舌尖。这个天花板会掉下来。天花板一旦掉下来，就会像大迫和箱岛那样死去。结城连忙向后退了一步，说道："喂……如果不离开这里的话，岂不是会很糟糕？"

安东苦笑道："不必担心，大家都在这儿。"

如果大家都在这个房间的话，知道如何启动陷阱方式的人也会无法启动装置，因为自己都会被牵连进去。

不，不对，安东的想法有问题。结城环顾左右，确认到自己没记错后，低声说道："不，釜濑不在。他刚才走了出去。"

安东的脸色明显变了，说道："这样呀。"

两人面面相觑也是一瞬间的工夫。安东张开嘴，正想要呼吁大家离开。可是就在安东准备呼吁动员大家的时候，原本在那里哭天喊地的若菜突然把头整个转了过来。那张第一天的时候花费了一番工夫化妆化得很精致的脸蛋上现在弄得湿漉漉的，不知道是泪水、汗水还是鼻涕。不知道是否是碰巧沾到的，她一侧的脸颊上沾满了污血。不知道是否是因为紧急被叫醒、连头发都来不及梳的缘故，她披头散发，目光呆滞，眼睛里充满了血丝。她又开始大叫道："是谁！是谁干的！把雄、把我的雄还来……我绝对……绝对要杀了他，我一定要！"

安东喃喃自语道，她是发疯了吧。结城心想，发疯也没办法啊。但是安东很不幸地与若菜的目光交会到了一起。

若菜把原本怀里抱着的大迫放到地板上，直接用手掌撑地，一下子跳了起来，猛地逼近安东。站在两人之间的关水脸色苍白，赶紧往后退。若菜看也不看关水，一眨眼的工夫就把手伸了过来，用那双被鲜血浸湿的手直接瞄准安东的喉咙。

无论被怎么出其不意地直接戳过来，安东也不会这么轻易地就被抓住喉咙。他双手交错挡住胸前，挡住了若菜的手。但是，若菜就这样直接去撞安东，把他压倒在地，大叫道："是你吧！你很讨厌雄吧！是你干的！"

"你有毛病啊!"

"我要杀了你!"

原本双手环胸的渊跑了过来,试图从后方抱起若菜。

"喂,若菜小姐,请你冷静点!"

"别烦我!"

若菜用手一挥,把体重看上去不那么轻的渊给弹飞了出去。

"啊、啊!"

关水大叫着跑了过来。她虽然奋力想把若菜给拉开,但是扭着身子的若菜用手肘撞到了她的眼睛,她翻了个跟斗跌倒在地。结城心想不妙,正打算冲过去时,被若菜压在身下的安东对着他大叫道:"别管我,你快去抓住釜濑!如果凶手是他的话,大家都会死!"

结城犹豫了片刻。若菜的神情看起来并不正常,她双手一个劲儿地伸向被压在下面的安东,一直拼命地要去勒他的脖子。结城把视线扫向须和名,发现她只是在那里袖手旁观。

不过,结城立刻就下定了决心。的确,如果启动悬吊式天花板的人是釜濑的话,这种状况下的确就非常危险了。结城朝着那扇黑色的门冲了过去。

而且,他自己也想要尽早离开这个房间,哪怕早一秒也好。

是为了找出釜濑呢？还是为了逃离有陷阱的房间呢？原因恐怕是一半一半吧。

不过，没有必要找了。结城连滚带爬地离开"停尸间"后，发现釜濑其实就站在那儿……刚才，他拉开一条门缝，从回廊窥视着里面的状况。

原本半蹲着的釜濑好像想要逃离结城视线似的，踉跄地往后退，在铺着厚地毯的地板上绊了一跤，跌坐在地上。他把视线从结城身上移开，用没有必要那么响的声音大声说道："干吗啊，你有什么不满吗？"

结城对他没有什么不满。原本应该是没有的。

但是，结城在回廊的昏暗光线中，看得清清楚楚。釜濑放在地板上的右手中拿着一个东西。那是个深绿色、像是塑料做的、扁扁圆圆的东西。结城凭直觉想到那是什么。他压抑不住自己变得严峻的声音，问道："那是什么？"

听到他的询问，釜濑条件反射性地把右手藏到背后。结城把脚伸向釜濑的右手与身体之间，用脚背踢飞他的右手。在昏暗的走廊上，有个绿色的东西掉了出来。

结城飞扑过去，不过釜濑似乎无意上演争夺战。一回头，釜濑依然坐在地上，露出快要哭出来的神情。

抢到手的绿色东西就如同玩具一般。那是某种开关。圆形平板的正中央有一个红色的按钮，正面与背面都没有文字，只有边缘某部分有着像是红外线发射用的黑色玻璃状区块，让人很想按按看。

但是，不能去按。结城谨小慎微地拿着它，以免不小心按下按键。他瞪着釜濑，问道："你刚才在做什么？"

"干……干吗啊，我什么都没有做啊……"

"这是什么？"

"不知道，这不是我的！"

"你是在开玩笑吗？"

结城抓住釜濑的衣领，用自己都感到不可思议的力气把釜濑往上提。他硬把釜濑拉着站了起来。虽然还没有到将他提到半空中的地步，结城勒起釜濑的脖子往回廊墙壁上压过去，问道："杀害大迫与箱岛的人，是你吗？"

釜濑没有回答。他扭过脸去，保持沉默。

"你刚才是想把我们大家都杀了吗？"他把"开关"伸到釜濑眼前。釜濑似乎觉得那是一个不吉祥的东西，左右摇了摇头。

"你说话啊，混账东西！"

在结城一边喷着口水一边威胁之下，釜濑立刻用几乎听不见的哽咽声回答道："我不知道啊，什么都不知道。我不知道。好痛啊，放开我……"

真是个悲哀的男人。结城这么想着，脑海中闪过一丝同情，抓住他衣领的手松了下来。釜濑见机不可失，双手甩开结城，一边惨叫着"杀……杀人犯，杀人犯！"，一边往回廊的另一端逃走了。

　　是要追上去，还是把他放走呢？这个开关恐怕就是用来控制悬吊式天花板的东西。除此之外，想不出还有什么其他用途了。只要把它抢过来后，那个男的就丧失能力了。不过，自己肚子里还是在怒火中烧，刚才差点就被他杀了！

　　还是追上去吧，严厉地去逼问他，把他交到大家面前。就在他这么决定、正要冲出去的时候，微微开启的房门内，一个强而有力的声音传了出来："'警卫'！请镇压若菜小姐！"

　　这是须和名的声音。

　　"停尸间"离"警卫维修室"很近，明明觉得须和名说话的声音似乎还停留在耳际，和缓弯曲着的回廊前方就切切实实地传来了厚重门扉的开启声。马达声比以往还响。

　　就在结城心想"警卫"是否来了而身体僵住的时候，眼前就冲出一个白色的机体。轮胎的移动速度很快，差点被撞飞的结城连忙紧贴着墙壁。"警卫"看也不看结城，直接冲进了"停尸间"。

　　结城追了上去，只见"警卫"射出某种类似钢索状的东西，随着"砰"的一声响，有两条东西飞到空中,完美地卷住了骑坐在安东身上的若菜。就在那个瞬间,响起了"哎呀!"、"哇!"的两声惨叫。

"警卫"的武器是电击器,会通过放电来阻止对手。虽然这对阻止若菜相当有效,但是电流似乎也传到了安东身上。

"痛死了,快住手呀,混账!"

安东一边叫喊一边挣扎,推开了若菜。若菜已经无法抵抗了。她到刚才为止还一直骂骂咧咧,说着毫无逻辑可言的话,现在却被摔到地板上,痛得连声音也发不出来。

安东抚摸着自己的喉咙,慢慢地站起身来。他仿佛是在确认喉头有没有被捏碎一般,发出了"啊、啊"的声音,在确认似乎没问题之后,他向须和名道谢道:"得救了。须和名小姐,谢谢你。"

须和名硬挤出个笑容回应他,但是也就是一瞬间的工夫而已。她直接走近若菜,对着痛苦地往上看的若菜,犀利地说道:"你发疯似的打人,到底想干什么?"

若菜悔恨地扭曲着脸,似乎出不了声。

须和名下巴上抬,双脚微微打开站立,毅然地低头看着若菜,说道:"我不会说那些要你放聪明点的话。不过,你如果无法自制这种脑子坏掉了的行为的话,会让我们很困扰。"

这时，惊慌失措的渕小声地插嘴道："须和名小姐，你有点说过头了吧……若菜小姐太可怜了。"

"如果我袖手旁观的话，这个人就要杀死安东了。要是真出了什么事，你还会说我说过头吗？"

面对须和名干脆坚定的言辞，渕也只能默不作声。须和名只不过是展现出自己略微严苛的模样，就立刻产生一种可以从别人的头正面碾压过去的力量。在若菜的背后，关水捂着一只眼睛蹲在那里。她的眼睛刚才被若菜的手肘打到，看上去相当疼痛。

由于须和名力压若菜，安东就显得很没面子。他刻意咳了几声，向前两三步靠近若菜，从口袋掏出个东西。在他手中晃着的是一条细绳。

安东说道："我可以理解你的疑虑，但是我的凶器是这个东西，细绳。须和名与结城、关水都确认过了。拿着这个东西，你觉得我能做出那种事吗？对于他们两人惨遭杀害，我也很愤慨，如果你想要报仇的话，我可以帮你。"

不知道是否是刚才几乎丧失心智的怒气现在渐渐消失了的缘故，若菜轻轻地抽泣起来。安东的声音低而沉重。

"虽然不知道是谁干的，但是杀害他们两人的凶器已经知道了，就是悬吊式天花板。这两个人是被陷阱杀害的……"

讲到这里之后，安东好像想起了什么，回头看向结城,问道:"结城,釜濑怎么样了?"

"他逃走啦,"接着,结城把手中的开关给他看道,"他拿着这个东西在外面窥视我们。"

"这是……"安东一时语塞。捂着一只眼睛的关水与一脸不自在的渕都猛然朝这里看过来。绿色的扁平状的圆形物上,有着同样圆圆的红色按钮。此时此刻,它那如同玩具般的粗糙感让人觉得是一种低级趣味的滑稽搞笑。

结城点了点头,说道:"这个嘛,大概是悬吊式天花板的开关吧。"

原本错乱而虚脱的若菜听闻此言后,会是什么感觉呢?她明明连上半身都爬不起来了,但还是奋力嘶吼道:"就是那样!釜濑,是那家伙干的。那个人渣,不但只会制造麻烦,还把雄给……把雄给……"

她随即又大声哭了起来。

原本冷冰冰地看着她的须和名突然开口说道:"安东先生。"

安东似乎没想到须和名会叫自己,显得有些狼狈地问道:"什……什么事?"

"那条细绳,你要拿来用吗?"

安东惊讶得把嘴巴张得很大,看着手中的细绳。但他反应毕竟不迟钝,喃喃自语道"啊,原来如此",随即就把细绳缠在双手上,在若菜面前蹲了下来。

"看来你好像一时之间也冷静不下来。不好意思,我没空和陷入恐慌而发疯的人打交道。"

"你……你想干吗?"

安东似乎刻意不去看若菜的眼睛。

"我没想干什么……"

于是,若菜被绑了起来。

若菜的双手被绑到了身后,她开始大吼大叫。但是,没有人为她出头说话"放了她吧",就连渊也没有。大家都同意安东的做法,他们再也受不了这个眼前的疯子了。

安东的绑绳技巧很巧妙,原本以为他只是随便在手腕上绕一圈,但是他却非常迅速地完成了复杂的绑法。无论若菜再怎么挣扎,绳圈都松脱不了,而且手上也不会被弄出瘀青。可是,安东本人似乎并不满意,说道:"绳子果然还是太短啊。"

"你很擅长捆绑吗?"

安东笑了笑道:"我有时候会去爬山。"

他应该是想表达,自己很习惯使用登山绳吧。

若菜被搞得没有战斗力后,"警卫"的任务也就结束了。须和名迅速做出指示道:"请稍后再把他们两人处理掉,现在请你们先退下。"

"警卫"把钢索收回去,乖乖地听从命令,离开了"停尸间"。虽然不觉得它里面装着非常精巧的操纵器,但无论是西野的尸体还是真木的尸体,"警卫"都帮忙收拾得干干净净。

须和名一边目送"警卫"的身影,一边说道:"虽然这东西在设计上有点难度,但却是一台性能很好的机器……可以考虑搞一台看看。"

"你是想要这个机器吗?"结城这么一问,须和名微笑着点头。

"那个……"渕发出呻吟般的声音。

不知从何时起,她的脸色已经变得像纸一般苍白,让结城吓了一跳。

渕说道:"不管如何,我们先离开这个房间吧……拜托,我,已经,受不了了……"

结城、安东、渕以及关水,他们的身体都朝着门的方向。不知道是有意的还是无意的,大家都把目光从两人的尸体上移开。

朝着尸体方向的只有两个人。

若菜已经不吼不叫了,然而脸部扭曲到让人以为控制表情的肌肉是否出了问题。她死盯着尸体看。

从结城站着的角度来看,须和名的视线也应该是盯着尸体的。现在的她已经恢复了原本那种高雅的仪态。

3

按键很深,每打出一个字,就会发出"咔嚓咔嚓"的夸张声音。一开始觉得非常难用，但是渐渐习惯之后，那个声音听起来倒也是出奇的舒服。只要手指动得巧，就会发出电影里会出现的、机关枪般的"喀哒哒哒哒"的声响。就在打上瘾、连没必要打的东西都打了出来时，结城感觉身后有人在悄悄靠近。

"喂。"

听到对方出声，结城才慢慢地回过头去。

发出声音是安东。他那精疲力竭的脸上露出了讽刺的笑容，道："你毫无防备嘛，如果我是杀人犯，你三下五除二就被我干掉咯。"

结城也报以苦笑道："总觉得没那么紧张了。"

"我明白你的心情。可是，如果一直这样的话，不太好吧。"

"我知道。"

结城一个人待在"娱乐室"里。

刚才，若菜陷入了有如断气般的虚脱状态，大家把她送回房间睡觉了。釜濑不知道逃到哪儿去了。关水、渊与须和名也不知在干什么。结城闲逛进"娱乐室"，来到放在房间角落的打字机面前。谁也没有责备剩下的其他人都分头各自行动。结城觉得，一种万念俱灰般的无警戒状态正在蔓延。

安东靠近结城，偷偷看他手里拿着什么，问道："你刚才在干什么呀？"

"噢，只是有些东西想要归纳整理一下，这边看起来什么都有，却没有笔。"

结城想要找纸和笔，虽然有纸，却找不到笔。看来可以用来记录的只有"娱乐室"里的这台打字机。

不，那不是打字机。结城用力敲了一下机器。

"这是文字处理机。"

"喔。"

做得像打字机的是键盘的部分，但是从它有"输入键"与"空格键"来看，很明显又不是打字机。虽然外观看起来很传统，但是该有的显示器还是有的。此刻，显示器上显示着结城输入的几行文字。

　　结城　殴杀　拨火棒
　　须和名　毒杀　硝基苯
　　安东　绞杀　细绳
　　关水　药杀　尼古丁
　　岩井　射杀　弩枪
　　真木　斩杀　手斧
　　釜濑？
　　若菜？

　　渕？

接下来这些应该调查得到吧。

大迫？

箱岛？

西野？

犯人1　九毫米手枪

犯人2　悬吊式天花板（开关是从釜濑那里抢来的）

???　怎么办???

怎么办怎么办啊怎么办???

安东对于打出来的内容本身并没有显示出太大的兴趣。他用力敲打了一下伪装成打字机的文字处理机说："蛮精巧的嘛。"

"这个嘛，是啊。如果这里放着一眼看上去就是文字处理机的东西，就会破坏气氛吧。现在这样包装一下，包装得很好哦，这技术这做工不容易啊。"

"好无聊喔。"安东丢下这句话。他似乎也快受够了这"暗鬼馆"。结城深表同意地点了点头，然后问他："那你刚才在做什么呢？"

安东顺势拉了把椅子，一屁股地坐了下去，轻描淡写地回答道："我去看了'监狱'，总对岩井是不是真的在那儿感到很在意。他真的在。我站在门前，把头凑到门上可以窥视的小窗户，由于那是磨砂玻璃，所以很难断言里面的人是不是岩井，但应该是他没错。我试图和他说话，但是他并没有反应。那恐怕也是隔音门吧……可是我怎么都打不开那扇门。"

结城恰好也有些在意岩井的动静。如果他被关在里面的话，至少大迫与箱岛的案子，就与岩井无关了。但是严格说来，安东只是确认了无法"从外面"打开"监狱"的门，至于"从里面"是否能打得开，就无从调查了。

不过，结城完全不认为岩井会从"监狱"里跑出来，偷偷杀掉大迫他们两人。岩井恐怕是在那里独自抚胸庆幸吧。

"仔细想想，那个人目前才是最安全的呢，现在。"

"是啊。"

真是不可思议，感觉事情像是极其自然地发展至此。比谁都害怕"暗鬼馆"的岩井没想到是最早进入安全区域的。仔细想想，那里最安全也是理所当然吧。

"那么其他人呢？"

"噢，若菜还在自己的房间。"

安东掰了根手指，像在回忆似的，他一边讲出名字，一边一根一根地掰着手指。

"我看到渊小姐时，她似乎是在若菜的房间里照顾她。须和名小姐在客厅看书。没看到关水。还有……"

手指明明只掰了三根，就剩下一个人了。人数减少得真快。

"还有釜濑。他躲在某个地方吧。其实我是来这里找他的。"

"就放任那家伙到处乱跑吗？太可怕了太可怕了。"

开过玩笑后，结城突然想到些什么，问道："对了，那个开关呢？"

"啊，在我这里。"

安东马上从口袋里拿出那个玩具般的开关。结城叹了一口气，说道："等一下把这东西放到金库里去吧……釜濑，嗯，也不能老是放着他不管吧。"

说实话，结城并不认为是釜濑操纵了悬吊式天花板。他有一种预感，觉得釜濑的狡猾程度还不足以让他能够巧妙地使用陷阱。不过，事情也不能光靠"感觉"来进行判断。总而言之，得先去问问他才行。

在大迫与箱岛去世之后，现在能够采取这种行动的恐怕就只有安东和结城了。结城大大地伸了个懒腰，说道："等我一下。我把它给打印出来。"

文字处理机的旁边放着很多纸。是A4大小的高级纸张。放入纸张去打印的步骤并不复杂，只要按下"print"（打印）键，没多久就开始打印了。

打印速度很慢，是为了呈现复古感才刻意这样的吗？看着慢慢被文字处理机吸进去的打印用纸，结城也悠闲地小声说道："我不是第一个使用这机器的人。"

"咦，你是怎么知道的呢？"

"我来的时候，发现有些按键上没有灰尘，而有些上面却有。"

"原来如此，"安东稍作思考后说道，"看上去会对这种东西感兴趣的人……是箱岛吗？"

"也许是吧。"

箱岛是不是也曾经想用这台文字处理机来整理归纳自己的思路呢？安东的话让结城察觉到这种可能性。打印完毕后，结城开始操作按键。

"说不定会留下什么他打过的东西。"

结城在显示器上找到了"打开操作记录"的项目。他"喀哒喀哒"地操作着按键，总算打开了那个项目。

里面有一个标示着""实验"5 01"的文件。那是结城刚才自己打进去的。除此之外，还有一个名叫""实验"1 01"的文件。安东喃喃地说道："是第一天吗？那么早就来用过了啊。"

肯定是原本就对这台机器感兴趣吧，结城自然而然地这么想。

但是那份数据里没有内容。""实验"1 01"里一片空白。

"是他什么都没打吗?"

听结城这么说,安东耸了耸肩。这是任谁都无从得知的事情了。

4

"暗鬼馆"里的死角很少,能躲藏的地方并不多,要找到釜濑那臃肿肥胖的身躯,花不了太多工夫。

在真木的个人房间里,卧室的床上,棉被被鼓成一座小山,怎么看都像是有人在里面。结城与安东交换了下眼神。

该由谁来出声呢?

结城努了努下巴,催促着安东。安东倒是不以为意,用带着叹息的声音说道:"嘿,釜濑。"

棉被的小山一动也不动。

"喂喂喂,是釜濑吗?"

果然没反应。

结城的脑海里闪现过"该不会是死了吧"的念头。如果掀开棉被的话,里面会不会是一具浑身是血的釜濑的尸体!

安东似乎没有这种想法,他步步逼近,快速而粗暴地扯掉棉被。

出现的不是尸体,而是满脸都是泪水和鼻涕的釜濑。看到他那副怕得要命的样子，会渐渐产生一种"我们两人是不是变得冷血无感"的感觉。可是，他偏偏要躲在死去的真木的个人房间里，真不知道釜濑的神经到底出了什么问题。

看到釜濑抱着脑袋、没出息地发出"呜呜"的哭声，安东突然变得烦躁起来。他毫不留情地抓住釜濑的脖子根，拉起釜濑的头，用威胁的口气对他说道："嘿，釜濑，你在玩捉迷藏吗？你比结城还无忧无虑呢，喂！"

釜濑似乎喉咙被卡住了似的，出不了声。他的嘴张张合合的，眼角甚至泛着新渗出的泪水。

釜濑好不容易才讲出话来："救……"

"嗯？"

"救救我……"

安东用力推了一下釜濑，露出一副想说"连吓唬你都嫌你蠢"的样子。他转移视线，改用完全不同的平静的语气说道："我不会对你做什么的。我们两人还希望你帮忙呢。"

"我……我什么也……"

"我们想问你关于这东西的事情。"

安东不由分说地拿开关去戳釜濑的鼻尖。结城在安东身后双手抱胸，只是旁观着事情的发展。

安东继续问道："这是你的吗？"

釜濑拼命用力地左右摇头。安东像是担心会有什么东西会飞散出来一样,皱着眉头保持着距离。

"那是谁的?"

釜濑只是一个劲地摇头。

"你一个劲地摇头,我怎么知道呀?"

"不是我的。"

"刚才听你说了。可是,结城说,这东西可是他从你身上抢过来的哦。"

"那么,就应该是他的吧。"

结城原本只是漫不经心地看着,但是听到他这么说,还是忍不住回了一句道:"为什么说是我的呀……"

"因为,那东西不是我的!"

一碰到结城,釜濑的声音就突然变得高亢起来。但是当结城慢慢在他面前松开环抱于胸的双手,即便隔着一段距离,釜濑的身体看上去还是十分僵硬。结城心想,没有比这样更有趣的了。岩井虽然也出现过害怕的样子,但却没像釜濑这样胆小窝囊到这种程度。一看到釜濑,结城甚至就会渐渐地认为,自己是个胆子极大的人。当然,釜濑一直以来都太过依赖大迫了。会是因此产生的反作用吗?结城知道,太过高亢的情感有时候反而让人想笑。

自己原本就无意要吓唬欺负釜濑,既然他那么害怕安东,那么自己就来扮温柔的白脸角色好了。

317

这么决定之后,结城以极其温柔的声音对他说道:"你听我说,釜濑。现在我们已经知道那个东西不是你的了。但是请容许我们问一下,你知道那个是什么东西吗?"

"怎……怎……"釜濑的身体颤抖得像在痉挛一样,只听他用根本没必要的大音量尖叫道,"怎么可能知道!"

安东的拳头马上飞了过去。

"吵死啦!"

一拳打到釜濑的后脑勺上,他立刻就变乖了,不再哭叫,整个人安静了下来,感觉很听话。

结城突然想到一件事,便问安东道:"我说啊,你用那个东西实际做过实验了吗?"

安东轻轻地挥了挥手中的开关,问道:"你说这个吗?还没有。"

"他说他不知道那是什么,那就秀给他看看吧。"

釜濑一脸不安地观察着安东与结城的脸色。

安东似乎略微思考了一下,不久便咧嘴露出了狡诈的笑容,说道:"可以啊。那就来用用看吧。"

安东伸出一根食指命令道:"釜濑,站起来。"

釜濑站了起来。

"好,你跟我来。"

于是釜濑毫无怨言地跟在安东身后。结城感到一丝悲哀。

三个人站到"停尸间"的黑门前。

过会儿就要启动死亡陷阱了,安东的表情不免浮现出紧张的神色,结城也有挥之不去的隐约的不安感,只有釜濑一个人嘴巴张得很大。是因为他已经失去理智了吗?还是因为,他真的不知道等一下会发生什么事情?

"那么,我就要开始咯。"

就在安东要取出开关时,结城阻止了他,说道:"等一下!"

"搞什么啊。"在气势受挫之下,安东露出不开心的神情。结城回应道:"不是搞什么不搞什么的问题。你看过房间里面了吗?"

"啊。"

安东没有回答,小声咂了一下嘴。感觉上他是对自己的焦躁咂嘴,而并非是对结城。当然,如果房间里面有人,只要安东按下开关,启动悬吊式天花板,就会杀死人了。

"先不要动它噢。"结城留下这句话,打开门。

结城感谢自己的冷静,回头对安东露出僵硬的笑容。

"真是好险啊。"

"停尸间"里有人影,活生生的人影。安东瞠目结舌,僵在那里,好不容易才勉强挤出一句话:"抱歉啊,结城,是你救了我。"

那个人影注意到有人打开门,显得非常狼狈。

"啊,啊,是谁啊?!"只听到一声惨叫。

是渊,她打开了一口棺材,是在查看里面的模样吗?但那口棺材是空的。

幸好自己先做了确认,接着,结城在意起了渊的行动。虽然原本打算若无其事地询问,但是声音却不知不觉地僵硬起来,最后变成了质问的口气问她道:"你在这里做什么,渊小姐?"

"啊,没什么,我那个……"

"那口棺材怎么了吗?"

"啊,嗯,有件事情我想弄清楚。不过,我已经搞懂了。不好意思,我很担心若菜小姐,所以……"

她含糊其词,显然是想赶快逃走。

但不可思议的是,结城并不觉得她很可疑。渊的态度并非在掩饰内疚,而是在对其他人保持警戒。这一点显而易见。

"不好意思、不好意思。"

渊一边频频低头赔礼道歉,一边慌张地离开了"停尸间"。虽然可以强行阻拦,要她"等一下",但是结城还是就这样放她走了。无论安东还是釜濑,都没有特别想要质问渊什么。

她的身影消失在回廊前端。结城喃喃地说道:"她是在干吗?"

安东似乎并不那么在意。

"这个嘛，我大概掌握到状况了。我们先别管那个，赶快完成实验吧。应该已经没人在里面了吧？"

结城不知道安东到底掌握了什么。保险起见，他又看了一次"停尸间"，里面没有人。并排着十口棺材的房间，一片沉静。

可这就奇怪了，"停尸间"里应该肯定是有人在的吧……大迫与箱岛呢？

"尸体在……"

安东看也不看结城，答道："你在玩文字游戏机的时候，须和名小姐叫来'警卫'，把尸体收拾掉了。"

也许是因为刚刚才意识到这个房间里可能躺着尸体吧，釜濑"呜"地叫了起来。保险起见，结城又环视了一遍"停尸间"，有红色污渍与金属臭味，但是没有人的身影。

"没问题了。"

"好，帮我关上门。"

金属制的门关上时厚重的声音在回廊里响起。

"那个……你们要……"仍然不了解状况的釜濑胆怯地问道。

结城不太认为他是在装傻，釜濑恐怕什么也不知道吧……但是无法断定。说不定釜濑其实在演技方面颇有才艺，有着常人无法看穿的装傻技巧。

不过也没有必要隐瞒。结城说道："是悬吊式天花板的实验。"

"悬吊式天花板?"

他一字一顿地复述这几个字,让人觉得是故意在强调。

"大迫与箱岛是被悬吊式天花板所杀害的,难道你没有发现吗?现在我们打算拿着你所持有的开关试试看能否启动悬吊式天花板。"

釜濑发出"呜呜"的声音,从喉咙里吐出了痛苦的气息。接着,他马上就像抓到救命稻草般地说道:"我说过不是我!不、不是我。"

"我说你很吵哎!"

安东冷淡地抛下这句话,顺手按下开关。

马上就出现了反应。虽然微弱,但是仍然可以听到的声音,毫无疑问是马达声,是像飞蚁成群结队般飞动的低沉声音。然后,脚边传来重重的一震,"轰隆"一声震感传到了小腹上。

震得都快要失去平衡了,结城瞬间踉跄了一下。

安东很快抓住了门,打开它。

呈现在三个人眼前的是一大块白白的东西正要升上去。是天花板。悬吊式天花板确实掉了下来。偌大的"停尸间"高度现在只到结城的腹部左右而已。掉下来的天花板似乎迅速回到了原本的高度,接着天花板停止上升,恢复到仿佛什么事情也没有发生过的寂静。

这是在"暗鬼馆"里第一次看到这种景象。如此之大的东西掉下来,人类根本连一秒钟都支撑不住吧。能量之强大,让结城不由自主地身子发抖。

安东喃喃地冒出一句:"震撼力比想象中还大呢。"

他应该是在强装镇定吧。这根本不是什么震撼力的问题,而是一种被吓得魂飞魄散的感觉。

就连预想过会发生什么事的结城与安东也已经被吓成这副德性了,釜濑整个人更是瘫在回廊的地毯上,用哭笑皆非的表情抬头看着安东。

"我说了不是我干的啊!"

"你就只会讲这句话吗?"

安东的语气中带有叹息。比起讨厌,应该是更受不了他的啰嗦吧。

结城心想:如果想要威胁釜濑的话,这样应该已经足够了。那么,接下来该用温柔的方式问他话呢,还是用强硬的方式问他话呢?

(这个嘛,这家伙先前也让自己有过一些不爽的感受。)

如果只有自己一个人的话,结城应该会以强硬的方式不断虐待他吧。

不过,幸运的是,现在有两个人。安东站到仍然站不起身的釜濑正前方,膝盖碰地蹲下来。

"好了,釜濑,请你坦白简洁地回答我,这个开关如果不是你的,那它本来是放哪里的呢?"

"不……"釜濑惊恐得动弹不得,声音又低又轻,根本听不清楚。好不容易才听出来他说的还是"它不是我的"。

这样不行。就在结城快要放弃时,安东却坚持不懈地对釜濑说道:"你的脑子里有脑浆吗?你是幼儿园的小孩子吗?你听好,结城说,这个东西是他从你那儿抢来的。听闻这件事,若菜就认为是你杀了大迫。再这样下去,你可是会被若菜给杀死的哦。"

"可是……"

"如果你连话都讲不清楚的话,我也是可以来把你收拾掉的哦。你要进这个房间吗?你想成为悬吊式天花板的第三个猎物吗?"

和刚才一样,角色分配还是比较有效的。如果想要安抚他的话,那就趁现在吧。结城从旁插嘴道:"你是什么时候、在哪里找到它的?你只要告诉我们这点就好了,很简单吧?"

结城发出了有如猫叫般的声音,连他自己都觉得有些不舒服,效果却立竿见影。釜濑对着结城像小鸡啄米似的频频点头道:"大、大迫他们变成那样之后,我就去了客厅,然后,看到客厅圆桌上放着那个东西,我心里琢磨着那是什么就拿了起来,然后,见没有人来,就想着回去看看状况才又走回去的，结果就撞到你，然后就……话说，我其实很讨厌大迫他们，一副不可一世的样子，而且也瞧不起别人。然后、然后。"

"然后你就杀了他们？"

结城笑着对釜濑说，听闻此言，釜濑"丝"的一声倒吸了口冷气。结城可以正确预感到釜濑接下来的台词。

那有如爆炸般的声音在回廊上响起："不是我干的啊！"

5

现在釜濑似乎决定要去跟随安东了。他哭丧的表情恢复正常后，露出谄媚的笑容，一直跟在安东身后。

结城心想：大迫真是很了不起，居然能够容忍这个家伙一直缠着他。在我们这些人看不到的地方，他是何等的辛苦呢？事到如今，又不得不让人想起了大迫。

关于这点，安东倒是不会忍耐，说道："不要跟着我，再跟，我杀了你。"

釜濑迅速地往回廊暗处逃走了。

在"停尸间"的黑门前，结城与安东面面相觑。安东把玩着手中的开关，向结城问道："你怎么想?"

结城稍微想了一下,答道:"如果他是在说谎的话,那么他的态度等于全部都是演出来的。"

"说的也是。那么,如果那家伙讲的都是真的呢?"

"那就意味着是犯人把凶器丢了。"

釜濑会走进放着那个开关的客厅,只是偶然而已。如果在大迫死后,大家仍然遵守他提案的一直"三人一组"模式的话,应该会有多人同时发现开关才对。

总而言之,这么做就等于是把凶器丢掉。

"到底是怎么回事……?"安东喃喃地说道。

结城前后环视着弯曲的回廊。

"嗯,不管如何,我们先离开这里吧。"

这道回廊果然对心脏不好。

两人就是要去"娱乐室",还是去客厅这个问题上意见相左。

安东认为"客厅比较明亮",于是结城接纳了他的意见,两人决定到客厅去。

在圆形房间的正中央,有一张附有十二把椅子的圆桌,还有十二尊印第安人偶……结城原本以为,只要有人死掉,人偶就会消失或是坏掉,但是实际上并没有这样设计,它们还是和最初看到时一样,围成了一圈。

越看越觉得肚子里有股沉淀物般的厌恶感，越积越多。他转过脸，尽可能不去看它们。

现在，客厅里只有一个人。那人放下原本在读的书，向两人露出任何状况下都毫不改变的微笑。

"两位回来啦？结城先生，安东先生。"

她放下的那本书是皮面装订的，从昨天开始她就一直在读那本书。结城突然在意起来，问道："那是什么书呀？"

"这个吗？"须和名把目光瞥向封面，以流畅的发音读了出来："书名叫做"The Problem of the Green Capsule"（绿胶囊之谜）。"

"是英语书呀？"

"是用英文写的，但不是英语书。"

"哈哈……那就有点……"

结城嘟嘟囔囔地说着，声音含糊不清。他很不擅长英文。须和名正要继续读她的书，但是似乎想到了些什么，说道："对了，结城先生，有个地方有点奇怪。"

"哦。什么地方呢？"

他希望自己有值得须和名依赖的地方，把背挺得直直的。

但是，须和名略微思考了一下后说道："还是先等我把这本书看完再说好了。"

她中断了话题。

那一刻，结城涌起一股强烈的冲动，觉得应该当下问清楚须和名的疑问。结城非常在意她正要拿起书时想到的"奇怪的事"究竟是什么呢？不是应该当场问清楚才对吗？

但是结城不禁又退缩起来。一般来说，须和名的疑问应该是和那本书有关的吧。如果是关于英文的提问，光是询问就很丢脸了。犹豫之下，结城错失了时机。

结城突然注意到圆桌上的人偶。其中有几尊人偶双手拿着银色的卡片，是卡片钥匙。靠近一看，人偶手上拿着的是十号房间、十一号房间以及十二号房间的卡片。回想起来，应该是西野、真木与岩井的卡片。

"这卡片是……"结城喃喃地问道。这些是死者与入狱者的卡片。这些卡片放在哪里似乎都可以，可是不知不觉间，到底是谁把它们放回到最初的"卡片架"上了呢？

关于这点，安东若无其事地回答道："那是昨晚箱岛放的。你没有发现吗？"

应该是因为这些人偶看了之后感觉很不好，所以才没注意到吧。

在昨晚之前，死者的卡片钥匙都是可以自由取用的。当晚，又死了两个人。这两件事情之间有没有关联呢？结城陷入了思考。

应该没有吧。他们的凶器都在"金库"里,那扇门只有在凑齐了十二个人的卡片后才可以打开。单凭一张卡片,是什么也做不了的。

安东环视客厅,问道:"这里只有须和名小姐在吗?"

"嗯,是的。关水小姐应该在餐厅里吧。"

"你说关水?"安东的声音里夹杂着危机感,结城才心想"怎么了吗",安东就凑到他耳边对他说道:"你不觉得大事不妙吗?"

"什么事?"

"就是关水一个人在厨房里。"

"不是厨房,是餐厅吧。"

"不管如何,反正这两间房间是互相连通的啊。倒是你,无忧无虑也该有个限度吧!那家伙手上可是有毒的啊。"

说得对。

安东小跑步状地冲进餐厅,结城也跟在后面。在比客厅还要昏暗的光线中,关水一个人坐在长桌前,目不转睛地凝视着眼前的西式茶杯,对于跑进餐厅的结城等人看都没有看一眼。

本来想出声与关水打个招呼的,但是不知道为什么,连打个招呼都让人感到犹豫。关水的表情并不寻常,或许和烛台的亮度很弱有关吧,她心灰意懒、一副憔悴枯槁的模样。关水应该和结城一样是大学生，但在那一瞬间，她看起来甚至像是个已经厌倦人生的中年妇女。

如果有人说，她在那个西式茶杯里下了毒，正准备结束自己的人生，结城说不定也会相信。

出声的人是安东。他用痛苦的声音说道："怎么每个人都一副无精打采的样子啊？"

关水看似这才注意到两人，缓缓地把头转了过来，脸上一副失去生气的感觉。

"什么？"

安东似乎花了一点时间才下定决心。也正因为这样，他接下来说出的话，没有丝毫的同情心。

"不要在这里消沉了，这样我会担心的。"

"担心？担心我吗？"

"不是担心你人，而是担心你的毒药。"

听到安东单刀直入的话语，关水的脸上竟然露出了些许微笑。她指着随意摆放在西式茶杯旁的玻璃瓶说："毒药，你指的是这个吗？"

仔细一看，他们对这个瓶子有印象……是昨天看到过的、装着"药杀"用的尼古丁的瓶子。不过，昨天瓶子还装得满满的，现在已经全空了。关水露出无助的笑容，伸手拿起瓶子左右摇晃，仿佛在强调它已经空空如也了。

"你、你这家伙！"不知道安东是如何理解空瓶的，他尖声大叫道。他大概是觉得毒药已经"被用掉了"吧。

不过，结城有其他理解。

"关水……你是把毒药倒掉了吗？"

关水把目光投向结城，就像是看到什么珍贵稀缺物品一样。

就在结城以为自己猜错、直冒冷汗的时候，关水轻轻地放下瓶子，说道："嗯，我早点这么做就好了。你们两个不觉得吗？"

结城与安东都不知道该怎么回答才好。他们都觉得出于某种原因，让他们无法率直地说出"是啊"的赞同话语，但是一时半会儿又讲不出个所以然。

关水也沉默了一会儿，然后像是破罐子破摔般地说道："不过，我明白了。我到客厅去。"

她站了起来。在经过两人身旁时，她留下一句话道："如果你们担心东西里面会有毒，就叫我。我都喝。"

结城突然觉得，现在的关水说不定真的连下了毒的东西都会喝。

结城、安东以及须和名，三个人围在圆桌旁。

须和名原本就只是在那里看书而已，从剩下的页数来看，故事应该渐入佳境，刚好到了精彩的高潮部分。主要都是结城与安东在交谈。

不知道是否是自己多心了，感觉安东的话里好像带着困惑。

"喂，我问你啊，对于关水讲的，你怎么看？"

结城早已整理好自己的想法，马上回答道："那是因为关水的凶器是毒药，所以她才敢做这种事吧。你想想看，明明不知道若菜什么时候会发疯、会不会拿出日本刀之类的东西，怎么能要我放心交出拨火棒呢？"

安东的细绳与须和名的毒药都是无法用来防身的。它们是作为"用不到"的东西而被丢弃，因此也不会危及到自身安全。但是结城实在无意把拨火棒交出来，对他而言，那可是珍贵的防身器具。

为了确保所有人的安全，或许可以有"让大家把凶器都丢弃"的选择项，但是对于结城来说就不利了。他无法赞成。

安东看起来不是很高兴。

"嗯，你这样讲是没错啦。那么，如果若菜、釜濑还有渕小姐全都交出凶器，然后向你提出，'这样一来我们手中就没有武器了，请结城先生也丢弃武器'的要求，你会怎么做？"

"如果对方先丢掉武器，我当然也会丢掉。不过，与其说丢掉，倒不如说我不介意把它收到'金库'里。"说完后，结城稍微想了想，继续补充道，"不过，还有一件事。我是男的，也有男人一定应有的力气，如果若菜变成空手的话，让我空手也没有关系。但是，如果从若菜的角度来思考，又会怎么样呢？在明明不知道谁是凶手的情况下，身处一群男人之中，她会愿意丢掉武器吗？还是说，你有把握和她谈妥条件？"

安东苦笑着，轻轻地摇了摇头，说道："没有，我没有把握。不过，我又没有说要大家真的把武器都交出来咯。"

猜不透安东的真正用意，结城向他投以讶异的眼神。于是安东把悬吊式天花板的开关放到圆桌上，说道："我想的是关于这东西的事情。"

"原来是这样啊。"

悬吊式天花板的开关当然应该就是某人的凶器吧。那个"某人"就是杀害大迫与箱岛的人。如果相信釜濑所说的话，杀人者后来把作为凶器的开关放在客厅里，而且是放在最容易让人看到的圆桌上。

也就是说，杀人者丢掉了凶器。安东是在思考那个人为什么要这么做，于是毫不犹豫地说道："为什么要把它丢掉？明明还可以再用的。"虽然他说得干脆，但是仔细想想，这还真是容易引起骚乱的话语。不过，现在没有心情一一去在意了。结城也给了个干脆的答案："应该是不需要了吧。"

"也就是说？"

"凶手想杀那两人，但是不打算再杀更多的人。"

"这样不能算是答案吧。"

安东用指尖"咚咚"地敲了敲桌面。"我不懂的是，为什么要这么招摇地丢掉它？关水丢掉毒药，可以理解，因为她无意杀人。她是为了向别人彰显自己的心意才丢掉的。你无法交出拨火棒，也可以理解，因为你要拿来自卫。但是操纵悬吊式天花板的人是有杀人意图的，而且也真的杀了人。杀了两个人之后，或许已经达到凶器的使用目的了。但即便如此，也没有必要把凶器丢到大家面前。"

结城交叉双手，听安东这么说，觉得确实如此。

"所以说，那个人把它放在客厅里，其背后有哪些可能性呢？"

说着，安东握起拳头，然后伸出一根手指，说道：

"第一种可能：那个人决定不再使用它，是自己主动丢弃的。"

"似乎有这个可能呢。"

"第二种可能：釜濑在说谎。"

他伸出第二根手指。结城不由自主地重重地点了点头。

"这更有可能了。"

原本安东的表情极其认真，这时候稍微放松了一下。但是他又马上绷起脸，伸出第三根手指。接着，他似乎花了一点时间来整理自己的想法，然后才慎重开口说道："第三种可能：犯人原本无意杀害大迫等人，但是因为某种失误，才杀掉了这两个人。

出于害怕，所以丢掉了凶器。"

结城歪了歪脑袋，说道："那样太奇怪了吧。"

"是吗？"

"如果害怕的话，会放在不知道会被谁捡走的地方吗？"

"我说的害怕，不是那个意思。"安东以两根手指挟起圆桌上的开关，然后以演戏般的声音说："啊，大迫他们怎么会变那样！是这个东西害的吗？我本来没有打算要这样啊！"

然后他把开关丢到圆桌上，发出的响声比想象中要大，原本在看书的须和名稍稍抬头看了一眼。安东真是难得看上去有点尴尬，只见他微微点头致歉。然后他继续正色说道："这可不是我的错啊。"

结城心想，原来如此。确实，这样的话就有可能了。谁要是不小心启动了那么可怕的陷阱，说一句"不关我的事"就撇清，或许还比较自然。

可是……

"但那样毕竟还是很奇怪。"

仿佛受到安东的影响，结城的声音也大了起来。

"会因为失误而杀害两个人吗？一个人的话可以理解，但是两个人的话肯定是故意的吧。"

"你在说什么呢？那个人又不是一次杀一个人，而是一次杀掉两个人，因为一次的失误害死了两个人，所以感到害怕。这并不奇怪吧？"

"不。"结城的回答很肯定,因为当时他看得很清楚。

结城说道:"大迫是叠在箱岛上面的。是箱岛先死,然后大迫才死的。或许那人是不小心意外杀了箱岛,但是大迫肯定是被故意杀害的。"

气氛陷入一片沉默。

安东的眼睛眯成一条线。他好像想说什么,但是又把话吞了回去,只是说了一句:"你确定吗?"

结城用力地点了点头。他有十足的自信。

然后他补充道:"而且,我认为那个悬吊式天花板的设计是不可能一次杀掉好几个人的。"

安东浮现出讶异的表情,问道:"你怎么连这种事都知道?"

结城接下来说的话其实没有任何证据,只是他觉得"会不会就是这样"而已。即便如此,他还是觉得有价值需要提出来。他下意识地舔了舔嘴唇,说道:"悬吊式天花板的威力太强了。"

"……"

"只要在十二个人全部进入'停尸间'时按下开关,一瞬间所有人就都死了。只要做法得当,很有可能在第一天就可以杀掉其他十一个人、只剩下一人存活。你想想看,在'暗鬼馆'里面,可能会有那样的设计吗?无论是建筑物还是整个系统,虽然有点无聊,但还是处处花费了心思设计的,这点大家应该都认同吧。我不认为会有那种'轰隆'一声、'好了，全部干掉了'的事情发生。正因为如此，那人是先杀害箱岛，再杀害大迫的。所以我认为，那个悬吊式天花板应该无法同时杀害两个以上的人吧。"

自从在"停尸间"看到两个人的尸体重叠在一起之后，结城就一直在想到底是什么原因。如果想杀那两个人，其实很简单，只要杀人者与大迫、箱岛一起进入停尸间，再按下开关就好了。悬吊式天花板不会完全降到地上，应该会停在数十厘米高的地方，也就是停在人的膝盖高度。若非如此，就会把并排在"停尸间"里的棺材都压烂。只要让两人进入陷阱，杀人者自己趴下就行了。

然而两人却是先后遭遇杀害的，这是为什么呢？

结城认为，这是因为如果不这么做的话，就会无法启动陷阱。他觉得这一点也符合"暗鬼馆"的理念。

但是，安东发出一阵呻吟般的声音后，断断续续地说道："言之有理……不，我根本没想到是这样的……你的确不是那么迟钝的家伙。可是……我没办法认同。我有反证。"

安东猛然抬起头，说道："总之，你的论点就是'如果有一种凶器可以杀掉所有参加者的话，就会很奇怪',以及'大家被分配到的凶器的破坏力是控制在适度范围内的',对吧。"

"是那样没错。"

"确实,我的细绳或者你的拨火棒都属于这样的东西。可是,那个又怎么说呢?"

对于安东所说的"那个",结城倒也不是没有想到。安东迟疑了一下,说了出来:"杀害西野的手枪。"

"……"

"西野被九毫米口径的手枪打中了八枪,掉下来的弹壳却有九个,所以有人手里拿的是至少九连发的手枪。而且还不是单纯的九毫米手枪,光从弹壳看起来,是9×19毫米的口径,使用的是九毫米的帕拉贝伦子弹。① 使用九毫米帕拉贝伦子弹的手枪一般来说装弹数都比较多。如果使用'九毫米帕拉贝伦子弹,但是装弹数比较少'的手枪,差不多也应该有九连发。干掉西野的家伙应该并没有射完手枪里的子弹,应该只是射到西野倒地为止吧。而且在各种子弹当中,九毫米的帕拉贝伦子弹是属于杀伤力很强的那一类。同样是九毫米,有9×17毫米与9×182毫米口径的两种手枪。主办单位却是故意配发了杀伤力较强的那种手枪。这代表什么意思

---

① Parabellum 是德国一家枪械厂商的名字,原意是指"为了和平,必须准瞒战斗"。

呢？我们之中，有人拿到了正常来看不止九连发的强力手枪。我不认为主办单位有意把'破坏力控制在适度范围内'。"

结城目不转睛地盯着安东的脸，然后衷心地赞叹道："原来你这么迷枪支啊？"

安东马上板起脸来，说道："请你认真点听！"

"如果你不是枪支迷，我再怎么认真听，可信度也很低吧。"

安东顿时有些语塞。

"我这种水平的知识，就算不是枪支迷也都知道啊。"

"是这样吗？"

"嗯。而且我是光线枪社的啊。"

难道光线枪社的社员也要熟知这样的知识吗？结城实在无法判断。不过，安东所讲的话中有一些地方让他觉得原来如此。如果有人拿到火力强大的手枪的话，那么还有其他人拿到杀伤力强的陷阱，也就不足为奇了。从两人尸体的状态来看，毫无疑问是箱岛先遭杀害，然后才是大迫。但是如果安东所言为实，那么就必须要重新诠释其意义了。

"这样呀……"

结城念念有词。安东也抿着嘴角，陷入了沉默。

此时，原本应该一直在看书的须和名，突然抬起头来，说道："那个……"

"啊，哎呀，我们太吵了，不好意思。"

面对突然点头哈腰的结城，须和名露出了微笑，让他不要说话。然后，她以沉稳的口气问道："你们讲的我都听到了……或许事情经过存在着各种因素。虽然我不知道结城先生的意见、安东先生的意见哪个对哪个错，不过，这样讨论到最后，你们认为是谁杀了大迫等人？"

结城看向安东。

安东也把目光转向结城。

对于此事，他们并不是没有想过。不，应该可以说是从发现尸体到现在，他们就一直在不断地思考着这件事。

只是，要特地把这件事拿出来讨论，又好像太过沉重了点。因此，如果可以的话，能避开则避开，希望可以一直只讨论其周边的事。

结城叹了口气……虽说如此，这些兜圈子的话题，也差不多快讲不下去了。

确实，差不多到了是该问这个问题的时候了：到底是谁杀害了那两个人？

结城与安东都无法直接回答须和名的问题，他们只能回答说"目前还不清楚"。

"可是真的很奇怪啊，"安东说道，"昨天，我们彼此之间确认过凶器。我看了结城、关水以及须和名小姐的凶器，里面并没有悬吊式天花板的开关。"

结城也点了点头，说道："是啊。但是如果是这样的话，那么就应该是釜濑、若菜与渊小姐其中之一了？"

没有人回答。因为，很显然不是。

从昨天的状况来看，大迫他们五个人似乎没有全数互相之间确认过彼此的凶器。至少，渊没有把凶器拿给箱岛看。

但即便如此，所有人应该都把凶器拿给两个人以上确认过才对。既然这样，为什么渊、若菜与釜濑之中，没有任何一个人大喊"悬吊式天花板的开关是那家伙的！所以那家伙是杀人犯"？

结城不停地思考着。

如果是那个知道是谁持有开关的人已经死了的话，那么就没有人会出来指认了。这样的话，就会变成杀人者选择大迫与箱岛当成公开自己凶器的对象，事后再把他们杀掉排除。

但是怎么可能发生这么愚蠢的事情呢？假如杀人者没有向大迫与箱岛说明开关的功能，他们或许会因此中了陷阱，这样一来，另外两个没有看到杀人者凶器的人，也应该早就大声嚷嚷了才对。

不对。昨天，彼此察看凶器的时候，并没有人持有悬吊式天花板的开关。

"开关到底是谁的？"结城喃喃地说道。

安东擅自为结城的自言自语做了解说,道:"不是大迫,就是箱岛。"

"不,不对。"结城马上否定。然后,他补上了理由道:"即使杀人者是通过某种方式从大迫或箱岛那里偷走开关,被偷的人也应该知道悬吊式天花板的机关所在。在这种既知道陷阱机关所在,又发现控制的开关被偷盗的状态下,他是不可能毫无防备地进入'停尸间'的。"

"所以呢?"

"不是岩井就是真木的,或者就是西野的。"

"怎么会!"

安东露出愠怒的神色。

"不可能是真木,他的凶器是手斧、属于'斩杀'。"

"如果犯人用自己的凶器去调包了呢?原本真木的凶器是悬吊式天花板,而犯人在真木死后,拿自己的手斧去调了包。"

但是,这些话并不是结城在深思熟虑之后说出的。安东马上看出了漏洞。

"你傻呀你!如果这样,昨天在检查凶器的时候,犯人的手边不就只有开关了吗?"

"啊,对噢。"

那如果是岩井呢?

这次,结城在说出口之前,自己先想了想。

岩井是在第四天的早上用弩枪杀害真木的,这点毫无疑问。另一方面，假设岩井原本的凶器是悬吊式天花板，这么一来，岩井到第四天之前，必须从某处取得弩枪不可。

这下就必须得要思考原本弩枪的主人是谁了。不过这个问题很简单，只有一个人选：那就是西野。可是，西野是被手枪杀害的，不是悬吊式天花板。也就是说，无论岩井拿的是弩枪还是悬吊式天花板，都无法杀害西野。

如果把岩井当成是开关的主人，那么情况就会变成这样：岩井虽然没有杀害西野，但是他在西野死后从其个人房间中偷走弩枪，用它杀害了真木。然后在岩井被送到"监狱"后，又有人偷走了岩井的开关，将大迫等人杀害了。

理论上说，这并不是不可能。但是真的会有这种事情发生吗？因为西野的死而惊慌失措成那样、甚至在错乱中杀害真木的岩井是不是真的有可能偷了弩枪，又悄悄地藏着悬吊式天花板的开关呢？

只能说"不是不可能"，但是真的很难想象会这样。于是，结城决定不把"是岩井"的论点说出来。

这样一来……

"是西野吗？"

也只剩下西野了。

"犯人先是射杀了西野，然后从西野的'玩具箱'里获取悬吊式天花板的开关，并且在昨晚使用它，杀害了大迫等人。"

安东听了结城小声说出来的话后稍作了一下思考，没过多久后说道："就是这样，没有什么不合理的地方。"

但是结城显得更为慎重。

"或者，杀害西野的另有其人。杀害大迫等人的家伙只是从西野的尸体偷走卡片钥匙，再获取开关而已。"

"喂！干吗故意把事情想得更复杂？"

安东的口气有些不耐烦。

然而回答安东的是一直在旁边默默听着两人交谈的须和名。

"不，结城的想法比较合理。因为如果杀害西野先生的与杀害大迫先生的是同一个人，那么那个人应该会在昨天凶器检查的过程中，拿出手枪或者开关，这两者之一才对。刚才已经否定了拿出开关的可能性。也就是说，那人拿出了杀害西野先生的手枪，但是有人刻意睁一只眼闭一只眼让那人蒙混过关。这样一来，情况就又变得很复杂了。"

"须和名小姐。"

安东对着须和名叹了口气，让结城大为吃惊。他没有想到，竟然会有男人对着须和名叹气。拥有这般勇气的安东一股脑儿地说道："反正不管是哪种状况，在大迫他们五个人之中，肯定有人持有手枪。

因为既然我、结城、关水与须和名小姐没有人持有手枪,那么杀害西野的应该就是他们五个人之一了。昨天,杀害西野的犯人是大迫他们睁一只眼闭一只眼放过的。"

须和名没有反驳,说道:"我只是想说,两种状况都很复杂而已。"

说完这句话,她似乎无意继续说下去,又回去看书了。

另一方面,安东对着结城继续说道:"我说结城啊,如果大迫包庇了某人杀害西野的罪行,你觉得谁才会是让他非这么做不可的对象呢?"

应该是大迫自己,不然就是……

安东对着沉默的结成越说越起劲。

"如果那家伙是为了永远掩盖杀害西野的罪行,而使用偷偷盗取的开关呢?"

杀人者恐怕是把手枪拿给大迫以及箱岛看过,大迫他们看到手枪后知道了谁是杀害西野的犯人,但是却掩盖了此事。可是,杀人者信不过大迫他们,昨晚要了他们的命……安东的主张就是这样。

这次轮到结城说"不会吧"了。因为安东所主张的观点就意味着:"杀害大迫的人就是大迫想要包庇的那个人",那当然就只有一个人了。

"这太荒唐了!"

安东露出苦笑,说道:"这很难说哦,就是有人会为自己犯下的罪行而哭泣的。"

但是结城还是难以置信。

6

为了让心情沉重的话题能够继续进行下去,必须先做好心情沉重的事前准备。

在还没有听过所有人的观点之前,是无法推导出最后结论的。不过,想要把又哭又叫的若菜、失了魂的关水以及看起来只有依靠着安东才能够维持精神平衡的釜濑全部带到客厅来,确实是件让人心情沉重的事。就连原本以为不必费心去特别关照的渊都不知道怎么的,看起来有点鬼鬼祟祟的,让人不太舒服。

要完成心情沉重的事前准备,是需要时间的。等到总算把所有人都集合到客厅的时候,已经将近夜晚了。

大多数人应该都是从早上开始就滴食未进,但是谁也没有因为肚子饿而开口说要用餐。

七个位子上坐着人的圆桌⋯⋯也就是说,空了五个座位的圆桌上交错着充满了冷漠与怀疑的视线,大家小心翼翼地避免与其他人对视。安东看起来神经紧张,结城则是从开始之前就显得很不耐烦。真讨厌这样的气氛。要碰触不想触及的事,真的很讨厌。

结城、安东、须和名、关水、若菜、釜濑、渕，大家都知道在这七个人里面，有杀害大迫与箱岛的人。

"我们首先来确认一下昨晚的事情吧，我想确认的也只有这件事情。"

安东率先开口说道，但口气听起来总感觉像是借口。

两人是在"夜晚"期间遭遇杀害的。

昨天晚上，为了阻止新的受害者出现，大家采取了三人一组的方式进行夜间巡逻。

"巡逻的时候是如何分组的呢？"安东向结城问道。与其说是询问，倒不如说是想在所有人面前再次确认一遍。当然，结城从一早开始，就一直在脑海中反复回想着夜间巡逻的分组方式了，因此他流利地对安东回答道："第一组是大迫、若菜、渕小姐。接下来是箱岛、关水、釜濑。最后一组是我、你、须和名小姐。"

"就是那样。"

安东点了点头，像是为了确认似的又提出一个问题道："那么发现大迫等人的是哪一组？"

"是第三组，将近六点的时候。"

话刚说出口，结城感到那股金属的臭味像是复苏般地又出现在了鼻子的深处，不由得皱起了眉头。

安东没有理会他，继续讲下去。

"大迫组是十点到十二点四十分。箱岛组是十二点四十分到三点二十分。我们这组是三点二十分到六点……我们这一组从三点二十分到六点前为止，确实都是三人一组一起行动的，没有发生什么特别奇怪的事情。是这样没错吧？"这次，他向须和名确认道。

须和名已经看完了先前一直在看的那本书。结城注意到，从看完书之后，她就一直露出正在思考的神情。刚才也是，她看上去好像没有什么兴趣在听，不过安东一问她，她就马上点了点头，回答道："嗯，没什么特别发现。"

"谢谢你……那么我想问的是，除了我们之外，各位是不是也好好巡逻了呢？"

"等一下。"

眼睛因为充血而变得通红、眼睑处还出现了黑眼圈的若菜用低到如同来自地底般的声音质问道："为什么是由你在主持整个局面？"

安东完全没有动摇，反问道："那你要来主持吗？我是无所谓啦。"

"……"

"你想知道是谁杀了大迫吧，我也一样。你来这里不就是为了协助调查，查明真相的吗？"

若菜什么话也没回。与其说是她说不过安东，倒不如说是她又缩回到自己的壳里。

结城就坐在这样的若菜身旁,那种令人窒息的感觉似乎连这里都感觉得到。

由于若菜不再说什么了,渊诚惶诚恐地开口说道:"关于你的问题……我们那一组也没有发现什么异状。大迫先生、若菜小姐和我从大家回房的十点开始到约定的十二点二十分为止,确实都在巡逻。"

"没有哪个人显得比较奇怪吗?"

安东如此问道。他的用意很明显,他想问的就是若菜,但是渊给了一个非常自然的回答。

她像是在唤起记忆一样,仔细思考过后说道:"这我记不得了。因为昨天没怎么睡觉,所以当时我连站都站不稳了……"

这么回答并不牵强吧。但是安东并不放弃,紧追不放地问道:"这样的话……"

"你又想问什么?"

渊毫不掩饰自己的不耐烦以及筋疲力尽。

她原本只是个经营着便当店,想好好过日子的人,根本不应该待在这种莫名其妙的地方。当情况变得越发莫名其妙后,渊的心里应该是变得更沮丧吧。结城突然觉得这就像是自己这种学生闹事而波及到附近的人时的坐立难安的感觉。

安东似乎没有那种亏欠了什么的感觉,继续确认道:"在夜间巡逻的过程中,没有发生任何事对吧？"

"是的，就像刚才所说的那样。"

"不，我知道你是说了，但我想问的是，夜间巡逻结束时的事。"

渕的表情突然讶异起来。"结束的时候？"

"是的，"安东稍稍吸了一口气，说道，"请渕小姐告诉我，夜间巡逻结束后，你回到房间时的状况。"

"你问我回到房间时的状况？我只能回答你，房间里没有任何人。"

"不，不是那样，"安东摆了摆手，露出焦躁的神情，道，"第一组的夜间巡逻结束。然后，第二组就开始了。我想问的是，呃，就是说，渕小姐回到自己房间时，是自己回去的呢，还是两人一起，或是三人一起？还有，在第二组的夜巡开始时，是谁去叫箱岛他们起床的？"

结城领悟到安东想知道的是什么了……他想知道，渕回到自己房间之后，大迫与若菜有没有两人独处的时间。虽然脸上露出了困惑的神情，但是渕还是诚实地回答了安东所询问的问题。"啊，我不太记得了，但是大迫先生确实送我到了房门前……嗯，若菜小姐也一起。我也比较在意他们有没有去叫箱岛先生他们起床。然后，然后，我就问，不用去叫他们起床吗？"

记忆似乎渐渐清晰了,渕最后讲得很清楚果决。

"大迫先生说他自己去叫就行了。"

安东看了一下结城,露齿而笑,露出一副想说"你看吧"的表情。

确实,若菜与大迫有一段独处的时间。但是先去世的人是箱岛,这一点毫无疑问。安东不去管两人的死亡顺序吗?还是他根本不相信结城所说的呢?

结城偷偷地瞥了一眼若菜的侧脸……她似乎完全没有察觉到,刚才的问答是在确认对于她自己的怀疑。她只是露出要把某种东西咬死般的表情,静静地低着头。

"那么第二组呢?"

安东将视线依次投向釜濑与关水。

接着,出现了明显的反应。釜濑与关水两人脸上露出了怯懦的神色。"关于那件事,我们不想讲",两人的态度相当露骨,甚至到了可以明确读出这种意思的地步。

结城对此感到相当的意外,安东也皱起眉头催促二人道:"怎么了?"

关水显得颇为难以启齿,说话结结巴巴的,但还是最后开口道:"我昨天,没去夜间巡逻。"

"什么?"

安东顿时语塞。原本只负责听人说话的结城也忍不住问道:"为什么?"

"啊，嗯……"

她看了一眼釜濑，釜濑慌张地把脸从关水身上移开。接着，像是下定了某种决定似的，关水一股脑儿地说出来道："昨晚到了巡逻时间的时候，是箱岛来接我的，但是釜濑却没有来。我问他釜濑怎么了，箱岛说，釜濑告诉他不想出来。我也不想啊。我很不希望讲死人的坏话，但是那家伙，箱岛他给人一种看不起任何人的感觉，我不知道他会对我做出什么事，所以如果让我和他一起夜间巡逻的话，说真的，我会觉得'不会吧，开什么玩笑'。我也觉得，如果是三个人一起的话，那就勉为其难算了吧。但如果就只有我和箱岛两个人的话，我做不到。我说如果釜濑不去的话，我也绝对不想去，那家伙就说'那我再去说服他，然后再过来'。"

"然后呢？"

结城催促关水说下去，她低着头，声音越来越小。

"然后，他就再也没有回来。我也在不知不觉中睡着了，等到起来……"

虽然和她有点距离，但还是觉察得到她紧咬着牙关。

结城觉得，关水的讲法有其道理。如果有人要自己和箱岛两个人去夜间巡逻的话，自己肯定也会感到畏惧。箱岛确实散发着一种让人无法完全信任的气息。更何况关水还是女性，可以理解她会拒绝。

但如果是这样的话……

所有人的目光都集中到釜濑身上。

釜濑并没有展现出像结城他们先前看到的那种窝囊态度。发现轮到该他讲话了，他傲然地以嚣张的态度撂下一句："干吗呀！是在说我做了什么事吗？"

看着他的样子，结城心想，釜濑会是在集体中虚张声势的那种人吗？应该不至于吧。他该不会是认为安东会当他自己的后盾吧？那样的话，他就大错特错了。事实上，安东是在质问釜濑。

"我们等一下再来判断你做了什么事情。现在请你先告诉我们，昨晚你有没有去夜间巡逻。"

这种压迫性的问法不知是因为内心焦躁，还是因为和釜濑讲话时用这种方法比较有效。釜濑谄媚地笑着回答道："啊，噢噢，昨晚。嗯，我没有去。"

"你没有参加夜间巡逻？"

"嗯，是的，因为……"

"也就是说，关水讲的是正确的咯？"

"那种事情，"釜濑挺起胸，自信满满地回答，"我怎么会知道啊。我哪知道箱岛在关水的房间里说了些什么啊。"

"废话少说。箱岛来到你的房间里，你拒绝去巡逻。我是在问你，事情到底是不是这个样子？"

353

安东眯起眼睛,声音给人一种压迫感。就连釜濑也开始无法再虚张声势下去了。

"啊,嗯,那样讲是没有错啦。"

"后来,箱岛到关水的房间去。根据关水的说法,也被她拒绝了的箱岛,说要再去说服你一次。到这个部分如何?"

在釜濑回答前,有那么一瞬间。就那么一瞬间,客厅的气氛顿时冷却下来……为什么结城会有这种感觉呢?

原因来自身旁。若菜以令人不寒而栗的阴沉眼神瞪着釜濑。

釜濑答道:"没有,他只来过我这里一次而已。"

听起来有种"这样就没事了吧"的感觉。

安东脸上露出厌恶的表情,但是还没等他说些什么,若菜就率先开口了。

她用低沉而不带任何感情色彩的声音问道:"喂,这件事很重要,请你回答……为什么你不去夜间巡逻?"

"啊,噢噢,那个啊。"

虽然对于从旁边突然插进来的话感到困惑,釜濑还是维持着他那副傲慢的态度。结城在椅子上略微起身。就在釜濑说道"那不是什么大事,就是自己想睡觉而已"的那一瞬间,若菜勃然大怒,站了起来,吼叫道:"骗子!你果然是骗子!哪里会有人相信你说的这种理由！我听说了，之前是你拿着开关的吧。为什么大家还要让这家伙活着？这家伙杀了雄他们，后来又想要杀我们，所以拿着开关四处晃荡。一定就是这样的！"

"我……"

"闭嘴，去死！"

若菜不由分说地把手伸进了衣服内侧口袋。等到她再把手伸出来的时候，只见其右手握着一把闪着黑光的手枪。

枪声比想象中要轻，"啪咻"一声的破裂音回响在客厅里，紧接着是椅子倒地的声音。

釜濑的眼睛睁得很大，结城对此印象十分深刻。

釜濑举起双手，当场转了一圈，样子看起来非常滑稽。转完圈之后，釜濑连手也没有放下，直接面朝下倒到地上。

若菜没能再开第二枪。结城抓住了她的手臂。

原本就预料到会有这种可能。安东与结城对于"不知道若菜会做出什么事情来"这点是有共识的，但是两个人的理由却不尽相同。安东是以怀疑的眼光来看待若菜的，结城则是觉得失去爱人的若菜目前陷入了错乱。

两人把所有人集合到客厅时，就已经决定好由安东主持大局，而结城则是负责监视若菜。这样的决定称不上是充分发挥了效用。但是话说回来，谁会想到是若菜拿到了枪支,而且还突然开枪呢?就连原本就保持警戒心的结城都来不及阻止,最多也只能再次抓住若菜而已。

"别碰我!"若菜一边大叫,一边用力挥舞着手臂。

力气大到让人觉得可怕。结城虽然不算强壮,却也没有那么柔弱。但是这样的结城也完全压制不住若菜。现在,若菜的手指并没有扣在扳机上。结城用双手包覆住她紧握着枪把的右手。这样一来,至少若菜无法扣动扳机。

关水跑到倒在地上的釜濑身旁。就连须和名也以带着些许紧张的声音说道:"'警卫'应该会帮忙急救受了伤的人。我们要叫吗?"

但是,关水却无法回答。

实在没有想到竟然会这么可怕,才短短几秒钟的时间,一切都结束了。釜濑俯卧在地上,关水把他脑袋翻过来一看,额头的正中央,有个红点。

感觉像是开了某种玩笑一样,区区一发子弹就精准射穿了釜濑的眉间。

釜濑那看起来因惊吓而睁得很大的眼睛无论过了多久都已经一眨也不眨了。

"不会吧?"

安东茫然地喃喃自语道。他手中握着细绳,这是为了在若菜抓狂时可以用来绑她而预先准备的。

至于若菜，此刻已经全身虚脱，结城也忘记要好好压制住她。

关水露出似笑似哭的表情，说道："可以不用叫'警卫'了。他死了。这么简单就……"

像是刚才忘记出场似的，渕此刻才惨叫起来。

结城自然是不喜欢釜濑的。可是，真没想到……自己明明接下了从若菜那里保护釜濑的重任。

他觉得糟糕透了。为什么若菜会出现在这里，又为什么会如此安静、如此顺从听话？她就是为了要一枪杀死犯人、杀死釜濑。自己竟然事先没有看出来！

"喂，他真的死了吗？"结城情不自禁地问道。关水的表情依然很僵硬，只见她缓缓地摇了摇头。结城不明白这个动作的意思，是在说"你自己过来确认看看"的意思吗？失了神的结城耳边响起某种"喀啦、喀啦"的声音。

"或许还来得及。'警卫'！"安东举起手大声叫道。渕整个人都瘫在地毯上。结城完全动弹不得，耳边又响起了某种金属声。

"对……对啊。要不要进行心脏按摩之类的？"

结城心想至少得先讲点什么，但对于自己讲出来的话自己都嫌烦。须和名摇了摇头说道："不，如果要进行抢救的话，还是交给'警卫'来做吧！"

关水似乎受不了了，大叫道："没用的！完全没用的!"

"若菜,你这家伙!"

安东猛然回过神来,瞪着结城身旁的若菜。那一吼就好像破除了咒语的束缚似的,结城也看向若菜。

若菜拿起手中的枪,以及扣动枪上的金属杆。喀啦、喀啦。

"你在做什……"

结城连问都来不及问,若菜就把枪口对准了自己的太阳穴,说道:"我已经受够了这种事。糟糕透了。"

这句话成了若菜的遗言,十二位参加者变成了五位。

7

釜濑、若菜。

"警卫"帮忙把两具尸体都收拾掉了。"警卫"利用内建的机铲型机械手以及可以载运人体的平坦顶部妥善地处理了尸体,再把黏腻的血迹打扫干净。不同于"停尸间",客厅的地板是地毯,血迹几乎清理不掉了。

不过,无法把所有的"事后处理"都交给"警卫"去做。昨天,大迫曾用"证明大家彼此信任"

的仪式，也就是把已无主人的凶器封埋起来的仪式，今天也要继续进行。唯独这件事必须由大家亲手去做。

这像是带有一种嘲讽意味的埋葬。不是埋藏在土里、而是埋藏在"金库"里，总共有五种凶器。

其一是"悬吊式天花板的开关"。

其二是"手枪"。看着从若菜手里拿到的这把枪，结城才知道它是"22口径的空气枪"。这件事非得找个人告诉不可。他看看左右两边，无论是渕还是关水，甚至连安东都完全没有把注意力放在这里，但是结城也不想把自己的发现大声叫喊出来。

还有，从大迫、箱岛以及釜濑的尸体上取出卡片钥匙后，开启了三人的"玩具箱"，分别找到了他们的凶器与"备忘录"。

大迫的凶器是"曼陀铃"，属于"敲杀"。

箱岛的凶器是"弹弓"，属于"击杀"。

釜濑的凶器是"装在水壶里的冰刀"，属于"刺杀"。

结城感到不太舒服，有种快要吐了的感觉。面对如此赤裸裸的丑陋，他有种浑身发抖的切身之痛。

仪式就在沉默中肃穆地进行着。结城以为会有人，关水或是安东会提议"要不要把所有的凶器都丢掉"。刚才与安东交谈时，自己实在无法赞成，但是现在……结城觉得已经受够了。如果现在有人提议"大家都丢掉凶器吧",自己应该就会回答"说得很对"吧。

可是,没有任何人提出这样的建议。

十二张卡片钥匙划过卡片阅读机上,每刷一次,机器就会发出"哔"的一声电子音,信号灯由红变绿。把五件凶器丢在"金库"冰冷的地板上时,发出了"当啷"的一阵噪声。

然后,关上门,信号灯又由绿变红。

从开始到结束,谁都没有开口。

8

然后,"夜晚"到了。

结城溜出房间,悄悄来到十号房间,也就是原本属于西野的那个房间。他的手上拿着武器——拨火棒。由于房间里开着灯,因此要找东西并不困难。

事实上,结城并不觉得能够在这个房间里找到什么。他只是抱着一种"姑且先找找看"的心态。重要的证据之一已经在进入"夜晚"之前就瞒着大家拿到了。此时要在这里调查的是另一件重要的事情。

但是,他才找了没多久,就得到意想不到的成果。

枕头下面。

这个地方用来藏东西显得有些太随便了,不过结城发现了一粒药丸。那是一颗小小的红色药丸。他拿在手上观察，但表面上什么都没有写。

"这是……"结城喃喃自语道。

这是重要的证据。原来如此，应该会为西野准备这样的东西。但是现在结城似乎已经领会到这颗药丸最后没有被拿去使用的原因。

结城悄悄地把那颗药丸放进了自己的口袋。

就在那之后不久。

"结城理久彦。夜间外出。第一次警告。"

在打开着的房门前，横着一个白影，发出很清楚的女生声音。虽然声音一点也没有威迫感，但结城却毫不夸张地跳了起来。他并没有发出惨叫声，已经算是奇迹了。

是"警卫"……被发现了！

不行，不能慌张。结城一边感受到自己悸动的心跳，一边深呼吸。

"哎呀，不好意思。我马上就回去。"

他对着机器人点头哈腰。"警卫"的头灯直直地照着结城。

不久，那个女生的声音再次宣告道："结城理久彦。夜间外出。第二次警告。"

接着，发出了轻微的马达声。备有机械手与发射型电击器的"警卫"又准备要发挥功能了。跟它抵抗不会有什么好处。结城迅速地逃离了房间。

他敲了敲装着药丸的口袋,有了这个,就能够清楚地说明杀害西野的那个案子了吧。

于是,结城安心地睡着了,进入了连梦都没有做的深度睡眠。

"实验"第六日

1

一觉醒来，结城发现自己首先想到的是昨晚又有谁死了这个问题，对此，他感到很惊讶。原本他就对自己适应环境的能力比一般人要强而感到有些自负，但是没想到现在自己竟然连"暗鬼馆"都习惯了。

他就这样躺在床上，等待着有人跑来说，"糟了！这次遇害的是……！"然而并没有发生这样的状况。结城慢慢地起床、洗脸、刷牙，一边擦脸一边回到卧室。这时，他才想到就算有人把自己锁定为攻击目标也不足为奇。他嘲笑自己道：原来如此，自己或许真的很无忧无虑呢！

他先确认了一下口袋里的药丸是否还在。还有，另外的证据也需要确认。

一进入餐厅，安东、须和名、关水以及渕都已经先吃过早餐了。结城一开始觉得"人怎么这么少"，接着才想起其实也并不少。这已经是目前"暗鬼馆"里的所有人了。

结城想起来了。

西野遭手枪击杀。

真木遭弩枪射杀。

大迫与箱岛被悬吊式天花板压死。

釜濑与若菜死在手枪下。

岩井进了"监狱"。

毫无疑问,所有人现在都在这里了。结城、安东、须和名、关水、渕共五人。

须和名露出和第一天早晨完全相同的笑容,对他说道:"早安。"她细致的肌肤完美无瑕,一方面是因为第一天与"主人"交涉后带来的化妆品充分发挥了功效,另一方面似乎是因为昨晚她也同样睡得很好。

安东手里拿着咖啡杯,瞥了结城一眼,说道:"你很慢嘛,我还以为你死了呢。"

哪有那个心情为了这种玩笑而笑出来啊?时间确实已经将近八点了,不算很早。

早餐的菜单是三明治与洋葱汤,旁边附上了一把小小的木匙。银色的大盘子中还留有很多三明治。结城从"便当箱"中取出洋葱汤后,在安东附近坐了下来,伸手去拿番茄三明治。

三明治的面包还温热的,是热食三明治。虽然是很简单的料理,但毕竟还是很好吃的。

"在食物方面,让我们吃得还蛮奢侈的呢。"

安东并不赞同。

"我本来以为会出现豪华的满汉全席之类的料理呢，总觉得经常让我们吃日本餐和中国料理呢。"

"嗯，不管如何，反正就到明天为止了。"

"如果没有再发生什么事的话……已经发生够多事了吧。"

结城在心里计算着。大概还有四十个小时左右吧。

在四十个小时里，如果要想确保不会发生任何事的话，也差不多该去除不安的种子了，已经等得够久了。结城再次确认了一下自己离关水与渕坐得很远。不过他还是压低了声音道："听我说，安东。"

"什么事？"

"你觉得是谁杀了西野？"

由于已经有了结论，结城的说法单刀直入。没有做好万全准备的安东惊讶地睁大了眼睛。但到底不愧是安东，他马上又神色自若起来。

"这不用讲也知道吧。"

"是像你昨天说的那样吗？"

"我想是吧。"

"若菜已经死了，你还认为是她吗？"

安东连看也不看结城。

"嗯。西野是若菜射杀的，箱岛知道了这件事，她又杀害了箱岛。后来，由于某种原因，她又不得不杀害了大迫。然后，对于这样的结果感到绝望而自杀。这样解释不是很完美吗?"

结城一瞬间顿时也觉得,或许算是完美吧。

但是,事实显然不是这样的。本来,"那釜濑的事情又怎么说?"

"……"

"要自杀的话,自己一个人就能去死。釜濑可是被若菜给杀害的哦。这件事情,绝对比杀害真木的人是岩井还要千真万确。如果就像你说的那样,她干嘛把釜濑也牵扯进来?"

安东叹了口气。

"这种事,我怎么知道。不过,比如说这样子:若菜之所以不得不杀害大迫是因为釜濑害的。不然就是若菜要杀害釜濑,结果却误杀了大迫。这样的话,她只要不杀害釜濑,就应该会有一种死不瞑目的感觉吧?"

听到安东这样问,结城也无此回答。到目前为止,结城还不曾有过那种"非杀了这家伙不可,否则我就死不瞑目"的心情。

但是即便是这样的结城,也有想要明确展示的东西。他说道:"那凶器该怎么办呢?"

"凶器?"

讲到这儿,安东才首度以讶异的表情看着结城。

"凶器的话,不就拿在若菜的手上吗?是手枪。"

"拿那把枪射击的吗?那可不是九毫米口径的

枪噢。"

"不是说'大可以兼小'吗?"

搞不懂安东在说些什么,结城一时语塞。为求谨慎,安东仔细地说明给他听,道:"手枪的子弹未必一定要相同大小的口径才能发射出去。如果子弹稍微小一点的话,基本上还是可以发射得出去的。"

"那么你的意思是,若菜是用昨天的那把枪发射九毫米的子弹的吗?"

"你很烦啊,就只能这么想了啊!"

结城缓缓地摇了摇头。

结果,安东也并没有像他所想象的那样能言善道与博学多闻吧。或者说,他只是纯粹的观察不足而已。

结城无意继续卖关子,他告诉可怜的安东一件事道:"听我说,安东。对于自己并不清楚的事,我很不喜欢假装自己很懂,所以昨天我没有讲话。"

"你在说什么呀?"

"因为那个时候我以为你比我还清楚。可是,也许事实并不是这样。"

"所以你想说什么呀?"

"安东,你真的仔细观察过若菜的手枪吗?在弹膛的旁边刻了字,上面写着'.22LR',你没有注意到吗?那是把22口径的手枪。小无法兼大。"

安东的眼睛睁得很大,他的手甚至开始颤抖。

看来他果然没有注意到。结城一边担心安东手中的咖啡杯会不会掉落,一边问道:"这样的话,你有没有其他想法?"

安东没有回答,依然举着杯子,僵在那里。

"没有其他想法吗?"

似乎无法再期待安东什么了。结城稍稍叹了口气,伸手去拿鸡蛋三明治,把它放进口中,一口气吞了下去。然后,趁着自己决心还够坚定的时候,他环视了一下餐厅,意兴阑珊地小声说道:"从现在开始,我要来解决是谁杀害了西野。"

对于这番突如其来的宣言,"暗鬼馆"马上就有了反应。

广播里传来了打开扩音器开关的"叩"的一声,然后,广播响起。

"针对杀害西野岳的事件,结城理久彦做出了解决的宣言。结城理久彦,如果有必要,请指定一名助手。"

2

当一个人在卯足了劲准备进行挑战的时候,一旦出现意料之外的要求,就会有种被泼冷水的感觉。此时的结城就是这样。虽然他知道"主人"会进行广播,但却压根没想到关于助手的事。

"啊，助手呀，这个嘛……"

他瞥了一眼安东。

但是安东刚刚摆脱了一时的打击，现在正在用一种怨恨到让人害怕的眼神瞪着结城。他会有这种反应，也算是意料中的事。安东一向很自负，在箱岛死后，他更有一种自负，觉得自己是生存者中头脑最好的人。结城心里明白，那种自负的感觉一旦受到伤害的话，自然就会转化成怨恨。

这样的话，安东就不适合担任助手了，反正结城本来就没打算找谁帮忙，于是，对着天花板说道："嗯，那么我就不需要安排助手了。"

他讲完之后，对方没有回答。

另外，和指定助手一事同样让他感到困惑的是除了安东以外的生存者们的反应。须和名、关水、渊。

渊的精神似乎已经濒临崩溃，她原本圆鼓鼓的脸颊已经完全消瘦下来。对于结城的宣言，她露出了一副事不关己的神情。不对，应该说虽然确实是事不关己，但是结城没有想到渊会流露出如此不感兴趣的神情。仅仅在两三天之前，渊明明比谁都还会照顾别人。

关水的表情很僵硬，用热切得有点异常的目光看向这里。事实上，倘若结城没有事先仔细思考过的话，说不定光是看到关水这种异样的目光就会得出"啊，关水在害怕自己所犯的罪行被曝光"的这种结论。但是，结城觉得自己能够理解，那是一种恐惧感。对于结城即将要厘清的事情真相，她感到害怕。

最过分的是须和名，她略微歪了歪脖子，说道："西野先生？我不记得他是谁了。"

"须、须和名小姐！"结城不由得破了音。

或许不能怪她没能明确地记住西野先生。因为西野很早就从"暗鬼馆"消失了，早到来不及给人留下印象。事实上，结城也对他一无所知。不过对于其他十个人也同样是如此，都已经共同生活到第六天了，还是没有什么特别熟悉的人。

虽说如此，但是如果连这个人的存在都不曾记得的话也有点太过分了。

结城连忙解释道："就是那个中年男子！"

"中年……？"须和名陷入沉思，隔了好久，她方才把手交叉在胸前说道，"嗯，确实有过这么一个人。"

虽然她笑着点头，但是她究竟回想到什么程度，实在令人怀疑。有必要对须和名进行说明。不，结城自己也希望能够一边解释一边整理。于是，他缓缓开口说道："西野先生在第三天早上被发现死亡的地点是在'停尸间'。他身中八枪，浑身流血而死，现场留有九个弹壳。杀害西野先生的人发射了九发子弹，其中一发没有打中。他是在'夜晚'期间遭遇杀害的，这一点很确定，但是具体时间就不清楚了。最先发现遗体的人是我们。我、安东、须和名小姐，以及岩井。真木先生好像也在吧？由于是几个人同时发现的，至少第一名发现者不会因此而遭到怀疑。现在，我要来说明是谁杀害了这位西野先生。"

"那个，请等一下。"

就在结城口若悬河、滔滔不绝的时候，渊打断了他。她的脸像是要趴到桌子上一样，一点也没有想听的意思，只有手还辛苦地举着。结城不知道渊会对自己说些什么，但还是坚定地问道："什么事？"

"事到如今，拜托就不要再旧事重提了。真是恶趣味。"渊斩钉截铁说道。

即便是恶趣味也没有办法。有什么要抱怨，请向"暗鬼馆"、向"主人"去抱怨。不过，结城不明白为什么这算是"旧事重提"。

"这不算什么旧事重提，因为事情根本就还没有结束吧。"

"你在说什么？"在渊不耐烦的回答中，夹杂着一丝歇斯底里。昨天的若菜也是这样，慷慨激昂到最后，酿成了难以挽回的悲惨事件。结城在椅子上略微向前坐了坐。

渕似乎正在努力地自我克制，说道："事情已经结束了吧。若菜小姐持有手枪，因此，西野先生是若菜小姐杀害的。一定是这样吧？"

原来是说这件事呀，结城在内心里松了口气。不只是安东，每个人当然都以为是若菜干的。

"不，不是那样的。"

没必要提出关于手枪口径的说明，结城已经掌握了一目了然的证据。他把手伸进口袋，为了避免让人感到威胁，他以慢到超乎必要程度的速度缓慢地拿出那样东西。两张折成四折的纸片，是"备忘录"。

"射杀西野的是要使用弹壳且要用火药射击的那种枪，但是若菜的那把却不一样。我也是第一次看到实物。啊，不过我没有看到过使用火药的枪支。总之，若菜拿的是一把空气枪。"

他摊开纸张。

"这是我昨天偷偷从若菜的'玩具箱'里回收的，是关于凶器的'备忘录'。大家都很在意凶器，却太过忽略这个东西了。不过，它确实不是什么读了之后心情会变好的东西。我想，每个人几乎都只有一张这种东西吧。可是……"

若菜分配到的是两张，因为上面附有枪支的操作说明书。

结城在长桌上把那两张纸朝渕滑去。但是操作起来有点困难，纸张在中途失去了力量，停了下来。坐在两人之间的关水，小心翼翼地帮忙把纸片拿给渊。

上面是这样写的。

"枪杀"

枪在人类历史上确实是跨时代的发明创造。

强健的战士败给一介老百姓的时代到来了。因此，枪也是抵抗专制的一种象征。它不单单是武器而已，也是某种精神的象征。

在众多枪支种类中，手枪是格外难以操控的工具。想要到达随心所欲使用的地步，需要长时间的修炼，而且即便是最出色的用枪者，有效射程也和弓没有什么太大的不同。

在推理小说中，有好几把让人印象深刻的枪。如果从冷硬派的作品来看，要说已经有无数把枪支登场也不为过。这次中选的是"22口径空气枪"。《第三颗子弹》[1]这部小说中，在只有两种枪的空间里，发现了三种子弹。虽然它只是部虚幻的小说，但是让人对于手枪的存在印象深刻，就这一点而言，它是部出类拔萃的作品。

---

[1] 原名 *The Third Buller*，美国爱伦坡奖终身大师奖得主约翰·迪克森·卡尔（John Dickson Carr）的作品。

枪可以隔空攻击，这点对你来说很有利。不过，不能太过仰仗于它。这把枪的威力很弱，使用起来也很费工夫，首先要先把空气填满。使用方法记载于第二页。

不等渊把它读完，结城就先开口说道："所谓的空气枪，就是以压缩的空气的力量把子弹射出去的枪。而且，空气是用压气杆压缩的。"

结城的脑海中重新浮现出昨天釜濑遭遇射杀后听到的那种声音。喀啦、喀啦。

"那把靠手动填充空气的枪，第一威力很弱，第二难以连射，第三不需要火药筒，也就是不需要弹壳。昨天在射杀釜濑之后，若菜也在充填空气。这是她为了射杀自己，非得这么做不可。"

喀啦、喀啦。

如果知道那个声音是在做开枪的预备动作的话，结城就能够阻止若菜自杀了。但对此他并不感到懊悔，当时不知道也是没办法的事情。

"难以连射、不需要子弹，这两点都与西野先生一案的特征互相矛盾，所以不是若菜干的。至少，若菜持有的手枪并不是杀害西野的凶器。"

不过，结城这段澎湃的宣言得到的响应却很简洁。

"为什么？"

"咦？"

问话的人是关水。她又重复问了一次。

"为什么？若菜拿的是枪吧。这样的话，不就是若菜干的吗？"

"不，两者枪支的种类不同，正如我刚才所讲的那样。"

"但它是枪吧？"

"咦？"

结城为之语塞。渊的目光原本落在记有操作方法的"备忘录"上，此时也追讨似地说道："我不懂你说的这些细节的内容，但两者都是枪吧。"

证据都已经明确到这种地步了，他们却完全不能理解。这超乎了结城原先所预料的范围。他嘴巴张得很大，一时之间都合不起来。

既定的观念就是这么可怕。或者说，结城是否被人所信赖呢？还是说，对于这些对枪不感兴趣的人来说，无论是半自动手枪还是空气枪，都感觉是一样的东西。对于和枪支无缘的平凡众生来说，和他们解释这些等于是对牛弹琴吗？难道说，这是因为他们不希望结城推翻已经确信是若菜所为的观点而产生的心理抗拒吗？

到底应该如何说明才能使他们听懂呢？到底能不能和他们把话讲通？结城一边陷入了几乎绝望的情绪，一边仍然在绞尽脑汁地想办法。

"若菜持有的这把枪与用来杀害西野先生的那把枪……"他思考着,"就像海豚与鲸鱼一样,虽然长相相似,但是却有着本质的不同。"虽然讲完后,结城有些后悔,为什么没有拿猴子和鲸鱼做列举来打比方呢。

不过,这种没有根据的比喻,成效却比他想象得大。渊虽然仍然感到疑惑,但是还是这样说道:"是这样吗?"

"就是这样。"

"原来是这样啊。"

虽然还是一副不太能理解的样子,她总算是暂且先点了点头。接着,安东插话道:"结城讲的是正确的。杀害西野的不是那把枪,射杀西野先生的是九毫米的子弹。然而,22口径的枪比六毫米还小,所以无论如何都无法用那把枪来射击。"

与其说安东是为了出手帮助结城,倒不如说是他似乎是对于情况说明在这么前面的阶段就遭遇卡壳而感到不耐烦。关水似乎总算理解了。

结城也问了问须和名道:"嗯,那个,你能够理解吗?"

须和名微微点了点头。

"其实,昨天在看到那把空气枪之后,我就觉得它没办法射出比较大的子弹。那样的话,枪肯定会裂掉。"

对于空气枪枪身的强度是否耐得住火药爆发这一点，结城无从判别。

在刚刚的对话中，结城察觉到一件直到刚才为止都没有发现的事情，他不由得脱口而出："这样呀，所以若菜才……"

"你说什么？我听不见啊。"

结城的自言自语被人责怪了。

对于是否要把刚刚才察觉到的这件事说出来，结城犹豫了片刻。如果多讲了一些不必要的话，搞不好会对"谁杀害了西野"这个最重要的结论带来负面影响。

不过，结城相当亢奋，无法把已经想到的事情再吞进肚子里。

他说道："第四天，在提议大家彼此之间互相出示凶器的时候，我知道若菜为什么要强烈地抗拒了。因为她的凶器就是手枪。西野被枪所杀，而自己的凶器也是枪，在这种状况下，如果把凶器拿给大家看，百分之百会被当作是犯人。因此，若菜才会强烈反对到那般田地吧。"

"等一下，"安东咧嘴笑道，"那不是很奇怪吗？正如你刚才所说的那样，若菜的空气枪不是凶器这一点是可以被证明的。如果她真的没有杀人，不就没有必要那么害怕了吗？"

"奇怪的人是你吧。"

结城一口回击道。安东的表情扭曲起来，似乎很不悦。

"你刚才也看到了吧？我都已经在大家面前拿出操作说明书仔细说明了，可大家还是不相信。即便到现在，大家是否是真的能够接受这不是若菜所为，都还令人怀疑。如果在第四天的时候，从若菜的房间里找到枪支的话，毫无疑问，我们就会认为若菜就是犯人。若菜原本可能也认为，用来杀害西野的说不定就是自己的这把枪吧。如果完全没有关于手枪的基本知识，就会变成这样。在她怀疑'是不是有人从自己的房间里拿走了枪'的状态下，你觉得她能指望我们这群并不是她朋友的人的理解力，然后告诉我们'我虽然持有枪，但我却不是犯人'的这种话吗？安东，在这个'暗鬼馆'里，所谓的'解决'并不在于'了解真正发生的事情'。你读过'规则手册'吗？你忘记岩井的例子了吗？送到'监狱'的并不是杀人犯，而是在少数服从多数的投票表决下遭指名被点为犯人的人。"

接着，结城对渊说道："渊小姐，如果有错的话，请你指正。去确认若菜凶器的人是不是只有大迫一个人？"

渊好像是看到什么可怕东西似地看着结城，然后微微地但是很明确地点了点头。

"嗯。我不清楚那代表什么意思……不过，就是那样。去确认若菜小姐凶器的是只有大迫先生一个人。大迫先生原本也是希望让箱岛先生从旁见证的，但是若菜小姐闹脾气，说她绝对不答应。于是，他们两人就一直窝在房间里不出来。但是出来的时候，大迫先生很明确地说过'不是若菜'。箱岛先生则表示自己相信，但是建议不要告诉安东先生他们。"

"可恶的家伙！"

安东大叫起来。他差点就要咬牙切齿了。

"当时说出来就好了。可他连讲也不讲，最后就这样惨遭杀害……结果害得我这么……"

结城心想，虽然不知道安东在懊悔什么，但是如果只因为若菜不相信我们这些人就予以责备，道理上也说不过去。

大迫为了维护若菜而撒了谎，不过这个显而易见的谎言却在安东心中留下了怀疑的想法。可是，大迫并不是为了包庇若菜免受惩罚，而是为了保护她，让她不会因此而招致无知的恐慌，导致被人误解。

这么做到底是好是坏，不得而知。

安东把手撑在桌子上，从椅子上站起身子，靠近结城质问道："那么是谁？不是若菜干的，这点我认同。那你说，到底是谁杀害了西野？那把九毫米口径的手枪到底是谁的？"

"谁都不是。没有人拿到这样东西。"

所有人的脸上都浮现出相同的疑惑的表情，就连须和名也歪着脖子，一脸讶异。结城又重申了一次。

"没有任何人持有九毫米手枪，西野先生是……"他吸了一口气，继续说道，"他是自杀的。"

"自杀！"

安东愤慨地说道。他下一句话很明显将会是"怎么可能有这种蠢事"，因此结城抢先一步说道："西野先生如果没有去世的话，'暗鬼馆'就不会变成现在这种'非生即死'的低级场所。大家记得第一天、第二天时候的情况吗？虽然馆方说明了这份工作的规则与目的，但是出现慌乱的不是只有若菜吗？没有人把这真当成了一回事，至少表面上是如此。但是到了第三天早上，大家发现西野先生遇害之后，整个气氛就变了。大迫开始主导，大家在行动上开始采取三人一组制，'夜晚'变得难以入眠。岩井之所以会杀害真木先生，说起来也是因为西野先生的死而变得惊慌失措吧。西野先生如果还活着的话，我们每个人大概都可以无忧无虑地入睡、享受美食，领到打工薪资然后回家。一切都是因为西野先生的去世才发生改变的。这一点，应该可以理解吧？"

结城对着安东如此问道。然后，他依次看向关水、渊，以及须和名。

没有人发声反对说"不是那样的"。于是，结城提高了音量，继续说道："一切都是从西野先生的去世开始的。换句话说，如果西野先生不死的话，一切就无法开始。而且，'俱乐部'建造出这么莫名其妙的空间，把我们集合在这里，制定规则，又搞出'玩具箱'与'便当箱'等东西，甚至连悬吊式天花板都设计了。如果什么都没有发生，七天的时间就这样结束了的话，他们是不可能接受的。"

结城的声音回荡在让人觉得空旷的餐厅里。

每个人似乎都屏住了呼吸。为了打破沉默，须和名说道："当然不会接受吧。"

结城对于须和名的附和感到有些讶异，但是仍然点头继续说道："'俱乐部'为了在我们之间引发'某种东西'——我想恐怕就是杀人事件，以及因而会产生的'疑神疑鬼'的心理作用——必须先准备某种诱因，或者说是'引爆剂'。因为不这么做的话，所有的投资都会血本无归。

"讲白一点，西野先生就是引爆剂。西野先生把自杀装扮成像是他杀一样，引起我们之间的相互不信任，他所扮演的就是'引爆剂'的角色。"

"怎么会……怎么会有这么过分的事！"渊叫道。

结城随即回答道："要说过分，是这个'暗鬼馆'过分。这里是用来相互厮杀的场所，为此而准备的规则很完备，道具也很齐全。建筑物的设计也很过分,光是在回廊上行走就有那么多的死角,只能以'性质恶劣'来形容了。准备了上述状况的'俱乐部'也准备了用来送死的人。这种事情有那么难以置信吗?"

"有这么配合的人吗?"说话的人是安东。

结城马上摇了摇头,说道:"你知道每年光是日本就有多少万人自杀吗?我没有自杀过,所以并不了解,但是只要条件诱人,志愿者应该是要多少人就能有多少人吧。反过来想,也可以说是他们先找到了西野这个重要的'引爆剂',才能刊登征人广告吧。"

一回神,才注意到关水在咬自己的手指。她用沉痛的声音说道:"对啊。说不定就是这样。虽然听起来有点疯狂,但是我认为有一定的可能性……"

"我原本也只是觉得事情大概就是如此,觉得这应当是有可能的。但是,我昨天又找到了这个。"

装在口袋里的东西是最后一张王牌了。他就像是在围棋对弈时下子一样,把红色的药丸放到了桌子上。

所有人把目光都聚集到那颗小药丸上。从坐得最远的渊那里可能看不太清楚,但是结城并没有特别顾及到她。

"这是我昨晚在西野房间里找到的,就藏在枕头底下。这个药丸是什么呢?我认为这应该是'俱乐部'交给他的自杀用的毒药。对方要求西野答应，在适当的时机吞下这颗药丸。这样他就会死掉。我们发现尸体之后就会这么想：'有人毒杀了他。这样的话，谁也不能相信，水都不能喝了！'然而，西野没有服毒自杀。"

"你是说，你连其中的理由都知道吗？"

安东或许是想要揶揄嘲讽，不过他的话已经渐渐失去反驳的力气了。

"我不会说'我知道'，但这可以想象得到……西野出于某种理由，陷入了非死不可的状态，例如得了不治之症，或者是债台高筑，又或许是遭遇了人质被绑架的威胁等。对于这种状态，他已经有所觉悟。或者应该说，没有觉悟的话就奇怪了。然后他收到了毒药。"

结城停顿了一下，然后以叹息般的口气说道："我想他是后悔了。"

餐厅里一片鸦雀无声。

"自己已无回头路可走，我们却能无忧无虑。这个'暗鬼馆'实在是过于奢华，为了吓唬我们，他不得以以这种陪我们玩乐的形式死去。

"再怎么说，都没有这样的事吧。

"他应该是想要展现自己最后的力量吧。目的是想要扰乱'俱乐部'的如意盘算吧。因此，他没有用拿到的药丸，照着上面强迫的方式受死，而是采取了别的方式。"

结城自己加强了渐渐变轻的声音。

"可是,这里没有凶器,没有可以用来寻死的工具。除了被分配到的凶器之外,完全没有任何危险物品。安东。"

结城突然把话茬丢给安东。安东露出厌烦的表情,说道:"什么啦?"

"你曾经感到不可思议过,对吧?为什么这里的餐厅所提供的餐饮常常是以日式与中华料理为主呢?今天早上吃的是三明治,之前甚至也出现过汉堡。死去的箱岛也对有一天是吃鳗鱼饭而感到不可思议……你有没有想过,这是为什么吗?"

安东双手交叉,环抱在胸前,给出一个冷酷而短促的回答,道:"不是没有想过。"

"如果餐点必须使用刀叉的话,刀叉就会变成凶器。"

什么嘛!结城觉得很没劲。安东也推导出了同样的结论。

不过,安东未能详细说明这样的想法。他想说的应该是以下内容。

"说得没错,我也那么觉得,而且那会是一件很糟糕的事情。如果所有人都拿到刀子,当我们恐慌程度升高时,就会陷入一种以体力取胜的大混战的危险。'俱乐部'固然不想看到什么事情都没有发生，但是也不喜欢纯粹的扭打。这从呼叫'警卫'就能制止扭打的规则中就可以看出，这应该是'主人'的命令吧。"

昨天早上，因头脑一时发热而去攻击安东的若菜就是通过"警卫"让她丧失力气的。"暗鬼馆"如果纯粹只是用来武斗见血的场地，那就让他们扭打下去就好了。

"而且'俱乐部'做得还挺彻底的。冰箱里的酒瓶都是小瓶装，很难当成凶器。放在盥洗室的不是剃刀，而是电动的刮胡须刀。就连圆珠笔都一支也没有。正因为这样，如果想要记录点东西，就必须得把文字处理机给搬出来用。大家还记得岩井被压制住时候的事情吗？按摩浴缸那里的玻璃门就算是破掉也是碎成块状的。这样的话，破碎的玻璃也无法当成凶器。在'暗鬼馆'里，除了分配给大家的凶器之外，其他的东西虽然不能说无法用来杀人，但是真的要用也非常困难。虽然也可以徒手杀人，但是如果花费的时间太久的话，'警卫'会立马赶过来。"

结城迅速地偷偷瞄了一眼大家的表情。渕与关水因为完全没想过会有这种事而把眼睛睁得很大，安东流露出痛苦的表情，须和名果然还是面不改色。

"在这缺乏凶器的'暗鬼馆'里，西野却想用药丸以外的方法寻死。他那非死不可的命运事到如今也无法改变。但是，难道就不能设法做出让'俱乐部'措手不及的事情吗？难道就不能展现出自己的能量吗？这必须得花工夫。于是，如同我们实际所看到的那样，西野选择的是九毫米的子弹。西野选择了它作为自杀的方法。"

"我就说了，哪里会有这种东西？"

"啊，有的，在'警卫'的内部。"

对于这句话会引起什么样的激烈反应，结城已经有了心理准备。但是出乎意料之外，每个人都和他一样冷静。在大家看向他的视线中，甚至还夹杂着一些冰冷的目光。

"结城，"安东用谆谆教诲般的口气说道，"你兜了这么大一圈，结果又回到了起点。对于你认为西野是送进'暗鬼馆'来当'引爆剂'的假参加者这一点，我或许可以认同。确实，如果缺少一个这样的人，这七天我们只要悠闲度日即可。但是我不能接受你的结论。我记得在西野先生去世后不久我们就已经讨论过了吧？这会不会是'警卫'干的？答案是否定的。因为它们是不会对我们出手的。"声音里夹杂着叹息。

结城当然记得当时的讨论。

"没错。当时箱岛他们举出各种理由，说'警卫'应该不会加害于我们。但是最后之所以会得出'不是警卫所为'的结论是出于什么决定性的理由，大家还记得吗?"

安东以充满自信的态度回答道:"当然记得啦。因为'警卫'身上只有发射式电击器而已。"

"我原本也没把它当作是问题。因为,当时我认同箱岛的说明——西野先生应该是被某个人叫到'停尸间'去的,我觉得这个解释合情合理。可是,'警卫'还是可能会杀我们的,有唯一一种例外的状况。"

讲到这里,结城见大家的注意被吸引了,于是,一字一句地大声背诵出来,仿佛想要藉此来说服大家道:"关于'夜晚'的规定,第一之四条。'警卫'警告累积三次以后,如果再次被'警卫'发现在'夜晚'期间离开个人房间,'警卫'会将其杀害。"

为了在此说明此项规定,结城没有将"规则手册"带来,而是故意背诵出该条文。因为他认为,这样可以令人印象深刻。总之就是单纯地在卖弄作秀。

但是结城的卖弄却带来了超乎想象的效果。

比如关水就把嘴巴张得大到合不拢嘴,然后说道:"这么说来,确实有这样的规定呢……"

安东则是懊恼地扭曲着脸。

"这样啊,所以才能'自杀'。"

结城点了点头。

"在'夜晚'期间,不可以离开房间。这也就是说，如果我们二十四小时都聚集在一起的话，应该什么也不会发生。'夜晚'的规则就是为了要拆散我们，然后创造杀人的机会。如果'夜晚'崩塌了的话，就和西野没死一样，什么事情也不会发生。所以，'夜晚'非常重要，违反规定的惩罚也很重。如果多次被'警卫'发现的话，就会遭遇杀害。这本质上只是一种威胁而已，任何人都会在被'警卫'发现第四次之前就察觉到大事不妙，从而回到房间。然而，看过'规则手册'的西野却反过来利用了这项规定。他故意在'夜晚'期间外出走动，没有回房间，诱导'警卫'杀害了自己……这是他的自杀方式。他并不是被人叫到'停尸间'去的，是他自己挑选了死亡的地点。"

结城停顿了片刻，待大家都明白他话中的意思后，再说出了最后的讯息："我之前想过，如果是使用电击器来杀害在'夜晚'期间外出走动的人的话，似乎很麻烦。因此，我想说不定有这种可能。不，错了，应该说我确信如此。昨天，我去搜查了西野的房间。目的有二：其一是为了调查西野本来的自杀方法。我本来以为他应该已经处理掉了，但是没想到我一搜就很轻松地就找到了这颗药丸。然后我的另一个目的是为了就近观察夜晚'警卫'的情形。虽然它对我发出了两次警告，但是我也得以确认'警卫'对着夜间外出的我露出了枪口。那当然不是手枪，如果其子弹是九毫米的话，应该就是类似于冲锋枪那种构造的枪支吧。"

讲到这里，他想到渕可能会听不明白，所以又补充了一句："反正就是'警卫'有枪。"

没有任何人提出异议。

结城意识到，自己的说法似乎得到了大家的认同。这样一来，若菜的污名就被洗清了，西野死亡的真相也弄清楚了。

安东有气无力地问道："有一件事情我不太明白。拿到自杀毒药的西野为什么会把毒药藏起来，而是选择让'警卫'射杀呢。你说他是'因为懊悔'吗？能不能再多解释一下这部分内容？"

"嗯，"结城含糊其词道，"对于这个部分，我只有一种'能够理解'的感觉而已，但并不是完全了解。刚才我也说了吧，对于自己并不清楚的事情，我不喜欢装出一副自己很懂的样子。不过，即便如此，我还是有这样的想法。如果吞下毒药的话，就真的是自己杀死自己了，但如果是与'警卫'为敌的话……"结城不由地深深叹了口气，继续说道，"就能够与之抵抗至死了吧。"

接下来，就只剩下仪式了。

杀害西野岳的是西野岳自己。由结城理久彦所提案的"解决"在四个人全部赞成的情况下被认定为事实。

最后,须和名的表情略微一沉,说道:"真是个悲惨的故事啊。"

3

于是,在结城坐上侦探宝座的同时,大家也对他敬而远之。

案子解决之后,安东与关水在餐厅比邻而坐,热切地交谈起来。能够听到他们聊及"犯人是"、"事实上"、"若菜她"等只字片语,好像是在讨论杀害大迫与箱岛的案子。但是结城一靠近,两人就闭上了嘴,用眼神示意对方停止。等到结城放弃而离开后,两人又流露出认真的神情,继续交谈下去。

到昨天为止,与安东搭档的人是结城。被这个来到"暗鬼馆"之后才认识的男子冷淡以对,结城并不会感到愤愤不平。尽管如此,自尊心受损后,安东对自己的态度产生这么明显的转变,一方面让结城感到讶异,一方面也可以说是有种寂寞的感觉。

结城一直颇为顾及安东的面子。其实,关于西野会不会是自杀的想法,以及会不会是利用"警卫"与"夜晚"的规则作为自杀工具的想法早就在第四天的晚上就想到了,虽然当时只有一个框架性的初步设想。之所以没有直接告诉安东,也是顾虑到安东的自尊心。

然而，安东到了第六天早上仍然被困于谬论之中，可见原来他是个多么愚昧的人。这样一来，就没有什么值得和他联手的理由了。

结城不想再理会安东，便回到客厅里。那里空无一人，只有一张圆桌与十二把椅子。由于上午的"解决"并未指定杀人者，剩下的还是五个人，人数没有减少。

结城想到，这么说来……

他知道须和名去哪里了。她说过要把看完的书放回"娱乐室"里。但是渊呢？案子解决后，等到结城回过神来，就发现她不见了。这么想来，昨天她好像也经常不见人影。

现在，结城最能够信赖的，或者说是最能够松懈以对的就是渊。须和名虽然也远离血腥的话题，但却不是个容易亲近的人。庶民生活色彩浓厚的渊是"暗鬼馆"中唯一一个能让人感受得到外界气息的人。这一点可以让结城略作放松。

这样的渊却悄悄地消失了。这个嘛，想来也不会有什么危害。

结城独自一人在看不到前端的外围回廊中行走，手放在口袋里。他没有带武器，这并非因为他具有博爱精神，而是因为他感到很振奋，在心中喃喃自语道：这个嘛，顶多就是像安东那样的人吧，无论是渊还是关水,都不值得一提。

揭开西野之死真相的人不是其他任何人,正是他自己。在生存者之中,结城理久彦是最具有价值的存在。难道会有哪个白痴想要伤害自己吗?就算有人找上自己,那就放马过来吧。自己会予以回击。就手腕力量而论,结城也不认为自己会输给安东。

不知不觉间,他下意识地经过了"停尸间"门前,来到了"娱乐室"的木门前面。

无论结城变得再怎么自负,但毕竟还没有自负到认为自己能够和须和名小姐对等交谈。如果说是渊把外面的生活感带进来的话,那么须和名就可以说是把外面的身份差距带了进来。六天的时间虽然不长,但也不是短短一瞬间。即便如此,结城觉得自己与须和名之间的距离却是连一毫米也不曾拉近。

不过,结城现在可是揭开西野死亡真相的杰出人物,应该有权利和她讲几句话吧?

结城这么想着,便推开木门朝里叫道:"须和名小姐?"

在摆设着桌球桌、书架、光线枪射击标靶的"娱乐室"里,有个人影因为结城的叫声而吓得蜷起了身子。出乎结城意料之外,那个人影不是须和名,而是一个圆嘟嘟的影子。略微弓着背、惊吓地朝这里看过来的人是渊。

找到了一个自己无意寻找的人,结城突然感到有些困惑,只能说出一些诸如"啊,你好"之类呆头呆脑的话。

渊转过头看到结城之后,轻轻地点了点头。

渊虽然没有对自己说什么,但是结城感到渊对待自己的态度也有所改变了。她强装出看上去有些勉强僵硬的亲切笑容,说道:"这里都没有人用呢,好浪费啊。"

事到如今,渊还在讲这个,真是有点没头没脑,但她似乎颇为顾虑结城的感受,这倒反而让结城感到有些害怕。结城的声音不自觉地变得有些隔阂。

"你刚才在这里做什么呢?"

"没什么,就有点事……"

渊没有明讲。她在这里应该不是在做什么坏事,为什么要含糊其词呢?

不过,不管渊要做什么,结城其实都没有太大的兴趣。

"对了,你有没有看到须和名小姐?"

见结城岔开话题,渊一边露出松了一口气的表情,一边说道:"须和名小姐?不知道啊……"

"这样呀。那我走了。"结城转身就走。但他突然想起一件事,又回过头来说:"噢,对了。"

"咦,还有什么事吗?"

她干吗害怕成这副德行？还是说，她什么都怕？结城一边感到讶异，一边问道："有件事想跟你确认一下。在彼此互看凶器时，每个人拿到的凶器分别是什么？"

"你这是要？"

"说出来应该没有关系吧。反正都已经……"

话说到一半，结城还是闭上了嘴。与渊同一组彼此察看凶器的人全都已经不在这个世上了。渊也察觉到了吗？她的表情扭曲，有点诡异。她虽然紧闭着嘴，但似乎没有要抗拒的意思。

"就像我先前所说的那样，我并没有看到若菜小姐的凶器。但是其他人的凶器就是昨天放进'金库'的那些东西，完全没错。"

"是这样吗？"结城并不是真的在怀疑什么，他只是觉得，有些事情应该先问一下，好像比较帅一些。

不过，令他感到疑惑的是箱岛被分配到的是"弹弓"，是个 Y 字形、用橡皮圈射出圆形金属弹的东西。弹弓确实有相当程度的杀伤力，但是如果要在"暗鬼馆"里使用的话，仍有一点让他想不明白。

结城是这么想的……有哪部小说是使用了这种凶器呢？接下来先来回收"备忘录"好了。

不知道该如何处理现场的沉默，渊想趁着这个机会逃离"娱乐室"。

"那么,我先走了。"

"噢,好的,谢谢。"

等渊点头哈腰地离开之后,结城也没有继续待在"娱乐室"里的必要了。

就在他晃出房间时,无意中看到了书架上那本须和名读过的书 *The Problem of the Green Capsule*(绿胶囊之谜),书已经被摆放回去了。

结城的脚步突然在"警卫维修室"前停了下来。

深褐色的大门紧闭,即使偷偷把耳朵贴在门上,也听不到任何声音。"暗鬼馆"内部的状况全都受到监视,结城指责"警卫"杀害西野的事应该已经传到里面了。还有,昨晚结城为了察看"警卫"的武器而随便外出的行为应该也已经传到里面了。

"警卫"如果具有人类的情感的话,应该会颇为气愤与懊恼吧。

然而,大门的那一头却是静悄悄的。

结城伸出中指,朝着深褐色的大门比了比,继续往前走……他一边走,一边发现自己有一件事情漏问了。

那渊的凶器到底是什么呢?

除了个人房间以外,还有五个房间并排连着。在其中一扇门前,也就是"监狱"的前面,有个人站在那里。

白色的大门以及带有铁栅栏的窥视窗。虽说是个可以用来窥视的窗户,但是除了铁栅栏之外,还装了面磨砂玻璃,因此无法看清楚里面的状况。对于这一点,明明一开始就应该已经知道了,现在竟然还有人在盯着窥视窗看。原来这人是须和名。她极为热切地想要设法看到铁栅栏与磨砂玻璃的另一头。

看到了自己正在寻找的人,结城虽然有些讶异,但还是开口招呼她道:"你在干什么呢,须和名小姐?"

须和名转过头来,在认出是结城之后,似乎对于被他发现自己窥视到忘我地步而感到难为情,她不由得低下了头,说道:"没干什么,因为岩井做出某种像小丑般的动作,我才……"

结城变换了原本站立的位置,让自己也能看到窥视窗。他看到在一片漆黑的另一头,确实有个像是人脸的东西似乎一直在做歪脖子与张嘴的动作。

"岩井似乎是想说什么呢。"

"嗯。可是外面听不到,就是因为听不到……"须和名露出浅浅的笑容,继续说道,"看着看着,就觉得很有趣。"

结城也只能不置可否地点了点头了。

对于听不到他在说些什么的小丑,须和名似乎已经失去了兴趣,转过头对结城说道:"对了,我有件事情想告诉你,结城先生。"

"啊？"

结城这样回应着，但他眼角的余光仍然能够看到岩井仿佛拼命在诉说着些什么的身影。虽然在那个剪影的前面气定神闲地交谈显得有点诡异，但是须和名似乎一点也不在意。

"是关于我从昨天开始就一直在读的那本书。"

"噢，你说那个呀。怎么了？"

须和名歪着脖子说道："这个嘛，书里不时地会出现一点有趣的情节，但是我想说的不是这个。"

她压低了声音。

在寂静的回廊上，只听得到须和名的声音。视线范围的角落处，岩井的身影在舞动。

"我怎么想都觉得很不可思议。在 *The Problem of the Green Capsule* 这本书中，用来杀人的是氰酸钾。"

"……"

结城一时语塞，不知道说什么才好。

这并不是因为他无法理解须和名想说什么，相反，结城很清楚这其中的诡异之处。他不清楚的是这个诡异情况所代表的意义。他模棱两可地说道："须和名小姐拿到的凶器不是氰酸钾。"

"嗯，是硝基苯。"

The Problem of the Green Capsule，也就是《绿胶囊之谜》是一本关于须和名凶器来源的书。正因

如此，须和名才从"娱乐室"为数众多的藏书中选择了那本书。

"在书里很靠前的开头部分就提及凶器是氰酸钾了。虽然觉得奇怪，但是那种书一般不都是最后结局其实不是那样的，或者是死者其实没有死之类的吗？我一开始以为会是这样，就继续读了下去，但读到最后，毒药的种类并没有遭到质疑。"

结城低下头。长时间盯着须和名的眼睛看，真让人受不了。

"为什么'俱乐部'在'备忘录'里说它是源自于《绿胶囊之谜》，但却准备了不同种类的毒呢？我想跟你说的疑问就是这个。"

对于这个问题，结城心想，自己回答得出来。不过，他总觉得下不了决心，于是，有点迟疑地说道："那个……"

"那个怎么样？"

"大概是……"

但在结城打算继续说下去之前，已然听习惯了的馆内广播声音突如其来地响彻全馆。

"针对杀害大迫雄大、箱岛雪人的事件，安东吉也做出了解决的宣言，所有人请到客厅集合。安东吉也，如果有必要，请指定一名助手。"

结城与须和名面面相觑。不知为何，须和名的眼睛睁得很大，露出了无法理解的表情，就像是鸽子中了好几发从竹枪里射出来的豆子一样。

4

本来只是打算稍微散一下步就回来的，但从早上的"解决"到现在，已经过了好几个小时了。

当结城与须和名一起回到客厅时，圆桌旁已经坐着三个人，双手环抱于胸的安东用严峻的眼神看着结城他们。结城原本还打算讲些亲切问候的话语，但是安东只是短促地说了声"坐吧"，就不让结城多说什么了。

安东是真的要指出杀害大迫与箱岛的犯人吗？总觉得不太能够相信。他手中有什么能够锁定犯人的信息吗？假设真有这样的信息，安东能够加以解释吗？

不过，如果真的知道谁是杀人者的话，倒是可喜可贺。结城一言不发，安静地在椅子上坐了下来。

十二把椅子对于五个人而言显得太多了。十二尊人偶也让人再次体会到已经有不少人去世的事实。

而且，不知道为什么，明明还有很多空位，关水却坐在安东的旁边。不过由于结城也坐在须和名隔壁，所以倒也没有觉得特别不可思议。唯独渕，她与安东和结城都保持着距离，一个人蜷缩着身子，露出一副痛恨的眼神，仿佛在说"怎么还有事情要发生"。

安东说了一句"那么"就当作开场了。

"就请关水担任助手。从现在开始，我要说明关于大迫与箱岛遭遇杀害的案件。"

安东深吸了一口气，顺便把手放在自己胸口。不知是否是为了缓解心脏激烈的跳动，他的动作看起来胆怯到几乎怪异的地步。

即便如此，他的声音倒是很毅然果断。

"现在，我们陷入了有点无聊的状况之中。死去的是西野、真木、大迫、箱岛、釜濑、若菜这六人，明明只剩下五个人，我们却不得不为这里面可能有杀人者而感到害怕。今晚，恐怕会是目前为止最可怕的一个晚上……为什么会变成这样呢？答案只有一个。"

答案是，因为有人建了"暗鬼馆"这么一个蠢建筑。结城是这么想的。但是安东却说："因为有人断定西野不是遭遇杀害，而是自杀的。"

这番话让结城惊讶得几乎无法呼吸，一句话也说不出来。

安东舔了舔嘴唇，继续说道："讲难听一点，原本在若菜死后，我已经松了一口气。我问过关水，她也是一样的看法。这很正常。我认为是若菜杀害了西野，也认为杀害西野的家伙又杀害了大迫与箱岛。昨晚，我心想，这样就不会再有杀人者了，因此安心地睡了一觉。有一种已经有好多个星期都没有睡好觉的感觉，昨晚真的有如天堂一般。"

接着，安东突然瞪向结城，说道："可是，今晚却又得走回头路了。大家不得不一边怀疑谁是杀人者，一边度过'夜晚'。如果杀害西野的人不是若菜，那么若菜杀害了四个人之后又自杀的这件事情就会变得大有问题。今天早上，我原本就打算这么说的。"

安东所讲的这些开场白是把他昨天告诉结城的故事又重复了一遍。若菜因为某种原因杀害了西野，然后她害怕自己所做的事情被曝光，想要去掩盖它，但却被大迫发现了。大迫为了保护若菜，协助她隐瞒了凶器。

直到昨天为止，这是一种也不是不可能的想法。但是在安东提出那种想法之后，状况又大为不同了。由于新出炉的证据与论证使得故事已经变得不一样了。即使这样，安东还是旧事重提，完全没提到状况的改变。说真的，结城猜不出安东的真正用意。

不过，结城突然发现，不知不觉间，渊已经在专注地听着安东所说的话，身体都快要向前倾斜了。刚才看起来还很疲惫不堪的双眼也恢复了生气，为什么呢？

结城心想，也许是因为安东所说的话有其魅力吧。

正如同安东所言，如果若菜是犯人的话，渊今晚也可以好好地睡一觉。

"所以，假设若菜杀了大迫与箱岛，这固然是为了隐瞒杀害西野的秘密，但是做了之后，若菜才意识到自己错了——就算是为了掩盖杀人行为，也不应该杀害自己的爱人。若菜因为杀害了大迫而陷入混乱，然后拉了釜濑作陪葬。没有任何理由能够阻止我们这么想，这么想明明会比较轻松，但是，破坏这一切的……"

安东指着结城，说道："是你呀，结城。"

"我，我吗？"

当然，是这样没错。否定"若菜是犯人"这个说法的人毫无疑问就是结城。但那是自己的责任吗？自己到底做错了什么，不得不被别人这样用手指着吗？

结城心想，没有吧。

西野是自杀的。至少，不是若菜杀的，若菜所持有的凶器与杀害西野的凶器不同。自己只是把这种显而易见的事情指出来而已，安东的说法却像是结城在妨碍大家睡眠一样。

不过，结城没办法在此时硬碰硬，没办法坦率地说出"我只是讲出事实，何错之有"。现在他也注意到了，今天早上的"解决"存在着本质上的弱点。

安东将它提了出来。现在的他几乎是针对结城一个人在说话。

"今天早上'解决'的意义何在呢？你应该不会没有注意到吧？如果坚称若菜不是犯人的话，将会加深大家的不安情绪。你明知如此，为什么要把我们再次推入疑神疑鬼、互相猜忌的深渊呢？"

答案应该是"因为我觉得那才是事实"。

但是结城忘记了一件重要的事情——事实也是要看时机和场合的。大概是自己一早睡傻了吧，在这"暗鬼馆"里，想要制裁杀人者，原本就不需要什么事实，只要"少数服从多数投票表决"即可。

结城意识到自己忽略了这件早就应该知道的事情，顿时说不出话来。

"在我们之间散布猜疑，对你到底有什么好处呢？你为什么要做这种事情呢？我和关水一起思考了这个问题，然后我们发现只有一个人，即使大喊'在这五个人之中，有杀害大迫与箱岛的犯人'，也不会陷入疑神疑鬼、互相猜忌的境地……你知道那人会是谁吗？"

接着，安东看着渊与须和名，郑重宣布道："如果你自己就是那个犯人的话，至少你可以不必因为担心犯人是谁而胆怯。"

闷在喉咙深处的"啊"的一声是渊发出来的。

渊低着头，偷偷向上瞄了一眼结城。她的眼神里充满着明显的恐惧。

结城也背脊发凉,心想怎么会这样。安东不容任何人插嘴,继续说道:"我试着从结城会不会是犯人的角度,重新把事情架构起来。结城所主张的自杀说中大有问题。听关水一讲我才想起,如果西野是被'警卫'所射杀的说法正确,那么杀害大迫等人的'悬吊式天花板的开关'就来历不明了。结城知道这个问题的存在。他明明知道,却说出什么'西野是自杀的'的推论。这样就已经很可疑了。开关当然是西野的,如果是除了他以外的其他人所持有的话,那么在凶器检查与之后发生的事件中,不可能查不出谁是它的主人。之所以在西野的房间里没有找到凶器,是因为在西野死后有人从他房里拿走了。为求谨慎,刚才我又试着搜索了一下西野的个人房间……在厕所马桶旁的角落里,找到了这个东西。"

说完,安东把一张皱巴巴的纸放到圆桌上。

那是结城也在悄悄寻找的东西。那是他只是大致地找了找,却认为当不了决定性证据的东西。就是"备忘录"。

"压杀"

针对想要除掉的人设下陷阱。

出于阴谋的暗杀会在人类的历史上带来何种程度的影响呢?这绝对无法做出定量研究。

但是，就像在诉说陷阱的必要性一样，世上的陷阱种类其实有很多。

其中，特征比较显著的陷阱之一就是"悬吊式天花板"。一旦启动，受害者将无法逃脱。但另一方面，它会留下明显的证据，可以说是使用场合很有限的陷阱。日本虽然有一些相关的故事流传至今，诸如本多正纯在宇都宫城设计的陷阱，以及在东征神话中望族"兄猾"所设计的陷阱，但是这些都很难想象其真实可行性，因此在传承中均已杀人未遂而告终。

由于在设计上怎么看都过于夸张，在推理小说中，压杀很难被称得上是好方法。然而正因为如此，它可以成为让人难忘的装置。《白发鬼》[①]等作品就是很好的例子。

本馆所准备的陷阱就交给你了。只要按下开关，停尸间的天花板就会掉下来，可以杀死里面的人。

不过，你要留意，为了方便观察，每次能够杀害的仅限一人。

读完之后，结城想到的是自己果然猜对了，悬吊式天花板并没有设计成可以同时杀害多人的结构。

---

① 江户川乱步的小说。

结城很高兴，自己的猜测漂亮地正中红心。

安东对着微笑的结城，露出痛苦的表情，说道："从西野房间里拿走开关的人会是谁？我原本以为是若菜，但是仔细想想，也可以不是若菜。比如说，如果是结城拿的，也不显得奇怪。"

原来如此，或许并不会太奇怪。

但是，结城更加不得不拼命忍住不要笑出声来。安东到底有没有发现，他所说的只不过是"谁都有可能"而已？

安东并没有去理会越来越觉得讽刺的结城，而是逐渐露出得意的神色，说道："也就是说，事情是这样发生的。第三天天还没亮的时候，若菜射杀了西野。然后，在第三天的某个时间点，结城从西野的尸体处偷偷拿走了卡片钥匙，取得了原本属于西野的悬吊式天花板开关。第五天天还没亮的时候，在夜间巡逻那晚，第二组的巡逻由于釜濑与关水拒绝参加，由箱岛独自一人进行。利用这个机会，结城对箱岛痛下杀手。不过后来的行动就不清楚了。"

安东讲到这里，看向身旁的关水。关水保持着沉默，通过眼神表示同意。

"是关水给了我提示。第二组巡逻的时候，釜濑与关水都拒绝与箱岛同行。若菜去世弥留之际，很在意釜濑为什么会拒绝夜间巡逻的原因，但是釜濑如果抵死不从的话，箱岛也拿他没办法，总不能在他脖子上挂根绳子硬拉他去吧。于是箱岛一个人去了夜间巡逻。你在自己的房间屏住呼吸等待机会，发现箱岛独自一人巡逻后，就在他进入'停尸间'的时候，操纵悬吊式天花板，让它掉落下来。接下来，在我去找你之前，你就跑去通知大迫，告诉他箱岛好像死了。只要你神情大变地冲进他的房间，大迫一定会在没有问清楚具体细节之前就赶往'停尸间'去确认箱岛的生死吧。然后你又杀害了大迫。"

安东一边瞪着结城的眼睛，一边做出这样的结论。

"没有什么矛盾之处。你觉得怎么样？"

"怎么……"

结城原本想讲的是"怎么会没有矛盾"。

就算你再怎么想要把西野当成是被若菜杀害的，难道就可以完全无视结城对于枪枝口径不同、连发性能不同等论证吗？

那么在西野房间找到的红色药丸，又要如何解释呢？如果怀疑它不是西野的东西，那么安东能够讲出获取它的渠道吗？

他说结城是在第三天偷走卡片钥匙的，但是在发现西野的尸体之后，大家在大迫的主导下，马上就坚定地实施了三人一组的体制，自己哪有机会去偷啊？

至于说到箱岛独自一人进行夜间巡逻，一向很有智慧的他怎么可能采取如此轻率的举动呢？

为什么结城必须杀害大迫与箱岛呢？就算箱岛是"因为一个人独自走动"而被杀害的，那么大迫不就变成是选择性杀害了吗？

而且，关于最重要的一点，结城情不自禁地喃喃问道："你有证据吗？"

这句话却在安东一笑之下被驳回了。

"那可是犯人的台词呢。"

结城觉得，安东的告发让他很受不了。要把这种几乎毫无根据的指责与自己的"解决"相提并论，谁受得了。结城怒火中烧。他看了看自己左右两边。

安东正用锐利的目光盯着这里看。

关水冷淡傲然地保持着沉默。

渕说了句"是……是你……"就没有再说下去。她扭曲着身体，摆出一副希望能离结城远一点的样子，哪怕是一毫米也好。

（这样呀。原来是这样呀。）

岩井被关进"监狱"的时候，结城以为自己已经非常了解"暗鬼馆"的铁则了。甚至直到不久以前，自己还提出了这样的主张。但是结城似乎并不了解"暗鬼馆"铁则的真正意义。

这次，他才真正打从心底了解了。

并不需要合理的逻辑或者井井有条的说明，大家对于"那家伙似乎是犯人"的共同认知,以及在心照不宣中所酝酿出来的氛围才是最重要的。在人人都疑神疑鬼、互相猜忌的状况下,这是在"暗鬼馆"指认"犯人"的唯一条件。

虽然这么讲不太好,但是若菜的死让结城着实松了一口气。如果她还活着的话,即使结城提出一百个理由,若菜也会朝结城攻击袭来吧。

其中最让他感动的是,须和名的表情里看不出任何厌恶或者轻蔑。她不会随波逐流,把结城当成杀人犯,这一点比什么都还让人感激。但感激归感激,她似乎完全无意为结城进行辩护。她只是坐在旁边的位子上,手掌交叠于大腿上,津津有味地观看着事情的发展。

该怎么办呢?

结城心想,此时此刻至关重要。

安东的"解决"相当支离破碎。但尽管如此,令人惊讶的是,安东做出了正确的选择。虽然结城对于安东的缺乏逻辑感到非常窝火,但却不得不认同安东选择做出此举的价值。

也就是说,自己只有两种选择,要不就是为了一个理字而提出反驳,要不就是保持沉默,获取实质的利益。对于铁则已经有所理解的结城完全没有为了争明白个道理而去献身的意愿。因此,他沉默不语。从安东讲出"那可是犯人的台词呢"之后,自己就一直保持着似笑似怒的微妙表情，缄默不言。

安东说道："少数服从多数，现在开始投票表决。同意是结城杀害了大迫与箱岛的请举手。"

渕把手缓缓地举了起来。须和名依然把手掌叠在一起，一动也不动。安东露出明显不满的表情，说道："须和名小姐，你不赞同我的推理吗？"

"推理？"

须和名这才把手掩盖到自己的嘴边，噗嗤一笑道："这个嘛……你说那是推理，实在有点……"

"哪里不是推理了！"安东激动了起来，关水拉了拉他的袖子，低声劝说安东道："算了啦。"

"可是……"

"算了啦，这样已经过半数以上了吧。"

结城为之愕然。

安东扮演侦探角色，关水是助手，结城是被告发者。这样的话，投票表决的对象应该只有渕与须和名两人而已。只有一个人举手的话，赞同率是五成。

对此，结城还是提出了异议道："等一下，不是必须过半数吗？"

所谓的过半数，就是指比全体人数的一半还要多。如果对象是两个人，必须两人都赞同才能过半数。

但是关水看也不看结城，冷冷地撂下一句道：

"错了。根据规定，是半数以上。"

如果是半数以上，两人中只要有一人赞同，就符合条件了。

关水从椅子脚边拿出一本皮质装订的"规则手册"，似乎是预先早就准备好的。在她翻开的那一页上确实写着：

（4）对于指出犯人的行为，如果经由紧急召集的参加者半数以上均表示赞同，那么被指为犯人者就必须关入"监狱"。不过，指认别人为犯人者、被指认为犯人者，以及被指名为助手者，不得参加此投票表决。

根据规定，告发视同有效，结城理久彦被认定为杀害大迫与箱岛两人的凶手。

5

"监狱"的门是电子锁。

结城没有抵抗，自己站到那扇白色大门前。安东他们没有来送行，应该是把他当成已经不存在的人了吧。只有一个人前来看望他被收监，那人就是须和名。

"辛苦了，结城先生。这段时间我很开心哦。"

结城体会到，须和名会讲出这番有如看完戏后慰问演员辛劳的话是表明她并没有把自己当作是杀人犯。即便如此，他还是不吐不快。

"我还是要声明一下，杀害那两人的……"

须和名露出一丝困惑的神情，说道："再讲下去就不雅观了，退场者应该保持沉默。"

"嗯，或许是这样吧。"

在告发的当场不抗争辩解，结果却落到这般田地，确实很逊。结城搔了搔头，向上看去，道："不过，我希望须和名小姐，那个……能够相信我。"

须和名微微笑道："我自己会判断的。"

一句话就回绝了他，结城也只能苦笑了。

门锁已经打开，岩井之所以没从里面跑出来，是因为有什么机关吗？

直到一切尘埃落定为止，都没有办法再和须和名讲话了吧。为什么这条回廊这么昏暗，连旁人的脸都无法看清楚呢？结城到现在才感到有些不甘心。须和名今天化的也是淡妆，嘴唇上涂着颜色柔和的口红。真希望能够在明亮的光线下看看她那晶莹剔透的肌肤。

最后，结城问了自己一直很在意的问题道："须和名小姐，你难道不害怕吗？"

"嗯？"

"已经有六个人去世了。我很害怕。虽然感到害怕，但是也已经麻木了，觉得变成怎样都无所谓了。可是，须和名小姐却从一开始就看起来丝毫不害怕。"

须和名略微歪了歪头，打从心底里露出不可思议的表情，问道："害怕……害怕什么？害怕不认识的人——遭遇杀害吗？"

是这样吗？自己害怕的是这个吗？结城自问。然后，他摇了摇头。

"不，那倒是无所谓。"

"说得也是。"

"可是，自己说不定也会被杀害，这一点很令人害怕啊。"结城小声嘀咕道。须和名莞尔一笑，说道："你是说有人会想要杀害我吗？真是新奇的想法呀。"

"须和名小姐为什么会来这种地方呢？"

"我应该说过了吧，因为我还欠着某样东西。"

"是指钱吗？"

须和名保持着微笑，指向大门。她的意思是在说"你赶快给我进去"吗？

"监狱"里面很明亮，空调也恰到好处，没有湿气。岩井正在用餐。结城笑着鞠躬行礼。

"您好，请多指教，学长！"

岩井一脸狐疑地抬头看着结城。但是从他的表情中可以看出，他似乎也有点怀念人类。

6

"监狱"里有从墙壁上垂下的用锁链吊挂的床、迷你型卫生间、饮水处,以及装有铁栅栏的窗户。虽然说是窗户,但由于"暗鬼馆"位于地下,窗外根本什么也看不到,只是摆摆样子罢了。

这里有张办公桌,但是和在客厅里的用一整块木板①所制成的桌子无法相提并论。还有一台经济型商务旅馆里会有的那种小冰箱。然后,令人感激的是,这里还放着一台电视。是小型的映像管电视,红色的塑料外壳看起来很廉价。但是只要有了它,就可以打发大部分时间吧。

岩井的气色比想象中要好,被收押时的错乱已经消失得无影无踪。不过,他的心情看起来很低落,没有什么活力,他一个翻身在自己的床上躺下后,就没有再动。结城看了看时钟,大概才刚过下午一点。

既然已经像这样与岩井两人独处,也就没有必要再隐瞒了吧。结城朝着岩井的背部说道:"岩井先生……岩井学长。"

本来以为他睡着了,但不久便传来了岩井那闹别扭般的回答:"不要叫我学长。你是想说,我是你

---

① 一整片的木材,有别于合板、组合木板。

在'监狱'里的学长吗？你应该没有杀人吧。"

结城心想，哎哟，嘴上问道："你怎么知道？"

这次岩井举起手臂，伸出手指代为回答。他的手指向了那台小电视机。

"我是从电视机里听到的。通过电视机可以看到客厅与餐厅的情况哦。什么嘛，那个叫安东的家伙，装出一副能言善道的样子，其实不就是个傻瓜嘛！"

结城苦笑道："请别这么说他，待在外面的压力可还是挺大的。"

电视机的电源开关是旋钮式的，是一台只能够通过左右转动的方式来转换频道的老古董。结城想了一下，决定不去打开电视。既然无法看到"暗鬼馆"以外的频道，那么看任何东西都只会让自己心情不好而已。尤其是现在，大家想必正在客厅里热络地讲着结城的坏话吧。

岩井依然背对着结城，小声说道："你不在乎吗？"

"你是说进'监狱'的事情吗？从某种程度上来说，这样反而让我更感激呢。如果没有什么酷刑的话，待在可以上锁的房间里还更让人放松呢。"

结城之所以没有抵抗安东那证据薄弱的告发，也正因为此。

随着人数的减少，"暗鬼馆"再发生杀人事件的可能性就变低了。但即便如此，想到还要在不上锁的房间里度过一晚，就觉得令人生厌。虽然昨晚睡得很好，但是今晚怎么样就不得而知了。

可是，"监狱"却能上锁。虽然不知道里面的状况，固然令人害怕，但是岩井还活着，就表示不会碰到丢掉性命的事情吧。这样的话，如果有办法可以轻轻松松地进入"监狱"，结城会毫不犹豫选择这么做。在结城的心里，甚至还有些感谢安东。

不过，岩井用略微焦躁的声音说道："不是。我是说我。"

"……"

"我可是用这双手杀害了真木。我是在问你，和我一起待在这里，你不在乎吗？"

结城在不让岩井察觉的情况下悄悄地咽了一口口水。

其实，结城原本以为"监狱"也会划分出个人的房间。他对监狱的印象是每个人都会被监禁在铁栅栏内的狭小空间，但每个人是有独立房间的。他万万没有想到自己会和岩井待在同一个空间里。明明是因为觉得"监狱"是能够让人安心的地方才进来的，但结果却失算了。

岩井开始神经质起来。这种情况下可不能应对错了。结城只能勉强以轻松的口气回答他道："说起来，对于真木先生的事，你确实过于轻率了，这不太好。不过，对于学长你是否真的想杀他这一点，我一直觉得很奇怪。弩枪是隔空发射的武器。只要扣下扳机,箭就会不由分说地射出去。比如说,会不会是这样的状况?原本你只是打算用来警戒防备的,所以就把搭了箭的弩枪拿在手上,但是在你看到自己所怀疑的真木先生的那一瞬间,你的手指不小心用力……"

他想起了真木的尸体。

铁箭精准地射中了真木的延髓。但是在"暗鬼馆"照明不足的回廊上,有可能射得那么精准吗?岩井如果真有杀意,不就应该先射比较容易瞄准的身体,使真木受到重伤后,再打他的头部给予致命的一击吗?

好像是须和名这么分析过。之所以没有成为问题,是因为无论杀意是否强烈,岩井杀害了真木这一事实是不会有所改变的。

岩井没有回答。他既没有承认,也没有否认。结城讲出了早就想好的关键词。

"不过,我也不是不能理解你那种陷入恐慌的心情。"隔了一会儿,他又说道:"再怎么说,在这种封闭空间①里,人是有可能全部死光的。"

背对着自己的岩井稍稍抽动了一下。有反应了。果然是因为这样啊。结城有了自信,音量也不知不

---

① Closed Circle,指推理小说中一种与世隔绝的场景设定,也就是外面的人进不来,里头的人出不去的密闭环境,意味着无法向外求援,而且凶手就在内部。

觉地变大了。

"'暗鬼馆'很明显就被设计成了封闭空间。不仅如此,把我们丢在这里的那些家伙也可能会让我们全部死掉。会这么想,也并不牵强。毕竟,有十二尊印第安人偶呢。我最讨厌那种伪装成致敬但其实是在卖弄的表演了。但是在看到那些人偶后,难免会有一种大家说不定都会死光的感觉。在这种地方看到那位西野先生的惨死状,就会觉得接下来死去的那个人或许会轮到自己。相比较之下,其他参加者那种浑然不知大祸临头的样子真是让人难以置信。

"总而言之,这是因为他们不知道封闭空间的概念吧,缺乏那种'不久之后也会轮到自己'的危机意识。"

岩井摇摇晃晃地爬了起来。他目光仍有些呆滞,但是双眼恢复了神采。他迫不及待地脱口而出道:"没错,就是这样。来到这个地底下,看见那些人偶后,我马上就明白了。这里是个封闭空间。我原本一直不当回事,现在却被卷入了这种愚不可及的蠢事中。也就是说,我们每个人都等于收到了'全员会被杀尽'的预告。摆明了就是如此,却偏偏所有人都没有注意到!不对,但是你是不是注意到了?"

"当然。"结城堆出笑容,然后报上自己的姓名。

"结城理久彦,目前担任四大推理俱乐部的秘书。我们在春季交流会上碰过面,但是您好像不记得我了呢,学长。"

四大推理俱乐部的,秘书。

"是你?你是推理俱乐部的?"

问完之后,岩井顿时笑逐颜开。

"这样呀,我都没注意到呢。"

原本躺在床上的岩井坐起身来,身体前倾,说道:"如果你是推理俱乐部干部的话,如果你在看推理小说的话,自然就应该会知道封闭空间里的人有可能会全部死光!太好了,终于有人能够明白我的想法了!"

岩井从心底里发出欢呼声,甚至差点连"万岁"都要喊出来了。

使用"封闭空间"设定的推理小说往往可以看出其显著特征,也就是会发生多起杀人事件。杀人案件频繁出现,最后结束时只剩一个人存活,或者是全员死亡的作品也并不少见。至于"十二尊印第安人偶",则是象征着"所有人都得死"的意思。①

如果事先就有这样的知识储备的话,一定会觉得更加恐怖。岩井之所以从一开始就害怕不已,也是出于这样的缘由。

---

① 原书名 *And Then There Were None*(《无人生还》),古典派推理女作家阿嘉莎·克莉丝蒂(Agatha Christie)的代表作之一,结构上是以孤岛为背景的"暴风雪山庄"模式。

"我们在春天时碰过面?哎呀,不好意思,我完全不记得了。"

"这不能怪你啊,因为我当时只是坐在角落里。"

"这样啊……原来是这样啊!"

在意想不到的地方,碰到了意想不到的熟人,岩井很开心。但在刹那间的感动过去之后,岩井有些怪异地皱着眉头,问道:"你为什么不早点报上名来呢?而且,为什么你明知道封闭空间的事,却什么都没有说呢?"

虽然本来结城就预料到他会这么问,但实际真的被这样询问后,又觉得有点难以回答。结城稍稍转移开视线,挠了挠脸颊,说道:"不是啦……"

"干吗啦,你这话怎么感觉有点恶心。"

"不是,我只是觉得有点对不起你。"虽说如此,总不见得一直默不作声吧。于是,结城下定决心,说道:"是空气的问题。"

岩井眉间紧缩,那中间的皱纹更深了。

"空气?"

"是的。空气。氛围。除了学长之外的参加者就算是看到了人偶,看到了卡片钥匙上的'十诫',知道了'停尸间'的存在,也最多只是觉得这一切是某种低级玩笑而已。坦白来说,在第一天就具体感受到危险的只有学长你吧。剩下的人只是或多或少有点害怕而已,但是没有达到迫切感受到的地步……不过他们内心怎么想,我就不知道了。"

至少,结城的内心感受到了威胁。至于西野,恐怕当时是在苦苦珍惜自己所剩不多的短暂时光吧。

"由于我事先知道封闭空间的事,因此觉得学长会有恐惧心理也很正常。可是,唉,对不起,学长那样太与众不同了。这就是理由。在周围人都没有危机意识的时候,我不想做出会引起骚乱的事情。而且,当只有一个人特别与众不同时,那人一般会去模仿其他人的样子。当大多数人露出冷漠的表情,说道'把这当真的人简直就像傻瓜一样'时,我就决定从众跟随他们。"

此外,还有另一个更深层次的理由。

那就是须和名。

在须和名面前,结城不希望给她一种"认识了一个怪人"的印象。岩井如果记得他的话,那么也没有办法,但岩井如果并不记得他的话,结城也就刻意避免上去自报家门了。

岩井露出一会儿生气,一会儿苦笑的表情,神情不断地变化着,但是似乎可以确定他的内心很窝火。这是理所当然的吧。结城并没有打算补充说明,不过他仍然苦笑着继续说道:"我总觉得啊,我们只要一看到疑似推理元素的东西,鼻子就会自动灵敏起来,从而做出一些不必要的过激反应。如果只是一味地害怕、一味地逞强,或是不懂装懂而高谈阔论，我想，这样对人际交往十分不利，因此才决定要尽可能地学习去观察周遭的氛围……所以，我一直没能跟学长打招呼，后来就发生了那种事。不过，我也不是那种可以自鸣得意的料。当知道西野先生其实是自杀后，明明没有必要讲出来的，我却得意忘形地予以'解决'，因此自己也被关进'监狱'来了。"

岩井从鼻子里发出了"哼"一声，说道："你是故意隐瞒了自己对推理小说的兴趣吧？如果是在其他场合，有这种兴趣说不定还挺不错的呢。"

"除了这种'场合'之外，我想应该没有其他'场合'了吧。"

两人露出如同彼此是共同犯罪般的笑容，那是一种带有自嘲成分的窃笑。

在迷你型小冰箱里装着易拉罐啤酒。根据岩井所说，无论想要什么东西，只要提出要求，都会在不知不觉中送过来。虽然只要提出要求，无论多好的美酒都会送上门来，但是岩井还是刻意选择了自己平时喝习惯了的易拉罐啤酒。结城明白那种心情。习惯的味道可以让人感受到外面世界的氛围。两人拉开易拉环。

"对了，还有一个人也是不解风情的推理小说读者。"结城说道。两人聊得很开心，开心到甚至觉得可以就这样彻夜一直聊下去。不过这样也没什么问题吧，结城和岩井都已经完成了中途退出的手续了。

"你是指谁？"

"真讨厌啊，学长，这不是很明显吗？"

听结城说"这很明显"，岩井不禁略微皱起了眉头。

"你是指'主人'吗？相当明显呢。"

结城略微迟疑了一下。

"'主人'本身如何，我并不清楚。我是指设计这栋'暗鬼馆'的人，是叫'俱乐部'吧。至少这里面的人就是不解风情的推理小说读者。"

之所以特地重新讲清楚，是因为对于结城来说，"主人"是他连想都不愿去想的人。"暗鬼馆"不是一笔随随便便的金额就能盖得起来的地方。而且，对于实际出现了死人的状况，当然也不得不由"主人"来进行处理吧。虽然结城能够感受到这个空间的设计者有多么的恶意，但是他却完全无法理解"主人"的想法。

他觉得，根本没有必要理解。

不知道是不是因为察觉到结城这种表面上看不出来的微妙想法，岩井咧开嘴，脸上露出了坏坏的笑容。

"'主人'拘泥于各种不同的细节，但是很可惜，成效并不怎么样，此时他想必是在咬牙切齿吧。因为明明已经到了第六天了，却还剩下六个人之多。"

虽然说封闭空间的情境有可能会让人全部死光，但也不是所有封闭空间的故事都以全部人死掉作为收场的。西野与若菜两人虽然是自杀，但还是有四个人遭遇了杀害。这充分说明了这既是一场悲剧，又是一场惨剧。

不过，如果抛开悲伤与愤怒，让自己的身份回归到"不解风情的推理小说读者"的话，确实，还剩半数的存活者是有点多。结城歪了歪脖子。

"不过，我们两人目前退场，还剩下四个人，这情况就或许变得非常奇怪了。"

岩井一脸不解，住口不语，结城对他笑了笑，说道："侦探、助手、犯人，还有负责大喊'真想不到是这样！'的角色。这样的角色分配岂不是很完美吗？"

结城喝了一大口啤酒，继续说下去道："也许是苦肉计，但是关于'夜晚'的规定，无论如何都让人难以接受。封闭空间的特色'这里明明可能有杀人犯，我才不要和你们待在一起！我要回房间去！'的说法就无法成立。"

"嗯，是啊。如果真的所有人都二十四小时一起行动的话，七天的时间应该可以安然度过吧。"

酒劲一上来，讲话也犀利起来。

"说起来，不能上锁这件事就很搞笑。不管这年头是否真的还会有人制造密室,但是没办法制造密室这件事让我觉得着实有些奇怪。"

"你指的是物理性的密室吧。如果是心理性的密室,应该还是做得到噢。"

"不过,不能上锁还是不对的呀。这样有失礼节、违反隐私,也是在放弃可能性。而且……"

结城原本想说的是:而且,"俱乐部"也许本来想做到的效果是"一个人接着一个人死去",结果却演变成了像大迫与箱岛、釜濑与若菜那样,两个人一组死去,真是节哀顺变……但是,这种话他毕竟还是说不出口。

岩井喝了一大口啤酒,说道:"说起来,确实如此呢。要让对于推理性要素的追求与设法引起波澜的要求相契合,实践起来还真不容易……说到这个,我的凶器也很奇怪呢。"

暂且先不论他的凶器实际上已经夺走了一个人的性命,结城探出身子,问道:"奇怪?怎么个奇怪法?"

"嗯。我的凶器是弩枪对吧。"

"是啊。"

"'备忘录'里所写的引用出处,你觉得是哪部作品?"

结城顿时有点困惑,被他这么一问,一时半会儿地没能想出。他稍作思考后,慎重地说道:"我觉得应该是我最近看过的……"

岩井满意地点了点头。他从口袋掏出纸片,说道:"但是你错了。看看这个吧。"

"射杀"

使用张力的弓被堪称为是高科技的产物。由于弓的登场,人类变得能够正确瞄准猎物、取其性命。

弓是一种不看到对方眼睛就可以将其杀害的道具。如果几十人、几百人一起在箭雨中厮杀的话,绝对不会知道是谁杀了谁。一个人在徒手杀害别人时,会沾到对方身上带着诅咒的血,但是弓却可以从这种原则中逃脱出来。因此,它有时候会带有奇妙的灵性,有时候又会被贬低为不求名誉的武器。

在《主教杀人事件》[①]的开头处,伴随着鹅妈妈童谣的一节,弓以一种令人印象极其深刻的形式登场。

你拿到的是弩枪,只要使用它,就可以在没有看见对方的情况下将其杀害。不过,它所代表的意义,应该要详加思考。

---

① 原书名 *The Bishop Murder Case*,由美国推理作家范·达因(S.S.Van Dine)所著。

"是《主教杀人事件》啊？"结城一下子变得面无表情。

"是谁杀害了公鸡罗宾？麻雀说，是我干的……你应该读过吧？"

"啊，没有，不好意思，因为是范·达因的作品，我……"

岩井重重地拍了一下自己的额头，一边微笑，一边说道："四大推理俱乐部的水平变低了嘛！范·达因的作品不是那么多，至少得要读一下吧。真是的，这样我会觉得后继无人哦。"

结城看着他那至今从未出现的满面喜色，自言自语道：所以在春季的总会时，我才没有找你讲话啊。

从结果来看，正是因为自己没有在总会中找岩井搭话，所以没有人知道自己与岩井之间的关系。

当然，"俱乐部"想必是知道的吧，还刻意把若菜与渕、安东与箱岛这种琐碎的人际关系都加进来。这样做，说不定是为了误导大家，但是没有人想要朝那个方面深入研究，对于"俱乐部"而言，或许算是期待落空了吧。

岩井没有打住的意思，继续说道："和现在那种空洞无内涵的小说相比，他的作品或许会让人感觉有点沉重，可是我又没有让你直接去读原版书籍咯。你的嘴巴张那么大干吗，该不会是因为听到我说'是范·达因的作品'吧。如果你连菲洛·凡斯都不知道,那怎么去读诸如虫太郎这类作家的作品呢?"①

如果置之不理的话,岩井可能会越讲越离题,结城硬是从中插嘴道:"噢,如果这样的话,《主教杀人事件》里的凶器就是弩枪嘛?"

由于被中途插话,打断了话题,岩井从鼻子里发出"哼"的一声,"咕嘟咕嘟"地喝了口啤酒,说道:"不,你错了。"

"嗯?"

"你没有读过那部作品,我就不详细叙述了,我只想讲一点:在《主教杀人事件》里出现的不是弩枪,而是普通的长弓。我说,对于这一点,你怎么看?"

关于这个问题,结城直接引用了自己至今累积的见解,马上答道:"在分配凶器时,是把凶器的杀伤能力控制在不会太强又不会太弱的范围。比如说,虽然有人拿到了枪,但那把枪却是必须一直填充的空气枪。"

"啊……你说若菜的枪。"岩井一边叹息,一边喃喃地说道。结城想起来了,对啊,电视里可以看

---

① 菲洛·凡斯(Philo Vance)是范·达因笔下的业余名侦探,据说日本作家小栗虫太郎的《黑死馆杀人事件》受到了菲洛·凡斯这个角色的影响。

到客厅的状况。

这样的话，釜濑的死，他也通过电视机看到了？

不仅如此，还有大迫的死与箱岛的死。岩井应该都间接了解到了结城所亲身体验过的那些事吧。可以不必花费口舌去说明那些令人感到抑郁的事情，结城觉得真是谢天谢地。

"仔细想想，应该是出于一种'长弓实在太难使用'的判断吧。如果是弩枪的话，只要箭放上去就能发射，要在至多只有几米间距的'暗鬼馆'里使用像长弓那样的庞然大物，实在太不方便了。"

结城一边回想起弯曲的回廊，一边如此说道。

"所以，他们一方面特地将引用来源写得清清楚楚，一方面却又没有忠于作品，重现凶器，是吧？"

"就是那样。"

岩井不愉快地"哼"了一声。

"我不喜欢这种不彻底的做法。那你知道其他人的凶器吗？"

"知道啊。"

"写给我吧。"

说着，岩井走到电视机前弯下身子，打开抽屉，从中拿出一本有一百页的便条纸，以及一支钢笔。结城激动不已，情不自禁地叫出声来："啊，是纸和笔！"

这下反倒是让岩井困惑起来了。他问道:"纸和笔怎么了?"

结城把钢笔当成宝物,一边毕恭毕敬地接过它,一边向岩井说明道:"外面完全没有笔之类的东西。因此,哪怕只是简单地整理一下数据,都必须使用文字处理机。我想,大概是因为尖锐又算坚固的笔类会被当成凶器使用吧。如果这么随便就能拿到刺杀用的凶器,分到'刺杀'用的凶器的家伙就太可怜了。"

"噢,原来如此。所以我们的一日三餐才会是饭团和三明治之类的东西啊……"

岩井的观察理解力也还算不错,从笔的话题,就可以立刻联想到刀和叉没有出现的理由。

结城奋笔疾书。

不久,便条纸上就写好了接近完成的清单。

(实际确认的凶器)

结城　殴杀　拨火棒

须和名　毒杀　硝基苯

安东　绞杀　细绳

关水　药杀　尼古丁

若菜　枪杀　空气枪

岩井　射杀　弩枪

大迫　敲杀　曼陀铃

箱岛　击杀　弹弓
釜濑　刺杀　冰刀
真木　斩杀　手斧

（推理后的结论，有实物）
西野　自杀　红色药丸

（不明）
渊

（拥有者不明）
　　压杀　悬吊式天花板的启动开关

　　岩井先是从中挑刺道："什么嘛，还有不明确的凶器？！"
　　结城一边讪讪地低下头，一边辩解道："哎呀，没有抓到合适的时机。"
　　但是结城心里觉得，渊是不会那么轻易地把自己分配到的凶器告诉他的。关于凶器，结城总觉得由于若菜强烈地反对公开，成了难以触碰的话题。如果要强行进行检查的话，可能会成为对立的源头。对立这种事，无论如何也得避免不可。
　　结城之所以能够问渊问题，也是因为他在公布西野是自杀的说法之后，话语权力度因此而增加的缘故。即便是那个时候，渕也是趁着结城陷入思考的那一瞬间，没有讲明自己的凶器就逃走了。在她的心里应该还是非常排斥这个话题的吧。

想要强行讨论别人所排斥的话题时，问的人要么得有领导能力，要么必须神经大条才行。结城既没有像大迫那样的领导能力，也无法做到像名侦探那样神经大条。就凭结城这样还强行进行案情拷问，当时发生了什么状况呢？

让不该同时在场的两人同时在场，结果导致了若菜与釜濑的死亡。现在，结城并不觉得这是自己的错，但是今后会不会对此事感到懊悔，结城没有自信。

然而岩井应该无法体会结城这种微妙的心理吧。而且，结城也并不期待他能够理解。

所幸的是，岩井没有责备结城不中用。他的注意力集中在更不实际的事情上。

"只有一个地方，我搞不明白。"

他果然注意到那里了吗？应该是成为引用来源的作品吧。结城叹了一口气，说道："你是指弹弓的事吧。"

"嗯。"

岩井喝了一大口啤酒，然后一边歪着脑袋一边说道："不过，都已经出现从《主教杀人事件》这部作品牵扯到弩枪的这种粗暴做法了。虽说是弹弓，说不定作品讲的是丢石头的故事。这样的话，我可以想到相关的几部作品。"

结城瞠目结舌，觉得他不愧是岩井，太厉害了。然后，他从口袋里拿出一张纸，说道："外面那群人里没有人注意到'备忘录'这一点。说起来，那不只过是一张纸嘛。到这里来之前，为了打发时间，我去弄过来了。"

这张纸原本只是随意地放在箱岛房间里的起居室的桌子上。岩井拿起"备忘录"，用充满醉意的眼神开始阅读。

"击杀"

为了夺取远方猎物的性命，人类发明了可以隔空攻击的会飞的器具。它的原型当然是丢掷石头。然而，在狩猎时所使用的手法全部都难以逃脱最后会被应用在杀人方面的宿命。

丢掷石头这种行为在人类历史上有其象征意义。圣经中戴维与巨人歌利亚的故事就是如此。日本一直到近世为止也都延续着互相丢石头玩的风俗习惯。丢掷石头代表着抵抗的意思，被石头丢死则代表着遭遇天谴的含义。

在推理小说中，被石头打死的人，常常不只是个纯粹的被害者，而是意味着受到天谴，或者是为人纯洁，却像《圣经》中的乔布那般遭遇飞来横祸。《幽灵杀手》①等作品让人难以忘怀。

你被分配到了石头。你会用它来抵抗，还是用它来杀人呢？

无论如何，只会出现一种情况：只要瞄准头部就对了。

"嗯，是说《幽灵杀手》呀。"
"没听说过这部作品。"
"你给我记住，是罗苹的故事。"
"是卢布朗的吗？"
岩井豪爽地点了点头，目光再次落在便条纸上。
"这个手斧会是跟哪部小说有关呢？似乎有，但我一时想不出来。"
"噢，那个呀，好像是《犬神家一族》。斧琴菊②，是吧。"
结城得意扬扬地说明之后，岩井的表情扭曲起来，他皱起了脸。
"怎么了吗？"

---

① 原书名 *La femme aux deux sourires*，法国作家莫里士·卢布朗（Maurice Leblanc）的亚森罗苹系列之一，东方出版社之版本有《影子杀手》、《幻影杀手》等译名。
② 在《犬神家一族》中，斧、琴与菊是犬神家的三样传家之宝。

"那个，你回想看看。在《犬神家一族》中，斧并不是凶器。"

结城沉默不语。

如果此时被他发现，自己其实只是看过《犬神家一族》的电影，又不知道会被他说什么了。另一方面，自己拿到的凶器是拨火棒，从它的引用出处是《斑纹的绳子》来看，大家拿到的凶器在引用的原著中未必是被当成凶器使用的。对结城而言，他从一开始就很清楚这一点。岩井是把结城的沉默当作他在思考吗？他暂时先专心地喝起了啤酒，但没过多久又心不甘情不愿地开口说道："如果真的是使用斧头，就没必要倒插了吧[①]。"

"啊，是吧。"结城附和道。

岩井露出一副愤愤不平的样子，蹦出这样一句话："要给就给日本刀嘛！这样不就可以……"

但是结城很清楚为什么要给手斧。正确来说，应该是他很清楚为什么不能给日本刀的原因。

"俱乐部"很讨厌凶器被当作其他目的使用。用于"殴杀"的拨火棒很难在殴杀之外被使用。用来"毒杀"的硝基苯是没有办法用来做毒杀以外的事情

---

① 在《犬神家一族》中，凶手为了把斧、琴、菊都和杀人扯上关系，把其中一名死者佐清（sukekiyo）的上半身倒插在封冻的那须湖中，用来误导"是用斧头杀的"（书中斧头的日文是 yoki），佐清的名字倒过来就是（yokikesu），但其实是以其他方式杀害的。

的。同样的,冰刀只能用来"刺杀"、手斧只能用来"斩杀"。但是日本刀除了可以用来"斩杀"之外,甚至还可以用来"刺杀"或者"殴杀"不是吗?这样显得太不公平了。

想到这里,结城猛然察觉。

对呀,已经有这么多事例反复论证了,那就没什么可以怀疑的了。凶器的选定是否忠于引用出处,倒是其次,主要还是在于"暗鬼馆"内的公平原则。

须和名所在意的,把《绿色胶囊之谜》当成引用来源,而胶囊里装的却又是硝基苯这件事,也是出于公平性原则吧。

可是……

结城紧握双拳,放在太阳穴处,陷入了思考。

打断了他思考的是岩井经过一番深思熟虑后开口说的一番话:"说起来,这种事怎样都无所谓。问题在于这个吧。"

他的手指向便条纸上"悬吊式天花板"这几个字。结城感到有些厌烦,说道:"你是想问它的出处吗?好像是《白发鬼》,但我没听说过这本书。"

他话音刚落,岩井就怒目喝道:"混账东西!"

"咦,怎么……"

原本探出身子的岩井唾沫飞溅,喋喋不休地说道:《白发鬼》是乱步大师的作品。但重点不是这个。之前我可是清清楚楚地看到了噢。拿到悬吊式天花板开关的家伙就是杀害大迫等人的家伙，对吧？"

确实是这样。当然，为了要查出那人是谁，结城才会一直想要知道每个人的凶器是什么。但是突然被岩井这样直白地准确无误地讲出来……

（一直到刚才为止，他明明都没有注意到这方面。）

酒醉者的任性很难收场。结城深深吸了口气，平静了一下自己的心情，颔首说道："没错，那是我最想知道的事情。"

"那么，你写出来看看，就一目了然了吧。"

岩井那根按在"悬吊式天花板"这几个字上的手指，迅速移动起来。

"X=A、X=B。因此A=B。你们怎么会那么费工夫？"

他的手指向十二人之中唯一一个凶器不明的人，也就是渕的名字。

当然，看起来是这样。除了渕之外，没有其他人选了。但是由于岩井只能透过监视器去了解大家的讨论内容，这已是他所能掌握范围的极限了，因此结城不慌不忙地反驳道："第一个理由是，到今天早上为止，西野的凶器都没有弄清楚。西野是'自杀'的结论虽然无从怀疑，但是安东一直坚持认定犯人是若菜，最后并不认同我的观点。这么一来,最有可能持有开关的人就变成了西野,情况就变得错综混乱起来。第二个理由是,绝对不可能是渊。"

"你说什么?"

"我没有机会知道渊的凶器是什么。可是,大迫、若菜与釜濑他们都看过。你觉得大迫在看过之后,还会身中陷阱吗?如果是这样的话,那么对于釜濑与若菜而言,不就一清二楚地知道犯人是谁了吗?可是,那两个人一直到去世之前,都没有怀疑过渊。若菜又是袭击安东,又是开枪射杀釜濑,想做什么就做什么,可是对于渊却什么也没说。所以不对。前一天,他们三人在渊的房间里所看到的肯定不是悬吊式天花板的启动开关,而是其他凶器。"

岩井已经离开"暗鬼馆"很长时间了。正因为这样,他才能够保持冷静,正确地去理解结城所说的话,没有因为来路不明的"现场氛围"而受到干扰。

岩井双手环抱于胸,低声喃喃地说道:"这样的话就会变成十二个人,却有十三种凶器。"

结城重重地点了点头。

"那就是问题所在。"

岩井已经满脸通红了,但是他又拉开了另一罐啤酒的易拉环。

就在结城稍作思考的时候,眼看空罐子越来越多,堆满了整张桌子。

"十二……十三……"结城喃喃自语道,但是已经语无伦次了。

结城闭上嘴。烂醉者应该也不懂什么逻辑理论吧。

"实验"最后一日

1

第七天,"暗鬼馆"的最后一天。

结城原本只是想做个样子奉陪一下岩井的,但是由于岩井好像自己酒量无穷无尽似的,一口接着一口不停地在喝,结城也在不知不觉中喝到失去了意识。

结城浪费了宝贵的时间,陷入深沉的睡眠。他之所以会醒来,是因为听到了仿佛脖子被人勒住的呻吟声。

他顿时睡意全无,一骨碌在硬床上爬了起来,看到岩井也同样从床上直起身子,呼吸急促。

"你怎么了吗?!"

岩井用手制止住慌忙要跑过去的结城。

"我没事……没事。"岩井一边这么说,一边大口地喘着粗气。结城皱了皱眉,但是没有再多说什么。

两人一起吃早餐,菜单和"暗鬼馆"其他人吃的没有什么不同:白米饭配味噌汤、小块的芝麻豆腐、腌黄萝卜,还有银鳕鱼的西京渍[①],差别只在于

[①] 西京味噌加上米酒跟砂糖,充分搅和拌匀后腌渍,几天后再洗净表面、拿来烧烤。

餐具不同。身处于"暗鬼馆"的其他人无论是享用日式、西式还是中式的餐点，餐具都各有特色，给人一种"价值必定不菲"的感觉，"监狱"里就完全不同了，结城不由自主地喃喃说道："连这么细节的地方都能搞得如此恶趣味，真是做得彻底啊。"

餐具是经耐酸铝处理过的金属制品，应该是为了配合"监狱"的氛围吧。

岩井是因为已经习惯了吗？他似乎不想听到有关餐具的话题，只是一声不吭地默默动着筷子。结城偷偷计算了一下岩井已经用这餐具吃过了几顿饭。他被送到"监狱"里是第四天早上的事，也就是说，大概是第八或第九次了，新鲜感是应该消失了。

食物装在耐酸铝餐具后，西京渍显得风味浓郁，味噌汤也显得香气四溢。不过，餐具过于烫手，以至于没办法把盛有味噌汤的容器拿在手上。就在结城想要呼呼把汤吹凉的时候，岩井嘟囔着向他说道："今天就全部结束了吧。"

结城没有放下筷子，回答道："是啊。"

"你觉得会平安结束吗？"

"不知道……应该没什么问题吧？"

"在剩下的四个人里，可是有杀了人的家伙噢。"

听到岩井那与昨天截然不同的阴沉声音，结城猛然抬起头。好像汤里会出现什么启示一样，岩井凝视着味噌汤的表面。结城盯着岩井，以为可以从他的表情看出什么端倪,但他马上就放弃了,说道:"这点就很难说了。"

"你这是什么意思呀?"

岩井给出一个比想象中还不安的反应,结城相当慌张。在这么狭窄的"监狱"里,被误解了可不得了。

"我可不是说'人是我杀的'的意思唷。"结城吐了口气,试图恢复平静。

"你是指杀害大迫与箱岛的家伙吧。目前在'暗鬼馆'里的四个人,安东、关水、渊以及须和名小姐,当然有杀人的可能性。可是,不是只有他们而已,若菜与釜濑,还有大迫,也都有嫌疑。"

"若菜不是已经排除了吗?还要把大迫也放进来吗?"

岩井说这句话的声音听上去已经没有那么紧张了。结城的内心松了口气。

"我只是觉得照安东所设想的那样,若菜杀害西野先生后,为了封口才杀死大迫等人的情节很奇怪而已,但是并没有排除若菜。死于悬吊式天花板的人是箱岛在先,所以或许是大迫杀害了箱岛之后,再自杀的。"

岩井没有特别说什么。

结城心想"哎呀",这还真让他感到意外。昨天的岩井一听到有关推理的事情就立马会有反应,但是经过了一晚，到了今天早上，他却只是在安静地用餐。

喝光最后一口味噌汤后，结城放下了筷子。最后他"咔嚓咔嚓"地嚼着剩下的腌黄萝卜。

岩井出其不意地问道："离开这里之后，你打算干吗？"

结城瞥了他一眼，只见岩井的脸朝下，不让结城看到他的眼睛。结城稍稍叹了口气，抬头看向天花板。

"这个嘛，无论如何，我第一件事就是想看看蓝天。这里虽然空调开得很足很舒适，但是毕竟天空还是很重要的。"

岩井笑了，从喉咙深处发出咯咯的声音。

"你还是个诗人呢。"

"我是文学专业的。"

"但是我想问你的不是你刚才说的那方面的事情。你忘记了吗？来这里是为了打工，可以赚不少钱呢。"

被问到是否忘记了，结城无法立马就回答"不，我还记得"。这么说来，是有这么一回事。原本应该会一直记得这件事情的，但是自己已经没有在意了好一段时间了。结城搔了搔脑袋，说道："嗯，不知道可以拿到多少钱呢。"

岩井一边嚼着腌黄萝卜，一边说："我记得'规则手册'好像是在……"

说到这里，吃到一半的岩井离开座位，从电视机柜的抽屉里拿出一本"规则手册"。结城接过这本手册，翻到关于报酬的那一页。

关于奖金的规定

（1）杀害除了自己以外其他人的人可获得"犯人奖金"；每杀一个人，总报酬金额乘以两倍。本项奖金可累计。

（2）遭遇其他参加者杀害的人可获得"被害人奖金"，总报酬金额乘以一点二倍。本项奖金不累计。

（3）针对任一杀害案件，在"解决"（详见后述）的场合中指出正确的犯人者，可以获得"侦探奖金"，总报酬金额乘以三倍。本项奖金可累计。

（4）试图指出犯人者可以在"解决"（详见后述）中，在本人同意的情况下，指定一名协助调查者。被指名的人可以获得"助手奖金"，总报酬金额乘以一点五倍。本项奖金不累计。

（5）在试图指出犯人时，提供证词者每发言一次可以获得"证人奖金"十万日元。

"我记得基本时薪是十一万两千日元噢。"

结城一边回想，一边说道。在看到"一一二〇百日元"时还怀疑是不是自己看错了的那一天现在想来感觉已经像是很久以前的事了，然而仔细一想，明明才是一个月前发生的事情而已。

他摇了摇头，如此沉浸在感伤中也不是办法。无论如何，结城是想要赚到大钱的。

"我被送进'监狱'是第六天的下午一点左右吧。这样的话是……"结城歪了歪脖子。他不太擅长心算。

但是，岩井一边把饭粒送进口中，一边若无其事地说道："是一百三十三个小时吧。"

结城有点瞠目结舌。话说，他记得岩井也曾当场读出过"停尸间"的英文名称。本来结城以为岩井是个假冒视觉系、不懂察言观色的男子，现在却意外地发现他小觑不得。

结城一边露出难色地说道："再乘上十一万两千日元的话……"

"大约是，一千五百万日元吧。"

结城差点情不自禁地想要叫出一声"哇哦！"，但他还是把内心的感叹给吞了下去。

不对，他原本就是知道的。第一天，在说明规则后不久，当时不知道是谁讲的，有人说，如果七天内什么事情都没发生的话，每个人就能领到一千八百万日元回家。

当时不知道是谁对于"囚犯的困境"成不成立而感到纳闷。结城当时也觉得，如果必须赌上性命，所有人都应该会毫不犹豫地选择低风险的做法。

事实上，在那个时候，不，应该说是在大家一脚踏入"暗鬼馆"的时候，十二个人之中就已经安排好了让西野死亡的这颗定时炸弹。

"一千五百万日元。"结城喃喃地说道。

岩井越说越起劲："你还获得了'侦探奖金'吧，这样奖金又变成了三倍。"

"四千五百万日元！"

说话声音不由自主地提高成了叫喊。四千五百万日元可以买好几辆最高级的车子了。结城原本觉得可以买辆二手的轻便型汽车就不错了，这真是出乎意料的金额。

岩井冷冷地对垂涎欲滴的结城说道："这可是有前提条件的，是要在你所说的西野自杀的推论是正确的情况下才能获得。如果你推断错误的话，金额就要减半。"

"还有这样的规则啊？"

"是啊。"

结城仔细再读了一遍，果然有。

关于"处罚"的规定

（1）被关入"监狱"者，时薪即刻被减为

每小时七百八十日元。

（2）指称未犯下杀人罪行者为犯人者，侦探奖金全数取消，总报酬金额变成原本的一半。本项处罚可以累计。于"实验"结束前重新指出真正的犯人者，不在此限。

（3）欲杀害他人时，被第三者制止却仍不听从者，会遭到"警卫"镇压，除了没收所有报酬外，也必须被关入"监狱"。

"也就是说安东的报酬会变成一半吗？那他一定很伤心吧。"

无论如何，结城比谁都清楚自己不是犯人。毫无疑问，安东的报酬会被扣掉。

"你呢？没问题吗？"岩井纳闷地问道。

结城怡然自得地说道："这个嘛，我有自信。"他自信满满地挺起胸膛。不过，他神情马上又暗淡下来。

"即便如此，还是很空虚啊。提心吊胆地奉陪参加这种恶趣味的活动，然后获取相应的奖金数额四千五百万日元。虽然那是很大一笔钱，可是，如果买彩券中了一等奖之类的奖项，还可以得到比这高好几倍的奖金呢。股票投资也不是没有听过获利过亿的情况。在拉斯维加斯只要赌赢一次大奖，就是这个的几十倍。或者说，光是就四千五百万日元这个数额来考虑的话,不少人的年收入也有这么高吧!"

结城自然而然地深深叹了口气。

"这样的话,西野先生死也不会瞑目的。"

岩井用一种难以言喻、像是在看什么值得怀念的东西的眼神看着摇了摇头的结城。他本来沉默不语地动着筷子,等东西都吃完后,他嘟囔着说道:"你可真是无忧无虑啊。"

这一点被安东讲过好几次,现在被岩井也这么说,让结城有点混乱。然后他总算懂得自我反省了:是不是在每个人的眼中,自己看起来都是那么无忧无虑呢?

"我真的有这么无忧无虑吗?"

岩井露出诡异的微笑,说道:"不过,那样比较好。"

"学长,离开这里之后,你打算做什么?"

结城只是顺口一问,没想到岩井却颤抖了一下,停止不动了。过了一会儿,他"锵"的一声放下了筷子。

受到这种凝重的气氛影响,结城的表情也自然而然变得严肃起来。

岩井说道:"虽然我觉得不可能,但是我想向真木赎罪。不过我不知道该怎么做才好。"

"……"

"从那之后，我每个晚上都会做很多噩梦。我无意杀他。应该是无意的才对。但是在梦中，我却是真的有意杀他，瞄准真木射了出去。"

他看着自己的双手。

"不喝酒的话，我就没办法入睡……"

然后，岩井轻轻地哽咽起来。

结城不知道该如何安慰岩井才好。他只觉得自己实在是太蠢了，竟然都没有想过岩井独自一个人是带着什么样的想法来度过到目前为止的时间的。

岩井一边抽泣，一边继续说下去道："正如你所说的那样，当时我确实觉得真木很可疑，但是我这么做并非如同你所说的那样，是经过逻辑思考的。我纯粹只是觉得真木是西野死前交谈最久的人，而且他后来的态度很可疑，就只是这样的理由而已。那时，我根本没想到什么推理小说之类的事情。

"我只是感到很害怕。因为我认为西野是被杀害的。我根本没有想到那会是自杀。那时，我只要一人独处，就会觉得自己快要发疯了。可是，我却只能一个人独处！

"我想去质问真木。为了威胁他，我带着弩枪前去。现在回想起来，我根本没必要把箭也搭上去。即使把箭搭上去，也没有必要把手先扣在扳机上。一到早上六点，我就走到回廊上，就是那条暗暗的、弯曲的，又看不到前方的走廊。然后，当我看到弯曲的走廊的那一头有人影出现时，我就……我就误……"

误扣了扳机。

"可是，我没有摆出射击的姿势。我是用左手扶着，右手手指放在扳机上而已。箭是朝着斜下方的。说真的，真木应该可以不必死的。即使误射出箭，最多就是射到脚而已。可是，他竟然这么背运。真木当时不知道是不是在意起自己的袜子还是怎样，蹲了下来。由于他蹲了下来，我的箭，射到了他的，他的头！"

岩井大叫着，抱住了头。

"不应该这样的！我只是发现打工杂志上的打印错误，心想不会吧，抱着开玩笑的心态进行了应征。当电话真的打来时，我觉得真糟糕。如果那时我逃避退缩的话就好了。我想要钱，钱谁都想要的吧。可是，我还没有想钱想到要杀人的地步！这种事是无法赎罪的。"

他用力敲打着不锈钢桌子。经耐酸铝处理的餐具一瞬间弹了起来，发出刺耳的金属声。

岩井已经不再压低声音了。

他一直想要找个人说话。杀死真木之后，他一直希望有人听他说话。

光是这件事，结城觉得自己被关进"监狱"也算是值得了。

然后,结城从岩井所说的内容中发现一个自己早就知道却忘记了的重点。

虽然那只是纯粹的心理作用,但是毕竟无法只用"心理因素"这四个字去完全涵盖。结城想起来了,然后把它列入了计算。

这么一来,连他自己都感到意外,他得出一项结论。但是结城觉得在着手研究之前,必须先向岩井坦白不可。

"学长……我大概从第四天左右开始,就发了一个誓。"

不知道是不是因为"发誓"这种不合时宜的词汇让人感到很不可思议吧,原本遮掩着脸庞的岩井从指缝间露出了眼睛。

"我说什么都不能再容忍这个'暗鬼馆'了。我既不能容忍明明就是想让我们杀人,却找出各种理由用来掩饰的'主人',也打从心底不能容忍'暗鬼馆',因为它把正因为是幻想才让人觉得有趣的推理小说通过炫耀的、夸张的方式来进行实际操作,弄得我们满身泥泞。如果想要这样做的话,好歹也应该预先准备一个死人能够复活的世界吧!学长,你从第一天开始就因为联想到了封闭空间而感到害怕吧。但是,我在看到那些人偶的瞬间,就开始觉得很受不了。学长,我相信学长所做的纯属意外。可是，我还是无法原谅会导致那种意外发生的状况，虽然我并不是说痛恨。归根结底，就是有虐杀癖好的人以为只要将'实验'当作幌子，就能够向学长、若菜、大迫、箱岛与真木，还有西野先生和釜濑进行交代。我一直都力求不按照'主人'的想法去行动。在我被问到是赞成还是反对的时候，我会先考虑哪种行动会让'主人'感到生气，然后我就那样去做。我在揭露论证西野属于自杀的时候，确实是有些过于得意忘形了，其实只是因为我觉得揭穿那件事最能够让'主人'感到无趣罢了。确实，我其实算不上什么，是个没什么价值的大学生。可是，并不能因为这样，我就要去当别人棋子。说到赎罪，也应该是让把我们当成棋子、自己作壁上观，试图沉溺在推理小说里的'主人'来赎罪才对。可是，我肯定管不了这么多吧。既然这样，就只能赌上自己的一时意气了。我要在这个'监狱'里拆穿在'暗鬼馆'里所发生的事。'主人'其次期待的应该就是'解决'吧。虽然'主人'最为期待的应该就是杀人了，但是我要去破坏杀人案的解决。我能够做到的骚扰大概也就只是这种程度了。"

说罢，结城耸了耸肩。自己好歹是个无忧无虑的人，不适合过于认真。他是这么想的。

"学长，你可以帮我计算一下吗？似乎又多了一个不懂得察言观色的推理小说读者。"

2

电视里,安东他们挤在一起。客厅还是原本看惯了的样子,但是角度却不同了。现在是从桌子正上方偷窥的、居心叵测的角度。

看看时钟,时间是十二点。距离"暗鬼馆"的实验结束,还剩下十二个小时。

电视屏幕上,安东、关水、渊、须和名四个人挨在一起。结城昨天进入"监狱"后,似乎没有人再丧命。

"太好了,大家都还活着。"岩井喃喃地说道。

结城点了点头,说道:"不过我原本就知道,已经没有再杀人的理由了。"

在两人的注视中,渊毅然决然地开口道:"还剩下十二个小时,我想这样也差不多足够了,我不想在这里再多待一分钟。"

到目前为止,渊一直都只是在听从别人的意见。有人因为她这突如其来的宣言而狼狈不已。那个人是关水。

"怎么了,渊小姐,你突然这么说?我也有着和你一样的心情,可是再熬一下就好了。冷静点吧。"

她正要把手放到渊的肩上时,"不要!"渊露出恐惧的眼神,甩开了她的手。从电视机粗糙劣质的画面中,看不清关水的表情。不过,从她被拨开的手无力下垂的姿势来看,神情应该是蛮受伤的吧。

相比较之下,安东却是意外地冷静。不知道是否是因为已经完全摸清楚状况了,安东用手势示意关水坐下,然后自己双手环抱于胸,说道:"你是想要逃离这里吗?"

渕似乎吓得屏住了呼吸。

"你发现了?"

"你都已经在馆里四处搜查了,是吧。我一开始不明白你在干什么,但是后来想起这栋建筑物里有秘道,就理解你的用意了。"安东不慌不忙地说道:"你是希望我们帮你一起找吗?"

他所说的话里带有一种"如果你拜托的话,倒也不是不能帮你"的口气。但是,渕却摇了摇头,说道:"不用。"

"为什么?"

"我已经找到了秘道。"

隔着电视,也能感觉到现场的气氛顿时僵住了。

看来像是情不自禁似的,安东从椅子上站起身子,感叹道:"不会吧!是真的吧。"

他情绪激动,仿佛找到秘道就像是做了什么坏事一样。对此,渕毫不退让,说道:"我找到了。"

说着,她从口袋里拿出个什么东西。那个东西小得难以辨认,似乎是卡片钥匙。

"我一直很在意这张卡片的背面,全都是一些不知道是认真的还是开玩笑的内容。不过,只有这里让我觉得很奇怪。"

她指着卡片的一个地方。须和名认真地把那行字读了出来。

"它上面写着,不可以使用两个以上的秘密房间或通道。"

渕点了点头,说道:"我不知道写在这张卡片背面的内容是否全都属实。可是,既然这里这样写了,我想从'俱乐部'的角度而言,他们应该不会违背才是……"

"原来如此啊。"安东说道。他的这句话让人感到某种压抑。

"安装了悬吊式天花板的'停尸间'是'秘密房间'。既然没有两个以上的秘密房间,那么必定就有秘道的存在,会是在'停尸间'吗?"

"我原本也是这么想的。于是我左思右想,然后发现了。"

渕的话语中几乎没有自豪的成分,只感觉到她想要拼命表达。

"我觉得棺材一共有十口这件事很奇怪。我去读过规则,上面写着,当生存者减至两人时,'实验'就会自动结束,我们就会被释放。也就是说,棺材应该只有九口才对。在第十个人死亡的时候,'实验'应该就结束了。"

传来压低的一声"额",当然是安东的声音。

"这样呀……我想到过如果棺材有十一口的话就太多了。确实是错了。就算是十口也太多了。"

"想到这里,虽然觉得很害怕,但我还是去调查了棺材,结果就找到了。它设计成只要去拉棺材盖内侧的控制杆,双层底部的锁就会开启。"

关水发出非常惊讶的声音,道:"那种东西,你竟然还真找到了!"

渕用力地点了点头,说道:"因为我觉得唯一的希望就在此一搏了……"

"可是,这样很奇怪呢。"讲话的人是须和名。

"无论设计有多么的复杂,如果是你说的那样,应该不至于到无法理解的地步吧。第二天的时候,箱岛先生他们找成那个样子,却完全没有发现,这一点我就搞不明白了。"

"在没有人死亡之前,机关不会出现。应该是设计成那样吧?"安东的语气中带有一些草率马虎的成分。才刚以为摆脱了结城,没想到又被其他伏兵率先超越了。安东的焦躁可想而知。

"无论如何,假设大家在没有人死亡的时候就逃离这里,这个豪华的地下空间不就等于完全浪费掉了嘛。"

麦克风虽然足够精密,但由于说话声音很小,无法听清楚。须和名好像讲了"不过,没有那么……"只能听得到句子的一部分而已。

"或许只是箱岛先生他们没有找到而已吧。更重要的是……"

渕显得有些焦躁。

"要想开启通往秘道的门，似乎是和'金库'一样，需要所有人的卡片钥匙才行。已经去世的人以及在'监狱'的人的卡片钥匙都在这里，但是如果缺少各位的卡片，就没有办法打开。"

她的声音越来越高。

"我们逃走吧！已经受够了。如果来这里是一种惩罚的话，我们已经受到足够的惩罚了。拜托，我求求你们，请一起到外面去吧！"

讲到最后，渕看起来几乎是在哭着呐喊。

最先有反应的是关水。

"冷静一点，渕小姐。"然后，她又重复了一遍刚才的话，道："应该不会再发生什么事了吧。那个干瘦如柴的男生也已经进了'监狱'。即使不去使用那个不知道是不是真的能够通到外面的秘道，也只要再熬一下就结束了，不是吗？"

但是，在渕还没有讲任何话之前，须和名就已经先以十分温和的态度接下去继续说道："确实是那样呢……不过，我自己个人也希望能够赶紧看到广阔的天空。"

然后，须和名把手放到嘴上。隔着晶体管电

视屏幕看不太清楚,不过她似乎像是在忍住呵欠。接着,她用带着笑意的声音说道:"虽然这里的衣服洗得不错,但是也差不多到了该穿新衣服的时候了。"

"关水,"安东说道,"我明白你的意思。已经没有杀人者了。我觉得十二个小时也就一眨眼工夫就会过去的。不过,如果真出得去,我也想要出去。而且,说到那个'监狱',里面的锁是不是牢固,都值得怀疑,不知道结城和岩井什么时候会跑出来。按我说,没关系的,就出去吧。"

他说这句话的口气十分友善。

听了安东的说辞,关水一个人低下了头。几秒、十几秒,她一直保持着那样的姿势。不过,等到她把视线略微往上一抬后,她就点了点头,虽然点头的幅度很小。"我知道了。我不会再说什么了。"那是一种有如全身虚脱般、彻底被榨干的声音。

"那么,在动身之前,我有个东西要交给各位。请稍等一下。"看到大家的意见一致后,渊急忙跑出客厅。就在每个人都在纳闷她打算做什么的时候,她又马上回来了。

"渊小姐……"

安东为之语塞,这也难怪,渊的肩上背着一个与"暗鬼馆"极不搭调的东西。

是个高尔夫球袋。

渊的话语中带有一种连自己也感到犹豫的口气，道："嗯，我知道这很奇怪。但是，在逃离这里之前，我想要告诉各位，到目前为止我都没能讲出来，实在很抱歉。这是我拿到的凶器。"

她打开球袋。

正因为是高尔夫球袋，所以里面全是高尔夫球杆。只不过，全都是木杆。

"敲杀用的，是吗？"安东自言自语道。

"所幸，球杆数量足够多。不知道秘道的那一头会有什么，各位，请带着这个动身吧。"

安东、关水与须和名都没有抗拒，拿起了木杆。

"'敲杀'与'殴杀'都已经出现了。在这基础上的话，该不会是 E.C. 本特利[①]的小说吧？"

岩井讲到这里就停了下来。结城在一旁深深地点了点头。

"这样就确定了呢。"

"不过，得要重新计算了。"

结城与岩井两人的表情都很紧张，没有丝毫放松之处。

"是啊，得看计算的结果如何……那球杆可是会喷火的哦。"结城一边说，一边握紧了拳头。

时间是下午一点。距离"暗鬼馆"的实验结束

---

① E.C.Bentley，英国小说家，著有《特伦特最后一案褚》(*Trent's Last Case*) 等作品。

还有十一个小时。

    3

    便条纸上排列着数字。
    "955,584,000。"结城呻吟道,"不够……"
    计算的结果还差那么一点点。
    "如果不够的话,你觉得会怎么样?"
    岩井这么问道。不过,他似乎还没有理解事情的真正意义。这是因为结城还没有做说明。并不是结城在故弄玄虚。就在做了好几次乘法之后,电视里的另一头已经开始做最后的讨论了。
    瞪着便条纸上的数字,结城思考着。不过,无论再怎么思考,答案从一开始就已经知道了。如果不够的话……
    "还会再死一个人噢。"
    "谁会出手?"
    结城转头看向岩井,大叫道:"杀害大迫与箱岛的犯人!"
    "你还记得我昨天所说的吗?十二个人有十三种凶器,那就是问题所在。有两种可能性可以解释:
    "其一,西野先生也拿到了用来'自杀'以外的凶器。十二种再加上'自杀',就变成了十三种凶器。如果是这样的话,排除悬吊式天花板的开关不算，西野先生原本拿到的凶器其实皆有可能。只要这么想就行了：在西野先生自杀后，杀害大迫等人的凶手可能会跑去偷走西野先生的凶器。

"可是，我没办法接受这种想法。在没有人知道的状况下，西野先生死在了'停尸间'。暗藏强烈杀意的某人必须从早上六点时外出禁令解除至早餐开始的短暂时间里，率先发现西野先生的尸体，并偷走他的卡片钥匙……这种想法本身就相当牵强。在这种状况下，后来杀害大迫等人的那家伙必须在事前就知道西野会自杀。但是西野自己不可能把这种事情泄漏出来，因为他是'俱乐部'背后的联手搭档。"

结城一边说，一边奋笔疾书。便条纸上写着的数字是"112000"。

"那么，有没有其他方式可以来说明为什么会有十三种凶器呢？这其实很简单。学长你可能也注意到了吧。"

"嗯，"岩井点了点头赞同道，"我虽然没有看到，但是听了你所说的之后发现，有人在凶器检查时蒙混过关了吧。有人硬把原本不是自己的凶器说成是自己被分配到的凶器。"

"没错。"

便条纸上又逐一加上数字。"24"，然后是"5"。还有"13"。

"但我不知道那会是谁。从日语的说法来看,'枪杀'、'药杀'与'击杀'都有其牵强之处,但是就凭这点是无法判断的。话说在这'暗鬼馆'里,可能成为凶器的东西大都被小心翼翼地排除在外了。虽然这里被装修成了气派的西洋宅邸,但是餐点却只能吃饭团这类的东西。进入馆内时,大家被迫换掉了鞋子,这应该也是为了让大家换成没有鞋带的鞋子,不想让我们把带子之类的东西带进馆内吧。我的夏季连帽外套之所以会被收走,也是因为连帽外套上有带子。这就和囚犯被关进监狱时,为了防止他们自杀而收走带子是一样的。"

"确实是那样。我的靴子也被收走了。"

"可是,还是有允许带进来的东西。"

结城想起来了。那段记忆已经久远到让人有种怀念的感觉了。须和名用极其清新的声音询问过:"我平常使用的化妆品可以带进去吗?"

"在须和名小姐的提议下,化妆品得到了许可。那就是漏洞。"

似乎没有什么灵感。岩井紧闭着嘴不说话。

结城无意让岩井感到焦虑,提示道:"化妆品可以带进来,也就是说,可以把化妆品的瓶子带进来。于是,就可以拿它伪装成毒药的瓶子!"

"不会吧,你是说须和名小姐吗?"岩井惊讶得屏住了呼吸。结城对着他拼命摇头,道:"不是。"

"可是，把它带进来的人是她啊。"

"化妆品可以带进来这件事是在须和名小姐的交涉下才获得许可的。所有人都可以带。有化妆品的也不只是须和名小姐，若菜也有，渊小姐也有，还有关水也有。没错，拿它伪装成毒药瓶的就是关水。"

结城再次加重语气，说道："悬吊式天花板的开关的真正主人是关水。"

结城紧紧咬住臼齿，发出"咯咯"的响声。

那时太大意了，只因为有那张解说凶器用法的"备忘录"，他就没有怀疑关水的凶器。那是多么糊涂啊！结城自己也用过它——关水用来伪造"备忘录"的、看来像打字机的文字处理机。

根据机器上的历史记录，第一天就有人使用过文字处理机了。也就是说，第一天，"娱乐室"开放后不久，关水就打好了假冒的"备忘录"……迟早都会有彼此亮出自己凶器的时候，如此预期的关水在除了西野之外、任何人都不知道接下来会发生什么事的第一天，就已经制造了虚假的线索。她预计会有人拿到"毒杀"的凶器，因此把自己的"备忘录"写成了"药杀"。

也就是说，这不折不扣证明了关水从一开始就隐藏着杀意。结城回想起在厨房里，关水曾说过"我是来监视你有没有下毒"。从那时起，她就已经在进行计划了。

对于其他参加者不重视"备忘录"这一点,结城在内心感到很不满。确实,和凶器本身相比,那只是一张纸片而已,但结城觉得它很重要。可就连这么认为的结城最后还是未能正确领会到"备忘录"的力量。只要伪造它,也就相当容易伪造凶器。

"要是当时能够看穿就好了。我意识到了杀伤能力公平性的原则,为什么却会疏忽掉这一点呢。关水用来'药杀'的尼古丁明显杀伤力太强了,毒性远远超过须和名小姐拿到的用来'毒杀'的硝基苯。须和名小姐拿到的硝基苯,要必须喝下两个胶囊的毒液才能够致死,而尼古丁只要一滴就足以致命。要是能够早点意识到它的致命性过强就好了。"

关水自己做了一张"备忘录",也就是说,这是因为她有能力自己做——关水有能力模仿那种刻意写成的"备忘录"的文风。

这表示她也是个推理小说爱好者吧。

结城动手计算。"133×3"。他的思维要分裂了,计算能力几乎降为零。似乎是对停笔的动作感到焦躁,岩井大叫道:"三百九十九!"

"第五天凌晨,开始夜间巡逻的那一晚。那天,到底发生了什么事呢?釜濑讲的是真话。那家伙对着箱岛,拒绝与他一起夜间巡逻,而且也承认自己这么说过。就是卡在这个地方。如果觉得不可能有这种事情，觉得那是在说谎的话，就没有办法继续思考下去了。釜濑讲的是真话。但是他说的理由是骗人的。不是因为他很困很想睡觉，而是因为他已经濒临崩溃了。

"听了学长所说的，我想起来了。从第三天到第四天的那晚，真是可怕得不得了。我忘记的那个专有名词是叫恐惧。我也是紧紧抓住了拨火棒，一整晚都在发抖。恐惧会让人失去理智。我也没资格责怪学长你会那样。

"然后，那一晚，釜濑再也没办法忍受下去了。由于太过恐惧，他跑去找自己原本跟随的人寻求保护，他跑去了大迫的房间！"

结城转过头，看向岩井，问道："这件事意味着什么，你知道吗？"

岩井没有回答。是因为他真不知道呢，还是因为他不想干扰结城思考呢？结城也没有等他回答，又继续说道："釜濑受到了'警卫'的警告。可能是一次，还是两次，也有可能是三次。如果在'夜晚'期间离开房间的话，就会受到警告。在寻找西野的凶器时，我也受到了警告。只要累积了三次警告又被发现外出的话，就会遭到射杀，那就是西野走上的末路。或许只是稍微违反了一下规则，跑到了外面而已，但是釜濑再怎么迷糊至少应该看得懂'杀害'两个字的意思吧。

"第四天凌晨,釜濑受到了警告。这应该算是很正当的理由吧。'如果再被发现一次的话,我就会被杀害,所以我不能去夜间巡逻'。箱岛也不得不答应他。因此,总结归纳起来,釜濑真的没去夜间巡逻。

"但是,釜濑没有在大家面前讲出来。他半夜里因为太害怕而逃去大迫的房间,这说出来实在太丢脸了。他死要面子,所以釜濑受到警告这件事只有大迫与箱岛知道而已,若菜并不知道。

"如果是这样的话,会怎么样呢?

"我原本所想到的太粗浅了,只要想一想一直都那么坚持要多个人一起行动的大迫就知道了。

"首先,大迫、若菜、渕那组结束巡逻。大迫送渕回去,然后和若菜一起去叫箱岛起来。大迫与箱岛送若菜回去……然后,他们两人一起去找釜濑。两人从釜濑那里听到他们可以接受的说法。即便釜濑当时受到的警告只是一次或是两次,大迫在听闻之后也应该会谨慎行事,让他留在房间里吧。

"这样的话……

"跑去关水房间的就一定是箱岛与大迫两人了!即使关水什么都不必做,也能轻松得到杀人的机会,而那家伙也没有错失机会。"

最后的乘法位数有点多,是"399×112000"。

就凭结城目前的脑容量,实在没有办法计算出答案。岩井从旁拿走笔,开始了笔算。

在他计算的时候,结城并没有停止说话:"这真是大好良机。关水在我们面前,只要讲一句话就行了。她只要不说是箱岛与大迫两人来房间接她,我们就会自然而然地认为是箱岛独自一人来接她的。她犯案的具体步骤我不清楚,不过,有很多种可行的方法。关水持有悬吊式天花板的开关,而大迫与箱岛他们并不知道'停尸间'安装了悬吊式天花板。

"关水恐怕是在三个人进入'停尸间'后,说有事情要商量,就先把大迫拉到房间外吧,然后下手压死了箱岛。接着,自己再神色大变地冲进房间,低头看着尸体,大声惨叫也行。

"大迫不会丢下关水一个人,也肯定会冲进房内。等到他冲进来就不会丢下箱岛的尸体不管。大迫会把注意力都集中到尸体上。箱岛无论怎么看都是当场立刻死亡的,没有丝毫可以起死回生的办法,大迫一定会站在箱岛身旁低头看他。这时,关水再溜出房间,这样就完成了先杀箱岛、后杀大迫的顺序了。我也想过顺序反过来的情况。如果反过来先杀大迫的话,机警的箱岛势必会怀疑关水,或许就不会冲进'停尸间'了。"

岩井完成了笔算。"44,688,000"。

"如果是这样的话!"结城大声称快。同时,岩井也惨叫起来："可是，待在这里什么也做不了！"

从时间节点上来看，就像是两人的大叫破坏了"暗鬼馆"的设备一样。

"监狱"毫无征兆地陷入了黑暗。"暗鬼馆"原本就很昏暗，但是此时的黑暗却完全不同，是一丝光线都没有的一片漆黑。虽然眼前完全看不到任何东西，但是比起惊慌失措，结城先是感到一阵头晕眼花。

"这、这是怎么回事……"

结城听见附近传来了岩井的小声嘀咕，声音听起来微弱而无助。这也难怪，结城也觉得自己全身直冒冷汗。

结城猛地咽下一口口水，咬紧牙关，忍住内心的恐慌。冷静下来之后，他想到一件事。

"是'踌躇之房'。"

"那是什么？"

"我想起来了。'规则手册'里提到过'踌躇之房'。到达秘道后，在通往外面的门之前，有个'踌躇之房'。只要有人进入那里，'暗鬼馆'就会停止电力供给。如果分成'逃离'与'留下'两派的话，我想这是为了让他们犹豫是否真的要逃出去……"

结城讲到一半，屏住了呼吸。

岩井似乎也领悟到那所代表的意思。黑暗中，只听到他喉咙里发出"咕"的一声。

"停止电力供给……也就是说，停电了？"

"啊，那电子锁呢！"

突然，房间里充满了窸窸窣窣的摸索声，结城拼命在寻找。说不定停电打开"监狱"门锁，让囚犯们燃起希望也是照着"俱乐部"所设计的剧本在进行。但在此时，结城已经没有闲工夫想那么多了。

感觉过了很久很久。不，既然看不到时钟，就根本不知道时间。

岩井的脚在踢到一次结城的脸庞后，两人到达门边，缓缓用力。

之前有光线照明时看上去是白色的大门被毫不费力地打开了。

4

"暗鬼馆"没有了电力也没有了照明。原本看上去感觉有点褪色但又很有美感的壁纸以及毫无刮痕、甚至让人犹豫该不该去触摸的壁板，现在也全都看不见了。结城趴在地上，手掌感受着表面不平滑但又很柔软的毛毯，逐步向前爬行。这是他原本就一直意识到的，"暗鬼馆"确实是个地下空间。缺少人工的光线，就真的什么也看不到了。

岩井应该是跟在自己的后面。他应该也是在用四肢爬行吧。还是说，在四下无人时他还是死要面子,只是摸着墙壁站着呢。结城甚至没有出声叫他,就这样摸着地板与墙壁,凭着记忆中的地图前往目的地。

目的地……也就是"停尸间"。

终于,指尖上传来了冰凉的、坚硬金属的感触。这是"停尸间"的门。

"……"

里面的样子让结城把想要说的话又吞了下去。

并排的十口棺材中有一口棺材的盖子已经被拉开,竖了起来。棺材里露出了微弱的蓝色光线,把没有其他光线的"停尸间"染成了一片蓝黑色。

虽然被岩井称赞过自己是诗人,但是结城却认为自己彻头彻尾是个善于写散文的人。看着那道蓝色的光线,他没有感到神秘或是恐惧。他想到的是,那光线似乎有消毒作用。

当然,那是紧急用的照明灯吧。结城毫不犹豫地往前走去。

"你要去吗?"是岩井的声音,带着些许怯意。结城没有回答他,浑身散发出一副势在必行的气息。

棺材底部有一条通往地下更深处的铁梯。

5

那甚至算是一种庄严的景象。

结城体会到"暗鬼馆"有一个致命的缺点,那就是层高。"暗鬼馆"最后的房间——"踌躇之房"有个压倒性高的天花板。很久没有体会那种广阔宽敞的感觉了,让结城不由得差点腿软。

最重要的是,结城现在正呼吸着外面的空气。

从房间入口处开始,爬到平缓的斜坡的顶端后,有一扇大到不适合称为"门",甚至称得上是"城门"的东西向外大大地打开着。

时间刚过下午两点不久吧。今天似乎是个晴天,而且是万里无云的晴天。城门的另一头是一整片让人眩目的鲜艳的蓝色。

有个人影背对着那片天空,就像是守门员一样站在那里。威风凛凛、一动不动地伫立在那里的正是关水美夜。事实上,或许真的可以称她为守门员。她在达到自己的目的之前,应该绝对不会让任何人到外面去吧。

广大的空间里,斜坡的顶端是背对天空的关水。在阳光仿佛照不到的地底,抬头看着她的三个人是安东、须和名、渊。

她就像是要下神谕的女巫,抑或是要进行说教的教祖……只可惜她手上拿着的既不是祭祀用的神木,也不是圣印,而是庸俗的木杆。

到达"踌躇之房"前的结城在门的另一头看到的就是这样的景象。

关水像是想要在现在完成必要的手续似的，低头看着斜坡下方那些人，宣告道："所以，杀害大迫的人也是我。以上，推理结束咯。"

这句话让结城知道，自己的推理大致上没有错。虽然本来就觉得自己这样推理肯定没有错，但他此时还是松了一口气。但与此同时，内心产生了一种痛苦的感觉，他自己也感到相当不可思议。结城在内心的深处仍然抱着一丝希望，哪怕都到了这般田地，自己还是希望没有人去杀人。

"为什么！"挤出吐血般声音的人是安东。

关水就如同是看到什么可怜的动物一般，露出冷漠而哀怜的眼神，反问道："你问的为什么，到底是针对哪一点啊？"

安东条件反射性地叫道："为什么要让我出糗！是你说结城很可疑的，我昨天才会……为什么要忽悠我，为什么要骗我！"

关水的眼睛"倏"地眯成一条线，说道："看来把你留下，还真是做对了。"

"你这话什么意思？"

"我刚才已经坦白了，我用自己的这双手杀害了两个人。虽然只是按下开关而已，却是在知道他们会必死无疑的情况下才按的。我还以为你会从伦理的角度责骂我，结果没想到你最先想问我的竟然是'忽悠我'和'骗我'？"

她的声音并不大，却响彻了整个"踌躇之房"。

由于安东背对着自己，结城看不到他的表情。只是，安东完全没有提出任何反驳。

关水的嘴角略微露出了一丝笑容，说道："好吧。听我说，安东。我之所以会让你入圈套是因为有一个理由——我想扮演华生的角色呀。"

她稍微想了想，又补充了一句道："华生的角色就是'规则手册'里所说的'助手'。"

"那个，我知道，"安东以一种像是好不容易才挤出来的声音说道，"为什么你要做那种事呢？我不明白……"

"你还不明白呀？"

大叫一声之后，关水的表情坍塌了下来。她笑了。她脸上露出一种快要哭出来、皱成一团的神情，大笑着。她用没有拿木杆的左手指向安东，取笑他道："你这个傻瓜，你这个傻瓜！是啊，我就是觉得你是傻瓜，所以才请你来当'侦探'的啊。没想到你还真的是够笨的！我杀害了两个人。我把你骗入陷阱，自己当了'助手'。然后，我刚才在这里进行了两次'解决'。你问我为什么要这么做，这连想都不用想吧！你应该也看过'规则手册'吧！"

"是倍率的问题吧。"发出清脆的声音的人是须和名。

从结城的位置，只能看到须和名的背影。她的手放在前面，应该是双手交叉，站在那里的吧。她的声音带有一种不合时宜的柔和感。

关水收回原本指向安东的手指，然后瞪向须和名，露出了让人不寒而栗的憎恨眼神。

"是啊，你果然注意到了。你不是参加者吧，你是旁观者、观察者。既然都讲到这个，你就告诉我吧。你来参加这出闹剧，到底是要干吗？"

"我啊，"就像是觉得意料之外一般，须和名的声音夹杂着惊讶道，"我和你一样，关水小姐，我是来赚钱的啊。"

"天晓得！"她撂下这么一句。

不过，关水很快收回了对须和名的憎恨表情，恢复成原本的举止，继续说道："是啊，是倍率。杀一个人的话奖金是两倍，杀两个人的话奖金就是四倍噢。为此，我杀了两个人。然后，我刚才又解决了两次。两次的话奖金就是三倍。喂，安东啊，都讲到这里了，你这下总该明白了吧？这里的一切全部都是谎言，全部都是虚构的，全都带有恶作剧的成分……太疯狂了！在这里如果要说有什么可以成为行动基础的话，那不就是一开始大家都是为了钱吗？！这是理所当然的，而且已经到了过于理所当然的地步啦！"

第一次看到关水时，分不出这人是男是女。但现在她的笑很妖媚，妖媚到让人觉得低俗下流。

"如果没有人替我当'侦探'，我不就拿不到'助手'的倍率了吗？我无论如何都想得到'助手'的倍率。一点五倍，太好赚啦。还有，我之所以会选你，是因为你的话会照着我的诱导做出错误的推理。由我担任'助手'的'侦探'如果不好好做出错误推理的话，我就没有办法在最后做出真正的'解决'了。结城看穿了西野先生死亡的真相，他太危险了。把那个结城送进'监狱'收拾掉后，我就可以赚到'助手'的奖金。然后，你也可以赚到一时的优越感。啊，人生如果全都这么美好，那该有多棒！"

"大……大迫先生和……"由于极其害怕而陷入恐慌般的渊大叫道，"箱岛先生之所以会被你杀……杀害，也是因为他们危险吗？"

"那就不是了，"关水摇了摇头，对着渊以略微缓和的口吻说道，"杀害箱岛纯属偶然。因为机会来临时，他刚好就在我面前。说真的，我本来是打算让箱岛来扮演'做出错误推理的侦探'，所以当时还蛮犹豫的。真正因为觉得危险而被我当作目标的是大迫。因为只要有那个家伙在，无论好坏，大家都会团结在一起啊。大家一团结，我就没有办法下手了呢。"

关水窃笑着。渊后退了两三步，瘫倒在冰冷的地上。

"现在,已经够了吧,没有什么遗憾了吧。那么,各位就算是认同我的推理了咯。"

关水以一种傲视凡间般的眼神如此说道。她迅速地把右手的木杆向上挥舞。

此时不出招,更待何时!结城使出全身的力气,踢飞了"踟蹰之房"的大门。它不像是"暗鬼馆"里那种用上等木材做成的大门,而只是用金属板所做而成。门发出一声刺耳的轰隆声,响彻了整个空间,然后被结城一口气打开了。

结城感觉所有人的视线都集中在自己身上。让原本就不习惯受到注目的结城在这种场合下涨红了脸。他努力克制住自己内心的害羞,威风凛凛地踱步走到"踟蹰之房"的中央。

"结城!"大声叫他名字的人是安东。

结城无视他的存在。都已经到这个地步了,安东的存在已经不重要了。结城的视线笔直地看向关水。他站到了安东、须和名与渕三个人前面。

关水也许是因为没有预料到结城会出现吧,她明显看起来非常困惑。关水问道:"结城……你怎么会来这里?"

"只要有人进入'踟蹰之屋','暗鬼馆'的供电功能就会停止。照明消失,然后,监狱的电子锁也会打开。"

结城一边说着,一边意识到这该不会也是"俱乐部"的陷阱吧。为什么一进入"踌躇之房","暗鬼馆"的供电就会停止呢？答案不就在眼前吗？所有的生存者都集合在这里，试图进行最后的解决。

结城觉得自己很想要咂舌感叹一下。不过，即使某种程度上照着"俱乐部"的剧本行动，也总要比见死不救强得多。结城狠狠地瞪着关水，提高了嗓门，说道："你比我想象中还要喜欢把自己所做的坏事公开嘛，关水。承蒙你觉得我很危险，我是不是该对你说声谢谢比较好呀。"

"你都听到了？"关水似乎有点全身无力的样子，说道，"那么你应该知道了吧。一切都已经结束了哦。"

结城随即回嘴道："不，还没有结束！"

"……"

"在来这里之前，须和名曾经问过我该如何去看打工杂志。当时，我也问了她问题。我问她，为什么她要打工？须和名小姐伸出一根手指说，她就欠这么多。"

结城一边说，一边自己也伸出一根手指，关水的视线被那根手指吸引。

"我无法判断这一根手指到底代表着多少钱。因为当时须和名小姐全身上下穿着都很高贵，加起来不像是十万二十万能够打发的样子。结果，我到现在都还不知道她欠了多少钱。可是你却不同。我忘记是什么时候了，你还记得大迫曾经问过一个问题吗？他问大家为什么会来这里。大迫是为了存储结婚用的资金，渊小姐是为了要赚可以重新再开便当店的资金，须和名小姐果然还是只伸出了一根指头。而你也和须和名小姐一样，伸出了一根指头，对吧。我当时试着想过一想，那一根手指头到底代表了多少钱呢？如果在这里度过七天，光这样的话就能够拿到大约一千八百万日元。因此，如果你需要的只是一百万日元或一千万日元的话，就没有必要赚取以倍率累计的钱。那如果是一亿日元的话呢？就必须是原本打工酬劳数字——一千八百万日元的五倍以上了。然而，在你骗取安东之后所得到的倍率可不止五倍。我在'监狱'里已经好好计算过啦。你杀了两个人，自行解决案子两次，然后又当了一次'助手'。二乘二乘三乘三乘一点五，等于……"

结城仍然竖着手指，没有说话。

几秒钟过后，须和名从斜后方说道："是五十四倍。"

"是五十四倍。会锁定这么高的倍率，就说明你的目标金额不是一亿日元。你所竖起来的一根指头代表着……十亿吧。"

关水什么话都没有说，只是盯着结城的手指。结城一直努力压抑着自己想要把视线从关水身上移开的念头。他收回手指，说道："在'暗鬼馆'里待满七天，时薪变成五十四倍的话，报酬就会超过十亿日元……刚好超过一点点。"

记忆中的数字，已经不知道计算过多少次了，印象深到都快要烙在脑海里了。

在第七天结束时，关水可以领取的金额是十亿一千六百零六万日元。

关水嘴角保持着微笑，点头说道："嗯，你果然是最危险的。正如你所说的，我想要十亿日元。"

结城的声音在不知不觉中变得有些沙哑，但是他仍然拼了命，继续凝视着关水，说道："你刚才也说了吧，问大家没有遗憾了吧？我有！请你告诉我。为什么要算计得这么刚刚好？你的计划也太冒险了吧。'犯人'奖金两次、'侦探'奖金两次、'助手'奖金一次。然后，还要待满七天时间，只要缺少其中任何一项，你就拿不到十亿。为什么对于西野先生的死，你不当'侦探'呢？就算不当，为什么你……"

他没有再说下去。关水察觉之后，冷冷地说道："为什么没有再多杀一个人？"

关水也一样，目光紧紧盯着现场唯一能与她对抗的结城。虽然她的微笑没有消失，但那与其说是杀人者的冷笑，倒不如说是带有某种浓厚的放弃意味。

"这个嘛，第一个问题的答案是这样的。挑战解决西野先生的案子，如果搞错的话，报酬就会减半。而且不到最后一刻是不会知道自己的推理是否是正确的。我没办法让自己去下这种赌注。就算我猜对了西野先生那个案子的真相，不管怎么样，我还是得杀掉一个人才行。如果因为我推理出错而没达到目标的话，那个被我杀死的人岂不是死得太冤了吗？"

在这个"暗鬼馆"的实验中，能够确保获得高倍率的方法是什么呢？

如果要当侦探，出错时的惩罚很吓人。

如果要杀人，被看穿的风险很大。

这样的话，就只有一个方法……自己杀人、自己揭穿。在揭穿的时候就会被送进"监狱"，因此要等到实验快结束时再揭穿。杀人是为了在最后一刻进行自白。

"那么，第二个问题的答案是……"结城感到自己的心脏跳得厉害。关水低下头，把目光从结城身上移开。她嘟囔着开口用足以传到斜坡下方的音量说道："我是杀人者，连杀了两个人。不过……我觉得杀两个人就够了，没有必要为了谨慎起见而再去杀第三人。"

"所以，在杀害大迫他们之后，你才丢掉开关的，是吗？"

她微微点了点头。

接着，关水又用力地摇了摇头，抬起头来，用喉咙都仿佛要撕裂开来的声音大声叫道："可是！那种事，没什么意义！我为了自己，杀害了大迫与箱岛。我本来觉得两个人就够了。可是，结果，我却杀害了四个人……不就是这样吗？若菜和釜濑也等于是我杀害的啊！"

她把右手的木杆指向视线下方的结城，继续说道："既然你都计算得这么仔细了，那应该也已经发现了吧。如果现在就这样出去的话，我的报酬还不到十亿日元。至少也得在'暗鬼馆'里待到今晚十点，否则最后我会拿不到十亿。现在明明才两点而已！我已经心算过了。我很擅长计算的。九亿五千五百五十八万四千日元。还不够啊！不过，这样也可以了。我已经让四个人死了，毕竟不能只有我自己一个人拿到钱跟你们说拜拜呀。我已经决定要拿最后的奖金了。"

结城刻意无视于关水所说的那番话。他回过头，看向连话都插不进来的三人，把手伸向一直津津有味地看着两人交谈的须和名。

"须和名小姐，不好意思，你手里的那根高尔夫木杆，请交给我。"

须和名一脸不可思议地看着手中的杆子，说道："你是说这个吗？这个是渊小姐的东西。"

"没关系。"

"说的也是,没关系吧。"

虽然"踌躇之房"的地板是铁做的,但是须和名走路还是与在"暗鬼馆"时相同,没有任何脚步声。须和名赏赐似的把木杆交给结城,结城牢牢接过之后,再次转向关水。

他举起木杆,用木杆前端指向关水,说道:"不让你拿!"

关水的脸颊上滚落下了水珠。因为距离遥远,结城不知道那水珠到底是什么。他毫不介意地继续说道:"关水,不好意思,我不会再让你拿奖金了。这不是为了你,不是为了大迫、箱岛、若菜和釜濑,也不是为了西野和真木。我已经受够'暗鬼馆'了,我不希望再有人死去,让'主人'因此而开心。绝不!"

"你知道我要做什么吧?"

结城把木杆猛地往上一挥,在头上转了一圈,蓄势待发。他不知不觉地笑了。他笑着说道:"真是不巧,我刚好是个不懂得察言观色的推理小说读者,所以我知道。"

接着他丢出了木杆。

褐色的棒子发出呼啸声,飞了出去。来自出口的阳光照得它闪闪发亮,耀眼得刺目。

虽然杆子没有飞到关水身上,但是猛地撞在她的脚边。接着,传出震耳欲聋的破裂音,爆炸了。

结城喃喃地说道："木杆。使用方法是'爆杀'，但是我可没办法连E.C.本特利都记得啊，学长。"

眼前发生的爆炸让关水情不自禁地掩面躲避。虽然不觉得爆炸威力会扩及她那里，她还是踉跄了一两步。

绝对不能错过这个可乘之机。有个人影就像是全身的弹簧都释放了一样，一口气逮住了这个机会。那人不容许关水抵抗，三下五除二就制伏了她，从她的右手中夺走了木杆，往斜坡下方滑去。

她应该还没明白过来到底发生了什么吧。关水在混乱中大喊："谁？你是谁！"

"据说是个不懂得察言观色的推理小说读者。"

岩井抬起头，对着结城露出苦笑。刚才的你来我往，全都是为了这个动作。其实根本没有必要质问真相。但是结城还是与关水对峙、向她抛出疑问，都是为了让她把注意力集中到结城身上，也是为了不让她发现岩井正沿着墙边逐步向她逼近。

中途，她看向别处时，结城还以为计划要失败了，但总算没有白费力气。

结城就好像是从海底浮出水面一样，大大吐了一口粗气。在呼气的同时，他觉得自己的体力、精力，以及勉强支撑自己到现在的某种力量就像是全都抽空消失了一般，猛然跪倒在冰冷的铁地板上。

爬上斜坡。岩井已经松手放开了原本压制住的关水,因为已经没必要了。她的眼神空洞,抬头看着站在眼前的结城。那张脸似乎失去了理智。

渊所分配到的木杆里装有炸药,只要对杆头部分加以撞击,杆把部分就会爆炸。然后,杀死拿着它的人。

渊当然知道它的用法,之所以会发给每个人,恐怕是为了求得最后的保障吧。逃离这里的途中,如果有人出其不意试图用它来杀人的话,那个人就会死于爆炸。

但是,在"暗鬼馆"里发放的凶器都有其出处。结城与岩井隔着电视屏幕看到高尔夫球杆的瞬间,就意识到它的真面目了。关水也肯定察觉到了这木杆会爆炸。

由于已经到了逃生口,拿不到十亿日元的关水就打算反过来利用会爆炸的木杆来赚取最后的奖金……

"被害人奖金"。倍率是一点二倍。

为了得到目标金额而不惜杀人的关水现在却拿不到这笔数额了。是要无可奈何地放弃这中间的差价而从逃生口跑到外面吗?还是要拿自己的生命来换取奖金呢?

对关水来说,能成为一线希望的是后者。

即便关水注意到了高尔夫球杆的机关所在,虽然渊并非故意抱有杀意，但事实上就是渊把木杆递到了她的手中，关水的死就属于他杀。关水是这么想的，所以她想成为"被害者"吧。

关水的最后希望遭到破灭后，就连是否还有意识都让人怀疑。结城凝视着她的眼睛，即使凑近她的脸到距离只有十几厘米，关水的眼睛还是一眨也不眨。

结城觉得沉默似乎已经持续了很长一段时间。关水那干到不行的嘴唇终于缓缓地张开了："杀了我吧。"

"……"

"如果你不把我杀了的话，奖金数额不就不到十亿日元了吗？如果拿不到十亿日元的话，我到底是为了什么……为了什么把大迫给、把箱岛给……杀了我吧，让我好好地当一回'被害人'。"

在阳光下看，关水的皮肤粗糙干裂，眼睛也充满着血丝。实在看不下去的结城迅速转过脸去。

"你需要十亿日元吗？"

"需要啊。"

"无论'俱乐部'再怎么保证这里所发生的事情是不会被传到外面去的，都让人无法相信是否真会如此吧。即使一离开这里就马上被逮捕，也毫不让人感到意外。就连钱是不是会真的支付给我们都让人觉得可疑。这些你至少是明白的吧。可即便如此，你还无论如何都要那十亿日元吗?"

嘴巴半张的关水不知道为什么只有右眼充满了泪水。

"我如果不在这里赚到十亿日元……大家都会死。死好多人,好多人……"

结城先前就察觉到了。西野是为了给"暗鬼馆"带来刺激而自杀的,那么,应该也会有人扮演因为西野所带来的刺激而下定决心杀人的角色,不是吗?无论报酬的话题有多么令人难以置信,也有人会对此产生无法抵抗的欲望,他们从一开始就安排了一个有强烈动机的人,不是吗?

结城想,已经够了,"暗鬼馆"也该落幕了。

"我的报酬送给你。我因为西野先生的案子,获得了'侦探'奖金。我算过了。加上去应该勉强可以到十亿日元。"

瞪大眼睛的不仅仅是关水,还有撑着关水身体的岩井也为之愕然。

"你这家伙,刚才在计算的原来是为了这个?"

"你没发现吗?如果不设法凑到十亿日元,就无法阻止这家伙吧。"

"这样好吗?"

一点都不好。结城获得的四千五百万日元对于身为穷学生的他来说,就像是做梦一样的一笔大钱。结城甚至会觉得只要有了它,什么事都可以做得到。

尽管如此,结城还是点了点头。

如同做梦般的大钱,正因为像做梦一样,所以没有踏实的感觉。如果只是海市蜃楼的话,很轻易就能放手了。有人说,只要曾经奢侈过一次,就将终生难以忘怀。但是结城却连一次都还没有奢侈过。

结城抬头看向很高很高的天花板,放声说道:"喂!你在听吗?从我的报酬之中把钱拨到关水那里,让她的报酬总额可以到达十亿日元。这么点小事总可以帮我做吧?你也已经得到充分的享受了吧?"

他并不期待会有人回答他。

但是声音却从天而降,短短的一句。"乐意效劳。"

伸出右手遮住阳光的结城脚步踉跄地弯下身子,钻过出口。与"清爽的感觉"相差甚远的闷热的夏日空气与阳光向他袭来。

第七天,二点三十一分。

按照规定,"暗鬼馆"的实验结束。

"实验"后三日

对于渊佐和子来说,"暗鬼馆"的实验就如同一场噩梦。

莫名其妙的规则。

不觉得那样的规则有什么奇怪之处的参加者。

随随便便就不断增加的死亡者。

面对这样的状况,很快就不再感到讶异与同情的自己。

全都是一场噩梦。

然而噩梦只是梦而已,无论噩梦有多么可怕,总有一天是会忘掉的。从地下空间回来后三天,渊渐渐开始觉得,那是否只是一场大费周章造假的表演而已。

西野的血是番茄酱。

真木中的箭是变魔术。

大迫与箱岛是用假人代替的。

至于釜濑与若菜,对,一定是哪里搞错了。

之所以会这么想,是因为渊没有碰触过他们的尸体。如果说一切都是造假,都是表演的话,也不足为奇。反正"暗鬼馆"的光线昏暗,很多东西都很容易看错吧。

酬劳已经汇入了渕所指定的账户里。

就用这笔钱偿还迟缴的地租，支付丈夫的住院费用，顺便改装一下有点老旧的店面吧。

进货工作已经准备好了，明天就必须重新开始售卖便当的工作了。

其中一名经常光顾的客人，那个浓妆艳抹的大学生……对，那个叫若菜的女孩，应该又会来光顾吧。

渕佐和子。
报酬总额，一千七百六十九万六千日元。

"实验"后四日

对于安东吉也来说，"暗鬼馆"的实验变成了饱受屈辱的地方。

在实验的前半段，无论怎么看，大家都应该会觉得我的头脑比较聪明，可结果竟然变成和那个花枝招展、看不出是男是女的箱岛势均力敌。

箱岛死了固然可怜，但这下那群笨蛋也总该清醒了吧。谁知道无可救药且头脑发热的若菜竟然袭击我。如果不是在众目睽睽之下，我早就教训她了。

那个若菜也死了，我想这下总算没有人碍手碍脚了，谁知道这次换结城厚脸皮地冒了出来。我自己也都想到过他所讲的那些话啊，可是他却一直跟在我后面，一见有机可乘，就完全盗用了人家的想法。

关水说那个结城很可疑，我好心接受了她的说法，没想到她竟然是个只懂得利用别人心地善良、最低等的人类。可惜啊，如果再多给我一点时间，我一定可以发现她的真面目。

自己讲的话一一遭到反驳。如果一切都交给自己处理的话，最后应该可以不用死那么多人才对，也不必变成那样的结果。安东觉得自己真傻，竟然会跑去和一群笨蛋扯上关系，天底下哪有这么笨的人。

汇入指定账户的金额远低于安东自己所计算的数额。按照规定，担任"侦探"角色的人，酬劳不是应该可以变成三倍吗？怎么会这样呢？这是诈欺！自己上了诈欺犯的当！

安东愤慨地喝着酒。给他再多的酒，他也能喝下去。

为什么只有笨蛋与骗子得志，像自己这样头脑聪明的人却要吃亏。安东大声呐喊，世界上怎么会有这么离谱的事？！

安东吉也。
报酬总额，四百四十二万四千日元。

"实验"后五日

对于岩井壮助来说,"暗鬼馆"的实验恐怖到了极点。

他很爱看古今中外的各种解谜故事。这样的爱在他离开"暗鬼馆"之后也并没有减弱的趋势。

体验归体验,故事归故事,岩井看过的书,并没有少到让他分辨不出两者之间的不同。

事实上,岩井从"暗鬼馆"回来后第二天,就去了常去的旧书店。在那里买到了老板偶然进货的一本战前的珍藏本。但是他也并没有忘记到卖新书的书店进行察看。他觉得《幽灵杀手》这本书非读不可,于是将它列入了采购清单之中。

但是……

排在陌生群众的最前面,等待列车进站的时候。

在狭长的小路上行走,突然发现自己前后都看不到人的时候。

晚上,进入梦乡之前。

早晨,从睡梦中清醒之后。

岩井都会全身颤抖。

杀害了真木的自己一定也会被别人所杀害。这是一种因果，也是一种真理。剩下的只是早一点、晚一点之间的差别而已。只是上天允许自己活多久的问题而已。

他很想向真木的家属道歉，很想前去扫墓，但是他们恐怕连真木是怎么死的都不知道吧。他实在是束手无策，快撑不下去了。突如其来的恐惧感虽然每次都持续不久，但是却深刻到难以摆脱。此刻的岩井正踏入十字路口过马路，但是浑身充满恐惧的他并没有注意到现在还是红灯。

岩井壮助。
报酬总额，一千七百五十九万六千八百日元。

"实验"后六日

对于须和名祥子来说,"暗鬼馆"的实验并不能算是一次大丰收。

在久违了七天的太阳与微风下,她想起被那个叫结城的男子所问过的话。

"须和名小姐……须和名小姐先前也说过自己拖欠了一些东西对不对?"

自己当时是怎么回答他的?

结城虽然是个没有什么品位与礼仪的男生,但是他对此倒是颇有自知之明。是个知道自己几斤几两的人,这点还不错。待人应该不会太无情。

结城又继续追问道:"那么,须和名小姐为什么没有想过要多赚一点呢?"

真是个愚蠢的问题。须和名记得当时自己觉得这问题很可笑。

这次"实验"的报酬并不能满足须和名的期望。那个名叫关水的少女确实敢拼敢战,但最终也只获得了不到十亿日元的报酬。如果自己更花心思、更大胆的话,应该可以赚到比那高好几倍的报酬吧。不过,须和名家虽然很需要资金,但还没有落魄到连"暗鬼馆"那种水平的报酬都去要。

然而，自己没有必要向结城说明得那么详细。当时应该只是简短地回答了几句，但是须和名却怎么都想不起来自己说了什么。

这次"实验"的主办者，毫无疑问名声受损了。

虽然事出有因，但是餐点实在是过于粗糙了。建筑物也是，虽然看起来安排得很周到，但是透过一些地方仍然可以看出有不够周到之处。按摩浴缸那里的锁竟然用的是半月锁，太脆弱、太不用心了吧！

"实验"固然需要规则，但是有些规则的用意略显明显，甚至还被观察对象看穿。主办者或许能够投资的金额，但是要想将事业扩大的魅力就还有些欠缺……

名声就是信用，照那样的话，下次的活动应该会有办不成的危险吧。

不过对于须和名而言，倒也不是完全没有收获。

叫作"警卫"的那种机器人性能配置还挺高级的。自己已经多次呼叫它们出来确认过了，动作上似乎没有什么问题。其外观虽然还有改进的余地，但是已经充分具有导入的价值。她已经开始讨论试用的可能性。

此外，这次的"实验"虽然办得不是太好，但通过参加本次"实验"，须和名已经大致了解到了举办的流程。筹备期如果是半年的话应该足够了吧。

地点如果再挑地下的话，一定会被别人说"又来了"。只要能主办一场出色的"实验"，须和名的名声一定能再次大振，原本希望募集投资资金的目的也会进行得很顺利吧。

　　须和名祥子。
　　报酬总额，一千七百六十九万六千日元。

"实验"后七日

对于关水美夜来说,"暗鬼馆"的实验是她用来求得生存的地方。

因为结城在非常混乱的状况下,突然放言那番话,使自己达成了默认的目标。她唯一担心的就是结城的推理会不会有错。如果他对于西野的死所做出的推理是错误的话,即使他把所有报酬都让给自己,也达不到自己所需要的金额。在报酬总额确定之前,自己就像在接受拷问一样度日如年。

不过,一切只是她杞人忧天而已。汇进来的金额被确定与预计的相同。

一切结束后,关水什么也没说就离家出走了。

随身还带着一把刀。

关水美夜。

报酬总额,十亿日元。

"实验"后八日

没有车，就不受女生欢迎。不受女生欢迎，学生生活就会显得有些寂寞无聊。结城理久彦这么想着，就决定买车。由于决定买车，所以他决定去赚钱。

由于他赚到了钱，所以他买了车。报酬还不错。

他幸运地找到一辆售价为十四万日元、车况尚好的二手车，就这个价位而言这辆车还算有点拉风。在扣除所有手续费之后，他加装了CD换片箱、为新租的车位付了一个月的租金。他打工所得就这样被一口气花光了。那笔打工的钱本来就是要用来买车的，所以没关系。

那是一辆翠绿色的双人座车。看着厂商交付来的车，结城感到心满意足。可惜，车牌如果不是黄色的，而是白色的，就更好了。算了，这样已经是预算极限了吧。太过摆阔的话，也许反而不受女生欢迎。

结城远看着车，心里琢磨着要先去哪里，以后再找个女生坐在副驾驶位子上就好了，今天就先习惯一下怎么驾驶这辆车吧。就在想着目的地的备选方案时，一辆红色的摩托车朝这里飞驰过来，原来是邮递员的摩托车。

邮递员麻利地把信件放入公寓的信箱。结城原本只是默然地看着邮递员的动作,但是他发现,自己家的信箱里也多了几封信。

结城等待着邮递员的离去。他一边觉得一定又是什么营销广告,一边打开一看,收件人是结城理久彦,这没错。

厚厚的白色信封。

寄件人的地方,用秀丽的字迹写着,须和名祥子。

邀请您参加"明镜岛"的实验

拜启

盛夏时分,结城先生您过得如何呢?

在之前"暗鬼馆"的实验中,承蒙您多多关照。您的活跃表现也相当让人佩服。

对了,接下来轮到我们须和名家主办正式的"实验"了。

因此,在那之前,我想先举办一场试验性质的"实验"。

我们想邀请结城先生以观察者的身份参加。

地点暂时命名为"明镜岛"。那里与"暗鬼馆"不同,是个广阔而美丽的地方。我想您一定会喜欢那里。

稍后,我会派人确认您的意愿。我知道您相当忙碌,但还是请您抽空考虑一下此事。

谨此
须和名祥子

―――――――――――――――――――

结城理久彦。
报酬总额,三十三万零五百日元。